上代文学の基層表現

烏谷知子
KARASUDANI Tomoko

花鳥社

上代文学の基層表現　目次

凡例

一、『古事記』本文の引用は、山口佳紀・神野志隆光校注・訳　新編日本古典文学全集『古事記』一九九七年六月　小学館　による。但し字体等、改めた箇所もある。

『古事記』訓読文の引用は右の山口佳紀・神野志隆光校注・訳『古事記』による。その際、分注については、基本的に説明注は載せ、訓読注・音読注等については、必要のある場合を除き省略した。また、歌謡番号は同テキストによる。

一、『日本書紀』本文、訓読文の引用は、小島憲之・直木孝次郎・西宮　民・蔵中進・毛利正守校注・訳　新編日本古典文学全集『日本書紀』一、二、三巻　一九九四年四月、一九九六年一〇月、一九九八年六月　小学館　による。引用に際しては新編全集の表記に従い、「正文」「一書」と記した。

一、『風土記』本文、訓読文の引用は、植垣節也校注・訳　新編日本古典文学全集『風土記』一九九七年一〇月　小学館　による。

一、『万葉集』の原文、読み下し文の引用は、小島憲之・木下正俊・東野治之校注・訳　新編日本古典文学全集『萬葉集』一、二、三、四　一九九四年五月、一九九五年四月、一九九五年一二月、一九九六年八月　小学館　による。論文によって『万葉集』の原文、読み下し文の引用に際し、講談社文庫　中西進『万葉集全訳注原文付』（一）～（四）一九七八年八月、一九八〇年二月、一九八一年一二月　一九八三年一〇月　講談社　を使用した。同テキストを使用した場合は論文の末尾に記した。

一、『日本霊異記』本文、訓読文の引用は、中田祝夫校注・訳　新編日本古典文学全集『日本霊異記』一九九五年九月　小学館による。

一、『古今和歌集』の引用は、小沢正夫・松田成穂校注・訳　新編日本古典文学全集『古今和歌集』一九九四年一一月　小学館　による。

一、『続日本紀』の本文、訓読文の引用は、青木和夫・稲岡耕二・笹山晴生・白藤禮幸校注　新日本古典文学大系『続日本紀』一～五、一九八九年三月、一九九〇年九月、一九九二年一一月、一九九五年六月、一九九八年二月　岩波書店　による。

一、「祝詞」の本文、訓読文の引用は、武田祐吉校注「祝詞」日本古典文学大系『古事記・祝詞』一九五八年六月　岩波書店　による。

一、『釈日本紀』の引用は、新訂増補国史大系8『日本書紀私記・釈日本紀・日本逸史』一九六五年四月　吉川弘文館　による。

一、『古語拾遺』の引用は、安田尚道・秋本吉徳校注『古語拾遺・高橋氏文』新撰日本古典文庫　一九七六年七月　現代思潮社　による。

一、『律令』本文、訓読文の引用は、井上光貞・関晃・土田直鎮・青木和夫校注　日本思想大系『律令』一九七六年一二月　岩波書店　による。

一、『延喜式』の引用は、黒板勝美編輯　新訂増補国史大系『延喜式』〈普及版〉、一九八三年一二月〈前篇〉、一九八七年三月〈中篇〉、一九八六年五月〈後篇〉吉川弘文館　による。論文によって虎尾俊哉編『延喜式』上、中、下　二〇〇〇年五月、二〇〇七年六月、二〇一七年一二月　集英社　を使用した。訓読文による引用はこれによる。

一、『令集解』の引用は、黒板勝美編輯　新訂増補国史大系〈普及版〉『令集解』第一、第二、第三、第四　一九四三年一二月、一九四三年一二月、一九五五年三月、一九五五年三月　吉川弘文館　による。

一、『令義解』の引用は、黒板勝美編輯　新訂増補国史大系〔普及版〕『令義解』一九六八年五月　吉川弘文館による。

一、『新撰姓氏録』の引用は、佐伯有清著『新撰姓氏録の研究・本文篇』一九六二年七月　吉川弘文館　による。

一、『古事記傳』の引用は、大野晋編『本居宣長全集』第九、十、十一、十二巻　一九六八年七月、一九六八年一一月、一九六九年三月、一九七四年三月　筑摩書房　による。

一、『柳田國男全集』の引用はちくま文庫、『折口信夫全集』の引用は中公文庫による。

一、先行研究論文の出典は、執筆時に雑誌論文等に掲載されていた形で見たものについては、そのまま記した。単行書で見たものはその初出を示すことはせず、著書名のみを載せた。

一、本文のルビはパラルビとした。

序章　上代文学の基層表現

上代文献や出土品の記述は、簡潔であってもその背景にある諸相を語る。

五世紀後半から六世紀初頭に築造された江田船山古墳出土鉄刀の銀象嵌銘文には、「獲加多支鹵大王」を「治天下」の大王と表現している。また、稲荷山古墳出土鉄剣の金象嵌銘文には、「辛亥年」(四七一年)の作剣年次が記され、「上祖」の意富比垝から杖刀人首である乎獲居臣に及ぶ八代の系譜を記している。五世紀後半には氏族の系譜伝承の筆録が行われていたことが示され、大王家の系譜を記したものが存在した可能性を示唆する。応神記には「又、昔、新羅の国王の子有り」として、天之日矛の来朝(日本書紀では垂仁朝)を語り、天之日矛から息長帯比売命に至る六世の系譜が記される。西宮一民氏は、皇統譜の「娶……生子」の形式とは異なる葛城之高額比売命の「此之子……此之子……」の系譜形式は、「埼玉県稲荷山古墳鉄剣銘の「其児……其児……」に類似している」[1]と指摘する。伝承には四世紀から五世紀の東アジアと倭との関わりがうかがえる。また、応神記には百済国主照古王の代に和邇吉師が、「論語十巻・千字文一巻」をもたらしたとある。日本書紀では応神天皇十六年二月条に王仁が渡来したとある。『千字文』は梁の武帝が周興嗣(没年五二一)に命じて編集させたもので、応神天皇の御代より成立が下る。『古事記傳』は、「其書重く用ひられて、殊に世間に普く習誦む書なりしからに、世には應神天皇の御世に、和邇吉師が持參來つるよしに、語傳へたりしなるべし」（三十三之巻）と穏当な見解を述べる。『古今和歌集』仮名序には「難波津」の歌を、「大鷦鷯の帝の難波津にて皇子と聞えける時、春宮をたがひに譲りて位に即きたまはで、三年になりにければ、王仁といふ人の訝り思ひて、よみて奉りける歌なり」と記す。難波高津宮を宮居とした仁徳天皇と、儒教の典籍と文字習得のテキスト『千字文』をもたらしたとされる王仁が、「なにはづ」の歌によって結びついている。日本書紀には、太子菟道稚郎子は、阿直岐を師として経典を学び、天皇はさらに勝れた博士の王仁を召致し、太子の師としたとある。応神記紀では大雀命と宇遅能和紀郎子とが、天皇の崩御後に皇位を譲り合う。その背景に存する儒教の伝来と、聖帝仁徳天皇によって儒教思想が天皇家の王化の基盤となった様が語られる。応神記は文化の画期であり、「高光る　日の御子」と称えられる下巻の仁徳天皇条へと展開をする素地が固められる。古事記は簡潔な叙述と物語伝承によって歴史を語るのである。

　序文に記された「帝皇日継」は古事記の成立理念と関わる。持統紀二年十一月乙丑（十一日）条の天武天皇殯宮記事には、「直広肆当麻真人智徳、皇祖等の騰極の次第を奉誄る。礼なり。古には日嗣と云ふなり」とある。皇極紀元年十二月乙未（十四日）条の舒明天皇喪葬の条にも「息長山田公、日嗣を奉誄る」とある。横田健一氏は、この「日嗣」を「帝皇日継」にあたるとし、「騰極之次第＝日嗣は、天皇が始祖以来の全皇祖等の継承の体系の中に位置を占め、それを後代にまた引きついでゆく中の地位を占めたことである」[2]とする。古事記本文には「天津日継」「日継」として次の七例があり、「知らす」とともに用いられる。「知らす」の語は、「天照大御神の命以て、「豊葦原千秋長五百秋水穂国は、我が御子、正勝吾勝々速日天忍穂耳命の知らさむ国ぞ」と、言因し賜ひて、天降しき」とあり、上巻の理念は中・下巻に引き継がれている。

　1此の葦原中国は、命の随に既に献らむ。唯に僕が住所のみは、天つ神御子の天津日継知らすとだる天の御巣の如くして、底津石根に宮柱ふとしり、高天原に氷木たかしりて、治め賜はば、僕は、百足らず八十坰手に

隠りて侍らむ。（上巻　国譲り）

2即ち詔り別きしく、「大山守命は、山海の政を為よ。大雀命は、食国の政を執りて白し賜へ。宇遅能和紀郎子は、天津日継を知らせ」とのりわきき。（応神記）

3天皇、初め天津日継を知らさむと為し時に、天皇の辞びて詔ひしく、「我は、一つの長き病有り。日継を知らすこと得じ」とのりたまひき。……故、帝皇の御病を治め差しき。（允恭記）

4天皇崩りましし後に、木梨之軽太子の日継を知らすことを定めたるに、未だ位に即かぬ間に、其のいろ妹、軽大郎女を姦して、歌ひて曰はく、（允恭記）

5天皇の崩りましし後に、天の下を治むべき王無し。是に、日継知らさむ王を問ひて、（清寧記）

6天皇崩りますに、即ち意富祁命、天津日継を知らしき。（顕宗記）

7天皇既に崩りますに、日続を知らすべき王無し。（武烈記）

中・下巻において、2は天皇崩御後の大山守命の反乱、宇遅能和紀郎子と皇位の譲り合いの末の大雀命の即位、5・7は天皇崩御後に皇位継承者が不在の事態、3・4は「天津日継」知らすと定められた皇子に起きた不測の事態、6は皇位の譲り合いの後、弟に継ぐ兄の即位の次第を語る。いずれも皇位継承の次第の説明や、先帝崩御後の皇統の危機に際して「天津日継」「日継」の語が用いられる。1は大国主神が国譲りの条件として、天つ神の御子が皇位におつきになる壮大な御殿を自分の住処として造って欲しいと要求する。この誓約によって国譲りは果され、日継の御子が統治者として降臨する。天照大御神の子孫「天神御子」（神武天皇）の後裔である天皇として即位することが「天津日継」の継承であった。大国主神の国作りは神語の四首の歌謡によって表現される。2・4では事件の顛末が歌謡によって語られる。ここには事態の経緯を説く歌謡の機能が存する。天武紀十年（六八一）三月条には、「帝紀と上古の諸事」の記定が命じられ、中臣大島と平群子首が記録したとある。歴史書編纂事業の開始である。序文には、古事記も天武朝に企画される。西條勉氏は、「用字の面のみについて言えば、古事記の文章は表記史上は天武朝に位置づけられるべきであ」り、「歌謡の表記も記定本を継承すると仮定せざるをえない[3]」と指摘する。

和語で歌われる歌謡には、一字一音表記がとられる。犬飼隆氏は、「『古事記』の歌謡については、飛鳥池の「うた」木簡によって、天武朝に編纂が開始されたときの原態が一字一音式だった可能性が大きくなる[4]」と指摘する。古事記には一一二首、日本書紀には一二八首の歌謡が載せられる。古事記は置目説話を載せる顕宗天皇条まで歌謡が記されるが、日本書紀には顕宗紀以降も歌謡が載せられる。書紀の置目説話までに置かれた歌謡は九五首であり、古事記の叙述においては書紀の同じ巻に比して歌謡を重視する姿勢がうかがえる[5]。八千矛神は古志国の沼河比売を妻問い、さらには倭に出立しようとするが、后の須勢理毘売が切々と心情を訴える「神語」は、大国主の成長譚や神婚譚を歴史叙述としない日本書紀には載せられない。「神語」の歌謡と地の文には、出雲・古志・倭が記され天皇の御世に政事の中心となる倭が提示される。また神婚による国作りの達成と適后の嫉妬という政と感情の相反する問題は、為政者の豊穣予祝と一夫多妻制に起因する愛情問題として、仁徳記にもみられる。嫉妬を鎮めて和合する神々の行いが人の世をも形作り、神代を引き継いで人の世が描かれている。大国主神は須佐之男命の六世の孫であり、天照と須佐之男は伊耶那岐命を父とする。「天つ神諸の命以て」委任された修理固成以後も統治の根源は高天原に存する。古事記は天照大御神に国譲りをした大国主神をも伝承形成に取り込んでいく。

垂仁紀二年是年条には、「一に云はく」として、御間城天皇の世に、意富加羅国から都怒我阿羅斯等が越国の笥飯の浦に渡来したことを記す。都怒我阿羅斯等は、穴門から「北海より廻りて、出雲国を経て此間に至れり」と述べている。出雲は朝鮮半島南部からの日本海ルートにおいても、越へのルートにおいても重要な地だったのである。古事記の「神語」にも、出雲と古志の翡翠をめぐる交流が示されている。天之日矛伝承においても、日矛がもたらした玉津宝八種が伊豆志の八前の大神として祭られたことが記され、日本海ルートにおける但馬国の重要性を示す。

古事記歌謡には、歌の分類や歌曲名が記されているものがあり、口頭で歌われた形式をとどめようとしたあとがみられる。歌曲から曲節を切り離した歌謡は記紀において「歌ひて曰く」として、神や人に歌われたと記され、登場人物の台詞のように機能する。短歌の形式に近い歌謡を提示したり、ある場面では数首を配列して輻輳する感情を表出し、言葉を連ねていくことによって、情景を浮かび上がらせ、過去・現在・未来の時空をつなぎ、散文には記されないことをも叙述するのである。歌謡によって登場人物の心情が吐露されることで、抒情が表出されれ文学性を構築していく。青木紀元氏は、古事記は「説話の文章を書き綴って行くに當たって、歌謡にもとづき歌謡の影響を受けて書いている箇所が實に多」く、「歌謡によって新しいものを創作している」[6]と指摘する。また、居駒永幸氏は、古事記の歌と散文の関係は、「歌の叙事を根拠とし、その理解や解釈によって散文叙述が生成してくるという、きわめて動的な営みとしてとらえられる」[7]とし、古事記は「「日継」の絶対性と正統性を記すために、「歌と散文」を要所に繰り込んで宮廷史の一書を作り上げたのである」[8]と、古事記における歌謡の重要性を指摘する。古事記歌謡は讃美、祈り、恋情など多彩な内容をもつが、物語の中に位置づけられて独自の機能を発揮する。歌と地の文との間に矛盾があっても、古事記独自の表現には、古事記所載の歌謡が果す役割があり、散文と韻文の統合体、歌謡によって事件の顚末を語る作品としての古事記を読む姿勢が問われる。

天智紀七年十月の条には、「高麗の仲牟王、初めて建国つる時に、千歳治めむことを欲しき」と記される。高句麗の建国神話が当時知られていたことが示される。神武天皇条は建国神話を語る。歌謡を重視する古事記には神武記に天皇の歌として六首の歌謡を載せ、第九番歌謡には、「ええしやごしや　ああしやごしや」の声に発することで威力をもつ詞章が記される。日本書紀は来目歌として古事記にはない二首の歌謡を加えている。両書は歌謡の歌い手や配列、文言を異にする。神武天皇の橿原宮建国を語る伝承における歌謡の機能は、記紀において相違がある。古事記は神武天皇主導によって大和入りが果され、日本書紀は、天皇と天皇の命を帯びた道臣命と皇軍の協力によって果される。神武元年正月の条に、「天皇、天基を草創めたまひし日に、大伴氏が遠祖道臣命、大来目部を帥ゐ密策を奉承り、能く諷歌・倒語を以ちて妖気を掃蕩へり」とある。歌謡の言葉に、ある種の威力をみていたことがうかがわれる。

崇神紀は「童謡」の語を用いずに、謀反を告げる予兆の歌謡を載せる。崇神紀第一八番歌謡には「姫遊びすも」と歌われ、歌謡に詠まれた言葉が『漢書』成帝紀にみられる漢籍の世界を背景に取り込み、歌の世界を広げる独自性が垣間見られる。歌謡の機能が平定を導き、歴史のエポックを画する手法として用いられる。

現代人は文字に残されたものによって文章を理解し、思考する。一三〇〇年以上も前に、和語は漢字に出会い、言葉にふさわしい表記を獲得していく。並行して声によって享受し、音声に出すことで言葉の律動を体感し、言葉に発することによってその作用を味わっていただろう。来目歌第十番は、「今はよ　今はよ　ああしやを　今だにも　吾子よ　今だにも　吾子よ」のように、断片的な言葉を羅列したようであり、歌謡的な形ではない。けれども地の文の「咲ふ」「哂ふ」と結びつき、「ああしやを」によって性格を規定されることで歌謡の機能を帯びる。来目歌に繰り返される「撃ちてし止まむ」も、「言ふ」という日常の言語行為とは異なるものが「歌ふ」に認取されている。天武紀四年（六七五）二月条の、大倭以下十三国に、「所部の百姓の能く歌ふ男女と朱儒・伎人を選ひて貢上れ」との詔は、歌うことの重要性を語る。歌謡はさらに記紀の意図に添って事件と合わせて書かれることで、新たな方向性を獲得していく。音声に発することでその機能を発揮したと思われる囃子詞も、抒情を表出する手段となる。

尾張に　直に向へる　尾津崎なる　一つ松　吾兄を　一つ松　人にありせば　大刀佩けましを　衣着せましを　一つ松　吾兄を（記　第二九番）

尾張に　直に向へる　一つ松　あはれ　一つ松　人にありせば　衣着せましを　太刀佩けましを（紀　第二七番）

「一つ松」が詠まれるのは共通しているが、古事記は尾津の渡りに立つ擬人化された松への「吾兄を」の呼びかけを繰り返して、誦詠者の心を表し、日本書紀では「あはれ」とすることで、歌い手の内面の感動を表出させている。

登場人物が思いを交す歌謡では、倭建命が「ひさかたの　天の香具山　利鎌に　さ渡る鵠」（記　第二七番）と叙述し、「天の香具山」の提示によって聞き手に聖婚に纏綿するイメージを抱かせ、「すれど」「思へど」と逆接の助詞を用いて、読み手のためらいを示すように表現を停滞させながら、婚姻を阻む事態を示して相手の意志を問うように展開させていく。美夜受比売は「うべな　うべな　うべな」と、想定外の事態は月日の経過がなせる当然のことであり、「君待ち難に　我が着せる　襲衣の襴に　月立たなむよ」（記　第二八番）として、御合に至らせる。景から心を表出し、また不変の理をもとに我の心情を展開させていく。

これまで述べてきたことをもとに本著では、古事記や日本書紀説話と歌謡、万葉集の泣血哀慟歌、武蔵国の東歌と防人歌からその表現世界の基層を探り、叙事的表現と叙情的表現の共存、叙情的表現への展開を追い、作品の構成意図を探る。

第一章「神語から天語歌へ」では、「神語」第二番は「八千矛の　神の命は……」と三人称で語り起こして神を現前させ、神の事蹟を述べながら、人称を「我」に転ずることで、時間や空間を超えて神々の言動を立ち現わせ、「今」起きていることとして提示する。「天語歌」では纏向の日代の宮の事物を提示し、新嘗祭の祭式的な時間や空間が日継の継承者、雄略天皇の泊瀬朝倉宮の新嘗祭に転換していく。盃に浮かんだ槻の落葉は、創世神話をも包み込み、神話的背景を負う祭式や時間の中で一つにつながっていく。歌謡の言葉は他の表現と呼応し、波及効果を有する。歌謡は「今」現在を成立させる要因を展開させ、周縁から中心に描写を向けて大宮人の集う新嘗祭のめでたさを称え、雄略天皇を讃美する。また古事記第二～五番の八千矛神の「神語」、仁徳記の伝承、雄略記の第九九～一〇一番の「天語歌」には、歌謡に鳥が詠まれる、祭政の場で酒杯を捧げ大后が重要な働きをなす、「語り」によって事件が伝えられる、という三つの共通点を有する。神代と人の世を繋ぐ様式・規範で出雲地方を含む世界の秩序を記述し、天皇国家の根本原理を説くために編纂された古事記には、歌謡に取り入れられ、描かれた鳥や大后の姿容・性格・行動の隅々にまでその志向が働いている。神の世界から続く人の世界を描くのが神語・天語歌であったと考えられる。歌謡における「語り」の要素について述べた。

第二章「来目歌の考察」では、神武紀に載せられる来目歌（第七～十四番）の第七番、九番、十番、十一番を中心に、「妖」を祓う威力が「咲」う行為にあり、第十番の「ああしやを」は、古事記第九番の「ああしやごしや」の表現を取り込み、「咲」や歌謡の語によって「妖気掃蕩」を果す機能を意図した歌謡であること、併せて「今だにも」を解釈し、第十番の歌謡の意味を考察した。来目歌の歌謡が有する「妖気掃蕩」「諷歌倒語」の働きを、漢籍の用例から検討し、来目歌の神武紀における位置づけを確認した。来目歌は歌謡の中の言語以前の要素と言語表現が共鳴し合い、歌謡の世界を構成していると結論づけた。

第三章「崇神記紀の謀反を告げる歌謡の機能と崇神天皇像」では、崇神記第二二番、崇神紀第一八番歌謡は、共にタケハニヤスビコの謀反を告げるが、記では少女の歌を解くのは崇神天皇であり、紀では倭迹迹日百襲姫命という相違がある。また紀には「姫遊びすも」という、記にはない語句が詠み込まれ、「歌の怪」「表」という歌謡の機能を示す語が用いられる。『漢書』成帝紀、五行志の童謠を参照しながら、崇神紀の歌謡の背景を探り、記紀の歌謡が崇神記紀の構想や崇神天皇像に影響をもたらしていることを記した。

第四章「「月立ち」考――倭建命と美夜受比売の唱和歌謡について――」では、古事記第二七番、二八番の、「月立ち」と月経の意が掛けられた特異な歌謡を取り上げた。従来は月の形状を三日月と捉えまた、二八番の「月立たなむよ」の意が不明だとされてきた。「月立た」未然形＋「なむ」を一般論に非現実化して表現していると捉えて、「月も立つでしょうよ」の解釈の可能性を提示した。二人の唱和が東の方十二道の「言向け和平」すの完了にふさわしいものとして古事記に配されたことを述べた。

第五章「景行記の問題「長服」「長肥」から大御葬歌へ――倭建命への哀惜と畏怖――」では、従来問題とされてきた景行天皇の「長眼を経しめ」について、鼇頭古事記の「眼」字を真福寺本の「服」、卜部系諸本の「肥」を採用した場合の解釈を検討し、「肥」での解釈を試みた。兄殺しが発端となり、父帝に「建く荒き情を惶れ」られ、体制から疎外されながら、自らを犠牲にしてこの世からヤマト王権に敵対するものを祓う異端の英雄像は、悲壮かつ悲劇的に形象される。苦難の末に果された東征において倭建命は、放浪の末、異郷の地で傷つき病み衰えこの世に思いを残しながら最期を遂げる。大八島国平定に尽瘁し、自身も様々な負を背負って死んでいった超越的存在に対する畏怖は、鎮魂に結びつく。倭建命の八尋白智鳥と化した魂を、后や御子たちが限りない思慕の情でどこまでも追いかけ、哀惜の情を表出しながら、報われなかった英雄の生涯を締めくくるのが「大御葬歌」である。大御葬歌は、景から動作へと展開する。「なづみ」つつ進む歌い手の行動を受け取る聞き手の体験が、葬歌を成立させていくことを述べた。

第六章「宇遅能和紀郎子伝承の考察――第四二番歌謡・第五一番歌謡を中心に――」では、「天津日継知らす」存在でありながら「郎子」の呼称をもち、「厳餝」、「呉床に坐す」と描写され、「崩」と天皇に準じる表記をされる宇遅能和紀郎子について述べた。宇遅能和紀郎子の詠んだ記第五一番歌謡には、兄の大山守命を討った後に、「宇

治の渡に　渡り瀬に　立てる　梓弓檀……い伐らずそ来る　梓弓檀」と歌われる。檀の木を切ることが兄を討つことの比喩とすれば、地の文との矛盾が生じることが指摘されてきた。大山守の遺骸が引き上げられた宇治の渡りに立つ檀の木は、大山守命と妹の心をつなぐ、大山守命の霊が宿る木と思われる。第五一番歌謡は和紀郎子の悲痛な心情を表出し、大山守命の生前の愛情生活を思い起こさせる役割を果す。第四二番と五一番の二首の歌謡は父帝の愛情により日継の継承を保証され、反乱に果断に対処しながらも、情に揺れ動く温情溢れる和紀郎子像を形成している。その「未成人」の和紀郎子を乗り越えて即位する大雀命の正統性を説くものとして、伝承が機能していることを述べた。

第七章「天之日矛伝承の考察」では、古事記における天之日矛伝承の役割を考察した。「又、昔」と時間を遡行する形で応神記の終わりに置かれた伝承には、仁徳治政の拠点としての難波と、王権の版図としての新羅をプロットする目的があったと思われる。日光に感精して生まれた赤玉から化成した阿加流比売神が、日本を祖国として渡って来る神話には、新羅と日本が習俗や文化の土壌を共有し、かつ太陽信仰を奉ずる点において日本の優位性と自国意識が垣間見られるように思われる。天之日矛伝承は、仲哀記・応神記以降の天下統治の観念と深く関わることを述べた。

第八章「記紀の雄略天皇の狩猟記事について」では、記紀の雄略天皇条に、狩猟を舞台に設定した記事が多いことに着目した。物語性に富んだ婚姻伝承やエピソード、政治・対外関係記事など多岐にわたる内容を含む雄略記紀における狩猟伝承は、古代の狩猟に対する概念や信仰を集約しながらも、天武朝以降に体系化されていく祭式を取り入れて構想され、形成されたことを述べた。

第九章「泣血哀慟歌」は、第五章の大御葬歌の「なづむ」の語の問題を引き継ぐ。作中人物の「我」の移動を描く泣血哀慟歌は、その作品形成の過程において、中国詩文の発想や語句の摂取がなされ、人麻呂の挽歌的表現が深化したことが認められる。題詞の「泣血哀慟」も漢籍に学んだものとみられる。題詞、作中の「我」の移動によって展開する長歌と短歌の内容を押さえながら、一方が亡くなり片方が生き残るという如何ともし難い別離において、A群二〇七番の軽にまつわる隠り妻や、軽太子伝承の主題が作品にどのように作用しているか。B群の長歌とC群或本の歌の、「恋ふれども」の表記の問題、或本歌の「灰にていませば」を取り上げ、泣血哀慟歌の二、三の表現の問題についてふれた。

第十章「東歌・防人歌にみる武蔵」では、万葉集巻十四・三三七三〜三三八一番の武蔵国の東歌九首、巻二十・四四一三〜四四二四番の武蔵国の防人歌十二首を取り上げ、「うけらの花」や景物に託した恋情表現の特徴、否定辞「なふ」の分布の特色、家の「イヘ」と「イハ」の境界が武蔵東部と武蔵北部・西部にあり、武蔵国の音声の特徴が現代にも伝えられていることを紹介し、東歌や防人歌にみる奈良時代の武蔵国のことばの異域性や地名が、現代まで連綿と受け継がれていることを述べた。

以上の論稿によって、上代文学の表現の基層と、表現世界の一端を解くことを目的とする。

注

(1) 西宮一民『古事記　新訂版』(第六刷)一九九二年三月　桜楓社
(2) 横田健一「日継の形成——誄と歴史意識」『日本書紀研究』第九冊　一九七六年六月　塙書房
(3) 西條勉「記定・誦習・撰録」『古事記の文字法』一九九八年六月　笠間書院
(4) 犬飼隆「七世紀木簡の国語史的意義」『木簡研究』第二三号　二〇〇一年一一月　一九九七年に出土した飛鳥池遺跡木簡は七世紀後半のものとされ、表に「止求止佐田目手和」、裏に「羅久於母閉皮」とあり、一字一音で表記される。
(5) 梅沢伊勢三「歌謡に現われた『記・紀』の性格」『古事記と日本書紀の検証』一九八八年七月　吉川弘文館　氏は太安万侶の家系である「多氏」と古代歌謡との関係が考慮されるべきであろう、と述べる。

（6）青木紀元「舊辭と歌謡」『日本神話の基礎的研究』一九七〇年三月　風間書房
（7）居駒永幸「『古事記』の文体——歌と散文の叙述法——」『明治大学教養論集』第五五四号　二〇二一年九月
（8）居駒永幸「『古事記』の成立——［歌と散文］の表現史——」『明治大学教養論集』第五七五号　二〇二三年十二月

第一章　神語から天語歌へ

はじめに

葦原中国を支配した大国主神は、国譲りの交渉に際して、「汝がうしはける葦原中国は、我が御子の知らさむ国と言依し賜ひき。」と伝達される。シラスとウシハクの相違は『古事記傳』以来問題にされるが、シラスは天孫・天皇の抽象的政治支配を意味し、ウシハクは神を主語に据え、自然領域を対象とし、土地の領有を意味する。鈴木啓之氏は、「「ウシハク」過程は、具体的に或る土地の女性と結婚することや土地＝国を作ることによって語ることが最も相応しく、（中略）武力平定伝承などを強調することは古事記にとって相容れないものであったろう。[1]」と指摘する。大穴牟遅神が大国主となる過程は、八上比売や須勢理毘売との神婚の達成という形で説かれる。八千矛神の国作りに関わる四首の歌謡は、大国主神がウシハク神として最も輝かしい場面を提示するはずである。吉田修作氏は、「神語」には後の「倭」中心の王権に繋げる、あるいは、それらの起源に位置付けようとする意図が働いていると想定し、「適后」スセリビメの嫉妬は仁徳記の大后イハノヒメの起源に、勧酒歌により嫉妬と怒りが鎮められる「神語」は「天語歌」の起源に位置付けられると指摘する。[2] 岐美二神の神婚の起源を受け継いで国作りを遂行し、大雀命と称される下巻の仁徳天皇の治政につながる神として大国主神（八千矛神）を位置付け、雄略記の天語歌と関連付けるために、八千矛神の歌謡表現には後の伏線となる描写が取り入れられ、意識的な構成がなされているように思われる。古事記は統一した様式・規範で出雲を含む世界の秩序を記述しようとしているが、ウシハク神でありながら、天孫に国譲りをし、出雲に「今に至るまで鎮まり坐す」大国主神に、下巻の聖帝仁徳天皇と、東国から熊襲国までを実質的に支配し、そらみつ大和国の統治者として天武王権の祖と考えられた雄略天皇が、歌謡物語の表現を通して重ねられていく。山路平四郎氏は、「「神語」と「天語歌」との歌詞には、相互に影響するところがあったであろう。たとえば、この〈101歌〉の末尾が、「豊御酒　奉らせ　ことの　語り言も　是をば」で歌い納められている事と、「神語」第五歌のスセリビメの命の歌〈5歌〉の末尾が、同じく「豊御酒　奉らせ」で歌い納められていることの間には、それがいずれも「大后」の歌であるだけに、偶然の一致とは思い難いものがある。[3]」（筆者注　新編日本古典文学全集古事記の歌謡番号では〈101歌〉は一〇〇番、〈第五歌〉は五番）と指摘する。

八千矛神は武人的な性格を表す神名（古事記傳巻之九）であるが、国作りにおける武力平定伝承は記されない。求婚に際して神語第四番歌謡では、八千矛神の動作は鳥に擬えられる。また、須勢理毘売は適后と記され、八千矛神との唱和によって嫉妬が鎮められる。仁徳記には石之日売大后の出奔や速総別王と女鳥王の反乱伝承が記されるが、王権内部の危機や反乱は仁徳天皇の力によって克服されていく。天皇と大后の不和には、言の伝達者児島の仕丁や倉人女が介在し、鳥山、口子臣が天皇の言を伝える役割を担い、天皇の出御によって不和は和解に向かう。仁徳記は神語のテーマを発展させ、言の媒介者、鳥山や口子臣を介在させて事件の収束を語る。また、反乱は鳥を冠した人物の妻争い伝承の形をとる。仁徳記の終わりには、日女島の豊楽の際に、鴈が卵を産む祥瑞が語られる。仁徳の治政は鳥に彩られている。雄略記は求婚とその受諾、巡幸と狩猟伝承によって倭の平定を語る。河内の志幾の大県主や葛城山の大猪との遭遇、一言主神との一触即発の事態はあるが、雄略天皇の力が誇示され、平和裏に統治の完成が語られる。天語歌には豊楽の場において大宮人を天皇が鳥に擬えて歌う表現がある。鳥の存在は、八千矛神・仁徳・雄略天皇の三つの重要な場面に共通する特徴である。また、各条において自己の立場を貫く后は道理を述べて王と対し、偉大な王には賢后が配されている。本章では、求婚・酒杯を捧げる場面・豊楽で鳥が詠まれる、祭政の場で大后が重要な働きをなす、「語り」によって事件が伝えられる、これら三つの共通点をもつ神語・仁徳記・天語歌に着目し、古事記の表現と構成について考察する。

本論で取り上げる箇所は、以下のように記されている。（傍線・傍点・囲みは筆者が付した。以下同じ。）

上巻　八千矛神歌謡　大国主神の国作り

A　此の八千矛神、高志国の沼河比売に婚はむとして幸行しし時に、其の沼河比売の家に到りて、歌ひて曰はく、

2八千矛の　神の命は　八島国　妻娶きかねて　遠々し　高志の国に　賢し女を　有りと聞かして　麗し女を　有りと聞こして　さ呼ばひに　有り立たし　呼ばひに　有り通はせ　大刀が緒も　未だ解かずて　襲衣をも　未だ解かねば　嬢子の　寝すや板戸を　押そぶらひ　我が立たせれば　引こづらひ　我が立たせれば　青山に　鵼は鳴きぬ　さ野つ鳥　雉は響む　庭つ鳥　鶏は鳴く　心痛くも　鳴くなる鳥か　此の鳥も　打ち止めこせね　いしたふや　天馳使　事の　語り言も　此をば

爾くして、其の沼河日売、未だ戸を開かずして、内より歌ひて曰はく、

3八千矛の　神の命　萎え草の　女にしあれば　我が心　浦渚の鳥ぞ　今こそば　我鳥にあらめ　後は

汝鳥にあらむを　命は　な殺せたまひそ　いしたふや　天馳使　事の　語り言も　此をば

青山に　日が隠らば　ぬばたまの　夜は出でなむ　朝日の　笑み栄え来て　栲綱の　白き腕　沫雪の

若やる胸を　そ叩き　叩き愛がり　真玉手　玉手差し枕き　股長に　寝は寝さむを　あやに　な恋ひ聞

こし　八千矛の　神の命　事の　語り言も　此をば

故、其の夜は合はずして、明くる日の夜に御合為き。

又、其の神の適后須勢理毘売命、甚だ嫉妬為き。故、其の日子遅の神、わびて、出雲より倭国に上り坐さむとして、束装ひ立ちし時に、片つ御手は御馬の鞍に繋け、片つ御足は其の御鐙に蹈み入れて、歌ひて曰はく、

4ぬばたまの　黒き御衣を　ま具さに　取り装ひ　沖つ鳥　胸見る時　はたたぎも　是は適はず　辺つ波

そに脱き棄て　鴗鳥の　青き御衣を　ま具さに　取り装ひ　沖つ鳥　胸見る時　はたたぎも　是も適は

ず　辺つ波　そに脱き棄て　山方に蒔きし　茜舂き　染め木が汁に　染め衣を　ま具さに　取り装ひ

沖つ鳥　胸見る時　はたたぎも　是し宜し　愛子やの　妹の命　群鳥の　我が群れ去なば　引け鳥の

我が引け去なば　泣かじとは　汝は言ふとも　やまとの　一本薄　項傾し　汝が泣かさまく　朝天の

霧に立たむぞ　若草の　妻の命　事の　語り言も　此をば

爾くして、其の后、大御酒坏を取り、立ち依り指し挙げて、歌ひて曰はく、

5八千矛の　神の命や　我が大国主　汝こそは　男にいませば　打ち廻る　島の崎々　掻き廻る　磯の

崎落ちず　若草の　妻持たせらめ　我はもよ　女にしあれば　汝を除て　夫(を)は無し　汝を除て　夫(つま)は

無し　綾垣の　ふはやが下に　蚕衾　和やが下に　栲衾　騒ぐが下に　沫雪の　若やる胸を　栲綱の

白き腕　そ叩き　叩き愛がり　真玉手　玉手差し枕き　股長に　寝をし寝せ　豊御酒　奉らせ

如此歌ひて、即ちうきゆひ為て、うながけりて、今に至るまで鎮まり坐す。此を神語と謂ふ。

下巻　仁徳記

B　此より後時に、大后、豊楽せむと為て、御綱柏を採りに、木国に幸行しし間に、天皇、八田若郎女に婚ひき。

是に、大后、御綱柏を御船に積み盈てて、還り幸す時に、水取司に駆ひ使はゆる、吉備国の児島郡の仕丁、是己が国に退るに、難波の大渡にして、後れたる倉人女が船に遇ひき。乃ち、語りて云ひしく、「天皇は、比日八田若郎女に婚ひて、昼夜戯れ遊ぶ。若し大后は此の事を聞こし看さぬか、静かに遊び幸行す」といひき。爾くして、其の倉人女、此の語る言を聞きて、即ち御船に追ひ近づきて、白す状、具に仕丁の言の如し。

是に、大后、大きに恨み怒りて、其の御船に載せたる御綱柏をば、悉く海に投げ棄てき。故、其地を号けて御津前と謂ふ。即ち宮に入り坐さずして、其の御船を引き避りて、堀江に泝り、河の随に山代に上り幸しき。（中略）

天皇、其の大后山代より上り幸しぬと聞こし看して、舎人、名は鳥山と謂ふ人を使して、御歌を送りて曰はく、

59山代に　い及け　鳥山　い及けい及け　吾が愛し妻に　い及き遇はむかも

又、続ぎて丸邇臣口子を遣して、歌ひて曰はく、

60御諸の　其の高城なる　大猪子が原　大猪子が　腹にある　肝向ふ　心をだにか　相思はずあらむ

又、歌ひて曰はく、

61つぎねふ　山代女の　木鍬持ち　打ちし大根　根白の　白腕　枕かずけばこそ　知らずとも言はめ

故、是の口子臣、此の御歌を白す時に、大きに雨りき。爾くして、其の雨を避らずして、前の殿戸に参ゐ伏せば、違ひて後の戸を出で、後の殿戸に参ゐ伏せば、違ひて前の戸を出でき。爾くして、匍匐ひ進み赴きて、庭中に跪きし時に、水潦、腰に至りき。其の臣、紅の紐を著けたる青摺の衣を服たり。故、水潦、紅の紐に払れて、青きは、皆紅の色に変りき。爾くして、口子臣が妹、口日売、大后に仕へ奉れり。故、是の口比売、歌ひて曰はく、

62山代の　筒木宮に　物申す　吾が兄の君は　涙ぐましも

爾くして、大后、其の所由を問ひし時に、答へて白ししく、「僕が兄は、口子臣ぞ」とまをしき。

C　亦、天皇、其の弟速総別王を以て媒と為て、庶妹女鳥王を乞ひき。爾くして、女鳥王、速総別王に語りて曰はく、「大后の強きに因りて、八田若郎女を治め賜はず。故、仕へ奉らじと思ふ。吾は、汝命の妻と為らむ」といひて、即ち相婚ひき。是を以て、速総別王、復奏さず。

爾くして、天皇、直に女鳥王の坐す所に幸して、其の殿戸の閾の上に坐しき。是に、女鳥王、機に坐して服を織りき。爾くして、天皇、歌ひて曰はく、

66女鳥の　我が大君の　織ろす機　誰が料ろかも

女鳥王、答ふる歌に曰はく、

67高行くや　速総別の　御襲衣料

故、天皇、其の情を知りて、宮に還り入りき。此の時に、其の夫速総別王の到来れり。時に、其の妻女鳥王の歌ひて曰はく、

68雲雀は　天に翔る　高行くや　速総別　雀取らさね

天皇、此の歌を聞きて、即ち軍を興し、殺さむと欲ひき。

D　亦、一時に、天皇、豊楽せむと為て、日女島に幸行しし時に、其の島に、鴈、卵を生みき。爾くして、建内宿禰命を召して、歌を以て、鴈の卵を生みし状を問ひき。其の歌に曰はく、

71たまきはる　内のあそ　汝こそは　世の長人　そらみつ　倭の国に　鴈卵生と聞くや

是に、建内宿禰、歌を以て語りて白さく、

72高光る　日の御子　諾しこそ　問ひ給へ　真こそに　問ひ給へ　吾こそは　世の長人　そらみつ
　倭の国に　鴈卵生と　未だ聞かず

如此白して、御琴を被給りて、歌ひて曰はく、

73汝が御子や　遂に治らむと　鴈は卵生らし

此は、本岐歌の片歌ぞ。

下巻　雄略記

E　又、天皇、長谷の百枝槻の下に坐して、豊楽を為し時に、伊勢国の三重の婇、大御盞を指し挙げて献りき。爾くして、其の百枝槻の葉、落ちて大御盞に浮きき。其の婇、落葉の盞に浮けることを知らずして、猶大御酒を献りき。天皇、其の、盞に浮ける葉を看行して、其の婇を打ち伏せ、刀を以て其の頸に刺し充て、斬らむとせし時に、其の婇、天皇に白して曰はく、「吾が身を殺すこと莫れ。白すべき事有り」といひて、即ち歌ひて曰はく、

99纏向の　日代の宮は　朝日の　日照る宮　夕日の　日光る宮　竹の根の　根足る宮　木の根の　根延ふ宮　八百土よし　い杵築きの宮　真木栄く　檜の御門　新嘗屋に　生ひ立てる　百足る　槻が枝は

上つ枝は　天を覆へり　中つ枝は　東を覆へり　下枝は　鄙を覆へり　上つ枝の　枝の末葉は　中つ枝に　落ち触らばへ　中つ枝の　枝の末葉は　下つ枝に　落ち触らばへ　下枝の　枝の末葉は　在り衣の　三重の子が　捧がせる　瑞玉盞に　浮きし脂　落ちなづさひ　水こをろこをろに　是しも　あやに畏し　高光る　日の御子　事の　語り言も　是をば

故、此の歌を献りしかば、其の罪を赦しき。爾くして、大后、歌ひき。其の歌に曰はく、

100倭の　此の高市に　小高る　市の高処　新嘗屋に　生ひ立てる　葉広　斎つ真椿　其が葉の　広り坐し　其の花の　照り坐す　高光る　日の御子に　豊御酒　献らせ　事の　語り言も　是をば

即ち、天皇の歌ひて曰はく、

101百石城の　大宮人は　鶉鳥　領巾取り懸けて　鶺鴒　尾行き合へ　庭雀　群集り居て　今日もかも酒水漬くらし　高光る　日の宮人　事の　語り言も　是をば

此の三つの歌は、天語歌ぞ。

故、此の豊楽に、其の三重の婇を誉めて、多たの禄を給ひき。

一　鳥の表現

A　八千矛神歌謡

八千矛神の歌謡では、第二番に鵼・雉・鶏が青山・野・庭に鳴き声を響かせ夜明けが次第に近づいて来る様を述べる。二番は「八千矛の　神の命は」と歌い起こされ、二つの文脈をあわせもつ。一つは「八千矛の　神の命は……襲衣をも　未だ解かねば」の共寝の首尾が果されないのに、「青山に……鶏は鳴く」と早くも夜が明けて

しまったという客観的な描写である。もう一つは「嬢子の　寝すや板戸を　押そぶらひ　我が立たせれば　引こづらひ　我が立たせれば」から、「此の鳥も　打ち止めこせね」に続く「我」を主語とする主観的文脈で、鶏の鳴声で夜明けが来る嘆き・焦り・苛立ちが表出される。「青山に……鶏は鳴く」は、主観的文脈にも、客観的文脈にも取り込まれる。まず二番の「此の鳥も　打ち止めこせね」の表現について見ていく。孫久富氏は、八千矛神の歌謡について、「表現や句法において中国古典と関係があるばかりではなく、歌の内容においても部分的に中国の詩と酷似するところがある。この歌は即興で作ったものではなく、既に中国文学の影響を受けて、口承歌から文学創作歌に飛躍したものだと判断することができるのではないかと思う。[4]」と指摘する。類似するのは『樂府詩集』巻第四十六「清商曲辭」三　讀曲歌八十九首の一首の次の記述である。

讀曲歌　楽府詩「清商曲辭」第五十五首

打殺長鳴雞、彈去烏臼鳥、願得連冥不復曙、一年都一曉。

鉄野昌弘氏も発想の類似性を指摘している。[5] 前掲の箇所を試訓すると、「長鳴き雞を打殺(う)ち、烏臼鳥を彈去(う)ち、願はくは冥(よ(やみ))を連ねて復(ふたたび)は曙(あ)けず、一年(ひととせ)さへ一たびの曉(あさけ)とならんことを。」となろう。「烏臼鳥」は烏臼樹の実を好んで食べ、顔の黒い烏より小型の鳥である。「打殺」は棒状、或いは杖状のもの、または手で打つこと、「彈去」は弓で打つこと、「殺」にはころす意味も兼ねて「打ち殺す」、あるいは「殺す」、「殺」「去」は対応して用いられている様から、動作の強め、継続を示すともみられる。「庭つ鳥　鶏は鳴く　心痛くも　鳴くなる鳥か　此の鳥も　打ち止めこせね」の部分は、確かに讀曲歌の一節と相似しているが、第五十五首の「長鳴雞」「烏臼鳥」は共に夜明けを告げるものとして描かれる。これを打ち彈ち夜明けが来ないようにとの願いが詠じられているようにみえる。歌には愛憐の場、交情の世界の永遠を願う趣が含まれているように思われる。讀曲歌の抒情はむしろ万葉集の次の歌に近いだろう。

明けぬべく　千鳥しば鳴く　白たへの　君が手枕　いまだ飽かなくに　（11・二八〇七）

物思ふと　寝ねず起きたる　朝明には　わびて鳴くなり　庭つ鳥さへ　（12・三〇九四）

二番にはこのような交情の様や物思いに沈む様は描かれていない。詩句の類似から影響関係があるにしても、二番歌謡は讀曲歌の詩句の意味を歌の状況に合うように転換して用いていると思われる。八千矛神の「此の鳥も打ち止めこせね」〈希求・要求〉を受けて沼河日売は、三番前半では天馳使に対して「殺さないで」とお願いし、後半ではじめて八千矛神に直接呼びかける。二番の「我」の主観をうけて三番の前半部の沼河日売の「我が心」が語られていく。「我が心　浦渚の鳥ぞ　今こそば　我鳥にあらめ　後は　汝鳥にあらむを」のように「我」を鳥に擬えた表現がみられる。万葉集に詠まれた浦渚の鳥は、㈠「……潮干のむた　浦渚には　千鳥妻呼び　葦辺には　鶴が音とよむ」（6・一〇六二）、㈡「的形の　湊の渚鳥　波立てや　妻呼び立てて　辺に近付くも」（7・一一六二）、㈢「大き海の　荒磯の渚鳥　朝な朝な　見まく欲しきを　見えぬ君かも」（11・二八〇二）、㈣「人の児のかなしけしだは　浜渚鳥　足悩む駒の　惜しけくもなし」（14・三五三三）、㈤「武庫の浦の　入江の渚鳥　羽ぐくもる　君を離れて　恋に死ぬべし」（15・三五七八）、㈥「……射水川　湊の渚鳥　朝なぎに　潟にあさりし　潮満てば　妻呼び交す」（17・三九九三）、㈦「……あゆの風　いたくし吹けば　湊には　白波高み　妻呼ぶと　渚鳥は騒く」（17・四〇〇六）である。青木周平氏はこれらの歌について、「お互いに求め合いながら、なかなか逢えない情景がほのみえている。……心惹かれながらも逢えない状態を示しているのではないか。[6]」と指摘する。これらの用例中、㈠、㈡は潮や波の変化によって妻を呼び立てて鳴く千鳥の様である。㈥は潮が満ちてきて雌雄が呼び交す様、㈦は風が激しく吹きつけて白波が高く立つので配偶者を求めて鳴き騒ぐ様が詠まれる。㈢〜㈤は離れている相手を希求する恋情の比喩である。これらの用例は連れ添うのがあるべき姿であるのに、そうではないために引き起こされる不安、離れている嘆きや切ない状況が詠まれる。沼河日売は、私の心は配偶者を求める浦渚の鳥のようだから、殺さないで待ってくださいとお願いしている。二番歌謡では、妻問いが果されず夜明けを迎える八千矛神の焦りや嘆きが、別離の時を告げた鳥への怒りに転じ、打ち殺して鳴くのをやめさせたい、と天馳使に訴える。三番ではそれを受けて殺さないでとお願いする。三番歌謡の鳥は八千矛神の心をなだめ、求婚の受諾を伝える抒情的な素材に転じている。

四番歌謡では八千矛神の動作や行動を表す際に、鵄鳥、沖つ鳥（八番歌謡から鴨が想定される）など、具体的な鳥の種類名をあげ、「沖つ鳥　胸見る時　はたたぎも　是も適はず」「群鳥の　我が群れ去なば　引け鳥の　我が引け去なば」のように鳥に擬える。この様を猪俣ときわ氏は「八千矛神は、求愛の旅に出るとき、群れ鳥を従えた鳥の王者として振る舞おうとしている。求愛の歌を歌うという行為のただなかに、神と鳥と、鳥と神とが交換可能となり、神（人）でもあり鳥でもあることが可能な、両者の区分が流動化した状態が導かれるのである。[7]」と指摘する。鳥装の人と神の関わりを示唆するものとして、奈良県田原本町の清水風遺跡で、両手を広げ羽のような袖と二つの乳房が表現された女性とみられる人物の刻まれた土器片（紀元前一世紀頃）が発見された。女性と認識出来る鳥装人物像の初めての出土例である。[8]鳥の羽を付けた両手を広げたような人物は、鳥取県の稲吉田遺跡や佐賀県川寄吉原遺跡からも出土している。鳥舞をして「魂ふり」をする人物かともいわれている。鐵井慶紀氏は、『周礼』に見られる羽舞について、「羽根は社稷、宗廟、四方、請雨、星辰の祭祀にあたり、舞踊を通じて重要な宗教的意味を帯びていた[9]」とする。八千矛神の所作がこうした出土物や、古代中国の儀礼とどこまで関わるのかは不明だが、根底にはこれらの事例と共通する鳥の有する習性や信仰があり、神の鳥の所作には意味が込められていたのだろう。最終的には、丁寧に栽培された「阿多、尼」（真福寺本）（他本「阿多尼」）で染めた衣装が選び取られる。青木周平氏は、「朝日の　笑み栄え来て」に通じる茜色の衣装が相応しい日の御子像が形象化されると[10]述べる。しかし、この「阿多、尼」が何をさすのかは説が定まっておらず、問題を残すところである。「阿多尼」

の「多」を「加」の誤りとみて茜とする『古事記傳』（巻之十一）の説が支持されてきた。上村六郎氏のアキタデの音約「アタデ」で「藍蓼（アキタデ）」説[11]、「阿多、尼」の「尼」を「弖」として「阿多、弖」「異国の蓼」とみる説[12]がある。これが倭名類聚抄にみえる蓼藍と同一物かどうか、アヰタデのヰ音が脱落する可能性はなく、タデが阿多尼のタネと同語かどうかは疑問が残る。しかし、種を蒔いて育て葉から染め色をとる蓼藍は、本文の表現に近いところがある。茜説は黒、青から赤に続くと文脈をとりたいところであるが、「舂き　染め木が汁」の箇所がひっかかる。根からとる茜の染料を「染め木」というか、「阿多尼」を茜としてよいか問題を残す。藍蓼説は諸本の「尼」を「弖」とするところに問題を残す。結局「阿多、尼・阿多尼」は、何の植物か、何色かは不明である。鴗鳥の翡翠がかった青と藍蓼とした場合の青とは色調が異なるであろう。『礼記』月令では天子は春夏秋冬にそれぞれ青・赤・白・黒の衣服と玉を身に着けるとある。古事記第七番歌謡では赤玉は誕生した鵜葺草葺不合命の比喩とみられ、天之日矛伝承では阿加流比売神誕生に関わり、赤は太陽の色に重ねられる。出雲から東の倭に向かう大国主神の身に着ける衣装として赤色は相応しいとされたのであろう。須勢理毘売の願いを汲み取り、結果的には倭入りは果されない。国作りは神婚から高天原の神産巣日神の指示をうけた少名毘古那神との協力、海を照らして依り来った神の倭の御諸山への祭祀に転換していく。

　四番は、続いて「我」を「群鳥」「引け鳥」になぞらえ、須勢理毘売に語りかける。万葉集には、「群鳥」は、「……大君の　命恐み　天離る　鄙治めにと　朝鳥の　朝立ちしつつ　群鳥の　群立ち去なば　留まり居て　我は恋ひむな　見ず久ならば」（9・一七八五）と詠まれる。「朝鳥」は朝早くねぐらを飛び立つ鳥で、「つつ」は数人の者が揃って同じような行為をすることを示し、「むらだつ」は多数の人々が一斉に出発することである。天皇の仰せという抗えぬ大きな力によって、頼りにする君が潮が引くように旅立った後に、一人取り残されても、慕い続ける気持ちが表出される。梶川信行氏は四番について「万葉の旅立ちの歌――金村　福麻呂　家持　池主など

――にしばしば類句が見られる。「往なば」と仮定し、男が旅立って行った後の女の嘆きをうたうことも、万葉の旅立ちの歌の常套的なものである。[16]」と同所に万葉の恋歌的な発想を指摘する。四番は自分が旅立った後の須勢理毘売の心情や行動を「泣かじとは　汝は言ふとも　やまとの　一本薄　項傾し　汝が泣かさまく」と想像している。古事記歌謡では「やまと」は十例（第四・一五・三十・五五・五六・五八・七一・七二・九六・一〇〇番）すべてが「夜麻登」と表記され、「登」は上代特殊仮名遣では乙類の仮名であり、第四番以外の九例は地名「倭」をさすことから当該箇所も山処[13]ではなく「倭」とみられる。[14]垣見修司氏は、「一本薄は、大和に到着したときに、その姿によって須勢理毘売を思い出させるよすがとして歌に取り込まれている[15]」とする。自分が倭に旅立った後の須勢理毘売を想像し、ク語法を用いて「汝が」と従属節を提示し、その状況のもとに主格八千矛神が歎きの霧の中に立つ様を推定している。歌謡は「我」と「汝」の関係によって語られていく。『淮南子』巻三　天文訓には「毛羽者飛行之類也。故屬二於陽一。」、『淮南子』巻四　墬形訓には「鳥魚皆生二於陰一、屬二於陽一。故鳥魚皆卵生。魚游二於水一、鳥飛二於雲一。」とあり、鳥は陽のもの、陽に属するとしており、男性神の喩えに相応しい。鳥の属性について記した『春秋後語』には「淳于髡曰夫鳥同翼者聚飛而獸同足者俱行各有儔也」とあり、鳥は群れをなすとする。また、『孔子家語』巻第五　顔回　第十八には「此哭聲非下但爲二死者一而已上、又有二生離別一者也。子曰、何以知レ之。對曰、回聞、桓山之鳥生二四子一焉。羽翼既成、將レ分二于四海一。其母悲鳴而送レ之。哀聲有レ似二於此一。謂二其往而不一レ返也。」とあり、往きてかえらざるものと記す。「群鳥……引け鳥」の箇所は、こうした鳥にまつわる伝承や習性を踏まえ、倭に旅立とうとする自らを鳥にたとえて須勢理毘売に語りかけたとすれば、激しい嫉妬を鎮める説得力をもつだろう。

二番と三番には「天馳使」が登場する。折口信夫はこれを「海部馳使丁」と解し伝承者を想定する。[17]青木紀元氏は「あまはせづかひ」を伝承者ではなく、呼びかけの対象となる物語上の人物と説く。[18]『古事記傳』はあまはせづかひを「言通(コトカヨ)はす使(ツカヒ)を、虚空飛鳥(ソラトブトリ)に譬(ヘ)ていへるにや」（巻之十一）とし、ことばを伝える使いを天飛ぶ鳥にたとえる。西郷信綱氏は海人馳使を八千矛神の下僕とする。(19) また妻問いの際には二者の間に求婚の使いを立てる習慣があることから、居駒永幸氏は、天馳使を「よばひ」の使いとする。(20) 対象をあげるならば武井睦雄氏の指摘のように、二番のあまはせづかひは空を飛ぶ「鳥」そのものを、三番のそれは神を鳥に見立て「八千矛神」を示すことになろう。(21) 天馳使の実体は不明であるが、言を伝える鳥が意識されていよう。板戸を挟んだだけの隔たりであっても、神婚には大きな障壁となる。二番と三番前半のやりとりでは両者が共に天馳使に呼びかける形をとることで、八千矛神と沼河日売との距離感が表される。このように八千矛神の歌謡では、鳥を登場させることで場面の状況を明示し、鳥の形状や習性になぞらえて登場人物の関係性や心情を表出し、八千矛神の特徴や国作りの経緯を浮かび上がらせている。

C・D 仁徳記

オホサザキのサザキはミソサザイであり、仁徳紀元年正月の条には応神天皇と武内宿禰の子が同日に誕生し、産屋にそれぞれ木菟と鷦鷯が飛び込んできたとある。この瑞祥を後に伝えるために木菟と鷦鷯を交換して太子に大鷦鷯皇子、大臣の子に木菟宿禰と名付けたとする命名の由来が説かれる。山田純氏は『日本書紀』「仁徳紀」の鳥名表記は、「易姓革命」の否定に繋がるいわば陰陽五行の変化に則った「革性」の表出であり、これは具体的には仁徳紀元年正月条の、「鷦鷯」と「木菟」の名易えの記事から始まり、仁徳は「鷦鷯」の名を負う。「これは鳥が「仁」を感じて変化する春に、「木菟」から「鷦鷯」へと「易」わることを、人工的に引き起こしたことを述べている」(22) と指摘する。古事記では下巻のはじまりの仁徳天皇を大雀命とし、武烈天皇を小長谷若雀命として、仁徳から大長谷若建命（雄略）を経て、武烈で皇統が途切れ更新される経過を象徴的に示したのであろう。

仁徳の血統の最後が武烈である。名易えは書紀の仁徳天皇を象徴する伝承であるが、古事記には記されない。しかしながら応神天皇の呼びかけに、「佐耶岐、あぎの言、我が思ふ所の如し。」（応神記）とあり、歌謡中にも「本牟多能　比能美古　意富佐耶岐　意富佐耶岐」（第四七番）・「佐耶岐　登良佐泥」（第六八番）と表記され、古事記の仁徳天皇の形象にはサザキの習性が意識されていよう。『文選』「鳥獣」「鷦鷯賦幷序」張茂先作には次のように記される。

鷦鷯小鳥也。生二於蒿萊之間一、長二於藩籬之下一。翔二集尋常之内一、而生生之理足矣。……繁二滋族類一、乘居匹游。（中略）夫言有三淺而可二以託一レ深、類有三微而可二以喩一レ大。故賦レ之云レ爾。（以上序文）

何造化之多端兮、播二羣形於萬類一。惟鷦鷯之微禽兮、亦攝レ生而受レ氣。育二翩翾之陋體一、無二玄黄以自貴一。毛弗レ施二於器用一、肉弗レ登二於俎味一。鷹鸇過猶俄レ翼、尙何懼二於罿罻一。

翳薈蒙籠、是焉游集。飛不二飄颺一、翔不二翕習一。其居易レ容、其求易レ給。巢レ林不レ過二一枝一、每レ食不レ過二數粒一。棲無レ所レ滯、游無レ所レ盤。匪レ陋二荊棘一、匪レ榮二茝蘭一。動レ翼而逸、投レ足而安。委レ命順レ理、與レ物無レ患。

伊茲禽之無知、何處レ身之似レ智。不二懷レ寶以買一レ害、不二飾レ表以招一レ累。靜守レ約而不レ矜、動因循以簡易。任二自然一以爲レ資、無三誘二慕於世僞一。

新釈漢文大系『文選』（賦篇）下　高橋忠彦氏の通釈を参考に要約すると、序に鷦鷯は小鳥であるけれども、種族を繁殖させ、つがいになって住むとあり、賦には、鷹や隼が飛んで来ても、襲われる心配がないので平然と飛び続け、網で捕らえられる心配もない。高く舞い上がることも勢いよく飛び上がることもしないが、天命に任せ、道理に従い、外物を憂い恐れることはない。無知ではあるが、身の処し方は智者のようで、自然に任せることを基本とし、偽りに満ちた世間に心引かれることもないとある。このように記される鷦鷯の習性は、父帝の意を察して宇遅能和紀郎子に位を譲るが、最終的に即位する、石之日売命の嫉妬を鎮めて和合し、皇子の履中・反正・允恭が次々に即位する、速総別王の反乱を制し、鴈が卵を産む祥瑞により神意が示されて仁徳天皇の聖天子像が形成される、など応神・仁徳記に描かれる大雀命の行いに相通じるものがある。女鳥王のもとに訪れた際の「其の殿戸の閾の上に坐しき。」という描写も鳥が横木に留まる様を模したようである。特に第六七・六八番に「高行くや　速総別」と優位に表現される隼に対して、鷦鷯の名は必然性を有する。

鳥山は天皇の御言を伝える使いとして、恋の使者としての鳥の機能を象徴した命名である。「天飛ぶ　鳥も使そ　鶴が音の　聞えむ時は　我が名問はさね」（記八四番）の歌謡に示されるように、鳥が愛の管理者であり、離れた恋人たちの消息を伝えるものと観想されたために、妻問いの場面に相応しいとみなされたからであろう。鳥山には隔たる両者の間を先駆けて依頼者に成り代わって言を伝える天馳使の性格と通い合うものがあろう。

E　雄略記　天語歌

一〇一番の鳥について見ていく。「鶉鳥　領巾取り懸けて」は、鶉には頭から背にかけて白い斑紋がある様を領巾に喩えている。『和名類聚抄』に「背子附領巾（中略）楊氏漢語抄云、背子、婦人表衣、以レ錦爲二之領巾一、（中略）婦人項上飾也」とあり、女性が白い領巾をかけた姿の喩えとみられるが、大殿祭祝詞には、「皇御孫の命の朝の御膳・夕べの御膳に供へまつる領巾懸くる伴の緒、襁懸くる伴の緒」とあり、領巾は男女共にかけたとみられる。「鶺鴒　尾行き合へ」は、官人たちが長い裾を交差させて行き来する様を鶺鴒が長い尾を振って動く様に喩えている。鶺鴒は『日本書紀』神代上［第四段］一書第五に次のように記される。

一書に曰く、陰神先づ唱へて曰はく、「美哉、善少男を」とのたまふ。時に陰神の言先つるを以ちての故に、不祥として、更に復改め巡りたまふ。則ち陽神先づ唱へて曰はく、「美哉、善少女を」とのたまふ。遂に合交せむとして、其の術を知りたまはず。時に鶺鴒有り、飛び来り其の首尾を揺す。二神見して学び、即ち交道を得たまふ。

「鶺鴒」が二神に交接の道を教えたとある。鶺鴒は創世に関わる鳥と意識されている。「庭雀　群集り居て」は、雀が庭に集まって餌を拾っている様を述べ、『古代歌謡全注釈　古事記編』には、「ウズは蹲踞を意味する語」[23]とする。この座の構成員である大宮人が天皇から鳥に喩えて歌われる。雀は天若日子の喪屋の遊びに「碓女」として出てくるので鎮魂や豊穣と結びつく。森朝男氏は、大宮人は祭祀空間の最外縁部に位置し、「宴という場を通して祭祀に加入する。（中略）大宮人を表現することは、そのまま祭祀空間全体をその外側から讃えることにつながりやすい」とし、天語歌は、99番と100番は祝祭に伴う肆宴の天皇への献杯の歌、101番は酒杯が大宮人全体に行き渡って後、一座にめでたい宴の雰囲気が充満したことを祝った歌とし、この「一首が加えられることでこの三首は座全体への広がりを持った。〈景としての大宮人〉の背後には、大宮人を晴れがましき存在とする観念が潜んでいる――さらに言えば、大宮（宮廷）という場所を、ある種の聖領域としてとらえようとする観想がひそんでいる」[24]と指摘する。「酒水漬く」は、次にあげるように宴、詩酒の宴にみられる。

・河内女王が左大臣橘卿（諸兄）宅の肆宴において元正太政天皇の御歌に奏上した歌

橘の　下照る庭に　殿建てて　酒みづきいます　我が大君かも　（18・四〇五九）

・天平感宝元年閏五月二十七日、長官家持の館で詩酒の宴を設けた際に家持が作った歌

……あやめぐさ　蓬かづらき　酒みづき　遊び和ぐれど……　（18・四一一六）

・京に向う途中で、興に依りて予め作る侍宴応詔の歌　家持作

……やすみしし　我が大君　秋の花　しが色々に　見したまひ　明らめたまひ　酒みづき　栄ゆる今日のあやに貴さ　（19・四二五四）

・『出雲国風土記』楯縫郡
佐香の郷。郡家の正東四里一百六十歩なり。佐香の河内に、百八十神等集ひ坐して、御厨を立て給ひて、酒を醸させ給ひき。すなはち百八十日、喜燕きて解散け坐しき。故れ、佐香と云ふ。

これらの歌や記事をみると、天語歌の一〇一番は万葉集第四期の新しい表現を取り入れているとみられる。「らし」は眼前にはみえないものの、「その認識が、外部に存在する情報を根拠にして成立したことを表す。[25]」とされる。

和銅元年戊申　天皇の御製
ますらをの　鞆の音すなり　もののふの　大臣　楯立つらしも　（1・七六）

この歌では、点線部に推定の根拠が示される。持統紀四年正月の条には、即位の際に「物部麻呂朝臣、大盾を樹つ。」とあり、即位式が今にも始められようとしていることを示すのであろう。天語歌では正装に身を包んだ大宮人の様を鳥に擬え、創世神話に関係の深い鶺鴒をあげて過去から現在を経て未来に続く宮廷の繁栄を言祝ぎ、君臣和楽して宴が繰り広げられる様子を描いて雄略朝を讃えたのであろう。

A・C・D・Eの記事を通して、四番では大国主神の倭への求婚の支度は鳥に喩えられ、二番では「八島国　妻娶きかねて　遠々し　高志の国に　賢し女を　有りと聞かして　麗し女を　有りと聞こして」と八島国にも求められなかった配偶者を、辺境の地高志まで訪ねることが記される。また五番には「打ち廻る　島の崎々　掻き廻る　磯の崎落ちず　若草の　妻持たせらめ」とあり、倭以外の八島国と海岸線が神婚によってすでに支配下にあることが示される。Cでは仁徳天皇がオホサザキの名を有し、サザキの特性を発現させて天皇となり、隼と女鳥が起こした反乱を制圧する。Dでは聖帝の称に相応しく、その治政に天が感応して鴈が卵を産む祥瑞が起こり、「高光る　日の御子」が統治する「そらみつ　倭の国」の支配者として仁徳天皇が称揚される。Eでは新嘗祭に創世からの歴史を継承し、天・東・鄙からの霊威を受けた酒杯を飲み干した天皇が、大宮人たちも豊楽で酒を酌み交わすであろうと思い巡らし、官人や女官を鳥になぞらえ「高光る　日の宮人」と言寿ぐ。国作りの大国主神、聖帝仁徳、大王雄略という古事記の重要な王が鳥によって繋がれ、八島国（二番）、そらみつ倭の国（七二・九六番）を固めていく歴史が描かれる。

二　大后

四番の前に置かれた地の文では、須勢理毘売を「適后」、八千矛神を「日子遅の神」とする。適后は天皇に対する語であり、本来の用法からすれば上巻に用いられるのはそぐわない。大内清司氏は上巻のみにあらわれる「「ヒコヂ」は中・下巻の「天皇」にあたる葦原中つ国の正統な支配者を指すものと言うべきだろう」とし、「地の文が八千矛神を葦原中つ国の支配者として意識しているために、その妻スセリビメに「后」字が用いられていると考えられる(26)」と指摘する。地の文では「幸行す」を用いて八千矛神を最高の存在として提示している。歌謡では黒→青→赤と衣装を試していくが最終的には赤色がふさわしく、その衣装を身に着けた神に見合う配偶者が「適后」であろう。瀬間正之氏は、歌謡詞章を文字にふさわしく推敲する際、漢籍や仏典から君子の理想の配偶者としての「賢女」を思い合わせ、「「さかしめ」という表現に触れて『毛詩』以来の賢女に思いを馳せることができる相当数の知識人が存した」背景があり、「賢し女」の語が歌謡詞章に用いられた(27)とみる。そのうえで麗し女・賢し女を適后・后とする起源を八千矛神に置いている。四番で八千矛神は須勢理毘売に自分が去って後のことを想像させ、嫉妬を収め翻意を促す。須勢理毘売は「我はもよ　女にしあれば　汝を除(を)て　夫は無し　汝を除て　夫(つま)は無し」と自らの立場を訴えつつ、八千矛神に「寝をし寝せ　豊御酒　奉らせ」と命令をする。また、三番では「栲綱の　白き腕　沫雪の　若やる胸を」と記されるが、五番では寝室の帳や衾が描写され、「沫雪の若やる胸を　栲綱の　白き腕」と続く。それぞれ腕から胸、胸から腕へと描写の順序が逆になっている。神婚では「妻籠み」の「八重垣」や床が神の子誕生の重要な場となる。須勢理毘売、そして沼河日売との共寝に至る描写の相違、二人の八千矛神に対する命令とお願いという対応の違いは、適后と土地の巫女との立場の相違が反映しているように思われる。神武記では、天皇と伊須気余理比売の「一宿御寝」を回想して聖婚の床が詠まれる。

天皇の御歌に曰はく、

19葦原の　穢しき小屋に　菅畳　弥清敷きて　我が二人寝し

然くして、あれ坐せる御子の名は、日子八井命。次に、神八井耳命。次に、神沼河耳命〈三柱〉。

天皇と大物主神の娘である大后との婚姻によって葦原中国の豊饒が予祝される。五番の前には「后、大御酒坏を取り、立ち依り指し挙げて」とあり、歌謡の冒頭で須勢理毘売から「八千矛の　神の命や　我が大国主」と呼びかけられ、須佐之男大神の命を達成し八千矛神は大国主となったことが示される。須勢理毘売は「甚だ嫉妬為き」状態から「打ち廻る　島の崎々　掻き廻る　磯の崎落ちず　若草の　妻持たせらめ」と夫神の立場を容認しつつ、倭に旅立とうとした大国主神を出雲に留め、「即ちうきゆひ為て、うながけりて、今に至るまで鎮まり坐す」と二神が和合して鎮座する。榎本福寿氏は「神語」の意義について、「適后」は嫉妬の心をもたない后妃の徳をそなえた女性であり、当初望みとした「賢し女」という「理想の女性ばかりか、それにも優る賢徳具備の適后をみずからの手腕によってついに得たことになる。この適后との和親、それによる子孫衆多」、「神語から系譜への展開と続く国造りの治国を描いた、治国の前提とそれを準備する役割を担う[28]」と指摘する。邇々芸命や日子穂々手見命など配偶者と行詰る上巻の婚姻譚がある中で、大国主神と須勢理毘売の関係は歌謡を通して二神を破綻させない描き方がされ、その王と后のあり方は下巻の仁徳と石之日売、雄略と若日下部王の天皇と皇后の姿に通じる。

五番の「豊御酒　奉らせ」は、雄略記の天語歌一〇〇番の大后若日下部王の歌にも「高光る　日の御子に　豊御酒　献らせ」と詠まれる。信仰の上でもヤマト王権の重要な地であった伊勢国の三重の婇が、景行天皇の時代から続くとする歌謡によって新嘗の儀式の伝統と権威を示す。天皇は創世神話の天の由来を語る大御酒を奉られ、その豊御酒を召し上がるように大后に促される。雄略は「高光る　日の御子」と婇に呼びかけられ、大后に「葉広　斎つ真椿」に喩えられ「高光る　日の御子」と称されて怒りが鎮められ、新嘗の豊楽が執り行われる。神語と天語歌には、王を承認し王を鎮める大后が描かれる。仁徳記にも五七番に大后に「葉広　斎つ真椿」に喩えられる天皇が詠まれる。天皇と和解し、奴理能美から蚕を献上され、宮廷養蚕の主催者となる皇后の起源が石之日売に結びつけられる。反乱制圧後の豊楽では、石之日売は礼を重んじ「あるべき君臣の秩序を保つ」「仁徳天皇にふさわしい皇后[29]」として描かれる。石之日売は仁徳天皇の皇位を継承する三柱の御子を儲け、皇統を保持し継承する豊饒性を有する。嫉妬が仁徳に対する恨み・怒りに増幅しつつも、神語の起源に則り仁徳とその大后はあるべき場所に収まる。その後に、鴈の卵・枯野の琴の祥瑞により仁徳の治政が称揚され、聖帝と大后が並び立って治める理想の天皇の御代が語られる。始原に立ち返り神の言動に添って人の世を説こうとする古事記の構想が存するようである。

三　語り言

「語り言」の語りは古事記に十箇所出てくる「語る」の語と無関係ではないだろう。「語る」の用法についてはすでに、藤井貞和氏[30]、山田直巳氏[31]、森昌文氏[32]、板垣俊一氏[33]、の先行研究によって提示されるが、用例を以下にあげて検討する。

a伊耶那岐命の語りて詔ひしく、「愛しき我がなに妹の命、吾と汝と作れる国、未だ作り竟らず。故、還るべし」とのりたまひき。（神代記）

b爾くして、天佐具売、此の鳥の言を聞きて、天若日子に語りて言はく、「此の鳥は、其の鳴く音甚悪し。故、射殺すべし」と、云ひ進むるに、即ち天若日子、天つ神の賜へる天のはじ弓・天のかく矢を持ちて、其の雉を射殺しき。（神代記）

c故爾くして、天鳥船神を遣して、八重事代主神を徴し来て、問ひ賜ひし時に、其の父の大神に語りて言はく、「恐し。此の国は、天つ神の御子に立て奉らむ」といひて、即ち其の船を蹈み傾けて、天の逆手を青柴垣に打ち成して隠りき。（神代記）

d故、其の父の大神、其の聟夫を問ひて曰ひしく、「今旦、我が女が語るを聞くに、云ひしく、『三年坐せども、恒は嘆くこと無きに、今夜大き嘆きを為つ』といひき。若し由有りや。亦、此間に到れる由は、奈何に」といひき。爾くして、其の大神に語ること、備さに其の兄の失せたる鉤を罰りし状の如し。（神代記）

e故、矢河枝比売、委曲かに其の父に語りき。是に、父が答へて曰はく、「是は、天皇に坐すなり。恐し。我が子、仕へ奉れ」と、云ひて、其の家を厳餝りて、候ひ待てば、明くる日に入り坐しき。（応神記）

f乃ち、語りて云ひしく、「天皇は、比日八田若郎女に婚ひて、昼夜戯れ遊ぶ。若し大后は此の事を聞こし看さぬか、静かに遊び幸行す」といひき。爾くして、其の倉人女、此の語る言を聞きて、即ち御船に追ひ近づきて、白す状、具に仕丁の言の如し。（仁徳記）

g女鳥王、速総別王に語りて曰はく、「大后の強きに因りて、八田若郎女を治め賜はず。故、仕へ奉らじと思ふ。吾は、汝命の妻と為らむ」といひて、即ち相婚ひき。（仁徳記）

h是に、建内宿禰、歌を以て語りて白さく、

72高光る　日の御子　諾しこそ　問ひ給へ　真こそに　問ひ給へ　吾こそは　世の長人　そらみつ　倭の国に　鴈卵生と　未だ聞かず　（仁徳記）

i是を以て、曾婆訶理に語りしく、「今日は此間に留りて、先づ大臣の位を給ひて、明日上り幸さむ」とかたりき。（中略）故、石上神宮に参ゐ出でて、天皇に奏さしめしく、「政は、既に平げ訖りて、参ゐ上りて侍り」とまをさしめき。爾くして、召し入れて相語りき。（履中記）

j爾くして、其の后に語りて曰ひしく、「汝、思ふ所有りや」といひき。答へて曰ひしく、「天皇の敦き沢を被れば、何か思ふ所有らむ」といひき。（安康記）

これらの用例を分析し、藤井氏は「芸能的なカタリ、説得や使嗾、できごとやことのしだいの説明・報知、発問、カタラヒ」などに分類し、「「語る」は相手を動かさずにはいられない力のこもった言語活動としての発言行為[30]」と捉える。山田氏は「語る」の内容が「モノローグ的な内容に限られ」、「共通して看取されるのは、対話性に対する拒否の姿勢」であり、「一方通行の、相手との対話の無い発話行為[31]」とする。これに対して、森氏はカタル、という語は〈事〉の客観的提示部と、話者自身の〈言〉とによって成り立ち、根拠があって初めて「話者の言が説得力をもって対手を話者と同一の場にまき込もうとする原理[32]」をもつと指摘する。板垣氏は、「カタル相手はほとんど親和関係にあって」、「その相手が言葉で返答する代わりに即行動力によってその「語り」の内容を肯定している[33]」とする。それぞれ首肯される点はあるが、とくに森氏が語りの強い力が事の客観的な提示によって引き起こされるとした指摘は卓見である。これらの用例は、語る者が語りかける相手に対して親和性を有するものの、語る者と語りかけられる者は相反する立場にあり、語るという働きかけにより同一状況を共有させることで、語る者の方向や考え、立場に相手を導こうとしている。aは、国作りの継続を求める伊耶那岐命に対して、黄泉戸喫をした伊耶那美の帰還は不可能なのだが、状況を打開する行動に相手を向けさせるも、両者は離別することになる。ｂは天の使いの鳴女の声は聞くべき正当なものだが、それを天佐具売は悪しき声として否定し、天つ神から派遣されながらも葦原中国を手に入れようとする天若日子に鳴女を殺させる。ｃは大国主神と事代主神は親子で、葦原中国を共に領有する存在であるが、事代主は国譲りを勧めて身を隠し、大国主に国譲りを決断させる。ｄは三年間円満に営まれていた結婚生活に、火遠理命の嘆きによってかげりが兆し、父に娘が不安を向ける。火遠理命も異郷での穏やかな結婚生活とは逆の対処すべき現実世界の憂いに囚われる。海神に苦境を打ち明けその助力を得て、火遠理命は火照命に打ち勝つ。ｅは矢河枝比売は木幡の道衢で求婚された相手が天皇であることに思い至らないが、娘の詳細な説明によって父親は天皇と娘の結婚を準備し、婚姻によって宇遅能和紀郎子が誕生する。ｆは仕丁の告げ口と倉人女の注進によって豊楽を執行すべき大后を、御綱柏を投棄し出奔させ宮中祭祀放棄に向かわせる。ｇは天皇の媒として訪れた速総別に対して女鳥王は求婚拒否を伝え、仁徳天皇の側から自分の側に速総別を取り込み反乱を起こす。ｈは倭国でこれまで起こらなかった奇事は、世の長人である建内宿禰もはじめての経験であることを説き、祥瑞として天皇の御代が言祝がれる。ｉは履中天皇に忠誠を示すために、墨江中王に仕えていた曾婆訶理を寝返らせ自分の大臣にすると欺いた水歯別命が、曾婆訶理を信用させて殺し、その働きによって履中天皇は水歯別の忠誠を信じる。水歯別は後に反正天皇として即位する。ｊは大日下王を殺害してその妻長田大郎女を皇后とした安康天皇が、皇后が前夫を忘れられず天皇を恨んでいるだろうと察して、自分への気持ちを確かめようと向けた言葉である。いずれも、「語り」を契機として相手の行動が起こされるが、物事が予定調和的にはおさまらず、事件や事態が思わぬ方向に展開し結末を迎える。ｆは冒頭のＢに全文を引用したが、吉備の児島仕丁はまず「天皇は、比日八田若郎女に婚ひて、昼夜戯れ遊ぶ。」という事実を語る。次に周知されている石之日売の「嫉妬すること甚多し。故、天皇の使へる妾は、宮の中を臨むこと得ず。言立つれば、足もあがかに嫉妬しき。」の性状を刺激するかのようにたたみかける。天皇の黒日売への御歌を聞いて「大きに忿りて、人を大浦に遣し、追ひ下して、歩より追ひ去」った大后は自分の留守中を狙ったかのように「八田若郎女に婚ひて、昼夜戯れ遊ぶ」天皇に誇りを傷つけられる。しかも天皇の行為がすでに宮廷内から下級身分の者にも知れわたっており、盲点を突かれるように「若し大后は此の事を聞こし看さぬか、静かに遊び幸行す」と第三者に事実を突きつけられることは耐えがたい。挑発的な仕丁の語りは大后の反応を十分に予想したものであろう。倉人女はこの言葉に刺激され、慌てて「此の語る言を聞きて、即ち御船に追ひ近づきて、白す状、具に仕丁の言の如し。」と仕丁の語りの内容を一言も違うこと無く再現し、声音や口調表情も思い浮かぶように石之日売に伝えたのであろう。それ故大后は「大きに恨み怒りて、其の御船に載せたる御綱柏をば、悉く海に投げ棄てき。」という行動に走ったと思われる。斉藤英喜氏は「イハノヒメが仁徳とワキイラツメとの関係を知るために設定された、吉備国の児島の仕丁→倉人女→イハノヒメという」「〈媒介的人物〉がからむことで、「一場面二人」という「構造的特質」が、その構造のなかで一程の広がりの恣意性を許容されるようになる。」仁徳天皇と石之日売の関係を修復しようとする「口子臣」「口日売」は、「声と声で結ばれる直接的な関係から分化した、文字通りの〈媒介的人物〉であった。そこでうたわれた歌は、まさに仁徳天皇の声（＝会話）が分化したものだった。歌は〈喩的な会話〉だったのである。」[34]と指摘する。仕丁と倉人女の「語り」が大后の出奔に拡大し、鳥山、口子臣・口日売は天皇の言（歌謡）を何とかして大后に伝えようと右往左往する。このように言を伝える伝達者が大きな役割を担う例は神武記にある。

　乃ち天皇、其の媛女等を見て、御心に伊須気余理比売の最も前に立てるを知りて、歌を以て答へて曰はく、

　　16かつがつも　弥前立てる　兄をし娶かむ

　爾くして、大久米命、天皇の命を以て、其の伊須気余理比売に詔ひし時に、其の大久米命の黥ける利目を見て、奇しと思ひて歌ひて曰はく、

17あめ鶺鴒　千鳥真鵐　など黥ける利目

爾くして、大久米命の答へて歌ひて曰はく、

18媛女に　直に逢はむと　我が裂ける利目

故、其の嬢子の白ししく、「仕へ奉らむ」とまをしき。

天皇は伊須気余理比売に直接語りかけず、天皇と比売との間には天皇の意を呈した大久米命が入り比売に歌いかける。鳥のように目が裂けていると喩えられる大久米命は、鳥が有する本能のように物事の本質を見通し天皇と伊須気余理比売の言、思いを仲介する。仁徳記において吉田修作氏は「使者鳥山を媒介にして登場人物、この場合は天皇の言葉や霊魂が伝達されたと捉えられる[35]」とする。それは大久米命の役割にもあてはまるだろう。実際の距離はともかく、相手の心がはかれない物理的にも心理的にも遠い両者の距離感を表すのが間に立つ使いであり、使いは神や天皇の意を汲み取りそれに成り代わって行動し対象に言を伝える。使いを間に挟んで二者の会話が成立するのである。

天語歌の結びは、「事の　語り言も　是をば」であり、神語の結びも「事の　語り言も　是をば」で共通している。五番歌謡の末尾「寝をしなせ　豊御酒　献らせ」と一〇〇番歌謡は「豊御酒　献らせ」の命令の表現をもつが、五番には「事の　語り言も　是をば」の締め括りの定型表現はない。青木周平氏は、「事の　語り言も是をば」の「「是をば」の指示内容は、一首のみの文脈におさまらない。三者（須勢理毘売命も入れれば四者）の関係性の中で、〈問答〉として展開する「語り言」を指示する語としての「是をば」のあり方を認めてよいのではないか。[36]」と指摘する。神語と天語歌に共通する結びの「事の　語り言も　是をば」の句について、折口信夫は歌の部分が天語歌であり、歌を包む伝承部分、歌の起源説話にあたるものを「かたりごと」と捉える[37]。一方古橋信孝氏は、「語りと謡の未分化な状態を始源的に想定し」、「八千矛神にかんする内容の語りの謡[38]」と捉える。こ

れに対して神野志隆光氏は、「事の　語り言も」のモを感動の助詞ではなく並列の意ととり、「歌がその前提として伝承をもち、それがあるからこそ「ことの語りごとも」と保証されうる。」[39]と主張する。金沢英之氏は神野志説に疑問を呈し、「遙き後世までも、故事の語言にぞ爲なむ」（十一之巻）という『古事記傳』の見解を引継ぎ、「一回的に生じた出来事が「語り言」（ここでは出来事の伝承と捉えておく）によって（中略）時間的には国土創造の神話的始源から歌の現在にいたる時の流れを、空間的には天の果てからアヅマ・ヒナを経てヤマトの宮の槻の木の下にいたるひろがりを凝縮して今ここで起こったこの出来事について、さらにこれから先の世々にわたっても語り継がれてゆくことになるだろう、とその射程を未来に向けて延伸するのがこの結句であった」[40]と主張する。「語り言」が延伸性を有するとする金沢氏の指摘は首肯される。「語り言も」のモは並列ではなく詠嘆の意であり、これによって広がりをもった世界を受けとめ、「是をば」で対象への集中が図られる。結句によって歌い手の視点から聞き手に対して、対象の拡散と集約がなされるのである。

古事記の「語り」の用例のように「事の　語り言」をもって伝えられる神語と天語歌は、二者同士の、もしくは三者の問答によって展開し、思わぬ方向に向かおうとしていた事件が、言の力によって収まる。神語の八千矛神と沼河日売は天馳使を介し、八千矛神を軸にして出雲・高志・倭という大きな広がりの中に沼河日売と須勢理毘売も組み込まれる。天語歌では、天皇に三重の婇と若日下部皇后が対し、その周囲に大宮人が配されて、大きな空間が形成される。仁徳記では「天皇と大后との歌へる六つの歌は、志都歌の歌返」とされ、両者の歌を中心に事件の展開と収束が語られる。天語歌では、九九番で高天原から天降った岐美二神の淤能碁呂島創世、高天原を根源とする天・東・鄙の天皇の支配領域が歌われ、三重の婇が捧げ持つ瑞玉盞に天皇が支配する全世界が投影される。一〇〇番では婇の歌を受け大八島国平定がなされた景行朝から新嘗祭がなされる倭の高市の新嘗屋の由来を説き、そのような歴史を受け継いで祭祀を行う天皇を讃え、大后が大御酒を勧める。一〇一番で天皇は大宮人の奉仕を語る。婇と大后、天皇との歌の会話によって「高光る　日の御子」「高光る　日の宮人」の存在理由や価値が語られる。天語歌を景行天皇時代の歌、景行天皇の時代から続く古い歌とすることで新嘗の儀式の伝統と権威を示し、また天皇も歌うことによって、統治する国が充足していることを証明する。さらに天皇が酒を召し上がる起源が八島国を支配下においた八千矛神歌謡に記される。天語歌には新嘗屋が歌われ、八千矛神歌謡における聖婚の床と夫婦和合、適后の起源にも、仁徳記の国見歌謡（五三番）の淤能碁呂島とも結びつく。神・天皇と大后の言動の語りを通して時間の流れと空間を現出させ古事記の歴史の縦糸が紡がれている。

おわりに

上巻の婚姻譚の中で、大国主神と須勢理毘売の関係は歌謡を通して破綻させない描き方がされ、それは下巻の仁徳と石之日売、雄略と若日下部王の天皇と皇后のあり方に通じる。古事記は八千矛神と仁徳・雄略天皇を繋ぐ意図的な構想を有していよう。谷口雅博氏は、「「八千矛神」とは「宇都志国主神」即ち現実につながる、青人草のいる世界の主となれと言われた事柄を実現する役割を担っていたのではないか。つまり『古事記』は、八千矛神という存在に、ある面においては理想の支配者像（天皇像）を投影しようとしていたということになるのである。八千矛神は八嶋国・高志国・倭国などの国と絡み合いつつ、神話の最後には、「如是歌ひたまひて即ち宇伎由比して、宇那賀気理弖、今に至るまで鎮まり坐す。」と記される。（中略）それは大国主神のもうひとつの面、即ち天皇支配の先駆け的役割を持つ側面がここで終焉するということなのではなかろうか。（中略）神話的世界と現実の世界とが二重写しになるような描写」がなされる[41]と指摘する。

古事記は上巻において、禊や誓約による天皇家の祖先神の出誕を語る。そこでは、尊貴性や聖性が強調されるが、人間世界における幸福な婚姻は描かれることが少ない。日向三代の神話においても、男女の情愛や幸せ、葛藤や苦悩よりも火中出産や禁室型の話型で天皇家の祖先の超越性を語ることに主眼が置かれる。しかし一方では、人間の根源的な感情は存在し、古事記が文芸的であればあるほど人間の営為がそこから読みとれるのである。伊耶那岐・伊耶那美の国作りを継承する大国主神を、人間の世に通じる規範として、一つの理想像として描くことが、神語のテーマの一つであったように思われる。その結末は夫婦が和合し鎮まる。女性の霊能を獲得し、支配と服従を確立し豊穣を予祝する王者の婚姻の規範は、人の世の天皇の御代に継承される。雄略記はその多くが婚姻伝承によって構成されるが、駒木敏氏は「雄略記の物語を貫くのは、長谷の宮を中心とする四方、四周（東＝美和、西＝葛城・日下、南＝吉野、北＝春日）の境界のクニグニの確定であり、雄略の「天下」のコスモロジーの画定の論理である。雄略記に配置された歌謡における固有名詞（地名）の頻出、そして歌謡に組み込まれた地名起源の方法の顕在は、決して偶然の結果ではなく、この巻の編集の視座が要請したものであろう。[42]」と指摘する。仁徳は「そらみつ　倭の国」、鴈が卵を生む「高光る　日の御子」の統治する世界の天皇であり、その「そらみつ　倭の国」を継承した雄略は、蜻蛉も天皇に奉仕し、一言主大神も天皇に敬意を表す世界を作り上げる。仁徳・雄略天皇条は、天皇の中心的な世界である「そらみつ　倭の国」を描くことに主題がある。[43]

起源を語ることにより現在のあり方が定められていく。神語・天語歌は歴史の転換点を語る。神話と歴史と現実の物語が歌謡の中に等価値で示され過去・現在・未来が交錯し、雄略記は新嘗祭祀の場・時間と空間の重層を可能にする。殺される危機を転換する返答、婇の歌に賛意を示した大后が、御酒を召し上がるよう勧める。天皇は御酒を召し上がったのだろう。それによって大宮人たちも酒をふんだんに飲み、饗宴の様、満ち足りた雄略天皇の宮廷の様子が描き出される。歌謡による会話、問答によって神・天皇と土地の巫女・大后のそれぞれ異なる立場が打ち出され、対立が語られながらもその危機を乗り越えることによって一つの方向性が示され、事柄が在るべき姿や良い方向に落ち着いていく。「邦家の経緯」「王化の鴻基」という天皇国家の理想を掲げて編纂された古事記には、そこに取り入れられ描かれた鳥や大后の形姿・性格・行動の隅々にまでその志向が働いている。呪的信仰を内在させながら神の世界から連続する人の世界を描くのが神語・天語歌であったと思われるのである。

注

(1) 鈴木啓之「稲羽の素菟・八十神の迫害」『古事記の文章とその享受』二〇一一年九月　新典社

(2) 吉田修作「「神語（かむがたり）」と「天語歌（あまがたりうた）」――古事記上・中・下巻の繋がりを通して――」『日本文学』六六　二〇一七年一二月
嫉妬譚の内容にとどまらず構成や型において「神語」と石之日売物語に共通性があることは、注（34）にも指摘がある。

(3) 山路平四郎「「あまはせづかひ」私考」『国文学研究』第四十三集　一九七一年一月　氏は、神語と天語歌の奏者が共通するとみる。なお引用文中の歌謡番号はそのままで記す。

(4) 孫久富「日本古代の歌垣と歌謡の変貌」『日本上代の恋愛と中国古典』一九九六年七月　新典社

(5) 鉄野昌弘「「神語」をめぐって」『萬葉集研究』第二十六集　二〇〇四年四月　塙書房

(6) 青木周平「八千矛神」『古代文学の歌と説話』二〇〇〇年一〇月　若草書房

(7) 猪俣ときわ「鳥の王・人の王　歌の仁徳天皇」『異類に成る　歌・舞・遊びの古事記』二〇一六年一〇月　森話社

(8) 二〇一九年一〇月一〇日　毎日新聞朝刊　大阪本社版

(9) 鐵井慶紀「古代中国に於ける鳥の聖視観について」『民族学研究』第四一巻第二号　一九七六年九月

(10) 前掲書（6）

(11) 上村六郎「茜染考――其他の赤染について――」『奈良文化』第十二号　一九二七年一〇月

(12) 土橋寛『古代歌謡全注釈　古事記編』一九七二年一月　角川書店、西宮一民『古事記』（新潮日本古典集成）一九七九年六月　新潮社　では、「赤色の染料をとる外国産の蓼藍」とする。

(13) 本居宣長『古事記傳』十一之巻。西郷信綱『古事記注釈』第二巻　一九八四年一〇月　平凡社　では「山処（ヤマト）または山本（ヤマト）

であろう」とする。
(14) 契沖『厚顔抄』(契沖全集第七巻　岩波書店)では「大和ナリ」とする。西宮一民『古事記　新訂版』(一九八六年一一月　桜楓社)、『古事記』(新潮日本古典集成)は「大和」とする。佐佐木隆『古事記歌謡簡注』二〇一〇年一一月　おうふう　では、「出雲から見て「倭」と言ったと解する」とある。
(15) 垣見修司「やまとの一本薄考」『同志社国文学』第八〇号　二〇一四年三月
(16) 梶川信行「「神語り」の形成(上)」『語文』第六十輯　一九八四年六月
(17) 折口信夫「国文学の発生(第四稿)唱導的方面を中心として」『折口信夫全集』第一巻　一九六五年一一月　中央公論社
(18) 青木紀元「いしたふやあまはせづかひ」『日本神話の基礎的研究』一九七〇年三月　風間書房
(19) 西郷信綱『古事記注釈』第二巻　一九七六年四月　平凡社
(20) 居駒永幸「八千矛神の婚歌――〈あまはせづかひ〉をめぐって」『古代の歌と叙事文芸史』二〇〇三年三月　笠間書院
(21) 武井睦雄「ふたつの「あまはせづかひ」――補助動詞「たまふ」の用法から見たる――」『上代文学論叢・論集上代文学第八冊　一九七七年一一月　笠間書院
(22) 山田純「「鶺鴒」という名の天皇――鳥名と易姓革命――」『日本書紀典拠論』二〇一八年五月　新典社
(23) 土橋寛『古代歌謡全注釈　古事記編』一九七二年一月　角川書店
(24) 森朝男「景としての大宮人」『古代和歌と祝祭』一九八八年五月　有精堂出版
(25) 小田勝『実例詳解古典文法総覧』二〇一五年四月　和泉書院
(26) 大内清司「『古事記』における「ヒコヂ」の語義をめぐって」名古屋大学『国語国文学』第六一号　一九八七年一二月
(27) 瀬間正之「「賢し女」という表現――記載文学としての八千矛神歌謡――」『菅野雅雄博士古稀記念　古事記・日本書紀論究』二〇〇二年三月　おうふう
(28) 榎本福寿「八千矛神の未遂の恋をめぐる歌と解釈」『古事記年報』第五十号　二〇〇八年一月
(29) 山口佳紀　神野志隆光　校注・訳『新編日本古典文学全集　古事記』一九九七年六月　小学館
(30) 藤井貞和「古代文学における「語り」――『古事記』の事例から――」『上代文学』第四十九号　一九八二年一一月

(31) 山田直巳「語りの基層――そのモノローグ的表出について――」『上代文学』第四十九号　一九八二年一一月
(32) 森昌文「〈カタル〉の用法・試論――古事記の用例を主として――」『古代研究』第二〇号　一九八八年二月
(33) 板垣俊一「発話行為と〈物語〉――古事記に於ける「語る」の用例を通して――」『都大論究』第二五号　一九八八年三月
(34) 斉藤英喜「文字とのめぐり逢い」『国文学　解釈と鑑賞』第四七巻第一号　一九八二年一月
(35) 吉田修作「大雀（仁徳）天皇論――鳥の神話・物語」『古代文学表現論――古事記・日本書紀を中心として――』二〇一三年三月　おうふう
(36) 前掲書（6）
(37) 前掲書（17）
(38) 古橋信孝「八千矛神の「神語（かむがたり）」謡」『古代歌謡論』一九八二年一月　冬樹社
(39) 神野志隆光「「ことのかたりごともこをば」――古事記覚書――」『新潟大学国文学会誌』第一九号　一九七五年一二月
(40) 金沢英之「『古事記』三重の采女の歌――アメ・アヅマ・ヒナの位置づけを中心に――」『萬葉集研究』第三十三集　二〇一二年一〇月　塙書房
(41) 谷口雅博「大国主神の「亦名」記載の意義」『論集上代文学』第三十七冊　二〇一六年一月　笠間書院
(42) 駒木敏「歌謡と起源の物語――雄略記の場合――」『古事記歌謡の形態と機能』二〇一七年四月　おうふう
(43) 金井清一「古事記、雄略天皇段の構想――そらみつヤマトの王者形成の物語――」『論集上代文学』第三十一冊　二〇〇九年四月　笠間書院　氏は「雄略天皇段は雄略天皇の「そらみつヤマト」の王者成立の物語である。」とし、「長谷の百枝槻の豊楽」はヤマトの東西南北の四周を確定した「雄略大王の実質的即位儀礼」であったと捉えている。

＊倭名類聚抄は諸本集成倭名類聚抄　本文篇　臨川書店、淮南子（淮南子　上）、孔子家語、文選（文選（詩賦）下）は新釈漢文大系　明治書院による。春秋後語は「中國哲學書電子化計劃」サイトの『漢魏遺書鈔』を参照し、太平御覧は文淵閣四庫全書　台湾商務印書館を参照した。讀曲歌は中國古典文學基本叢書　樂府詩集　中華書局による。

＊本章執筆に当たり、松田稔氏、田熊信之氏、須永哲矢氏にご教示を賜った。記して感謝申し上げる。

第二章　来目歌の考察

はじめに

『日本書紀』の「来目歌」は次のA・B・Cの三箇所に配され、Dに大伴氏の遠祖、道臣命が大来目部を率いて秘策を受けて、諷歌と倒語とで妖気を払い除いた、と記述される。

A（戊午年八月）天皇、其の酒宍を以ちて軍卒に班ち賜ひ、乃ち御謡して曰はく、謡、此には宇多預濔と云ふ。

7菟田の　高城に　鴫羂張る　我が待つや　鴫は障らず　いすくはし　くぢら障り　前妻が　肴乞はさば
立柧棱の　実の無けくを　こきしひゑね　後妻が　肴乞はさば　櫟　実の多けくを　こきだひゑね

とのたまふ。是を来目歌と謂ふ。今し楽府に此の歌を奏ふには、猶し手量の大き小きと、音声の巨き細きと有り。此古の遺れる式なり。

B冬十月の癸巳の朔に、天皇、其の厳瓮の糧を嘗し、兵を勒へて出でたまふ。先づ八十梟帥を国見丘に撃ちて、破り斬る。是の役に、天皇の志、必ず克たむといふことを存ちたまへり。乃ち御謡して曰はく、

8神風の　伊勢の海の　大石にや　い這ひ廻る　細螺の　細螺の　吾子よ　吾子よ　細螺の　い這ひ廻り
撃ちてし止まむ　撃ちてし止まむ

とのたまふ。謡の意は、大石を以ちて其の国見丘に喩へたまふなり。既にして、余党猶し繁く、其の情測り難し。乃ち顧みて道臣命に勅したまはく、「汝、大来目部を帥ゐて大室を忍坂邑に作り、盛に宴饗を設け、虜を誘りて取れ」とのたまふ。道臣命、是に密旨を奉り、窨を忍坂に掘りて、我が猛卒を選ひ、虜と雑居う。陰に期りて曰く、「酒酣なる後に、吾則ち起ちて歌はむ。汝等、吾が歌ふ声を聞かば、一時に虜を刺せ」といふ。已にして坐定り酒行る。虜、我が陰謀有ることを知らず、情の任に径に酔ふ。時に、道臣命乃ち起ちて歌ひて曰く、

9忍坂の　大室屋に　人多に　入居りとも　人多に　来入居りとも　みつみつし　来目の子らが　頭椎い
石椎い　持ち　撃ちてし止まむ

といふ。時に我が卒、歌を聞き、倶に其の頭椎剣を抜き、一時に虜を殺す。虜の復噍類者無し。皇軍大きに悦び、天を仰ぎて咲ふ。因りて歌ひて曰く、

10今はよ　今はよ　ああしやを　今だにも　吾子よ　今だにも　吾子よ

といふ。今し来目部が歌ひて後に大きに哂ふは、是、其の縁なり。又歌ひて曰く、

11蝦夷を　一人　百な人　人は云へども　手向ひもせず

といふ。此は皆、密旨を承けて歌ひ、敢へて自ら専なるに非ざるなり。

C（戊午年十一月）是より先に、皇軍、攻めては必ず取り、戦ひては必ず勝てり。而るを、介冑の士疲弊ゆること無きにあらず。故、聊に御謡を為りて将卒の心を慰みたまふ。謡して曰はく、

12楯並めて　伊那瑳の山の　木の間ゆも　い行き守らひ　戦へば　我はや飢ぬ　島つ鳥　鵜飼が伴　今助け

に来ね

とのたまふ。

（戊午年十二月）此の役に至りて、意に窮誅さむと欲す。乃ち御謡して曰はく、

13みつみつし　来目の子等が　垣本に　粟生には　韮一本　其のが本　其根芽繋ぎて　撃ちてし止まむ

とのたまふ。又謡して曰はく、

14みつみつし　来目の子等が　垣本に　植ゑし山椒　口疼く　我は忘れず　撃ちてし止まむ

とのたまふ。因りて復、兵を縦ちて急く攻めたまふ。凡て諸の御謡は、皆来目歌と謂ふ。此は歌へる者を的取して名くるなり。

D神武紀辛酉年正月庚辰の朔の条

初めて、天皇、天基を草創めたまひし日に、大伴氏が遠祖道臣命、大来目部を帥ゐ密策を奉承り、能く諷歌・倒語を以ちて妖気を掃蕩へり。倒語の用ゐらるるは、始めて茲に起れり。

（傍線・傍点は筆者による。以下同じ）

『日本書紀』には八首の歌謡が載せられ、第七番・八番・十二番・十三番・十四番の神武天皇を歌い手とする「為御謡之曰」「謡曰」「謡之曰」の歌謡と、第九番の道臣命、第十・十一番の「歌之曰」と記す皇軍を主語とする歌謡とに分かれる。「来目歌」の名称は、第七・十四番歌謡の後の二カ所に記され、「諸の御謡」を「来目歌」と言い、来目部が歌ったことにより名付けられたとある。一方『古事記』六首は全て神武天皇を歌い手とし、歌曲名は記されない。『日本書紀』第九（記は第十）番は記紀で歌い手を異にし、第十・十一番は『古事記』には載せられない。『古事記』第九番に記された「ええしやごしや〈此は、いのごふぞ〉ああしやごしや〈此は、嘲咲ふぞ〉」は『日本書紀』第七番の類似する歌謡には記されない。第十番の歌謡に「ああしやを」の語が取り込まれ、第七

番歌謡の後の説明に「手量の大き小きと、音声の巨き細きと有り」と歌われ方を記す。『古事記』は登美毘古を撃つ第十三番「神風の」の歌謡を五番目に置くが、同内容の『日本書紀』第八番歌謡は八十梟帥を国見丘で破った時の歌として二番目に配列し、「謡の意は、大石を以ちて其の国見丘に喩へたまふ」と記す。また『日本書紀』独自の記事として神武紀辛酉年正月庚辰の朔の条に、道臣命が大来目部を率いた歌謡の威力は、Dの部分に「大伴氏が遠祖道臣命、大来目部を帥ゐ密策を奉承り、能く諷歌・倒語を以ちて妖気を掃蕩へり」とある。「諷歌」は「喩へ」と関わると思われる。天皇の御歌を「御謡」とする『日本書紀』には、一般的な「童謡」の表記ではなく、ワザウタに「謡」を用いた皇極紀二年十一月条、同四年六月条には「謡歌」の例がある。「謡」は『新撰字鏡』天治本に「獨歌也又徒歌為[木+謡]是也和佐宇太徒空也」とある。「徒歌」は楽器を伴わない歌である。「謡」の「和佐宇太」の訓は、神武天皇の歌謡にワザウタに通じる威力を意図したのであろう。また、第九・十・十一番の、道臣命や皇軍が歌った歌謡に「諷歌・倒語」や「妖気掃蕩」の働きをみたと思われる。本章では、来目歌に歌謡の効力と所作の起源を結びつける『日本書紀』独自の記述について、「咲」「哂」と「妖」、「手量」と「頭椎い石椎い持ち　撃」つ所作などから、第九・十・十一番歌謡を中心に考察する。

一　「妖」をはらう「咲」「哂」

来目歌の「謡」と「歌」によって書き分けられた歌謡がそれぞれ異なる出自や性格を有することは、先行研究によって指摘される。斎藤静隆氏は、「諷歌倒語」は、「来目歌」の実質に近いものであったとし、歌謡表示に「謡」とある方は、「祭式的なものを戦闘歌謡としてとらえ直した段階で、寓意的な歌謡とする意識の残るもの」、「歌」とある方は、「歌謡が戦闘伝承としての現実性、具体性を有し、劇的な構成をもつようになったもの(1)」とする。

また多田元氏は、来目歌全体で、「謡」字の「来目歌」と、「歌」字の歌謡表示がされる「道臣命・来目部」が歌に関わる部分とは、性質を異にし、後者は「諷歌倒語」の由来と呼応し、大伴氏の伝承と密接に関わる[2]と指摘する。増井元氏は、「諷歌倒語」の「その実体は不明だが、ある尋常でない形での言語表現（これ自体一つの「ことわざ」である）に「わざはひ」を打破する力を認めたもの[3]」とする。吉田修作氏は、「諷歌倒語」は、「仲間内にのみ分かる謎めいた歌、或いは暗号、隠語のようなことば」で、「道臣命、乃至はそれを支える来目集団の言語行為と限定されるが、それはワザハヒを駆逐する、つまり、サキハヒを招来する為に行われる[4]」と捉える。これらの指摘を踏まえ、『古事記』第九番と『日本書紀』第七番の歌謡の説明の相違を押さえて、「歌」の笑いと「妖」との関係、来目歌の「咲」「哂」と所作から第九・十・十一番の歌謡と地の文の特徴をみていく。

『古事記』の「妖」は、海原統治を拒否する須佐之男命の啼泣の場面に、

　其の泣く状は、青山を枯山の如く泣き枯し、河海は悉く泣き乾しき。是を以て、悪しき神の音、狭蝿の如く皆満ち、万の物の妖、悉く発りき。

とあり、「妖」が引き起こされる。また天の石屋戸にさし隠った天照大御神の不在によって、高天原と葦原中国は常夜往く状態になる。

　是に、万の神の声は、狭蝿なす満ち、万の妖は、悉く発りき。

この「万の妖」をはらうのが、天宇受売の「楽」と八百万神の「咲」である。天照は、「何の由にか、天宇受売は楽を為、亦、八百万の神は諸咲ふ」とたずねる。天宇受売命の「汝が命に益して貴き神の坐すが故に、歓喜び咲ひ楽ぶ」の発言は事実とは逆の一種の「倒語」のようである。天照は鏡に映った貴い神を確認しようとして石屋から導き出され、「妖」が去る。「妖」は天智紀九年正月戊子の条に、「誣妄・妖偽（およづれこと）を禁断む」とある。天武紀四年には「十一月の辛丑の朔にして癸卯に、人有りて宮の東の岳に登り、妖言（およづれこと）して、自ら刎ねて死ぬ」とある。

川端善明氏はおよづれを「オヨづれ（逆）―アヤし（恠）・アヤまつ（誤）」のようにオヨ（乙類）とアヤの交代[5]と捉える。内田賢徳氏は天智紀の「妖偽」は、「殆ど「妖言」と同様に使われている[6]」と指摘する。「妖」は怪しい災いをもたらして対象を誤らせるものである。『日本書紀』巻第一第七段正文には同様の場面に「巧に俳優を作す」、「顕神明之憑談す」、「云何ぞ天鈿女命は如此嘘楽くや」とあり、天鈿女命がワザヲキやカムガカリをし、これを「嘘楽（ゑらく）」とする。「嘘」は「噱」の異体字で『篆隷万象名義』には「噱」は「大笑」とある。「来目部が歌ひて後に大きに哂ふ」のは、「哂」に妖を払う働きがあったことと関わる。「哂」は『篆隷万象名義』に「咲」、「咲」は「笑敖・調戯」とある。新編全集日本書紀頭注には、「大笑するのは敵や悪霊を退散させる呪術[7]」とある。

歌謡に笑いを伴うのは国樔歌である。応神紀十九年十月の条には次のようにある。

　歌ふこと既に訖り、則ち口を打ちて仰ぎ咲ふ。今し国樔、土毛を献る日に、歌ひ訖りて即ち口を撃ちて仰ぎ咲ふは、蓋し上古の遺れる則なり。

『古事記』には「口鼓を撃ちて、伎を為て、歌ひて曰はく」とあり、所作を伴う。酒の醸造を促進させ、「寿福を招き寄せる意味をもつ呪法[8]」を伴う笑いであろう。歌謡に笑いと動作を伴う起源を付す点は来目歌に等しい。『古事記』第九番は末尾詞章に特徴がある。

　9宇陀の　高城に　鴫罠張る　我が待つや　鴫は障らず　いすくはし　鯨障る　前妻が　肴乞はさば　立ち柧棱の実の無けくを　こきし削ゑね　後妻が　肴乞はさば　厳榊　実の多けくを　こきだ削ゑね

　ええしやごしや〈此は、いのごふそ〉

　ああしやごしや〈此は、嘲笑ふぞ〉

末尾二行の原文は次のように表記される。

　亜々音引。志夜胡志夜　此者、伊能碁布曾此五字以音。

阿々音引。志夜胡志夜　此者、嘲咲者也

「亜々音引」（「亜」は真福寺本では「疊〻」の右傍に「亞〻御本」、兼永筆本は左傍に「亞〻（アア）」と注す。鼇頭古事記は「亞亞（アア）」と表記）「阿々音引」とある。「志夜胡志夜」は共通する。新編全集古事記頭注には「シヤは、軽蔑の意を込めた二人称代名詞。シヤゴは、そのシヤにコ（児）のついた形[9]」とし、シヤゴは「「しや吾子」の約。居合わせる人への呼びかけがはやし詞となったもの[10]」とあるが、ゴを「吾子の約」とみるのは無理がある。大久間喜一郎氏は「「しや」の「し」は指示代名詞、「や」は詠嘆の助詞[11]」とみる。「ご」を挟んだ前後の「しや」は同じ語とみるのが自然である。『琴歌譜』第十九番は、「之夜」「志夜」が囃子詞のように繰り返され、「しや」を一語とする。原文「胡」は濁音であり、『古事記』第九番の「しやごしや」の語構成は、「しや」「ご」「しや」で、元来は「し」は指示のソレ、「や」は呼びかけのヤ、「ご」は接辞とみられる。

「いのごふ」は『日本霊異記』上巻第二縁に、狐妻の正体を感じとった子犬が「期尅」ひ、とある。倉野憲司氏は、「期剋」は『一切經音義』（巻一）所収の『大集月藏分經』（第三巻）に、

期尅　渠基反下口勒反言必當也經文作忌非也

とあり、「必ずぶち当るという威勢を示す意[12]」とする。小島憲之氏は「期剋」は「忌剋」の意であり、「経文の意は、「忌剋声」、つまり人を憎悪し、猜疑に満ちた声と解すべきであり」（剋は尅に同じ。倉野・小島氏引用のママ）、「古事記の本文に当てて考えると、アザワラフに対して、敵を忌み嫌いこれを凌ごうとしてあげる声がこれに当り、嘲咲以上のきびしい憎悪に満ちた声となる[13]」と指摘する。「亜」について、有坂秀世氏は亜はア行のエの假名で、これは『日本書紀』第一二六番歌謡の「え苦しゑ」（愛俱流之衛）の「え」（愛）と同じく、「一種の不快な感情の表出たる感動詞として用ゐられて居る[14]」とする。「ええ」や「ああ」という「音引」の感動詞が取り入れられ、歌われ方を表すのは記紀歌謡の中では珍しく、音の連続体の声が、意味をもつ言語とは異なる力をもたらすこと

が示される。浅田徹氏は、「此者伊能碁布曽」や「此者嘲咲者也」は儀礼の場で「不在の敵を嘲笑し辱める」「粗野な歌だからこそ取り入れられた、罵声のようなものだったのではないか[15]」とみる。『古事記』第九番と類似する『日本書紀』第七番には「亜々……阿々……」以下の部分がない。第十番には次のようにある。

10今はよ　今はよ　ああしやを〔阿阿時夜塢〕今だにも　吾子よ　今だにも　吾子よ

傍点部は「ああ」「しや」に「を」が付いた形である。『古事記』の「ああしやごしや」の「ああしや」を取り込み、独立した歌謡として扱ったのが『日本書紀』第十番とみられる。古典全書では「しやを」を嘲笑する語[16]とする。『釈日本紀』は、私記を引いて「阿々」を「咲聲」とし、「時夜塢（シヤヲ）」を「猶レ言二乎加志一[17]」とする。「ええ」という口を横に開くひねった音に対して「ああ」は口を大きく開ける音であり、笑いと結び付きやすい。『古事記傳』には「しや」は「物を賤しめ嘲る辭なり[18]」とある。『日本書紀』第十番の前には、「皇軍大きに悦び、天を仰ぎて咲ふ」、後には「今し来目部が歌ひて後に大きに哂ふは、是、其の縁なり」と記される。「ああしやを」の意味は不明だが、「ああ」を感動詞、「し」を指示ソレ、「や」と「を」を広義の係助詞とみるのが自然である。『古事記』第九番の「阿阿しやごしや」と『日本書紀』第十番の「阿阿しやを」の語句に、笑いによる相手を撃退する力をみたと思われる。第八・九番の「撃ちてし止まむ」の目的が達せられ、凱歌をあげている。柳田國男は「ワラウはおそらくは割るという語から岐れて出たもので、同じく口を開くにしても大きくあけ、（中略）悪い結果を承知したものとも考えられる[19]」と述べる。「ああしやを」は声高らかに笑う様を表し、地の文の「天を仰ぎて咲ふ」「大きに哂ふ」と結びつく。「来目歌」の特徴は「哂」にあり、軍勢が未開の地に踏み入り敵を討ち、「大哂」によって妖気を払う機能を発揮する構成になっている。

二　第十番歌謡「今だにも」の解釈

第十番を『古代歌謡全注釈　日本書紀編』は、「今はもう（すっかり敵をやっつけたぞ）。わーい馬鹿者め。これでもか、ねえおまえたち」と解釈する。語釈に「ダニは程度の低いものを提示して、程度の高いものを想像させるのに用いる助詞[20]」とあるが、この意では歌謡の意味がとれない。通常は「夢にだに　見ざりしものを」（万葉集巻2・一七五）のようにダニの後に述語が来るが、当該歌謡の「だに」は述語にあたる部分が「吾子よ」の呼びかけのようにみえ構文を成していない。この「だに」は構文内で限度を表すような「だに」ではない。「も」は係助詞と思われるが、係先がない。「今だにも」は「吾子よ」に係るとは思われず、「今だにも」と「吾子よ」が並置されている。「今だにも」の『万葉集』の用例には、「せめて今だけでも」の用法と、その解釈では違和感が生じる当該箇所のような用例がある。引用部の次に新編全集万葉集[21]の傍線部の箇所の口語訳を記す。

・恋しくは　日長きものを　今だにも　ともしむべしや　逢ふべき夜だに
恋しいのは　長い間だのに　今だけでも　じらさないでください　（巻10・二〇一七）

・今だにも　目な乏しめそ　相見ずて　恋ひむ年月　久しけまくに
今だけでも　存分に逢ってください　（巻11・二五七七）

この二例は、逢会の夜が限られる前提があるので、ダニは限定の意で通るが、次の七夕歌と相聞歌の二例、挽歌の二例は、「せめて今だけでも」の意では解釈が通らない。

○小垣内の　麻を引き干し　妹なねが　作り着せけむ　白たへの　紐をも解かず　一重結ふ　帯を三重結ひ
苦しきに　仕へ奉りて　今だにも　国に罷りて　父母も　妻をも見むと　思ひつつ　行きけむ君は……

今すぐにでも　国に帰って

○我が待ちし　秋萩咲きぬ　今だにも　にほひに行かな。　彼方人に　（巻9・一八〇〇）
私が待っていた　秋萩が咲いた　今すぐにでも　色に染まりに行きたい

○露霜に　衣手濡れて　今だにも　妹がり行かな。　夜は更けぬとも　（巻10・二〇一四）
露で　衣も濡らして　今すぐにでも　妻の所へ行こう

○わたつみの　恐き道を　安けくも　なく悩み来て　今だにも　喪なく行かむと……　（巻10・二二五七）
海原の　恐ろしい道を　楽なことも　なく苦労して来て　せめてこれからは　無事に行こうと願って　（巻15・三六九四）

巻十の二〇一四は天の川を渡る牽牛、巻九と十五の二例は死者の気持ちに成り代わり、「今ぞ」、「今こそ」……しようの意で用いられる。巻十の二例は、願望や希求と呼応し、挽歌の二例は意志を伴う。「だに」は強調の意で「ぞ」等の係助詞の意に近い。「だに」に続く「も」も並列や接続の意味ではない。来目歌の「今だにも」の用法は、○印を付した『万葉集』の用法と近い。さらに『万葉集』には○印の「今だにも」の意に近い「だに」の用法として「かくだにも」の例がある。

○かくだにも　我は恋ひなむ　玉梓の　君が使ひを　待ちやかねてむ　（巻11・二五四八）
これほどまでにも　わたしは恋い慕っている

○かくだにも　妹を待ちなむ　さ夜更けて　出で来し月の　傾くまでに　（巻11・二八二〇）
これほどに　焦れておまえを待っていたのだよ

○馬来田の　嶺ろに隠り居　かくだにも　国の遠かば　汝が目欲りせむ
馬来田の　峰に隠れひそんで　こんなにも　故郷が遠くては　おまえに逢いたくもなろうよ（巻14・三三八三）

これらの三例は「せめてこのようにだけでも」の訳では意味がとれない。「だに」は限定ではなく「かく」の強調である。三例の「かくだにも」と来目歌の「今だにも」の「だに」は「今」「かく」を強調する用法である。奥田和代氏は『万葉集』の表出系の終助詞「も」「よ」「を」の意味構造について、「今現在詠手の眼前に実現している個別の事態が詠嘆の対象になる場合」、「今現在実現している事態」を示し、「を」は「個別のモノを直接の詠嘆の対象[22]」とすると指摘する。第十番の「も」はカモに極めて近い詠嘆性の「も」で、「今だにも」が述語に続かずに切れる。「吾子よ」の「よ」も詠嘆の意で、「今だにも」「吾子よ」の詠嘆的な二句が並置されている。当該歌謡は敵を討ち取った「今」を「今はよ」と繰り返して詠嘆する。次に「ああしやを」と声高らかに笑う様を詠み込み、眼前の事態を「今だにも」と唯一、限定的であることを強調して、第八番の神武天皇の「御謡」の「吾子よ」に呼応するように、敵を滅ぼした「今」こそ、神武天皇の「吾子」よと繰り返し、詠嘆の対象を表現する。皇軍の一体感と高揚感が浮かび上がる構成になっている。「咲ふ」「哂ふ」動作が、歌謡と連動して機能している。

三　「手量」と「頭椎い」・「石椎い」

第七番の歌謡の後に「今し楽府に此の歌を奏ふには」、「音声の巨き細きと有り」と記される。歌声の太さ細さを重視するのは、声に呪性を認めていたのであろう。「手量」の諸本の本文の異同はない。「手量」は、「舞の手の動く量[23]」、「手の屈伸の度[24]」、「手拍子[25]」、「手を打って、拍子を取る時の間[26]」、「久米舞における採り物[27]」などの説があり、定まっていない。上田正昭氏は「大殿祭祝詞」の「天津御量」や、『古語拾遺』の『天御量を以て大峡・小峡の材を伐りて、瑞殿を造り」の「天御量」に「大小斤の雑の器等の名」とある注を「採物」の根拠とする。[28]『出雲国風土記』楯縫郡の条にも「五十足天の日栖の宮の縦横の御量、千尋の栲紲持ちて、百八十結びに結び下げて、この天の御量持ちて、天の下造らしし大神の宮造り奉れ」とある。「大殿祭祝詞」の例は、『日本書紀』にある「量」の思量、商量等、判断や考慮の動きとみて、「天津御量とは天神之御議」[29]と解釈されている。青木紀元氏は、「天つ御量」は「斎部氏の伝統的な聖職にかかわる重要な器具であるから、特に尊崇して、高天原から伝来の神聖な御計測器という意味で、「天つ御量」と称したのである」とし、「大殿祭の祝詞の「天つ御量」も、高天原から伝来の神聖な計測器の意味に解することが可能にな」るとして、「御量」は、計測器の意で押さえられる[30]とする。中国文献では「量」字はかさ（容量）を量る器具をさすか、はかる動作を総じて表現するものであり、古代日本の文献にみられる長短をはかる器具の例は和語に近い用法と思われる。来目歌の「量」を長さの基準をもつ長短をはかる器具と捉えることは漢語としてはやや問題が残る。また拍子や動作ならば「拍手」（持統紀四年正月条）、「手掌も　憀亮に　拍ち上げ賜へ」（顕宗即位前紀室寿の寿詞）のように「拍」の字を用いるであろう。「手量」を手搏や手拍ととるのは難しいだろう。「今楽府奏二此歌一者、猶有二手量大小、及音声巨細一。此古之遺式也」の「手量」は出だされる音声と対の表現になっており、手の動きや所作、出だされる舞の所作とみるのが穏当と思われる。『続日本紀』巻第十八　孝謙天皇　天平勝宝四年（七五二）四月乙酉（九日）盧舎那大仏の開眼の記事には次のようにある。

　既にして雅楽寮と諸寺との種々の音楽、並に咸く来り集る。復、王臣諸氏の五節・久米儛・楯伏・蹋歌・袍袴等の歌儛有り。東西より声を発し、庭を分けて奏る。

「久米儛」には歌や発声を伴うことが知られる。『日本書紀』の地の文には「頭椎剣」を抜いて斬りかかる記述や、『古事記』天孫降臨条に「天忍日命・天津久米命の二人、天の石靫を取り負ひ、頭椎の大刀を取り佩き」とある記述から、来目歌の「頭椎い　石椎い持ち」の「頭椎」「石椎」を記紀は大刀とする。「大石の頭椎の残れるもの[31]」とする荒木田久老説を支持する阪下圭八氏は、「頭椎・石椎」に景行紀十二年十月条にある土蜘蛛誅伐譚の「海石榴の椎」との類似性をみて、「久米歌は椎をもって地をうつという舞働のさまを確実につたえている[32]」とし、久米儛では、「「太刀」以前に「椎」をもってする所作が行われていた[33]」と推定する。『日本書紀』第二九番に「頭槌〔勾夫菟智〕の　痛手負はずは」とある「頭槌」は大刀をさし、「つつい」の「つい」が約まって「つち」になったと思われる。近年までの考古発掘による「頭椎大刀」は、伝群馬県藤岡市西平井出土の全長一一七センチメートル（刀身九七センチメートル）（七世紀）や、三重県多気郡明和町坂本古墳群一号墳出土の全長一〇六センチメートル（刀身約九〇センチメートル）（八世紀）など、一二〇点ほどの出土例がある。平安時代の『西宮記』『北山抄』『江家次第』の大嘗会の記述では久米儛は大刀を伴うとあり、これが上代まで遡れるかは不明だが、舞に採物が伴わなかったとは言えない。坂口楓氏は、推古朝に「来目歌に伴う舞が楽府に取り入れられた時、採物としての手量は、頭椎大刀であったのではないか[34]」と指摘する。先に述べたように「手量」は手の動きや所作とみられ、第九番の「頭椎い　石椎い」との関連はつけにくいが、『古事記』に阿遅志貴高日子根神が天若日子の喪屋を切り伏せた十掬剣の名を「大量」（『日本書紀』巻第二第九段正文は「大葉刈」）、亦の名を「神度剣」とする。「度」は武器「殳」をさすことがある。「量」字は規格や標準を示し、長さをはかる器具の意の「度」と対応する。十掬剣の「掬」は長さの単位の束（柄・拳・握）が人のこぶしの幅であり、十掬剣は刀身刃渡九〇～一一〇センチメートル程度であり、先にあげた出土例とも一致する。出土例の「頭椎剣」は、金銅金錯装等の美麗なものであり、実用というよりも権威を誇示する儀礼、儀仗用とみられる。「量」と「度」、「掬」が繋がれば、「手量」と「頭椎・石椎」が結びつく僅かな可能性は残される。来目歌第九番の「頭椎い　石椎い」を手に取り持って打つ動作が、後に『令集解』巻四職員令治部省雅楽寮の大属尾張浄足の説に「久米儛。大伴弾レ琴。佐伯持レ刀儛。即斬二蜘蛛一」とあるように大刀をもち「蜘蛛を斬る動作」に洗練されていったと思われる。

第八・九・十・十一番の構成は、『古事記』では五番目に位置する「神風の」の歌謡が二番目に配列され、「神風の　伊勢の海の　大石にや　い這ひ廻る」には、あの「大石」が強調され、感動を示す「や」により、これまで経てきた共有体験が示される。「大石」は地の文で「国見丘」に喩えられ「諷歌」の様が説明される。大石に這い廻る「細螺」のように、這い回って敵を包囲するよう、天皇が軍勢に「吾子」よと呼びかけ、「撃ちてし止まむ」が繰り返されて、共通体験が呼び起こされ、士気が鼓舞される。「い這ひ廻る」は『万葉集』に「鶉なすい這ひもとほり」（巻2・一九九、巻3・二三九）と詠まれ、貴人にお仕えする匍匐礼を示す語である。神武天皇の「吾子」が「い這ひ廻り」敵を撃つ、お仕えすることで「天皇の志、必ず克たむ」が達成される。第八・九番の「撃ちてし止まむ」の語が共鳴し、第九番の「来目の子ら」が「頭椎い　石椎い」を持って撃つ動作は、「みつみつし　来目の子」の稜威に満ちた威力で果さいでおくものか、という決意と統率力に繋がる。「来目の子らが」と撃つ主体が複数に展開し共働性が歌い上げられる。第十番は「今」が四度繰り返され、今こそ成し遂げた達成感、「吾子」の仲間意識と連帯感が示される。第十一番は一人百人と言われる「蝦夷」に相当する敵を討ち取った兵士の高揚感がうかがえる。「蝦夷」の語は景行紀に十三例あり、「東夷の中に、蝦夷は是尤も強し」（四十年七月）と評される。神武紀と景行紀の東征の歴史を繋ぐ意図を有する「喩え」と思われる。第九・十・十一番は「密旨を承けて」「専なるに非ざる」と説明され、第八番の「天皇の志」に沿って道臣命と来目部の一連の行動がとられ、勝利がもたらされたという歌謡の配列になっている。

四　「諷歌」「倒語」、「妖気」「掃蕩」

Dの記述に関して管見に入った漢籍の例をあげ、歌謡における働きを確認する。まず「諷歌」は『漢書』に

「風」、「諷」、「諷誦」と出てくるが、「諷歌」の語は出てこない。

『漢書』巻六　武帝紀

五年　夏六月、詔曰「蓋聞導民以禮、風之以樂、今禮壞樂崩、朕甚閔焉。故詳延天下方聞之士、咸薦諸朝。其令禮官勸學、講議洽聞、擧遺興禮、以爲天下先。太常其議予博士弟子、崇鄕黨之化、以厲賢材焉。」

『漢書』志　巻三十　藝文志第十

孔子純取周詩、上采殷、下取魯、凡三百五篇、遭秦而全者、以其諷誦、不獨在竹帛故也。

『漢書』志　巻三十　藝文志第十

屈原離讒憂國、皆作賦以風、〔注〕師古曰「離、遭也。風讀曰諷。次下亦同。」

『漢書』列傳　巻三十八　高五王傳第八

高后曰、「可。」酒酣、章進歌舞、已而曰、「請爲太后言耕田。」高后兒子畜之、〔注〕師古曰「欲申諷喩也。」

「諷」は「風」の意、「諷」は「喩」、「賦」は「風」ともある。来目歌は大石を国見丘に、虜を蝦夷に喩える。

次に「倒語」の例は語の順序を入れ替えたり、動詞を上下逆にするものである。

『舊唐書』巻一百六十六　列傳　第一百一十六　元稹

稹與同門生白居易友善。居易雅能詩、就中愛驅駕文字、窮極聲韻、或爲千言、或五百言律詩、以相投寄。小生自審不能過之、往往戲排舊韻。別創新辭、名爲次韻相酬、蓋欲以難相挑。自爾江湖間爲詩者、復相放效、力或不足、則至於顚倒語言、重複首尾、韻同意等、不異前篇、亦目爲元和詩體。

『春秋左傳注疏』巻第五十四　孔穎達疏

季孫使役如闞公氏將溝焉〔疏〕闞公氏○正義曰闞是先公葬地。春秋言氏猶如言家。故謂公之墓地爲公氏言是公死之家宅也。玄卿以爲闞屬上句公氏將溝焉猶言將溝公氏焉。古人多倒語。公氏則昭公。

『舊唐書』の例は「顚倒」「語言」の二語と読んだ方がよいところと思われる。力不足で相手の表現を真似したり、表現を入れ替えたりする意である。『春秋左傳注疏』には、古人は倒語が多いとある。漢籍に「倒語」の語はあるが、来目歌において、どの表現を入れ替えているのかは明瞭ではない。神武紀の「倒語」は「さかしまごと」、新編全集頭注に「言葉を逆に用いて敵に悟られないようにする、その言葉」[35]とするが、これに相当する箇所は来目歌において明確ではない。奄美のサカ（逆）歌のように矛盾した内容を盛り込み、呪いの歌としての機能を発揮する[36]表現とも思われるが、倒語とサカ歌との関連はたどれない。「倒語」はずらしに近い意なのか、敵に悟られるのを避ける喩えと捉えてよいのか不明である。

「妖気」「掃」「蕩」には次のような例がある。

『北史』本紀　巻十　周高祖武帝

朕上述先志、下順人心、遂與王公將帥、共平東夏、雖復妖氛蕩定、而人勞未康、每一念如此、若臨冰谷。

『北史』列傳　巻四十一　列傳第二十九　楊敷傳

屬隋文帝將清六合、委以腹心之寄、掃妖氛於牛斗、江海恬波、摧驍猛於龍庭、匈奴遠遁。

『北史』列傳　巻六十六　列傳第五十四　高琳傳

周孝閔帝踐祚、進爵犍爲郡公、武成二年、討平文州氏、師還、帝宴羣公卿士、仍賦詩言志、琳詩末章云、「寄言寶車騎、爲謝霍將軍。何以報天子、沙漠靜妖氛。」帝大悅曰、「獯、獫陸梁、未時款塞、卿言有驗、國之福也。」

『隋書』列傳　巻四十八　列傳第十三　楊素傳

高祖龍飛、將清六合、許以腹心之寄、每當推轂之重。掃妖氛於牛斗、江海無波、摧驍騎於龍庭、匈奴遠遁。

『文館詞林』

四年以本官檢校慈州刺史事。于時晉陽擾亂妖氣未静。

「掃蕩妖氛」の語は次にあげるように、管見によれば宋の時代にしか見出せず、用例が唐や隋まで遡れるかは不明であるが、書紀筆録者は「妖気掃蕩」の漢語を使いこなしていよう。

『朝鮮王朝實録』中宗實録　六年（一五一一）**巻十三　三月五日条**

果能宣力敵愾、掃蕩妖氛。

『曹溪通志』巻第五　塔記類　宋　重新祖塔記

皇帝聖壽無疆、聖文睿武掃蕩妖氛恢復。故基廓清天宇、萬邦道泰、四海昇平、文武官僚增崇祿位。風調雨順、稼穡豐登。

『宋會要輯稿』刑法七　軍制　高宗

紹興元年十二月二十四日、詔、……「比年草竊蠭起、爲民久害。陛下遣師命將、掃蕩妖氛。然軍政久壊、士無紀律。

『嘉泰普燈録』巻第二十九

開先暹禅師一首　寄蓮華峰祥庵主

蓮華峰色撑寥泬。中有高人眠歳月勞勞塵慮不經。心凜凜寒姿天欲雪。腰間佩文殊逼佛劍手中握龍猛金膏。筆文不肯掃蕩妖氛又不肯點化頑舌。

これらの「掃蕩」ははらい除く、平定する、の意である。用例は神武紀の用法に通じる。『嘉泰普燈録』は仏法による除去を言うと思われる。

おわりに

『漢書』巻二十二　禮樂志第二には、「至武帝定郊祀之禮、祠太一於甘泉、就乾位也。（中略）乃立樂府」とあり、顔師古注に、「始置之也。樂府之名蓋起於此」とある。『日本書紀』第七番の歌謡の説明は『漢書』を念頭に置き、神武天皇大和入りの真実性を裏付けようとする。漢籍には妖気を払う「謡」の例は見られないようである。『古事記』序文には、「儛を列ねて賊を攘ひたまひ、歌を聞きて仇を伏せたまひき」とある。土雲を討つ場面が取り上げられるが、「儛を列ねて賊を攘」うことは本文には記されず、「頭椎い　石椎い持ち　撃」つ所作が喩えられているのかと思われる。『漢書』武帝紀には礼を教えるには楽を用いるとし、これを「風」としている。記紀はこの思想を取り入れている。漢籍での「妖気・妖氣」は社会混乱の原因となる人的なもので、それを討伐除去して社会安定に努めた皇帝などへの讃辞であり、その徳や兵力で「妖」を平らげることに関わるようである。そうしたあり方は神武天皇の統率力、大伴・来目部の武勇や笑いに通じていくと思われる。来目歌には、意味をもった音の連続体としての言語がもたらす力や、声や笑いが意味をもつ言語とは異なる力をもたらすことが示される。「吾子」「蝦夷」というなぞらえや、「人多に」「今はよ」「今だにも」「吾子よ」等の繰り返しによって士気を高め、「撃ちてしやまむ」「たむかひもせず」と所作・動作を詠むことで敵を屈服させることを表明する。来目歌は歌謡の中のいくつかの言語以前の要素と言語表現が共鳴し合い、歌の世界を構成していると思われるのである。

注

（1）斎藤静隆「日本書紀「来目歌」伝承の形成序説」『上代文学』第四十三号　一九七九年一一月

（2）多田元「来目部の「ワザ」と「ウタ」」『古代文芸の基層と諸相』二〇一一年九月　おうふう　初出「来目部の役割――来目部の〈ワザ〉と〈ウタ〉――」『古代文学』第二八号　一九八九年三月

（3）増井元「「わざ」の言語――文学史的古代の構想にむけて――」『上代文學論叢・論集上代文学』第八冊　一九七七年一一月　笠間書院

（4）吉田修作「「諷歌倒語」の論」『古代文学』第十九号　一九八〇年三月

（5）川端善明「交代の結合的性格」『活用の研究』Ⅰ　一九九七年四月　清文堂出版

（6）内田賢徳「逆言（およづれ）、狂言（たはこと）考」『萬葉集研究』第十三集　一九八五年九月　塙書房

（7）小島憲之　直木孝次郎　西宮一民　蔵中進　毛利正守校注・訳『日本書紀』一（新編日本古典文学全集）一九九四年四月　小学館

（8）土橋寛『古代歌謡全注釈　日本書紀編』一九七六年八月　角川書店

（9）山口佳紀　神野志隆光校注・訳『古事記』（新編日本古典文学全集）一九九七年六月　小学館

（10）大久保正『古事記歌謡全訳注』一九八一年七月　講談社

（11）大久間喜一郎「神武天皇記の構成と東征伝承」『古事記の比較説話学――古事記の解釈と原伝承――』一九九五年一〇月　雄山閣

（12）『古事記　祝詞』（日本古典文学大系）一九五八年六月　岩波書店　『古事記全註釈』第五巻　一九七八年四月　三省堂

（13）小島憲之「「古事記」訓読の周辺――附、「イノゴフ」考続貂――」『文学』第三六巻第八号　一九六八年八月　岩波書店

（14）有坂秀世「萬葉假名雑考」『國語研究』第三巻第七號　一九三五年七月

（15）浅田徹「歌謡の表記を観察する――風俗歌・久米歌・斉明紀童謡――」『萬葉集研究』第四十一集　二〇二二年二月　塙書房

（16）武田祐吉校註『日本書紀』二（日本古典全書）一九五三年六月　朝日新聞社

（17）『釋日本紀』巻二三　和歌一（新訂増補国史大系）一九三二年二月　吉川弘文館

（18）『古事記傳』十九之巻『本居宣長全集』第十巻　一九六八年一一月　筑摩書房

(19) 柳田國男「笑の本願」『柳田國男全集』9 一九九〇年二月 筑摩書房
(20) 前掲書 (8)
(21) 小島憲之 木下正俊 東野治之校注・訳『萬葉集』(新編日本古典文学全集)一〜四 一九九四年五月、一九九五年四月、一九九五年一二月 一九九六年八月 小学館
(22) 奥田和代「詠嘆の諸相〈その体系と意味構造〉——上代の文末助詞における——」『女子大國文』第百二十七号 二〇〇〇年六月
(23)『古事記傳』十九之巻 前掲書 (18)
(24) 飯田武郷『日本書紀通釋』第二 巻之二十三 一九三〇年五月 内外書籍株式会社
(25) 谷川士清『日本書紀通證』二 巻八 一九七八年一一月 臨川書店。河村秀根・益根『書紀集解』二 巻之三(手以撃レ節)一九六九年九月 臨川書店
(26) 土橋寛『古代歌謠集』(日本古典文学大系)一九五七年七月 岩波書店 小島美子氏は、二〇二四年度日本歌謡学会春季大会研究発表「久米歌の歌い方とそれが意味するもの」において、「手」は『琴歌譜』にもある「拍(百)」をあらわす記号のことで、「手量の大小」は拍の間隔に長短があることを示している。日本在来の音楽は均等な拍子だったが、久米歌が均等な拍子ではなかったので「手量の大小」と記した、と述べられた。
(27) 上田正昭「戦闘歌舞の伝流——久米歌と久米舞と久米集団と——」『日本古代国家論究』一九六八年一一月 塙書房
(28) 前掲書 (27)
(29) 鈴木重胤『延喜式祝詞講義』第二 九之巻 一九三九年十月 国書刊行会
(30) 青木紀元「斎部氏の「天つ御量」」中村幸弘・遠藤和夫『『古語拾遺』を読む』二〇〇四年二月 右文書院
(31) 荒木田久老『日本紀歌解槻乃落葉』は高野辰之『日本歌謠集成』巻一 一九二八年六月 春秋社による。
(32) 阪下圭八「久米歌の源流——地をうつ儀礼をめぐって——」『東京経済大学人文自然科学論集』第十三号 一九六六年五月
(33) 阪下圭八「久米歌の形成・序説」『東京経済大学創立六五周年記念論文集』一九六五年一〇月

(34) 坂口楓「来目歌から久米舞へ——古代舞踊意識をもとに——」『年刊 藝能』第二十五号 二〇一九年三月

(35) 前掲書(7)

(36) 松山光秀「サカ(逆)歌との出会い」『国文学 解釈と鑑賞』第四四巻第八号 一九七九年七月 至文堂

*琴歌譜の番号は古代歌謡集による。

*『篆隷万象名義』は『弘法大師 空海全集』第七巻 一九八四年八月 筑摩書房による。

*『大集月蔵分経』の引用は『叢書集成初編 一切經音義』六冊 一九三六年一二月 商務印書館による。

*『漢書』『北史』『舊唐書』『隋書』は二十四史 中華書局版による。

*『春秋左傳注疏』は昭和女子大学図書館所蔵本(奥付けなし)で確認した。

*『文館詞林』は叢書集成初編(二冊本) 一九三六年一二月 商務印書館による。

*『朝鮮王朝實録』は『李朝實録』第二十冊 一九五九年七月 学習院東洋文化研究所による。

*『曹渓通志』は駒澤大学図書館所蔵本(奥付けなし)で確認した。

*『宋會要輯稿』は上海古籍出版社による。

*『嘉泰普燈録』は『五山版中国禅籍叢刊』第一巻(全十二巻) 椎名宏雄編 二〇一二年七月 臨川書店による。

*本章執筆に当たり、須永哲矢氏に「しやごしや」「今だにも」の解釈について、松田稔氏、田熊信之氏に漢籍の解釈に関してご教示を賜った。記して感謝を申し上げる。

*本章は二〇二二年度日本歌謡学会秋季大会の口頭発表をもとにしている。席上貴重なご教示を賜り御礼申し上げる。

第三章　崇神記紀の謀反を告げる歌謡の機能と崇神天皇像

はじめに

崇神記第二二番歌謡、崇神紀第一八番歌謡には、歌謡中に「御真木入日子」、「御間城入彦」の呼称が詠み込まれ、崇神天皇の治政における神意を告げる歌として意図的に載せられたと思われる。

崇神記の「後つ戸よ　い行き違ひ　前つ戸よ　い行き違ひ」の箇所は、仁徳記の「前の殿戸に参ゐ伏せば、違ひて後の戸を出で、後の殿戸に参ゐ伏せば、違ひて前の戸を出でき」の表現に類似する。石之日売が口子臣の行動を察知した上で相手を避けたのに対し、二二番では相手は天皇の行動を窺いつつ、自らの動きは悟られないように行動し、刺殺計画を天皇に全く気づかれなかったのにも拘わらず、神が幣羅坂に出現した少女の口を借りて大毘古命に神意を告げ、建波邇安王の謀反が天皇による歌の解き明かしによって露顕する。崇神は神の加護を受け、自ら神意を理解し起こるべき事態を知る天皇として描かれる。祭政一致の時代を象徴する天皇として、大物主大神の祟りを鎮め、天神地祇をはじめとする神々や境界の神にもらすことなく幣帛を献られた。これによって疫病・祟りは総て止んで、国家は平安になったとある。次に天皇は高志と「東方十二道」に将軍を派遣される。高志は八千矛神の神話に記された領域であり、「東方十二道」は景行記でも取り上げられる。古事記は神代の天照・大国主・大物主の祭祀をふまえて天下を志向し、王権の目指すところは東にある。問題とする歌謡は祭祀から政治に政策の重点が転換していくところに配される。「初国を知らす御真木天皇」と讃えられる天皇像が、歌謡を発端とする謀反事件によっても示されていると思われる。対する書紀は、四道将軍の派遣は大和を中心として、北陸、東海、西道、丹波とする。紀の対応歌には「知らにと」の「と」がなく、歌謡中の天皇を非難する表現「姫遊びすも」の語が取り入れられるところが記と大きく異なっている。天皇が女性と戯れる「姫遊びす」という記事は書紀にはないが、契沖は「比賣那素寐殊望」について「媛ハ吾田媛也、モハ助語ナリ、遊為トハ香山ニ來ルヲ云」[1]として、姫遊びを武埴安彦の妻吾田媛の香具山の土を奪う事件と関連づける。飯田武郷は日本書紀通釈巻之二十六で、「媛之遊とは。女等の戯遊ひて。何の心もなきを。四道將軍の帝京を離れて。四方の國々へ立行むとするに喩へたるなり」[2]と述べる。大脇由紀子氏は、「「姫遊びすも」は倭迹々日百襲姫命を登場させ、知識を基に解き明かしさせるための装置であった」[3]とする。

記紀共に歌謡は、天皇の庶兄（実際は伯父）タケハニヤスビコの謀反を告げるものとされる。皇位継承争いが歌謡によって幕を開けることは共通するが、謀反を告げる歌謡は記紀の崇神天皇像造形に相違をもたらしているのではないか。歌謡の記紀における働きについて、崇神記紀の記述をふまえながら考察していく。

一　記紀の表現の特徴

問題とする歌謡は次のように記される。

崇神記

又、此の御世に、大毘古命は、高志道に遣し、其の子建沼河別命は、東の方の十二の道に遣して、其のまつろはぬ人等を和し平げしめき。又、日子坐王は、旦波国に遣して、玖賀耳之御笠〈此は、人の名ぞ〉を殺さしめき。

故、大毘古命、高志国に罷り往きし時に、腰裳を服たる少女、山代の幣羅坂に立ちて、歌ひて曰はく、

22御真木入日子はや　御真木入日子はや　己が緒を　盗み殺せむと　後つ戸よ　い行き違ひ　前つ戸よ　い行き違ひ　窺はく　知らにと　御真木入日子はや

美麻紀伊理毘古波夜　美麻紀伊理毘古波夜　意能賀袁袁　奴須美斯勢牟登　斯理都斗用　伊由岐多賀比　麻幣都斗用　伊由岐多賀比　宇迦々波久　斯良爾登　美麻紀伊理毘古波夜

是に、大毘古命、怪しと思ひて、馬を返し、其の少女を問ひて曰ひしく、「汝が謂へる言は、何の言ぞ」といひき。爾くして、少女が答へて曰はく、「吾は、言ふこと勿し。唯に歌を詠はむと為つらくのみ」といひて、即ち其の所如も見えずして、忽ちに失せにき。

故、大毘古命、更に還り参ゐ上りて、天皇に請しし時に、天皇の答へて詔はく、「此は、山代国に在る我が庶兄建波邇安王の、邪しき心を起せる表と為らくのみ。伯父、軍を興して行くべし」とのりたまひて、即ち丸邇臣が祖、日子国夫玖命を副へて遣しし時に、即ち丸邇坂に忌瓮を居ゑて、罷り往きき。

（傍線・傍点は筆者による。以下同じ。）

崇神紀十年九月の条

九月の丙戌の朔にして甲午に、大彦命を以ちて北陸に遣し、武渟川別を東海に遣し、吉備津彦を西道に遣し、丹波道主命を丹波に遣したまふ。因りて詔して曰はく、「若し教を受けざる者有らば、兵を挙げて伐て」

とのたまふ。既にして共に印綬を授けて将軍としたまふ。

壬子に、大彦命、和珥坂の上に到る。時に少女有り、歌して曰く、一に云はく、大彦命、山背の平坂に到る。時に道の側に童女有り、歌して曰く、といふ。

18御間城入彦はや　己が命を　弑せむと　窃まく知らに　姫遊びすも　一に云はく、大き門より　窺ひて　殺さむと　すらくを知らに　姫遊びすも

瀰磨紀異利寐胡播揶　飫迺餓烏塢　志斉務苔　農殊末句志羅珥

比売那素寐殊望　一云、於朋耆妬庸利　于介伽卑氏　許呂佐務苔　須羅句塢志羅珥　比売那素寐須望

といふ。是に大彦命異しびて、童女に問ひて曰く、「汝が言ひつるは何の辞ぞ」といふ。対へて曰く、「言はず。唯歌ひつるのみ」といふ。乃ち重ねて先の歌を詠ひ、忽に見えずなりぬ。大彦乃ち還りて具に状を以ちて奏す。是に天皇の姑倭迹迹日百襲姫命、聡明く叡智しくましまして、能く未然を識りたまへり。乃ち其の歌の怪（しるまし）を知りまして、天皇に言したまはく、「是、武埴安彦が謀反けむとする表ならむ。吾が聞かく、武埴安彦が妻吾田媛、密に来りて、倭の香山の土を取り、領巾の頭に裹みて、祈ひて曰さく、『是、倭国の物実』とまをし、則ち反ると。物実、此には望能志呂といふ。是を以ちて、事有らむと知りぬ。早く図るに非ずは、必ず後れなむ」とまをしたまふ。

少女が出現したのは、古事記では「山代の幣羅坂」、書紀では「和珥坂の上」である。書紀の異伝によれば「山背の平坂」とある。「坂」は古事記上巻の黄泉比良坂、海坂のように異郷と葦原中国とをつなぐ接点でもあり境界でもある。三浦佑之氏は、「人の出入り口である〈坂〉は、神の通路でもあるから、そこは、神に出会い、神を迎える場所になるのである。〈坂〉は、神の霊力がもっとも烈しく発動する場所だったのである[4]」と指摘する。山代の幣羅坂は、大和から山代国に入る境界であり、和珥坂は大和の国の内である。古事記では高志に向かった

大毘古命が異変を感じるのは途上にある国境の山代の幣羅坂である。師木の水垣宮から幣羅坂（幣羅坂神社）まで直線距離で約二二キロメートルを引き返したことになる。山代は「山代国に在る我が庶兄建波邇安王」の謀反の事実と整合するであろう。また「丸邇坂に忌瓮を居ゑ」させる行為は、孝霊記にみられる「大吉備津日子命と若建吉備津日子命との二柱は、相副ひて、針間の氷河之前に忌瓮を居ゑて、針間を道の口と為て、吉備国を言向け和しき」の記事と通じる。「忌瓮」は神を祭るための清浄な酒甕を地を掘って据える意とされる。(5) 坂や境界が神霊の出現する場所と考えられたので、その霊力を発動させようとしたのであろう。書紀の和珥坂は後述される倭国内の不穏な情勢と照合するであろう。記及び紀の正伝は事件の展開に相応しい場所を採用したとみられる。

書紀の特徴は「香山の土」の記述である。神武紀には、神武天皇が天神の夢の吉兆を実現するために椎根津彦と弟猾に命じて、「『汝二人、天香山に到り、潜に其の巓の土を取りて来旋るべし。基業の成否は、汝を以ちて占はむ。努力、慎め』とのたまふ。（中略）二人其の山に至ること得て、土を取り来帰れり。是に天皇甚く悦びたまひ、乃ち此の埴を以ちて、八十平瓮・天手抉八十枚（中略）・厳瓮を造作りて、丹生の川上に陟り、用ちて天神地祇を祭りたまふ」とある。この後香具山の土で作られた八十瓮を用いて行われた呪詛と祈誓がすべて成功し、天皇は丹生川上で諸神を祭り、天皇軍は八十梟帥を国見丘に破る。この記事を参照すれば、人和の支配を志す者は、天香具山の土を手に入れ、それで作った祭祀土器によって、祭祀や呪詛・祈誓を行い、戦いに勝利して支配を成し遂げられると考えられていた。吾田媛が「倭の香山の土を取り、領巾の頭に裹みて、祈ひて曰さく、『是、倭国の物実』」と述べているのは、神武紀の記事と照応すれば、天皇を殺し、武埴安彦が即位して大和国を奪う謀反の計画を成功させるためである。大和の実体をなす香具山の土を手に入れれば、大和国を手に入れたのも同然である、との発言が倭迹迹日百襲姫命によって、和珥坂の上の異変と結びつけられる。磯城の瑞籬宮から約四キロメートルの天香具山で見聞された事実が立ち現れる場所としては、宮から約十キロメートルの和珥坂（和爾下神社の辺り）が相応しいであろう。

崇神記の「少女」の語は古事記では当該条にしかみられない。記ではヲトメは「美人」「媛女」「童女」「嬢子」の表記がなされる。書紀では「少女」は、伊奘諾・伊奘冉尊の神婚、素戔嗚尊の八岐大蛇退治、瓊瓊杵尊の求婚（一書第六）の際に、神婚の対象の女性に用いられる。神武即位前紀の玉依姫に「海童之少女」とあるのは妹の意である。崇神紀では和珥坂で歌をうたった「少女」は歌謡の次の記述から「童女」の記述に変更している。あわせて「歌」に「怪」・「表」の語を用い、童女が大彦命の問いかけに対して再び歌を繰り返し、姿を消す。童女が歌ったのは災いを表す歌だが、皇極紀以降に出てくる「童謡」の語は用いられていない。崇神記紀において災いのしるしが神意によって示されるのは両書に共通するが、危機が解き明かされる背後に存在する神異の表現手法は異なる。古事記は天皇自らが神託を受け、姫彦制の形態がほとんど反映しない形で天皇によって神意が実現する。対する日本書紀には倭迹迹日百襲姫命、倭迹迹日百襲姫命と同一人物かとされる倭迹速神浅茅原目妙姫をはじめ、穂積臣遠祖大水口宿禰・伊勢麻績君の夢に神意を得る男性神官とおぼしき存在が登場する。古事記において、天照大神と倭大国魂神の祭祀や百襲姫の話は記されず、意富多多泥古の登場のみが特筆される。崇神紀六年同殿共床の記事は、天照が天忍穂耳尊に日神の象徴である宝鏡を授け「与に床を同じくし殿を共にして、斎鏡と為すべし」（神代紀下第九段一書第二）と大国玉神（神代紀上第八段一書第六）の記述をうける。七年二月の神浅茅原で行われた百襲姫の祭祀、八年十二月の大田田根子による祭祀、十年九月の四道将軍派遣の間に起こった武埴安彦の謀反を百襲姫が明かす当該条が置かれ、十年「是後」条の箸墓伝承が載せられる。

二　古事記の特徴

少女の特徴は「腰裳を服たる」にある。「裳」は次のように記される。古事記では、「天宇受売命、（中略）神懸り為て、胸乳を掛き出だし、裳の緒をほとに忍し垂れき」、「小碓命、其の姨倭比売命の御衣・御裳を給はりて、剣を御懐に納れて、幸行しき」・「其の楽の日に臨みて、童女の髪の如く、其の結へる御髪を梳り垂れ、其の姨の御衣・御裳を服て、既に童女の姿と成り」、息長帯日売命は「其の懐妊めるを産むときに臨みて、即ち御腹を鎮めむと為て、石を取りて御裳の腰に纏きて」・「其の河中の礒に坐して、御裳の糸を抜き取り、飯粒を以て餌と為て、其の河の年魚を釣りき」、の三箇所と当該条の計四箇所である。裳が記されるのは、神懸かりや、童女になりすます小碓命、神を寄せる皇后と出産の延期を祈願した鎮懐石と裳、その裳の糸を用いて年魚をとった皇后の行いが四月上旬の筑紫の末羅県玉島里の年魚釣りの由来とされるなど、神霊を憑依させ、発動させる力と裳を付ける女性との関わりが窺われる。小碓命は倭比売命の御衣御裳を通し姨の霊能の放射を受けて守護される。裳は女性に依り憑く神の力の発動と関わるようである。山代の幣羅坂に出現した少女も例外ではなかろう。万葉集には次の例があり、裳は「斎ふ」行為と関わっていた。四二六五番は身を慎み精進潔斎して、一日も早い無事な帰郷を将来するのである。

四つの船　はや帰り来と　しらか付け　朕が裳の裾に　斎ひて待たむ　（19・四二六五）

古老相伝へて曰く、「往者、息長足日女命、新羅の国を征討したまひし時に、この両つの石を用ちて、御袖の中に挿著みて、鎮懐と為したまふ。〈実はこれ御裳の中なり〉所以に行人この石を敬ひ拝む」といふ。
（5・八一三の序）

折口信夫は四二六五番に「鎮而将待」とある「いはふ」を、「留めておくたましいが遊離してしまわぬようにしておく」[6]こととした。延喜式（巻第二　四時祭下、巻第八　祝詞）の鎮二御魂一斎戸祭は、「毎年十二月に、神祇官西院の斎部殿（斎戸神殿・祝部殿）に前月十一月鎮魂祭で用いられた御衣と魂緒を納め、天皇の御魂の鎮安を祈願する祭祀」であり、「斎戸は「斎瓮」」の意とされる。[7]いはふは神霊を祭り、その威力によって悪しきことが起こらないようにすることであろう。二つ目の事例は御裳の中に包まれた石ゆえに敬われたのである。裳は霊力の所在と関わっていたようである。大久保正氏は、「腰裳」は「ロングスカート風の裳に対し、ミニスカート風の短い裳か」とし、「少女が神女であることを示すものであろう」[8]と指摘する。古事記にのみ見られる「腰裳を服たる少女」について中西進氏は、「普通の裳のほかに装飾を上につけている異様な出立は、巫女の服装である」[9]とする。諸注釈も腰裳を着けた姿を巫女とみる。古事記は歌というより呪言の形で語られ、韻律は不定型である。古事記では少女が出現したところが「山代の幣羅坂」とあり、大毘古命の問いかけに対して「歌を詠はむと為つ」と答え、その後「其の所如も見えずして、忽ちに失せ」たとある。黄泉比良坂や海坂など、神話における坂が傾斜した地理的な特徴をもつとともに、異郷と現世の接点であり、境界であることからしても、忽然と出現し歌によって予兆を示し、かき消すように姿を消した少女は、神の言葉を歌によって明らかにする存在である。履中記において大坂の山口に出現し、「兵を持てる人等、多た玆の山を塞げり。当岐麻道より廻りて、越え幸すべし」と履中天皇に当麻道から迂回するように告げる女人も類似した性格を有する。少女の歌の解釈は御真木入日子その人に委ねられる。居駒永幸氏は「神の託宣を読み解」いたところに「審神者としての天皇の姿が示される。崇神天皇の神性である」[10]と指摘する。天皇は歌を「邪しき心を起せる表」と解く。それによって庶兄建波邇安王の謀反が露わになり、反乱が鎮圧され「天の下太きに平ぎ、人民富み栄えき」となる。崇神記前半の神々の祭祀の完全な遂行が、神意の表れと神の加護、治政の繁栄に繋がるようである。

　居駒永幸氏は、建波邇安王の反乱に当芸志美々命の場合との共通性をみる。「御祖伊須気余理比売が御子たちに風景の歌に託して反乱の「表(しるし)」を告げるところである。そこに「其御子、聞知而驚」とあるから、崇神と同じく歌の言葉を読み解く者の正統性が示されている。二人の御子にとって当芸志美々命は「庶兄」と書かれる点も共通している」[11]と述べる。古事記の当芸志美々命の変は次のように語られる。

狭井河よ　雲立ち渡り　畝火山　木の葉さやぎぬ　風吹かむとす　（第二〇番）

畝火山　昼は雲揺ゐ　夕されば　風吹かむとぞ　木の葉さやげる　（第二一番）

一見したところ、二首は叙景歌のようで「危急を告げる歌」には見えない。しかしすでに山は雲のいるところ、川の源すなわち他界に通じる場所であり、「雲立ち渡る」の「立つ」は霊威の表れに他ならず、ただならぬ状況が立ち現れていることを暗示する。「木の葉さやぎぬ」は木の葉がざわざわと音を立てた状態を示すが、『日本書紀』第九段正文には「草木咸能く言語有り」、『常陸国風土記』信太郡の条に「天地の権輿、草木言語ひし時に」、香島郡の条にも「石根・木立・草の片葉も辞語ひて」とあり、石や草や木に宿る精霊がうるさく騒ぎ平和を乱す状態、秩序が確立していない人間を脅かす始原の状態をいう。「大殿祭祝詞」には「事問ひし磐ね木の立ち、草の片葉をも言止めて、天降りたまひし食國天の下と、……」とものを言った岩や木の、乱れていたさまが天降りによって収まったと記される。「風吹かむ」はこれから風が吹こうとしているの意で、異変が起こることを暗示する。「雲とゐ」は、「雲と居」とする説[12]もあるが、動揺する意の動詞「とゐ」ととる[13]。この二首の歌謡に込められた確かな情報を三柱の御子は察知し、神武天皇の正統な継承者神沼河耳命が皇位につく。当芸志美々命に知られないように、御祖伊須気余理比売が叙景に託した寓意を御子が正確に解釈するか否かにかかっていよう。

それに対し崇神記の歌謡には寓意ではなく、直接的な文言が盛り込まれる。神武から欠史八代の天皇を経て崇神へ続く、歌を解くことが日継御子の資格とする、皇位継承の歴史を語る方法は類似しているが、日継御子を守護する存在は御祖と神のように異なる。谷口雅博氏は古事記には少女の予兆の歌と、天皇の判断さえあればそれで良いのであり、「両方とも不確かな情報をもとにして、判断を下し、その判断に従って行動するという展開をもつものであり、なおかつその判断は疑いの余地のないものとして描かれている。それを可能とするのが、情報提供する側の背景にある神意の存在であり、判断する側の能力ということであろう。（中略）既に指摘のあるように、『古事記』においては、天皇の「聞く」能力が問題とされる。[14]天皇自らが判断を下すところが『古事記』の描く天皇像の特質と関わっているものと思われる」と指摘し、「「御真木入日子はや」という呼びかけで歌を閉じる『古事記』は、より直接的に歌の言葉が物語に関わり、登場人物の行動に直結していく形となっている[15]」と述べる。古事記では、異境の悪霊と謀反を起こす不逞の輩が坂を堺とする向こう側の世界に出現している。神意の啓示「邪しき心を起せる表」は境界に立ち表れ、それに適切な判断を下す天皇の祭政が版図拡大をもたらしている。漠然とした悪霊（evil spirit）として捉えられていた存在が崇神記の当該条では建波邇安王という具体像をもったものに置き換わっていく。崇神記前半部の境界の祭祀では、黄泉津比良坂の黄泉醜女、黄泉軍のようなものの進入を防ぎ鎮めるのに対し、後半部は謀反の輩の征伐・鎮圧という使命を帯びて世界が境界の外に押し出されていく。当該歌謡は、天下を知らす天皇にふさわしい資質を示し、人の時代へと移り変わっていく転換点に置かれている。

三　日本書紀の伝承の特徴

書紀では少女の歌の謎解きをしたのは天皇の姑の倭迹迹日百襲姫命であった。この女性は後に大物主神の妻となるが、「聡明く叡智しくましまして、能く未然を識りたまへり。」と記される。この叙述は聖徳太子の「壮に及りて、一に十人の訴を聞きて、失たず能く、弁へたまひ、兼ねて未然を知ろしめす。」の描写に等しく、共に最大級の聡明さを語る。[16]日本書紀では歌謡の文言が五句の形式にまで整えられている。記紀の少女は神がその口を借りて託宣をする存在であった。書紀は歌謡のあとに「少女」から「童女」に表記が変わるが、全集には「「童は神と人間を仲介する神異の者、したがって「童女」は神に仕える巫女にもなる」[17]とある。「比売那素寐」はヒメアソビの略で女と戯れ遊ぶことと諸注釈にある。『萬葉集古義』では、おとりとして掛けられる「いかるが」と「ひめ」が詠み込まれる次の歌にも諷意を認める。

近江の海　泊まり八十あり　八十島の　島の崎々　あり立てる　花橘を　上枝に　もら引き掛け　中つ枝に　いかるが掛け　下枝に　ひめを掛け　汝が母を　取らくを知らに　汝が父を　取らくを知らに　いそばひ居るよ　いかるがとひめと

（万葉集巻13・三二三九）

鹿持雅澄は、壬申の乱の直前に天武天皇が吉野に入った後、大津宮に残った天武の諸皇子に危難の及ぶことを諷喩した点と、崇神紀の譬との共通性をみる。[18]書紀の歌謡の機能について谷口雅博氏は、「『日本書紀』の方は突き放した形で歌を閉じることで、歌の言葉を宙に浮かせ、物語内部に漂わせようとしているように見える。ワザウタであれば、歌で事件の批評や風刺を示すことは出来ても、物語内部に働きかける役割を担うことは出来ない。ワザウタ的であるとされるこの少女の歌は、実は風刺・予兆でありつつ物語を推進させる機能を担うという点において、自覚的に用いられた特殊な述作方法であったのかもしれない」[19]と指摘する。書紀の当該条には「ワザウタ」の語は用いられないが、歌謡の機能は「予兆」と関わると思われる。紀の記述の特徴は百襲姫は「其の歌の怪（しるまし）を知りまして」とあるところである。「怪」は書紀では次のところに記される。

①神功皇后摂政元年二月条

遂に忍熊王を攻めむと欲し、更に小竹宮に遷ります。是の時に適りて、昼の暗きこと夜の如くして、已に多の日を経たり。時人の曰く、「常夜行くなり」といふ。皇后、紀直が祖豊耳に問ひて曰はく、「是の怪（しるまし）は何の由ぞ」とのたまふ。時に、一老父有りて曰さく、「伝へ聞かく、是の如き怪（しるまし）は、阿豆那比の罪と謂ふといへり」とまをす。

②仁徳天皇六十年十月条

六十年の冬十月に、白鳥陵守等を差して、役丁に充つ。時に天皇、役の所に臨みたまふ。爰に陵守目杵、忽に白鹿に化りて走ぐ。是に天皇、詔して曰はく、「是の陵、本より空し。故、其の陵守を除めむと欲して、甫て役丁に差せり。今し是の怪者（しるまし）を視るに、甚だ懼し。陵守をな動しそ」とのたまひ、則ち且、土師連等に授けたまふ。

③欽明天皇二年七月条

窃に聞く、任那と新羅と、策を席際に運らししとき、蜂・蛇の怪（しるまし）を現せりといふことを。亦衆の知れる所なり。且夫れ、妖祥は行を戒むる所以、災異は人に悟らしむる所以なり。当に是、明天の告戒、先霊の徴表なり。禍至りて追ひ悔い、滅びて後に興らむと思ふとも、孰にか云に及かむ。

④斉明天皇六年十二月条

是の歳に、百済の為に新羅を伐たむと欲して、乃ち駿河国に勅して船を造らしむ。已に訖りて、続麻郊に挽き至る時に、其の船、夜中に故無く艫舳相反れり。衆終に敗れむことを知りぬ。科野国の言さく、「蠅群れて西に向ひ、巨坂を飛び踰ゆ。大きさ十囲許、高さ蒼天に至れり」とまをす。或いは、救軍の敗績れむ怪（しるまし）といふことを知る。童謡有りて曰く、

122　まひらくつのくれつれをのへたをらふくのりかりがみわたとのりかみをのへたをらふくのりかりが甲子とわよとみをのへたをらふくのりかりが

といふ。

「怪」は大系本・新編全集に「しるまし」と訓まれ、不吉の前兆である。①は新編全集頭注に「天下に二つの太陽があってはならないことの名分についての予兆を意味するか[20]」とある。②は陵守までも白鹿になって走り出す

ことを不吉とみている。③は蜂や蛇が現れることを恐ろしい不吉なこととみる。④は一二二番は歌意不明であるが、「怪」と「童謡」が結びつけられ、日本救援軍が大敗する前兆とされるところに当該歌謡の「歌の怪」と通じる点がある。

益田勝実氏は、「「詩妖」(『漢書』・『後漢書』・『宋書』・『晉書』)と、この「怪謡」(『南斉書』)が内容的に重なり合うものであること、「詩妖」がワザウタと翻訳出来るならば、「怪謡」もまたワザウタと翻訳出来ないことはない」とし、「「童謡」の中国の史書でのありかたは、業(わざ)(行)のウタによりも、妖(怪)しのウタ・不吉のウタのほうに近い」[21]と指摘する。益田氏は「「謡」(『後漢書』)あるいは『詩妖』(『宋書』・『晉書』)としてまとめられている妖災の現象の、なかみの具体例の大部分が「童謡曰」であるとすると、それらに接しつつ、童謡↑詩妖の観念が日本で固定していき、童謡↑ワザウタ↓↑詩妖の関係を経て、「童謡(ワザウタ)」の意訓が出現」し、「「詩妖」の思想を媒介として「童謡(ワザウタ)」の意訓がはじめてありうる」[22]とする。また津田博幸氏は益田説をふまえ、「「童謡」は『漢書』などを典拠とする語だが、これと類義の語に「怪謡」(『南斉書』)があり、ワザウタという訓読語はこの「怪謡」をもとに生まれ、他の類義語の音訓として転用されたと推定[23]」する。さらに当該条について津田氏は、「この歌は「童女」が歌ったとあるが、「童謡」とは呼ばれていない(『日本書紀』における語「童謡」の初出は皇極紀)。中国の史書と共通の、つまり世界標準の名称を崇神天皇の段階では用いていないわけだが、その代わりに「歌怪」という表現を当てたのだと考えられる。「歌怪」の典拠は不明である。(中略)中国の正史で「童謡」のことが記述された嚆矢は『漢書』の「五行志」である。そこでの「童謡」は、次のような概念の階梯の中にある。まず、天が王への譴責や予告として引き起こす様々な「妖」(怪異現象)があり、その「妖」の一つに「詩妖」なるものがある。そして、「詩妖」は具体的には童子が歌うなどの形で現れる。つまり、「童謡」は「詩妖」の下位概念である。/この「詩妖」を、崇神朝という、八世紀の人々にとっての上古にふさわしいよう、言葉の上で「詩」から「歌」へと置き換えたのが「歌怪」であろう。（中略）歌が超越的世界との回路として機能するということだが、そのようにして歌が描かれたのは、この記事が初めてであり、（中略）「歌怪」という念入りな字面が選ばれた[24]」と結論づける。

『書紀集解』は崇神紀に「魏志武帝紀」「漢書成帝紀」の典拠を指摘する[25]。山田英雄氏は「この出典は単にそこにあるというだけのものではなく、その漢籍で使用されている例がその語、句に含まれていて、それを新たに使用した場合に、過去に使用された意味を背後にひそめて、単純な語句に大きな意味を含めることができ、文章に深みを出すことができるのである[26]」と典拠の働きを重視する。山田純氏は崇神紀において、「「成帝紀」を典拠とする部分は、崇神天皇の特徴を述べる部分と、その治世の特徴である「御肇国天皇」を語る部分」でもあり「神意を分析するにあたり、それが、儒教経典に基づくのか、それとも神の要求を神に訊ねるのか、という相違が、「成帝紀」と「崇神紀」の比較を通して明確化するのである。（中略）神の要求通りに祭祀を行った結果、やがて「崇神紀」十二年春三月条が述べるような、「天下太平」へと至ったのである[27]」と指摘する。

書紀の当該条も『漢書』「成帝紀」及び「五行志」等、漢籍の表現を背景に漂わせていると思われる。正伝では歌い手が「少女」から「童女」の表記に変わる。また「歌怪」という語が用いられる。すでに前掲の津田博幸氏の論文に「歌怪」と漢籍との関係は指摘されているが、上代人が享受した漢籍に、「少女」「童女」の伝承と「童謡」がどのように記されているかをみて、書紀の表現の背景を考察していく。

崇神紀の典拠とされる成帝紀には「少女」ではなく「小女」の表記がされる。「少女」と「小女」を同類として扱ってよいかという問題が生じる。まず「小女」であるが、『漢書』巻七十六「趙尹韓張兩王傳」第四十六に、

後章仕宦歴位、及爲京兆、欲上封事、（中略）妻子皆收繫。章小女年可十二、夜起號哭曰、……

『後漢書』巻十上「皇后紀」第十上に、

明德馬皇后諱某、伏波將軍援之小女也。少喪父母。（中略）援有三女、大者十五、次者十四、小者十三、（中略）

由是選后入太子宮。時年十三。

とみえる二つの例から、「小女」は十代前半に用いられる語と思われる。一方「少女」は、年の若い女や姉妹のうちの妹をさす。『論語』「季氏」第十六には、「少之時、血氣未レ定、戒レ之在レ色」とあり、皇侃注には三十以前を「少」とする。「少」にはおさない（『國語』晉語「午之少也」）、若い（『春秋左氏傳』昭公二十年「敝邑之少卿也」杜注は年少の卿とする）という意味もあり、二十代をさすこともあるようである。語感としては、「少女」は「小女」より女性性の要素を多く含むようにもみえる。両語は結婚可能な年齢の女性をさすとみられるので、類似の内容を含むと判断した。また「童女」は、『後漢書』巻十上「皇后紀」第十上に「漢法常因八月筭人、遣中大夫與掖庭丞及相工、於洛陽鄉中閱視良家童女、年十三以上、二十已下、姿色端麗、合法相者、載還後宮、擇視可否、乃用登御。」とあり、「小女」「少女」「童女」は似通った内容で用いられることもあると思われる。

『漢書』巻十成帝紀において、「小女」の語が出てくるのは次の箇所である。

・三年

秋、關內大水。七月、虒上小女陳持弓聞大水至、走入橫城門、闌入尙方掖門、至未央宮鉤盾中。吏民驚上城。九月、詔曰「乃者郡國被水災、流殺人民、多至千數。京師無故訛言大水至、吏民驚恐、奔走乘城。殆苛暴深刻之吏未息、元元冤失職者衆。遣諫大夫林等循行天下。」

秋、関内に大水があり、七月、虒上の小女陳持弓は大水が寄せてきたと聞いて走って横城門に入り、尚方の掖門から宮中に闌入し、未央宮の鉤盾まで行ったとある。異変を聞き知った小女が宮城の奥に乱入したことによって、人々が驚いて宮に登る、とある。

『漢書』巻二十七下之上　五行志第七下之上の成帝の記事には前出の記事について次のように記される。

成帝建始三年十月丁未、京師相驚、言大水至。渭水虒上小女陳持弓年九歲、走入横城門、入未央宮尙方掖門、殿門門衞戶者莫見、至句盾禁中而覺得。民以水相驚者、陰氣盛也。小女而入宮殿中者、下人將因女寵而居有宮室之象也。名曰持弓、有似周家檿弧之祥。易曰、「弧矢之利、以威天下。」是時、帝母王太后弟鳳始爲上將、秉國政、天知其後將威天下而入宮室、故象先見也。其後、王氏兄弟父子五侯秉權、至莽卒簒天下、蓋陳氏之後云。京房易傳曰、「妖言動衆、茲謂不信、路將亡人、司馬死。」

五行志にみえる大水は陰気が盛んな徴証であり、民はこれに驚く。小女が宮殿中に入ったのは、下人が女寵によって宮室に居る象である。名を持弓というのは、周室の山桑の弓の祥に似ていたからである。『易』にいう、「弓矢の利器で天下の悪人を威す」と。当時、帝の母王太后の弟鳳が始めて上将となり国政をとった。天はその子孫がまさに天下を威して宮室に入ろうとしているのを知り、象がまずあらわれたのである。その後、王氏兄弟・父子の五侯が権をとり、王莽に至り遂に天下を奪ったが、思うにその小女は陳氏の後裔であるという。京房の『易伝』にいう、「妖言が衆を動かす、これを信あらずといい、路がまさに人を亡ぼし、司馬が死のうとしている」との部分が付け加えられている。小女については傍線部が付会され象とされている。ここには当時の政治状況やその後の政治の流れを加味した解釈がなされていると考えられよう。この「小女」の例は歌謡とは関わっていない。

歌が「怪」と関わる成帝の「童謡」の例には次のようなものがある。

『漢書』巻二十七中之上　五行志第七中之上

成帝時童謠曰、「燕燕尾涎涎、張公子、時相見。木門倉琅根、燕飛來、啄皇孫、皇孫死、燕啄矢。」其後帝爲微行出游、常與富平侯張放俱稱富平侯家人、過〔河陽〕〔陽阿〕主作樂、見舞者趙飛燕而幸之、故曰「燕燕尾涎涎」、美好貌也。張公子謂富平侯也。「木門倉琅根」、謂宮門銅鍰、言將尊貴也。後遂立爲皇后。弟昭儀賊害後宮皇子、卒皆伏辜、所謂「燕飛來、啄皇孫、皇孫死、燕啄矢」者也。

師古曰、「涎涎、光澤貌也、音徒見反。」

帝は微行で遊びに出歩き、常に富平侯張放と同行し、陽阿公主を訪れて舞楽をなし、舞う者趙飛燕を見て寵愛したので「燕燕の尾涎涎たり」といい、美好の貌である。張公子は富平侯のことである。「木門倉琅の根」は、宮門の銅の鋪首と銜環をさす。まさに尊貴になろうとするのをいう。のちついに立って皇后となった。その妹昭儀は後宮の皇子をそこない、ついに姉妹は罪に伏したが、これはいわゆる「燕、飛来して皇孫を啄み、皇孫死して、燕矢を啄むである」と説明する。この童謡は漢書の外戚傳にもみえる。

『漢書』巻九十七下　外戚傳第六十七下

今廢皇后爲庶人、就其園。」是日自殺。凡立十六年而誅。先是有童謠曰「燕燕、尾涎涎、張公子、時相見。木門倉琅根、燕飛來、啄皇孫。皇孫死、燕啄矢。」成帝每微行出、常與張放俱、而稱富平侯家、故曰張公子。倉琅根、宮門銅鍰也。

師古曰、「涎涎、光澤之貌也、音徒見反。」師古曰、「鍰讀與環同。」

また次の記事から当時「童謠」がどのようにみられていたかがわかる。

『魏書』巻三十五　列傳第二十三　崔浩

初、姚興死之前歳也、太史奏、熒惑在匏瓜星中、一夜忽然亡失、不知所在。或謂下入危亡之國、將爲童謠妖言、而後行其災禍。（中略）後八十餘日、熒惑果出於東井、留守盤遊、秦中大旱赤地、昆明池水竭、童謠訛言、國內諠擾。明年、姚興死、二子交兵、三年國滅。於是諸人皆服曰、「非所及也。」

『三國志』巻六十一　呉書　潘濬陸凱傳第十六

又武昌土地、實危險而塉确、非王都安國養民之處、船泊則沈漂、陵居則峻危、且童謠言、「寧飲建業水、不食武昌魚、寧還建業死、不止武昌居。」臣聞翼星爲變、熒惑作妖、童謠之言、生於天心、乃以安居而比死、足明天意、知民所苦也。

魏書と呉書の「童謠」の例を見ると、「妖言」「訛言」とし、天心・天意と捉えており、童謠の含む内容について当時の知識人の感覚が垣間見られる。

次に「女童」「童女」「小女」が出てくる例をあげ、歌との関わりをみる。「女童」の例はあまり多くはない。

『漢書』巻九十七下　外戚傳第六十七下

建始元年……至其九月、流星如瓜、出於文昌、貫紫宮、尾委曲如龍、臨於鉤陳、此又章顯前尤、著在內也。其後則有北宮井溢、南流逆理、數郡水出、流殺人民。後則訛言傳相驚震、女童入殿、咸莫覺知。

流言が伝わって人々が驚きおそれ、女童が宮殿に入ったが、誰も気づかなかった、とある。ここには謠は記されない。謠と童女が結びつく例として、西周王の幽王が褒姒を溺愛して国を滅ぼした伝承が知られる。

『史記』巻四　周本紀第四

三年、幽王嬖愛褒姒。褒姒生子伯服、幽王欲廢太子。太子母申侯女、而爲后。後幽王得褒姒、愛之、欲廢申后、并去太子宜臼、以褒姒爲后、以伯服爲太子。周太史伯陽讀史記曰、「周亡矣。」（中略）宣王之時童女謠曰、「檿弧箕服、實亡周國。」於是宣王聞之、有夫婦賣是器者、宣王使執而戮之。逃於道、而見鄉者後宮童妾所弃妖子出於路者、聞其夜啼、哀而收之、夫婦遂亡、犇於褒。褒人有罪、請入童妾所弃女子者於王以贖罪。弃女子出於褒、是爲褒姒。當幽王三年、王之後宮見而愛之、生子伯服、竟廢申后及太子、以褒姒爲后、伯服爲太子。太史伯陽曰、「禍成矣、無可柰何」

宣王の時に童女が「山桑の弓と箕のえびらが、実に周国を亡ぼすだろう」と歌った、とある。同じ伝承であるが『國語』巻第十六「鄭語」には「謠」は「童謠」とある。同じ「謠」は次のように記される。

『漢書』巻二十七下之上　五行志第七下之上

厲王使婦人贏而譟之、漦化爲玄黿、入後宮。處妾遇之而孕、生子、懼而棄之。宣王立、女童謠曰、「檿弧萁服、實亡周國。」（中略）女童謠者、禍將生於女、國以兵寇亡也。

師古曰、「女童謠、閭里之童女爲歌謠也。（後略）」

『説郛』巻三十八上（『説郛三種』一百二十巻　第四十九「西朝寶訓」にのみでてくる）

真宗宴近臣語及莊子忽命呼秋水至則翠鬟綠衣小女童也朗誦秋水一篇聞者竦异

のように「童女」「女童」の謠が周の滅亡を予言する例はあるが、崇神記紀のように「少女」「童女」が変乱の予兆の謠を歌う例は管見ではみられない。

先にあげた「童謠」の『魏書』『三國志』の例では、「熒惑」が異変と関わっている。土橋寛氏は、崇神紀の当該歌謡について、中国古代の童謡と熒惑の影響を指摘する。[28]『史記』巻二十七　天官書第五には次のようにある。

察剛氣以處熒惑。曰南方火、主夏、日丙、丁。禮失、罰出熒惑、熒惑失行是也。出則有兵、入則兵散。以其舍命國。（熒惑）熒惑爲勃亂、殘賊、疾、喪、饑、兵。反道二舍以上、居之、三月有殃、五月受兵、七月半亡地、九月太半亡地。因與俱出入、國絕祀。

熒惑星が出るとその国に兵乱があり、隠れると兵乱は止む。熒惑星が出ると、動乱・残賊・疾疫・死亡・饑餓をつかさどる。熒惑星は敵兵と共に出入してその下の国は滅亡して祭祀を絶つのである。[29]土橋寛氏が指摘する『晉書』の記事は次のように記される。

『晉書』巻十二　志第二　天文　中

凡五星盈縮失位、其精降于地爲人。歳星降爲貴臣、熒惑降爲童兒、歌謠嬉戲、塡星降爲老人婦女、太白降爲壯夫、處於林麓、辰星降爲婦人。吉凶之應、隨其象告。

熒惑がどのように見えるか、またどの位置に出現しているかで占う占星について、変乱の予兆としての熒惑についての記事は多く見られる。だが熒惑が降り変して童児となり歌謡するという記述は『晉書』天文志が初出のようであり、これが『隋書』天文志にも引継され、唐代の注釈家にも知られていたようである。ただし、「童兒」が少女であるか否かは分明ではない。童女が舞や歌謡に関わる例は次の『漢書』郊祀志の記事にみられるので、注意は必要かと思われるが直接的な関係は管見では示すことができない。

『漢書』巻二十五下　郊祀志第五下

衡言「甘泉泰畤紫壇、八觚宣通象八方。五帝壇周環其下、又有羣神之壇。以尙書禋六宗、望山川、徧羣神之義、紫壇有文章采鏤黼黻之飾及玉、女樂（後略）」

師古曰「漢舊儀云祭天用六綵綺席六重、用玉几玉飾器凡七十。女樂、卽禮樂志所云『使童男童女倶歌』也。」

崇神紀の歌謡は、漢籍の素養のある宮廷の史官や時の有識者が「童謡」の語を用いずに、意図的に取り入れたのであろう。中国では誰に歌うということもなく記され、一般的な妖祥現象と同様に扱われるのに対し崇神紀では前兆・予兆を歌う者とそれを聞く者が定まっている。山田純氏は、紀は、歌謡の怪を解いた「モモソヒメを歴代最高の巫女と認めて」おり、「彼女は優秀な臣下として、中国儒教が理想とする祭祀方法の枠組みを、崇神天皇とともに確立したという「価値」を示しているのである。[30]」と指摘する。また大脇由紀子氏は書紀の歌謡について「『漢書』五行志を教養とする読者ならば、少女の出現は神の譴責である「怪」と捉えることができよう。（中略）「姫あそびすも」は女と戯れる帝を想像させる。（中略）そしてその想像は中国王朝の「傾国」の歴史と重なって王権の危機を演出する。／よって、「姫遊び」が直截的に崇神天皇の女性問題を指し示していなくてもよい。（中略）女との戯れに関わらない天皇だからこそ、「姫遊びすも」は謎となり、（中略）倭迹々日百襲姫命が吾田媛の情報と結びつけ、ウタを解き明かすのである。[31]」と結論づける。

成帝の淫佚は本紀の本文中にはなく、次のように末尾の論賛にわずかに語られる。

『漢書』巻十　成帝紀第十

贊曰、「臣之姑充後宮爲婕妤、（中略）遭世承平、上下和睦。然湛于酒色……」

師古曰、「湛讀曰耽。」

『漢書』巻八十五　谷永杜鄴傳第五十五には、建始三年冬に日食と地震が同日に起こり、これを天地の戒めとして谷永が成帝に意見をする。その言葉の中の、「意豈陛下志在閨門、未卹政事、不愼擧錯」、「損燕私之閒以勞天下、放去淫溺之樂」に、成帝の行状が語られる。また、『漢書』巻九十七下　外戚傳六十七下に、成帝即位の年の建始元年正月、九月に続く異変が記され、継嗣の微弱を明らかにし、微賤の者が立つことを示すとする。

成帝紀において本紀では語られない淫と歌のない小女の異変、五行志の童女の童謠による歌の怪を結びつけ、漢籍の世界を事件の背景に漂わせようとしたのが崇神紀の当該条ではないか。崇神紀に記述がない「姫遊び」を歌謡の文言に取り込み、その語は意外性を含むがゆえに、真相を確かめさせようとする行動に結果的に結びつく。歌謡中に「御間城入彦」が詠み込まれることで、日本霊異記中巻第三三縁の「万の子」や、続日本紀の巻第三一の光仁天皇即位を予言する童謡にある「白壁」にも示されるように、歌謡の受け手に意識を向けさせ注意を喚起させる効果を発揮する。崇神紀の歌謡は警告であって、予兆に結果が対応するものではないので、「童謡」ではなく「歌怪」という選ばれた語が用いられたのであろう。本紀と五行志の記述を結合し、漢籍の記述を背後に連想させつつ、英邁な後の天皇像に通じる、祭政のもとを固めた崇神紀天皇像を記すのが書紀歌謡のあり方であろう。

おわりに

古事記においては、邇々芸命が降臨する際に、伊勢の内宮と外宮の起こりが記され、崇神記で豊鉏比売命は伊勢大神宮を拝祭する。上巻の大国主神によってなされたのかどうか判然としない大物主神の祭祀も完全になされ祟りが鎮まる。上巻の祭祀が崇神天皇において完結する。崇神天皇が祭祀を掌握し、大和国内の支配確立を語る。姫彦制の影を全く出さない、祭政を掌握した天皇像を打ち出すのが第二二番歌謡であろう。日本書紀では優れた巫女倭迹迹日百襲姫命は孝霊天皇と倭国香媛のあいだに生まれている。箸墓伝承で、倭迹日百襲姫命の名を縮めたと思われる倭迹迹姫命は孝元天皇の皇女の名でもある。崇神天皇が都を置いた師木（磯城）は三輪山西南域のヤマト王権発祥の地とみられている。武埴安彦の謀反平定後、大物主神と倭迹迹日百襲姫命との神婚が語られる。神婚は「聡明く叡智しくましまして、能く未然を識りたまへり」という姫の力に相応しいものである。「吾が形にな驚きそ」という約束を破ったことにより、姫は亡くなる。「箸」という斎串に占められた姫の墓は、「日は人作り、夜は神作る」と伝えられる。神に占められた姫は人間の世界から神の世界に属する存在となったのであろう。姫は大物主神の姿を「小蛇」と顕すが、この記述は雄略紀七年七月条の「三諸岳の神の形」「大蛇」に通じていく。姫の死によって巫女的な力をもった皇女と天皇との紐帯は途切れることになる。崇神天皇と倭迹迹日百襲姫命に集約される三輪山の大物主神の祭祀が変化を見せていく結節点に置かれるのが第一八番歌謡であろう。「姫遊び」の主体は崇神天皇と捉えられ、契沖や飯田武郷の指摘するような、崇神紀の中で整合性をもった解釈をするのは難しいだろう。第十八番歌謡は『漢書』成帝紀や五行志の世界を背景に、神のおつげとして崇神紀の内容に相応しくない語を用いて強い危機感を表出させたのであろう。崇神記紀の謀反を告げる歌謡は、試練に耐えて祟りを克服し人の時代を開くハツクニシラス天皇の事績を象徴的に語る歌謡と思われるのである。

注

（1）契沖「厚顔抄」『契沖全集』第七巻　一九七四年八月　岩波書店
（2）飯田武郷『日本書紀通釋』第二　一九三〇年五月　内外書籍
（3）大脇由紀子「崇神天皇条に出現した少女——古事記と日本書紀との比較から——」『中京大学　文学会論叢』第六巻　二〇二〇年三月
（4）三浦佑之「さか」『古代語を読む』古代語誌刊行会編　一九八八年一月　桜楓社
（5）尾崎暢殃『古事記全講』一九六九年九月　加藤中道館
（6）折口信夫「「いはふ」という語」『折口信夫全集ノート編追補　神道概論』第一巻　一九八七年一〇月　中央公論社
（7）虎尾俊哉編『延喜式』上　二〇〇〇年五月　集英社
（8）大久保正『古事記歌謡　全訳注』一九八一年三月　講談社
（9）中西進『大和の大王たち』古事記をよむ3　一九八六年一月　角川書店
（10）居駒永幸「崇神・仲哀記の歌と散文——表現空間の解読と注釈——」『人文科学論集』第六五輯　二〇一九年三月
（11）前掲書（10）
（12）本居宣長『古事記傳』二十之巻『本居宣長全集』第十巻　一九六八年一一月　筑摩書房
（13）武田祐吉『記紀歌謡集全講』一九五六年五月　明治書院、倉野憲司『古事記全註釈』第五巻　一九七九年一一月　三省堂
（14）神野志隆光「〈聞く〉天皇——『古事記』における天皇——」『太田善麿先生追悼論文集　古事記・日本書紀論叢』一九九九年七月　続群書類従完成会　谷口氏の説に引用されている。
（15）谷口雅博「謀反を知らせる歌——タケハニヤスの反乱（崇神記・紀）より——」『古事記の表現と文脈』二〇〇八年一一

月　おうふう

(16) 津田博幸「歴史叙述とシャーマニズム――『日本書記』を中心に」『生成する古代文学』二〇一四年三月　森話社

(17) 荻原浅男　鴻巣隼雄　校注・訳『古事記　上代歌謡』（日本古典文学全集）一九七三年一一月　小学館

(18) 『萬葉集古義』には「此歌は中山嚴水云、こは天武天皇の、吉野に入座し後、大友皇子の、天武天皇を襲ひ賜はむとて、しのび〳〵に軍の設などせさせ賜ふほど、高市皇子、大津皇子は其事を知せ賜はずて、何心も無ておはすを見て、天武天皇に、志ある臣のよみて、二人の皇子等に、諷し奉りたる歌なるべし、といへり、信にさもありなむ、崇神天皇紀武埴安彦の邪心を起せる表に、少女のうたへる歌に、瀰磨紀異利寐胡播椰飫廼鵝烏塢志齊務苫農殊末句志羅珥比賣那素寐殊望、とあるに、譬へたる意相似たり」とある。『萬葉集古義』第五　一九二〇年四月　國書刊行會

(19) 前掲書（15）

(20) 小島憲之・直木孝次郎・西宮一民・蔵中進・毛利正守　校注・訳『日本書紀』一（新編日本古典文学全集）一九九四年四月　小学館

(21) 益田勝実「詩妖の思想――ワザウタ語源考――」『古代歌謡』（日本文学研究資料叢書）一九八五年一一月　有精堂

(22) 前掲書（21）

(23) 津田博幸「和歌とシャーマニズム――『日本書紀』をめぐって――」前掲書（16）

(24) 前掲書（23）

(25) 河村秀根・益根『書紀集解』巻第五　『書紀集解』二　一九六九年九月　臨川書店

(26) 山田英雄「出典論」『日本書紀の世界』二〇一四年二月　講談社

(27) 山田純「『日本書紀』「崇神紀」が語る祭祀の「歴史」――「崇神紀」と「成帝紀」の比較」『日本書紀典拠論』二〇一八年五月　新典社

(28) 土橋寛『古代歌謡全注釈　日本書紀編』一九七六年八月　角川書店

(29) 吉田賢抗『史記』四（八書）（新釈漢文大系）一九九五年五月　明治書院

(30) 山田純「『日本書紀』「崇神紀」における「箸暮伝承」の位置づけ――君臣一体の理想的祭祀実現の「歴史」――」前掲

書（27）

（31） 前掲書（3）

＊漢書・後漢書・魏書・三国志・史記・晉書の引用は二十四史　中華書局版による。但し、原文中の欧文カンマ・コロンの類は邦文フォントに置き換えた。

＊『説郛三種』五　一百二十巻　第四十九「西朝寶訓」（明）陶宗儀　等編　上海古籍出版社による。

＊『論語』は『論語』（新釈漢文大系）明治書院による。

＊『国語』は『国語』下（新釈漢文大系）明治書院による。

＊『春秋左氏傳』は『春秋左氏傳』四（新釈漢文大系）明治書院による。

＊本章執筆にあたり、田熊信之氏・谷口雅博氏の御教示を賜った。記して御礼申し上げる。

第四章　「月立ち」考

――倭建命と美夜受比売の唱和歌謡について――

はじめに

問題とする歌謡の場面は『古事記』に次のように記されている。

其の国より科野国に越えて、乃ち科野之坂神を言向けて、尾張国に還り来て、先の日に期れる美夜受比売の許に入り坐しき。是に、大御食を献りし時に、其の美夜受比売、大御酒盞を捧げて献りき。爾くして、美夜受比売、其の、おすひの襴に、月経を著けたり。故、其の月経を見て、御歌に曰はく、

27ひさかたの　天の香具山　と鎌に　さ渡る鵠　弱細　撓や腕を　枕かむとは　吾はすれど　さ寝むとは
　吾は思へど　汝が着せる　襲衣の襴に　月立ちにけり

爾くして、美夜受比売、御歌に答へて曰はく、

28高光る　日の御子　やすみしし　我が大君　あらたまの　年が来経れば　あらたまの　月は来経行く
　うべな　うべな　うべな　君待ち難に　我が着せる　襲衣の襴に　月立たなむよ

故爾くして、御合して、其の御刀の草那芸剣を以て、其の美夜受比売の許に置きて、伊服岐能山の神を取り
に幸行しき。

宮岡薫氏は、この問答歌に表れる「ひさかたの」の枕詞を冠する「天の香具山」の用例は万葉集巻十、一八一二番のみでかなり限定的な表現であり、「あらたまの」の枕詞を用いた成立年代の明らかな歌は、天平以後に多く、「高光る　日の御子」は、天武・持統および天武の皇子たちに使用され、巻一・二・三に集中的に分布し、加えて「やすみしし」は巻六にも分布しほぼ同様な傾向を示すとし、二首の歌謡の構成時期を持統朝と推測する。[1]「やすみしし　我が大君」「高光る　日の御子」の称詞が用いられるのは、古事記においては仁徳天皇と雄略天皇であり、二つの表現をあわせもつ倭建命は両天皇に比肩する存在として位置づけられている。「日の御子」の思想は、「倭王以天爲兄以日爲弟」（『隋書』倭国伝　開皇二十年（六〇〇））、「日出処天子」（『隋書』倭国伝　大業三年（六〇七））にみられるように、推古朝には成立していたとみられる。古い時代の観想を残しつつも天武・持統朝の天皇観を反映し、後世の限定的な枕詞と称詞を詠み込んで構成されたこの問答歌には、古事記編纂者の意図が色濃く反映されていよう。内藤磐氏は、この問答歌と八千矛神と沼河比売、雄略天皇と三重婇のやりとりに共通するのは、月の障りの解消であり、歌の唱和の末に、男女の間を隔てていた不和が解消されめでたい結末を迎える点で、不浄が浄化されて御合の結末に至る語りごとであると指摘する。[2]特に雄略記の天語歌は、新嘗祭の大御盞に浮かんだ槻の葉と憑きの観想が絡み合い、槻の葉を国土創世からの、高天原・東・鄙の霊威が時空を超越してあまねく依り憑いたものと詠いなす三重婇の歌謡が、死罪を免れる事態をもたらす点に、障害を解消して御合に至る当該歌謡との共通性をもつ。「長谷の斎槻が下にわが隠せる妻　茜さし照れる月夜に人見てむかも」（万葉集巻11・二三五三）と歌われるように、照り輝く月と槻（憑き）の聖木と神婚の観想は関わっていた。婚姻に望ましくない「月立ちにけり」の状況はどのようにして御合に転換されたのか。古事記が二首の歌謡を通して景行朝の倭建命をど

のように描いたのか、二首の問答歌としての解釈の可能性を探りながら考察したい。

一 「月立ちにけり」

第二七番歌に詠まれた天の香具山は、万葉集巻一・二番歌には国見がなされる王権に関わる山として詠われる。釋日本紀所引伊豫國風土記逸文には、天にあった山が地上に下り二つに分かれ、一つが倭の天加具山となったとあり、香具山に「天の」が冠する由来が語られる。天の石屋戸神話において、天照大御神の復活再生を期して石屋から導き出すために行われた祭祀では、高天原の「天の香山の真男鹿の肩を内抜きに抜きて、天の香山の天のははかを取りて、占合ひまかなはしめて、天の香山の五百津真賢木を、根こじにこじて、上つ枝に八尺の勾璁の五百津の御すまるの玉を取り著け、……」(傍点は筆者による。以下波線も同じ)とあり、天の香山の動植物が卜占に関わり、その地に存する賢木が神霊を寄り憑かせる神木とされる。この記述から、天皇家の皇祖神の祭祀の根源が高天原の天の香山にあることがわかる。神武紀には神武天皇が天神の夢のお告げに従って、天香山の社の中の土で天平瓫と厳瓫を作り天神地祇を敬祭しようとして椎根津彦と弟猾に、「汝二人、天香山に到り、潜に其の巓の土を取りて来旋るべし。基業の成否は、汝を以ちて占はむ。」と命じる(即位前紀戊午年九月条)。香具山の土は大和国の物実とされ、霊的な祭祀の実修が天香山に由来することが記される。青木周平氏は、当該歌謡の歌い起こしに王権に関わる香具山を上げることで倭建が自己を標榜したと指摘する。[3] 高天原という天皇家の原郷と大八嶋国の王権の中心大和を結ぶ垂直軸になるのが天香具山であったと思われる。「ひさかたの」の枕詞は集中五〇例あり、「天」にかかる例三三例、天の同音で「雨」にかかる例一例、「月(夜)」にかかる例五例、都にかかる例一例などがあり、かかり方は天を主とし、語義は未詳であるが、共に天の広大無窮を表すほめ言葉とされる。

「ひさかたの　天金機　雌鳥が　織る金機　隼別の　御襲料」（紀第五九番）のように、天に由来のある神聖性を示す。また、「うらさぶる情さまねしひさかたの天のしぐれの流らふ見れば」（1・八二）・「わが園に梅の花散るひさかたの天より雪の流れ来るかも」（5・八二二）では、時雨や雪に見立てた落花に天の霊威を受けた神秘性をみる。西宮一民氏は、「歌では、国見儀礼の聖山（天の香久山）が点出され、穀霊の表象「鵠」（白鳥）が素材となり、命は「日の御子」「わが大君」と天皇の資格で呼ばれている。とすると、国覓ぎから聖婚へ、という順序で、歌と地の文は自然な形で連続している[4]」と述べる。「さ渡る」は、時間的にも空間的にも用いられる。鳥の「さ渡る」様は、「物思ふと寝ねぬ朝明に霍公鳥鳴きてさ渡るすべなきまでに」（10・一九六〇）、「高山にたかべさ渡り高高にわが待つ君を待ち出でむかも」（11・二八〇四）のように、切ない恋情表出と結びついている。渡り鳥である鵠は、地上世界と天を、大和とその他の地域を結ぶ垂直的、水平的空間を自由に行き来出来る性格を有すると捉えられたのであろう。西宮氏が説くように天の香具山を背景に詠まれる鵠は、倭建命を暗喩しているのではないか。当芸野において命は、「吾が心、恒に虚より翔り行かむと念ふ。然れども、今吾が足歩むこと得ずして、たぎたぎしく成りぬ」と述懐する。虚を翔けると喩えることで、平定を果した空間が示される。また、物語の終極部において倭建命が化したなづき田から飛翔した八尋白智鳥は、「天に翔りて、浜に向ひて飛び行きき。」とあり、さらに河内国の志幾の白鳥の御陵から「其地より更に天に翔りて飛び行きき。」とあり、天が指向される。景行天皇に成り代わり、伊勢の天照大御神信仰を奉じて東征を成し遂げる、穀霊の体現者の性格をもつ倭建命の比喩として、天の香具山を背景に描かれる鵠はふさわしい。「とかま」は説が分かれるが、「焼鎌の敏鎌もちて、うち掃ふ事の如く」（延喜式六月晦大祓祝詞）にあるように、鋭い鎌の意ととる。鋭い鎌のような湾曲した形状をもつ「と鎌に　さ渡る鵠」は東国平定のために各地を連戦してようやく尾張の美夜受比売のもとにたどり着いた倭建をイメージさせつつ、「さ渡る鵠」に待ち焦がれた恋情を内包させて、その鵠の首のようにと序詞的に用いて「ひはぼそ　たわやがひな」の美夜受比売の腕を喚び起こしていく。この実りの行ききらないようなか弱い腕の形容は、同じく共寝への希求を歌う、「栲綱の　白き腕」「真玉手　玉手差し枕き」（第三・五番）、「つぎねふ　山代女の　木鍬持ち　打ちし大根　根白の　白腕　枕かずけばこそ　知らずとも言はめ」（第六一番）の腕の形容とは趣が異なる。平舘英子氏は、倭建命が東征の初めに尾張国に立ち寄りながら結婚を果さなかった理由について、「実質的には、服属が成功しなかったという事を含むのであろうが、『古事記』の物語性としては、婚姻の延期を美夜受比売の幼さに託した構成性を見るべきではないのか。少女との婚姻へのためらいが倭建命譚の構成を支えていると読むのである」(5)と指摘する。倭建が東征を果す間に、恋情を暖め成長した美夜受比売が見事に切り返す唱和がこれに続く。

次に「月立ちにけり」は、月経の比喩だけでなく景の表現を含みうるのかどうかを見ていく。管見に入った万葉集の「月立つ」の用例は次の一〇例である。

①月立ちてただ三日月の眉根掻き日長く恋ひし君に逢へるかも（6・九九三）
②朝づく日向ひの山に月立てり見ゆ　遠妻を持ちたる人し見つつ思はむ（7・一二九四）
③あらたまの月立つまでに来まさねば夢にし見つつ思ひそあがせし（8・一六二〇）
④この夜らはさ夜更けぬらし雁が音の聞ゆる空ゆ月立ち渡る（10・二二二四）
⑤小筑波の嶺ろに月立し間夜はさはだなりのをまた寝てむかも（14・三三九五）
⑥あしひきの山も近きをほととぎす月立つまでに何か来鳴かぬ（17・三九八三）
⑦……幣奉り　吾が乞ひ祈まく　愛しけやし　君が正香を　ま幸くも　あり徘徊り　月立たば　時もかはさず
石竹花が　花の盛りに　相見しめとそ（17・四〇〇八）
⑧卯の花の咲く月立ちぬほととぎす来鳴き響めよ含みたりとも（18・四〇六六）

⑨……卯の花の　咲く月立てば　めづらしく　鳴くほととぎす　菖蒲草　珠貫くまでに　昼暮らし　夜渡し聞けど……　（18・四〇八九）

⑩月立ちし日より招きつつうち思ひ待てど来鳴かぬ霍公鳥かも　（19・四一九六）

①、②、④、⑤は月の様が実景を伴い、逢会が叶えられた喜び、月が恋人を偲ぶよすがとされた様、月の運行に時間の経過を感じる様が歌われており、景としての月が詠まれているとみられる。「諾児なは吾に恋ふなも立と月の流なへ行けば恋しかるなも」（14・三四七六）とあるように、月の盈虚は月日の経過と密接に関わるため、①は「味酒の三諸の山に立つ月の見が欲し君が馬の音そ為る」（11・二五一二）のように、月の出と恋人の訪れを不可分に受け止めている。また②は「立ちかはり月重なりて逢はねどもさね忘らえず面影にして」（9・一七九四）のように月の満ち欠けが時間の経過を伴いつつも、月に恋人の面影を見て偲んだり、「君を思ひ吾が恋ひまくはあらたまの立つ月ごとに避くる日もあらじ」（15・三六八三）と、時の経過によって恋人への思慕が休む日もないことが詠まれる。挽歌では「……御袖　行き触れし松を　言問はぬ　木にはあれども　あらたまの　立つ月ごとに　天の原　ふり放け見つつ　玉襷　懸けて偲はな　畏かれども」（13・三三二四）のように、亡き君への変わらぬ偲びの心が歌われる。いつも同じ場所で眺める月の出や盈虚を歌うことが恋情の表出と密接に関わっている。③は「あらたまの」の枕詞を冠する暦日が改まる例である。④は東から上り西に渡って行く丸い月が歌われているようである。⑤は筑波嶺を煌々と照らす月が歌われ、逢えない夜が重なった切なさと、共寝の願望が歌われる。⑥は四月になったのに、来て鳴かない霍公鳥を恨む、⑦は、来月になったら顔を見たいという願望、⑧、⑨、⑩は卯の花が咲く四月になったので、霍公鳥の声を愛で、来鳴くのを願う様であり、月が改まる様を詠む。「正月立ち春の来らばかくしこそ梅を招きつつ楽しきを経め」（5・八一五）と同様の用法であろう。

　これらのうち②は古事記傳に、「婦人（ヲミナ）の月水（ツキノサハリ）は、月々にめぐりて出る物なる故に、其（ソレ）が着（ツキ）て見えたるを、天（ソラ）に月の出たるに比ヘて、如此云ヒなし給へるなり、」（二十八之巻）とあり、古事記傳以来「月経の比喩か」と捉えられる歌である。青木周平氏[6]・寺田恵子氏[7]は、集中の「月立つ」の用例を検討し、当該歌謡の「月立ちにけり」に景として成立する条件をみる。寺田氏は、「前半からイメージされる景の延長線上に置かれる月であり、ヒメの裾にあらわれた現象を姿を現わした月になぞらえる表現である。」とし、「景としての月がヒメの衣へうつされた婉曲表現とみるべきであろう。」と指摘する。和田明美氏は「とかまに」は「彎状の鎌のイメージをもって、新月のさやかな光と形を具象化する語」であり、「鵠のさわたる場所＝新月を表わしている」とし、「「ひは細たわや腕」を導く序として、「白鳥の持つ清浄さと、香具山の上に輝く新月の表現効果とが相俟って」、「純白で神秘的な美しさを具えた美夜受媛を造型化する」」役割を果していると述べる[8]。

従来の説では、鵠の首の形状と相俟って「月立にけり」の「月」は三日月を連想するものとして捉えられてきた。確かに万葉集の「月立ちてただ三日月の眉根掻き日長く恋ひし君に逢へるかも」（6・九九三）では、眉が痒くなるのを恋人に会える前兆と捉え、月が出ている夜が逢会が許される期間と捉えた奈良時代には[9]、蛾眉に喩えられる三日月が夜空に見え始めることを「月立つ」と表現しているのだろう。青木周平氏が説くように、「天の香具山」に王権を代表する倭建命を重ねる発想が認められ、比喩的序としての「景」の表現とすれば、「月立ちにけり」とされる「月」は美夜受比売の月経を呼び起こすと共に、香具山の背景に昇る月をイメージさせる。しかしながら、月のはじめを表す新月は厳密には見えない。暦の朔と月立ち（月があらわれること）は一致しない。「月立ち」を新月や三日月と捉える通説に一考の余地はないのか。以下検討を行いたい。古代社会の暦法は太陰太陽暦であった。ヤマト王権が成立する、四、五世紀頃の日本では、農耕を中心とする自然暦だけでなく、それとは別に地域社会を超えた国家による政治的な統一暦があったと考えられているが、景行朝に設定される当該条の「月立つ」が統一暦の存在しない、元嘉暦・儀鳳暦が導入される以前のことを描いているとすれば、この「月立つ」

の形状の捉え方も変わる可能性があろう。柳田國男が「我々日本人の民間暦の進歩、すなわち輸入暦法の文字知識以前に、自然の体験によって少しずつ、覚えていた法則があった。[10]」とするのは自然であろう。柳田は、「ツイタチはすなわち月の初現であって、強いて見ようとすれば新月の縷(いと)のごときものを、西の山の端に望み得ぬことはなかったが、なお満月のまん丸く、夜すがら空を行く著しさには如(し)かなかった。暦の推理にはいまだ習熟せず、主として天然の観測によって、季節の移り変りを知った人々には、二者いずれが標準に採りやすかったかは、深く論ずるまでもないことと思う。[11]」と指摘する。つまり、朔―望―朔ではなく、望―朔―望の二九・五日周期が最もわかりやすい一か月ということになる。月の盈虚は循環する。多田一臣氏は、「立つ」は霊的なものが出現する意で、月には強い呪力が感じられたから、月が出ること、月が現れることを、月立ツと呼んだとする。「月の光が最も強まるのは、いうまでもなく満月の夜である。小正月（正月一五日）や盆（七月一五日）など大切な祭りの中心がこの満月の夜に営まれることが多いのは、この月の光に宿る呪力を受けるためであったと考えられる。[12]」と指摘する。柳田が述べるように、古い時代に満月を月立ちと捉えたとすれば、また、多田氏が述べるように満月は光や呪力が最も強いとされていたであろうから、王権と関わる山である香具山の東の空に輝く満月の景は、煌々と照らす月の光によって浮かび上がる香具山を渡る鵠と相俟って、日継御子である倭建命の象徴として相応しいのではないか。第二七番歌の月の形状は確定はできない。すでに律令制度が導入されている古事記撰録の時代は、倭建が歌った「月立ち」は三カ月であったかもしれない。それを受けて第二八番歌において美夜受比売が捉え直した「月」は、第二七番歌の景に望月のイメージを呼び起こすのではないかと思われる。たとえば、「あかねさす日は照らせれどぬばたまの夜渡る月の隠らく惜しも」（2・一六九）に象徴されるように、月は日と並ぶ王権のシンボルである皇太子をさす。「望月の　満しけむと」（2・一六七）のように、欠けたところがない満月こそが、景行天皇の太子の一柱と記される倭建命の比喩として相応しい。また、「ひさかたの天光る月の隠りなば何になぞへて妹を偲はむ」（11・二四六三）では、月は愛しい恋人の面影を見るものでもあった。東征のはじめに婚姻の約束を交わし、いつ果てるともわからぬ連戦の中で、恋人たちは互いに月に相手の面影を見て、再会して約束が果される日を心待ちにしていたのであろう。その望みが達成される夜に輝く月は、「望月の　満れる面わに」（9・一八〇七）とあるように、恋人の満ち足りた顔を連想させる望月が相応しいと思われる。東征を成し遂げてようやく美夜受比売との聖婚に臨んだ倭建命は、美夜受比売の襲の裾に月経がついているのを見る。美夜受比売の月経は、倭建命の来臨とともにもたらされたことになろう。折口信大は、「月經を以て、神の召されるしるしと見なして、月一度、槻の齋屋に籠らしたのだ。月のはじめは、高級巫女の「つきのもの」の見えた日を以てした。月の發つ日で、同時に此が「つきたち」である。神の來る日が、元旦であり、縮つては、朔日であると考へた。」[13]とする。川上順子氏は折口説を受けて、「原初において各共同体にそれぞれあった「つきたち」の日と祭りは、ヤマト朝廷の統一事業の進展につれて、統一された「つきたち」になる。」[14]と述べる。万葉集の用例はすでに、元嘉暦・儀鳳暦が導入された時代のものである。しかしながら、倭建命の美夜受比売に対する「月立ちにけり」の歌いかけに答えた、美夜受比売の歌の「月立たなむよ」には、統一された「つきたち」以前の古い観念が投影されているのではないか。美夜受比売は「尾張国造の祖」と記され、神の来臨を仰ぎ、神を祀る巫女的な性格を有している。「汝が着せる」と尊敬の意が表され、月経の始まりが倭建命の来訪と重なる月の呪力が最も大きい満月によってもたらされ、それをもって月立ちとした可能性はあろう。

二　「月立たなむよ」

待ち望んだ婚姻の成就にあたって忌避される事態を憂う倭建の問いかけに対して、美夜受比売は、「高光る

日の御子　やすみしし　我が大君」と歌い起こす。青木周平氏は、「「高光る　日の御子」は、ここでは「天の香具山」と問答として対応することにより、倭建命が皇統を引き継ぐ讃美表現として用意されているとみることができる。天照大御神の直系たる〈日の御子〉として、草那芸剣の使用者としての権威をも保障している。[15]」と指摘する。また、平舘英子氏は天皇家に対する臣下として、非常に強い寿性を奉る、服属への誓いが強調されているると指摘する。[16]美夜受比売は尾張国造の祖とある。尾張連の始祖は新撰姓氏録に火明命とある。日本書紀第九段正文には、鹿葦津姫が誓約をして生まれた御子を「火明命と号す。是尾張連等が始祖なり。」とある。また、一書第六には、「一書に曰く、天忍穂根尊、高皇産霊尊の女子栲幡千千姫万幡姫命、亦は高皇産霊尊の児火之戸幡姫の児千千姫命と云ふ、を娶りて、児天火明命を生みたまふ。……其の天火明命の児天香山は、是尾張連等が遠祖なり。」とある。一書第八には、「一書に曰く、正哉吾勝勝速日天忍穂耳尊、高皇産霊尊の女天万栲幡千幡姫を娶り、妃として児を生み、天照国照彦火明命と号す。是尾張連等が遠祖なり。」とある。松前健氏は、天照国照彦火明命とあるのは天地を照らす光輝、太陽を神格化したもので太陽神と捉える。[17]『海部氏勘注系圖』は火明命を祖とする。海人族尾張氏が太陽信仰を奉じていた可能性は高いと思われ、「天照国照」の形容は、「高光る　日の御子」にも相当しよう。火明命の子が天香山と称されるのも、当該歌謡とのつながりを思わせる。「高光る」は天上高く自ら光を発する形容であり、太陽信仰を奉じる尾張氏が東国平定を成し遂げた倭建命を自らの一族より上に立つ存在と認め、「汝が着せる」「我が着せる」と尊貴性をもって語られる一族の長である美夜受比売によって、天照大御神の直系の日の御子・大君として承認されたことに意義があると思われる。

歌謡には東征のはじめに結婚の約束を交わしてからの長い年月が、「あらたまの」の枕詞を冠して、時間の経過が動かし難い摂理のように歌われる。多田一臣氏は、月の移り変わりは、年のあらたまりと同様、魂の切り替わりの時と考えられ、月の満ち欠けの繰り返しが、魂の再生を促す神秘な力を感じとらせたと指摘する。[18]丹後国風土記逸文浦嶼子伝承において神仙女は、「賤妾が意は、天地の共畢り日月の倶極らむとなり。」と相手への変わることのない恋情の永遠性を訴える。「かくのみや息衝き居らむあらたまの来経往く年の限知らずて」（5・八八一）のように新魂の年がやって来て去っていくのは際限のないことである。新たな月のよみがえりとともに、恋人への想いは育まれていくのであるが、その思慕の念の強さが美夜受比売の月経をもたらしたとも思わせるような訴えである。「諾な諾な　母は知らじ　諾な諾な　父は知らじ」（13・三二九五）のように、「諾」は相手の言動への納得・肯定の言葉である。倭建の言葉を受け止めながら美夜受比売は事態をどのように切り返しているのだろうか。万葉集の「待ちがて」の例は次の一二例である。ただし、⑳と㉒は近似する。

⑪何すとか使の来つる君をこそかにもかくにも待ちがてにすれ　（4・六二九）
⑫鶯の待ちかてにせし梅が花散らずありこそ思ふ子がため　（5・八四五）
⑬春されば吾家の里の川門には鮎子さ走る君待ちがてに　（5・八五九）
⑭待ちかてにわがする月は妹が着る三笠の山に隠りてありけり　（6・九八七）
⑮春日山山高からし石の上の菅の根見むに月待ちがたし　（7・一三七三）
⑯己が夫ともしき子らは泊てむ津の荒磯枕きて寝君待ちがてに　（10・二〇〇四）
⑰夕されば野辺の秋萩末若み露にそ枯るる秋待ちかてに　（10・二〇九五）
⑱敷栲の衣手離れて玉藻なす靡きか寝らむ吾を待ちかてに　（11・二四八三）
⑲夕されば床の辺去らぬ黄楊枕何しかと汝は主待ちがてに　（11・二五〇三）
⑳相見ては千歳や去ぬる否をかもわれや然思ふ君待ちかてに　（11・二五三九）
㉑能登の海に釣する海人の漁火の光にい往け月待ちがてり　（12・三一六九）
㉒あひ見ては千年や去ぬる否をかも吾や然思ふ君待ちがてに　（14・三四七〇）

⑪は結果として裏切られるかもしれないが、使いの便りではなく相手の訪れを待ち望む心情、⑫、⑬は待ちかねた春到来の時節の情景が恋情に転換されている。⑭、⑮、㉑は月の出を待ちかねる様、⑯はめったに逢えない夫を待ちかねる織女の様、⑰は秋を待つことが出来ずに枯れしおれる萩、⑱は恋人の訪れを待ちかねた女性の姿態、⑲は男の通いが途絶えたのにも拘わらず枕が床から去らない様、⑳、㉒は逢えずにいる期間の心理的な長さが歌われる。いずれも待つ当事者の耐えられない程の心象が表される。寺田恵子氏は万葉集の「待ちがてに」は、「待つ対象の到来以前の待っている間の出来事や心情を訴えている」[19]とする。時を刻む月の運行は恋の内省的時間の推移と不可分の関係にある。美夜受比売の耐え難いほど待ちわびた希求は倭建と結ばれることであった。それを叶えるのが「月立たなむよ」の言葉であったと思われる。

　ところが、この語句をめぐっては解釈上の論議が絶えない。諸本「都紀多々那牟余」に異同がなく、文字列からいえば「月立た」の未然形に「なむ」が接続した形と思われる。「なむ」が誂え、他者への願望を表すならば、「月が立ってほしい」という解釈になるが、それでは文脈に沿うように思えないのである。そのため、音転が生じたと考えて違和感を解消する試みがなされてきた。宣長は契沖説をうけて「多知那牟の意」（古事記傳）としたが、土橋寛氏はこれを説明不十分として、「立チアリ」→「立タリ」、「立たなむよ」は、「立タリナムヨ」のリの脱落とした。しかし後に、阪倉篤義氏の「月立タラムヨ」のラがナに変化したもの（「『古代歌謡集』讀後覺え書」『萬葉』第二十六号　一九五八年一月）の説に従っている（『古代歌謡全注釈　古事記編』一九七二年一月　角川書店）。この音転を考える方法に対して佐佐木隆氏は、音転を生じた結果の表現が文脈に合わないものになってしまうというのは、想定のありかたが逆転しており、「月立た並むよ」と解し、「月が幾度も立ちますよ」という解釈を提示する。[20]佐佐木氏の姿勢は支持するが、この解釈も文脈に沿うとは思われない。

　問題の所在は、当該歌謡の文字列と、意味が齟齬をきたしているように見える点である。文字列は「月立た」

のように動詞の未然形に「なむ」が接続した形である。未然形＋「なむ」は誂え・他者への願望、～してほしい、の意を表すので、「月立たなむ」の解釈は、月が立ってほしい、となる。だがこの歌謡は、唱和とみなす時、無根拠で感覚的ではあるが文脈上、「月が立っている、そりゃ、立っているでしょう、立っているのですよ」と解釈したいという思いが働いてしまうのである。この自然と思われる解釈にたどり着くために、文字列を「月立ち」連用形＋「なむ」に変更し、「な」を完了の助動詞「ぬ」の未然形ととり、強意「ぬ」＋推量「む」と解し、きっと～だろう、～にちがいない、として自然と思われる解釈にたどり着かせたのである。この、文字列をそのままに受け入れることを放棄して、内容解釈の筋を通す方法を小松英雄氏は批判し、解釈のために文字列を改変することなく、「月立たなむよ」の部分的解釈を文法通りに行った上で、独自説を展開する。「新しい暦月が始まっているのは当然ですよ、ねえ、そうでしょう、あなたを待ちきれなくて」は、一見もとの歌謡をたどっているようであるが、小松説に従えば、元の文字列のどこにもない「新しい暦日が始まっているのは当然ですよ」を挿入し、これを支えに自説の「つぎの暦日が早く始まってほしいと願うのですよ」の解釈を導き出そうとしている。[21] 小松説の「月立たなむ」という部分の局所的解釈、「月が立ってほしい」と願うことには納得がいくとしても、「襲衣の欄に月が立ってほしい」と願うことにはつながっていかない。加えて「当然ですよ」の意にとることによってかえって文字列を離れて、自然に解釈したい意向がうかがえるのである。倉野憲司氏は、文法的説明を加えずに「月が出るでありましょうよ。（月経の血もつきましょうよ。）」と解釈するが、[22] これが外形にこだわらない自然な解釈と思われる。残る方向性は、自然な解釈をとりながら、文字列を改変しないという方法がありうるかであろう。『時代別国語大辞典　上代篇』（二〇〇七年　三省堂）には、「ナ行系の終助詞による希望表現」には、「三人称的なものにおいて成立する状態の実現希望」があるが、「ナム・ナモ」には、「それぞれ少しずつの例外がある。」とする。

未然形に「なむ」が接続する用法は当該歌謡と常陸国風土記の歌謡の、

言痛けば　小泊瀬山の　石城にも　率て籠もらなむ　勿恋ひそ我妹

である。濱田敦氏は、これ等はいずれも一般の未然形接続の「なむ」とは異なり、むしろ用言の連用形に接続すべき所謂未来完了の「なむ」の意に近いものであり、「月が立つでしょうよ」、「率て隠りましょう」の意と考えなければならない(23)、と指摘する。

未然形に「なむ」が接続する用法において、未然形接続の「なむ」は管見によれば集中一九例（14・三四〇五の或本歌を含む）、ただしその中に「なも」とよまれる仮名で書かれるものを含める。これらのうち、管見に入った希求・あつらえの意をもつと思われる用例は次の一二例である。〈　〉内は九頁に引用する先行研究の見解である。

㉓三輪山をしかも隠すか雲だにも情あらなむ隠さふべしや　（1・一八）〔「なも」の読みをとる説もある〕
㉔明日の夕照らむ月夜は片よりに今夜に寄りて夜長くあらなむ　（7・一〇七二）〈木下氏　未来指向〉
㉕足代過ぎて糸鹿の山の桜花散らずあらなむ還り来るまで　（7・一二一二）〈木下氏　未来指向〉
㉖大船に楫しもあらなむ君無しに潜せめやも波立たずとも　（7・一二五四）〈山口氏　希求とはとれない例〉
㉗吾妹子は釧にあらなむ左手のわが奥の手に纏きて去なましを　（9・一七六六）〈後藤氏　焦心的希求〉
㉘黙然もあらむ時も鳴かなむ晩蝉のもの思ふ時に鳴きつつもとな　（10・一九六四）
㉙吾妹子は衣にあらなむ秋風の寒きこのころ下に着ましを　（10・二二六〇）〈後藤氏　焦心的希求〉
㉚白栲の袖離れて寝るぬばたまの今夜ははやも明けば明けなむ　（12・二九六二）〈木下氏　未来指向〉
㉛年も経ず帰り来なむと朝影に待つらむ妹し面影に見ゆ　（12・三一三八）〈木下氏　未来指向〉
㉜耳無の池し恨めし吾妹子が来つつ潜かば水は涸れなむ　（16・三七八八）〈木下氏　反過去〉
㉝ほととぎすなほも鳴かなむもとつ人かけつつもとな吾をねし泣くも　（20・四四三七）〈木下氏　未来指向〉

㉞うちなびく春ともしるくうぐひすは植木の木間を鳴き渡らなむ　（20・四四九五）〈木下氏　未来指向〉

濱田敦氏はこれらの用例を検討し、「「希求」、即ち話者以外のものに対する話者の希求の意を表わして」おり、「その希求はやはり直接相手に迫るものではなく、自然現象や動物などに対するはかない「ねがい」、ねがいのかなえられない「なげき」を表わしたものが大部分を占める。[24]」と指摘する。また、後藤和彦氏は、「なも・なむ」が実現度の低い希求、話し手の如何ともなしがたいじれとも言える願いを表すものとして、これを「焦心的希求」と呼ぶ。引用の下に〈焦心的希求〉と入れたものがその用例であるが、これらを「反実にさへも通りうる希求の実現度のひくいもの、焦心的希求の実現にあった[25]」とする。木下正俊氏は、反事実を反過去と反現実とに分け、ナムは反過去、ヌカ（モ）・モガ（モ）を反現在とみる。反現在は未来指向の一種であるのに対してナムは反過去が本来であり、第一二一二番歌のように未来指向の例もあるが、当該歌謡の「なむ」は「内容的に言って、反事実、未来指向のいずれに解しても希求のナムとは考えられない。[26]」として「なむ」で表される願望の実現可能性の低さを論じる。木下説を受けて山口佳紀氏は、ナムの例で確実に未来指向と言い得るものは万葉集にはなく、ナムは、然あればよいのにと、怨みあるいは嘆きを述べたものとし、ナムは、眼前の事態を動かしがたいものとして捉える非現実的希求であると指摘する[27]。㉓は、雲だけでも心あってほしいものを、㉔は、月は今宵に寄って今夜は長くあってほしい、㉕は、桜の花よ、散らずにあってほしい、㉖は、楫を揃えた大船の如くあってほしい、㉗は、わが妻は釧であったらなあ、㉘は、晩蝉は、文句も言わずにすむような時に鳴いてほしい、㉙は、吾妹子は衣であってほしい、㉚は、早く明けるなら明けてもよい、㉛は、一年も経たず帰って来るだろうと、待ちわびる、㉜は、吾妹子がやって来て身を投げたら、水は涸れてほしいものを、㉝は、霍公鳥はもっと鳴いてくれ、㉞は、うぐいすは植木の木の間を鳴き渡ってほしい、のように、他者への希求・あつらえを表すが、その大抵が実現不可能と知りつつあえて希望している。「なむ」は、第三者の動作の場合に用いることがあり、話しかける相手への願望を表すことがある。先行研究が説くように、「未然形＋なむ」に非現実・希求という要素が打ち出されている。

以上述べてきたことをふまえつつ、当該歌謡の「月立たなむ」において、「未然形＋なむ」だから願望と決めつけない、という処理方法があるかどうかということになる。近年助動詞を代表とする付属語について、尾上圭介・仁科明氏が行う、上接活用形に意味を見出す立場がある。仁科明氏は終止形接続の助動詞を「現実を語るが普通に認識できる現実ではない」と把握する。一般に推定とされる「らし」、現在推量とされる「らむ」にそれぞれ「伝聞」用法など、一般に認められているものとは別の意味を指摘する。「らし」を「現実ではあるが直接観察不可能な事態の承認」と把握するのである。そのものではないが、そのものに関係が深いものをみて、そのものの存在を知る、というのが一般的に「推定」と呼ばれていた認識の仕方であるが、「そのものは直接観察できないがそのものの存在を知る」ことは、ありうる。たとえば、上代で「推定」の意では解釈困難な万葉集の「古の七の賢しき人どもも欲りせしものは酒にしあるらし」（3・三四〇）は、人から伝え聞いた「伝聞」であって、「現実ではあるが直接観察不可能な事態の承認」という「らし」の把握方法からははずれない。[28] 仁科氏はまた、「らむ」を「現在未確認事態の臆言」と把握し、そこから現在推量・原因推量と一般に言われる用法を導きつつ、現在推量以外の例も認める。氏が例にあげる万葉集の「古に恋ふらむ鳥は霍公鳥けだしや鳴きしわが念へる如」（2・一一二）は、おそらく鳴いたでありましょうの意であり、「らむ」は伝聞推量であり、現在推量とはとれない。[29] このような終止形に対する見方に類する立場で、未然形に関する議論をした尾上圭介氏は、「む」（現代語：（ヨ）ウ）を「非現実を語るのみ」と規定する。結果的に非現実事態の実際のありようとして「意志」「推量」「婉曲」など多様な意味を文にもたらすことになると考える。たとえば、氏が非終止法における意味の〈一般化した事態〉の例としてあげる「校長先生ともあろう人がそんなことをするなんて……」という文では、実際に校長先生であることはわかっており、「う」は意志でも推量でもない。事実としては現実だが、一度一般論としての校長先生を想定し、「校長先生だったら普通はこうである（この限り非現実）、その校長先生が……。」の形で、現実に校長先生であることが確定しているものに対し、表現として非現実形式を使うことを説明する。「非現実の事態の仮構」ないし「設想」と捉えるのである。(30)

これまで先行研究をあげて述べてきたように、未然形＋「む」「ず」「まし」「じ」などはすべてともに非現実を語る叙法となる。その中で「どのような非現実か」を細分・定義して説明していく必要があるが、未然形＋「なむ」も、まず、非現実という括りで把握できよう。非現実の一種として願望があり、存在しないことを描く、それを強く望むから願望になる。存在しないことを描く、一般論としての表現「そりゃ、一般論としてそうでしょうよ」という用法をもっていることも、理論上許されよう。「月立たなむ」は「月が立つ」ということを非現実として描いている。一般論に「それを求めている、望ましいものとして描いている」のであれば希求であるが、「一般論に非現実化している」のであれば、一般論として「そりゃ裾に月も立つでしょうよ。」という解釈も、尾上氏の「校長先生ともあろう人」と同様の論理で許されよう。「なむ」の他者への希求以外の用法として、一人称意志は指摘されている。文字列「月立た（未然形）なむ」をそのままにし、「未然形＋なむ」という形式が文に意味をもたらすと考え、その意味を誂え・他者への願望ではなく、その事態が非現実であることの表現（それは誂えの表現に用いられることが多い）であると捉え、「月も立つでしょうよ」と解釈したい。

おわりに

歌謡の唱和によって、美夜受比売の月経は倭建命の訪れによってもたらされたかのように描かれる。月立ちをもたらす最も霊威が強いと考えられた満月、それは農耕の重要な祭儀とも関わる。唱和の歌謡の表現は、穀霊の体現者、太子、日の御子として描かれる倭建命を讃美するのにふさわしいものである。天皇家と同じように太陽信仰を奉じていた尾張氏が、自ら祀る天火明命より倭建を優れた存在として認め、「やすみしし　我が大君」と最大限の敬意をもって命を迎え入れる。倭建命は時間を統括する太陽や月になぞらえられ、時空を翔る存在として描かれる。

東征において、倭建は焼遺で火攻めにあい、走水の渡りで弟橘比売命を失う苦難に遭遇しながらも、火難と水難の試練を乗り越えて東征を果し、酒折宮で御火焼の老人に迎えられる。老人が「日々並べて　夜には九夜　日には十日を」（第二六番）と歌うのは、十月十日の稲荷夜、収穫の祭りの夜に神が顕現する日（倭建が訪れる日）を言い当てたとする吉井巖氏の見解[31]が認められるとすれば、灯火の輝く中に姿を現す倭建は、祭りの夜に常世から訪れる神の姿と重ねられている。ここでは命は天皇のように老人を東の国造に任命する統治権を有する存在として描かれる。酒折宮から時の経過をたどれば、美夜受比売のもとで眺めた「月立ち」は、秋から冬の時節であろう。また、美夜受比売には、「高光る　日の御子　やすみしし　我が大君」と讃えられ、比売の月経という予想外の負の事態を正に転換する恋情を表出した歌いかけによって、待ちわびて経過した年月を月の盈虚と重ねて、両者の思慕が最高潮に達した「月立ち」の時点で結ばれるのである。東征の終わりに配された二組の問答歌は、「御火焼の老人、御歌に続ぎて」、「美夜受比売、御歌に答へて」とある。景行天皇の「東の方の十二の道の荒ぶる神とまつろはぬ人等とを言向け和し平げよ」という命令が遂行され、東国が言による問答が可能な世界になり、言によって秩序化された天下の世界の成立が語られる。東征のはじめに約束されていた美夜受比売との「御合」は、「言向和平」が実現された証として必然性があったと思われる。月経中の美夜受比売と交わることが不浄にふれる、禁忌を犯すことに繋がるのか、倭建命が神として遇されているのかどうかは両極端の見解であり、結論が出ない問題ゆえ、ひとまず保留する。尾張を発った後、まさに望月のように輝く存在であった倭建命が、再び美夜受比売のもとに戻ることを期し、草那芸剣を自らの代わりに比売のもとに置いて伊服岐能山に旅立ち、言挙したことによって、天照大御神の御加護を失い、倭比売命の霊能の放射を受けることも出来なくなり、物語は命が放浪の果てに比売に思いを馳せ、東征を共に果した草那芸剣に心を残しながら孤独のうちに亡くなる結末を迎える。西征・東征を成し遂げた命はその逸脱した力ゆえに王権から疎外され、大和に戻ることは叶わない。満月が欠けていくように終極に向かう倭建の命運は「あらたまの　月は来経行く」という月の盈虧という自然の摂理と重ねて描かれていると思われるのである。

注

（1）宮岡薫「美夜受比売伝承と歌謡の構成」『日本歌謡研究』第十七号　一九七八年四月

（2）内藤磐「記伝承「襲に立つ月」の物語――語りごとの系譜とその意義――」『国文学研究』第百八集　一九九二年三月

（3）青木周平「倭建命」『古代文学の歌と説話』二〇〇〇年一〇月　若草書房

（4）西宮一民『新潮日本古典集成　古事記』一九七九年六月　新潮社

（5）平舘英子「ひは細　たわや腕を」『論集上代文学』第二十八冊　二〇〇六年五月　笠間書院

（6）前掲書（3）

（7）寺田恵子「倭建命と美夜受比売の歌謡について」『菅野雅雄博士喜寿記念　記紀・風土記論究』二〇〇九年三月　おうふう

（8）和田明美「上代語「とかま」について――古事記歌謡「久方の天の香具山とかまにさ渡る鵠」の言語イメージを中心に――」名古屋大学『国語国文学』第五四号　一九八四年七月

（9）古橋信孝「月夜の逢い引き」『古代の恋愛生活――万葉集の恋歌を読む――』一九八七年一〇月　日本放送出版協会

(10) 柳田國男「海上の道」(民間新嘗の残留)『柳田國男全集』Ⅰ　一九八九年九月　筑摩書房
(11) 柳田國男「新たなる太陽」(民間暦小考一二)『柳田國男全集』16　一九九〇年五月　筑摩書房
(12) 前半は、『萬葉集辞典』一九九三年五月　武蔵野書院　多田一臣執筆の「つきたつ」の項の指摘。後半の引用は、多田一臣「一年という時間」『万葉歌の表現』一九九一年七月　明治書院による。
(13) 折口信夫「小栗判官論の計畫」『折口信夫全集』第三巻　古代研究(民俗学篇2)一九七五年一一月　中央公論社「月および槻の文学――部曲文学(六)――」『折口信夫全集　ノート編』第二巻　一九七〇年一〇月　中央公論社
(14) 川上順子「「つきたち」考」『悠久』第三号　一九八一年一〇月
(15) 前掲書(3)
(16) 前掲書(5)
(17) 松前健「天照御魂神考」『松前健著作集』第九巻　日本神話論Ⅰ　一九九八年六月　おうふう
(18) 前掲書(12)
(19) 前掲書(7)
(20) 佐佐木隆『古事記歌謡　簡注』二〇一〇年一一月　おうふう
(21) 小松英雄「都紀多々那牟余――表現解析からテクスト解析へのフィードバック――」『駒沢女子大学　研究紀要』第二号　一九九五年一二月
(22) 倉野憲司『古事記全註釈』第六巻　中巻篇(下)一九七九年一一月　三省堂
(23) 濱田敦「上代に於ける希求表現について」『国語史の諸問題』一九八六年五月　和泉書院
(24) 前掲書(23)
(25) 後藤和彦「未然形承接の終助詞「な・なも・ね」」フェリス女学院大学『玉藻』第二号　一九六七年三月
(26) 木下正俊「終助詞「なむ」の反事実性」『国文学』関西大学国文学会　第五十号　一九七四年六月
(27) 山口佳紀「希望表現形式の成立――ナ行系希望辞をめぐって――」『古代日本語文法の成立の研究』一九八五年一月　有精堂出版

(28) 仁科明「見えないことの顕現と承認――「らし」の叙法的性格――」『国語学』第一九五集　一九九八年一二月

(29) 仁科明「上代の「らむ」――述語体系内の位置と用法――」『国語と国文学』第千百八号　二〇一六年三月

(30) 尾上圭介「文の構造と〝主観的〟意味――日本語の文の主観性をめぐって・その2」『言語』第一八巻第一号　一九九九年一月　尾上氏は、「「未然形＋ム」という述定形式はその形式固有の述べ方を持っており、それは「話者の現実世界に存在していない事態（話者の立っている現実世界で話者が経験的に把握していない事態）を頭の中で一つの画面として思い描く」という述べ方である。」とする。このような未然形に対する把握は、美夜受比売の歌謡の「立たなむ」（想定外の事態の切り返し）の表現にもあてはまろう。

(31) 吉井巌『ヤマトタケル』一九七七年九月　学生社

＊本章執筆にあたり「なむ」の解釈の可能性について、須永哲矢氏のご教示を賜った。記して感謝申し上げる。

＊古事記（新編日本古典文学全集）第二七番歌謡の「鋭喧に」の表記は「と鎌に」に改めた。宮嶋弘「古事記の「ひさかたの天の香具山」の歌の解」『立命館文学』第六五号　一九四八年六月　の説による。

＊万葉集は中西進『万葉集　全訳注原文付』講談社文庫による。

第五章　景行記の問題　「長服」「長肥」から大御葬歌へ

——倭建命への哀惜と畏怖——

はじめに

景行記「於是天皇知其他女恒令經長服亦勿婚而惣也」*（真福寺本）の本文「服」は、『鼇頭古事記』では、「於是天皇知其他女恒令經長眼亦勿婚而揔也」とし、「長眼」の意とする。『古事記傳』はこの「長眼」を踏襲している。『古事記傳』には「令經長眼【眼ノ字、諸本肥に誤り、眞福寺本、服に誤れり、今は延佳本に依れり、】は、字の隨（ママ）に、那賀米袁閇斯米（ナガメヲヘシメ）と訓べし」と記す。宣長は真福寺本の文字を「服」と認識しながらそれを誤りとする。(1)『訂正古訓古事記』でも「於是天皇知其他女恒令經長眼亦勿婚而惚也」(2)とあり、この立場がとられる。卜部兼永筆本古事記では、「於是天皇知其他女恒令経長肥亦勿婚而揔也」とあり、祐範本も「肥」と記す。古事記の諸注釈は本文として『鼇頭古事記』・『古事記傳』の「眼」を継承し、兼永筆本古事記「肥」（肥の異体字）、祐範本「肥」は採用されない。寛永版『古事記』を校訂した荷田春満書入本『古事記』には、「經長肥二字義不通疑侍帳腋之誤乎」(3)とある。『新校　古事記』も「眼」を採用し、「是に、天皇、其の他し女にあることを知りて、恒に長眼を経しめ、亦、婚ふこと勿くして悩したまひき」[4]と訓読する。

真福寺本の字体からみて、当該箇所は「服」を採用し、解釈の可能性を探るべきであろう。また、卜部系諸本の「肥」の字を採用した場合の解釈の可能性も検討すべきだと思う。写本の文字に起因するこの箇所の読みと解釈が、景行記における景行天皇と倭建命の問題を方向づけると思われるからである。本章ではまず「服」「肥」を採用した場合の解釈の可能性を探る。次に「建」「荒」にみる小碓命・倭建命の位置づけ、「言向け」「言挙げ」の問題を考え、終極の大御葬歌にみる倭建命のあり方について考察していく。

一 「於是天皇知其他女恒令経長服（肥）亦勿婚而惚也」の読みと解釈

「長眼」の語は、平安時代になると「長眼を経る」という物思いにふける意が表れるが、上代には「長眼」の語はみられないといわれる。真福寺本や卜部系諸本の本文は古典漢文であり、「長眼」の語は中国古典文献には熟語としてはみられない。「眼」の字は真福寺本では「目」を用いている。仮に「長目」の意だとすれば、実際の目の形状、「長目」（『管子』巻第十八　九守）のように、「遠方のものを見通すこと」という能力を表す語となる。君主として守るべきは「長目、飛耳」であり、これは「見聞が遠くに及び、観察が鋭敏なこと」である。「長目」には、「もの思いにふける」の意味の用例はない。

諸注釈の「眼」を採用する立場が大勢を占めてきた中で、新編全集は「ナガメだとすると、物思いに沈む意にとることとなるが、そうしたナガメの用例は上代語には例がない」とする。この指摘は妥当であるが、新編全集では「字形の類似をも考えつつ、「暇」またはその省文「叚」と推定し、「是に、天皇、其の他女なることを知りて、恒に長き暇を経しめ、亦、婚ふこと勿くして惚ましき」と訓読して、「服」に「暇」を当ててイトマと読む。

長いお召しのない時間を過ごさせたということである」[5]と解釈する。松本直樹氏も「服」に「暇」の字を当てる。氏は、「長暇」として、天皇が自ら悩むとし、「令」の使役の意を次のようにとる。

〔試訓〕天皇、其の他し女の恒に長き暇を経しむるを知り、また婚さずて惱みましき。

〔試解〕天皇は、其の別の女がいつも長い期間にわたって会わないようにさせていることを知り、また自ら婚すこともなく悩んでいらっしゃった。

この試解は、「自ら結婚もせず、悩み苦しむ天皇の様子が記されている」とし、大碓命も女も罰しない天皇は、この後の小碓命による大碓殺害の段においても、「景行は武を拒絶し、終始寛容な態度を取り続けている」とみる。景行は「純粋でひたすら寛大な新時代の天皇」であり、当該の一文は「儒教的聖帝を理想の天皇像とする古事記の価値観に従っている」[6]とみなす。真福寺本には「他女」の次に「而」が記されていないため、「恒」の前で切らずに「長服」まで続けると、松本氏の訓みとなる。文を切るか続けるかは、「而」がここで用いられていないことにもよるが、「而」が省かれたのは、この文の前に大碓命が三野の兄比売・弟比売を我が物にし、他の女を献上したことが記されているので、文脈上「而」を記さなくても、この文の前の大碓命が三野の兄比売・弟比売に代わる女性を偽って献上したことが記された続きとして、「知」の内容が推測されやすいことも関わっているのではないかと思われる。「而」をあるものとして訓む方が、天皇が次の寵愛をなさらぬという行動への記述に円滑に続いて行くように思われる。松本氏の訓みは、「他女」が「天皇」に対して「令」という使役の行動をとることに違和感がある。

では次に、使役の「令」の対象を誰とするか、「服」「肥」を採用した場合、どのように解釈できるかをみる。谷口雅博氏は真福寺本の字体が「服」であることを認めつつ、『古事記』の中で「服」を「思」「思存」の意で用いている例が他にない点をあげ、「服」は新編全集が提示した「暇」の可能性が高く、また目的語を大碓命とする中村啓信氏の説を採り[7]、「是に、天皇、其の他女なることを知りて、（大碓命に）恒に長き暇を経しめ、亦、婚ふこと勿くして、（大碓命を）惚せたまひき」という訓を示し、「天皇は大碓命に対して、長い暇を過ごさせたということになる」[8]と解釈する。中村・谷口両氏の「令」の対象を「大碓命」とる指摘は解釈の可能性を広げると思われる。谷口氏が述べるように、景行天皇が替え玉と見破った女性を苦しめるというあり方は、嗜虐的で違和感がある。前の文脈から大碓命の裏切りを知った天皇の、大碓命に対する懲罰的な行為とみて、目的語を大碓命ととる見方は首肯される。ただし、先に述べたように写本の文字の形は「長暇」（暇を叚と書く例はない）ではなく、「長服」の「服」の形の方が写本字体にきわめて近い。真福寺本「服」に従い解釈を試みるのが穏当であろう。

「令」が「経」のみに及び、後の文脈「惚也」に影響を与えないととる見方は、『鼇頭古事記』の「揔也（クルシム）」にみられ、先にあげた松本氏がこの立場である。また、中村氏は、『新版古事記　現代語訳付き』において、「恒に長き恨みを経しめ、また婚きたまはずて、惚みたまふ」と訓み、「天皇は大碓命に対して長く怨みを自ら抑制なさって」「お悩みになった」[9]と解釈する。ただしこの訓みは、原文「服」が「恨」の字体にとれるかは真福寺本の他の「恨」の書写と比べると難しいと思われる。真福寺本古事記の別の箇所に「恨」の字は用いられているが、「服」とは字体が異なる。この注釈において上の文脈の目的語を大碓命ととる点は解釈の可能性を広げるが、抑制するの意がどこから出てくるのかが不明である。

真福寺本の「服」を採用するのは、管見によれば次の先行研究である。尾崎知光氏は『全注　古事記』で、「通説では長眼の本文に従うが、記中に眼の字はなくすべて目である。又古写本に服、肥などとあり、眼はない。底本により服とし、服、思也の意にとった。」とあり、「天皇其他女（そのあだしをみな）なることを知らして、恒に長き服（ものおもひ）を經しめ、亦婚（め）さずて惚（なやま）したまひき」と訓む[10]。また武田祐吉訳注・中村啓信補訂解説『新訂　古事記』は「長き服（おもひ）を経しめ、また婚（まぐは）ひもせずて、惚（たしな）めたまひき」と訓み、「「服」は思存の意。その女たちを長い間思い待たせて居させる。待ちぼうけさせる」意とする。[11] 両説は「服」を「ものおもひ」「おもひ」と訓む。

「長服」であった場合は、「服」には『詩経』周南「関雎」の「寤寐思服」、『荘子』田子方　第二十一「吾服レ女也甚忘。女服レ吾也亦甚忘」、この郭象注には「服者思存之意謂也又治也」とあり深く思う意を表すことがあるので、真福寺本の写筆者が「眼」や「暇」ではなく、「服」と写記したとするなら、文意上は通いやすい。

使役の「令」及び「使」は、動作をさせる者が自己自身のことも有り得ることが次の用例でもわかる。

後漢書巻二十九　申屠剛鮑永郅惲列傳第十九

使黄門近臣脅惲、令自告狂病恍忽

(宦官や近臣たちに惲を脅させ、わざと狂病、ぼんやりしたふりをするように告げさせた。)

漢書巻一下　高帝紀第一下

而重臣之親、或爲列侯、皆令自置吏、得賦斂、女子公主。

(重臣である親(みうち)は、あるいはこれを列侯とし、皆みずから吏を置いて租税を課することができるようにし、女子はこれを公主とした。)

当該条も「(令)惣也」の「令」は記されなくても、下の文にもかかると見る方が漢文の用法として自然であろう。日本古典文学大系本[12]や諸注釈もこの立場である。

「令」には動作を起こさせている主格とこれを受ける対象があるが、当該箇所は主格は天皇であり、「恒」の上の主語も前文と同じで天皇となり、「亦」が前文に累加する働きのため以下の文脈の主語も天皇であることは動かない。天皇は他女であることをお知りになり、「令」を受ける目的語は前文の文脈上判断できるものとして省略され、(兄比売弟比売を横取りして替え玉を差し出した)大碓命を長い間思い待たせ、また他女と婚姻することなく、末尾の「惚」は、「令」をあるとして訓み、目的語を同様に省略し、大碓命を悩ませた、と解釈したい。末尾の「惚」

に「令」がかからないととれば、天皇がお惚みになる意となる。

於是天皇知二其他女一、恒令レ経二長服一、亦勿レ婚而惚也

於是天皇知リテ二其ノ他女ナルヲ一（而）恒ニ令シム下（大碓命）ヲシテ経ヘ二長服一ヲ亦勿クシテレ婚フコト而惚ナヤマ上也。

「亦」は「経」と「惚」の二つの動作を「令ム」（させる）ことを示している。天皇は大碓命ヲシテ（に対して）、二人の比売を我者とし、そ知らぬふりをする大碓命の反逆的な行為に反省を促す体である。

この文脈は景行天皇と大碓命のありようが主題だと思われる。『管子』九守　第五十五には、君主として守るべき九項目をあげる。君主の拠り所について、「爲レ善者、君予二之賞一、爲レ非者、君予二之罰一。君因三其所二以來一、因而予レ之、則不レ勞矣。聖人因レ之」（善事を行うものに対しては、君主がこれに恩賞を与え、悪事を行う者に対しては、君主がこれに罰を加えるべきである。その場合、君主は相手が引き起こした行為の是非を拠り所とし、それに即して刑罰や恩賞を行えば、公明正大で心に労することがない。聖人はこのようにありのままに即して事を行うのである）。また君主の謹密については、「人主不レ可レ不レ周。人主不レ周。則羣臣下（争）亂。寂乎其無レ端也。外内不レ通、安知レ所レ怨。關閈（閉）不レ開、善否無レ原」（君主たるものは謹密にして、自分の機密を外に漏らしてはならない。君主が機密を守らなければ、それによって群臣の間に争乱が起こるのである。君主たる者は、寂然とした態度をとり、心中を察知する糸口を人に見せないものである（後略））と記される。景行天皇は大碓命に対してこのような態度をとられたのであろう。

次の「惚」苦しめる、もしくは悩ませるのも大碓命に対する天皇の行いであるが、「服」が思存の意では、大碓命への懲罰としてはやや軽い。また従来指摘されているように「服」を思存の意とする用例は上代文献にはない。「服」は『日本書紀』中に「まつろう」の意がある。しかしこの意であれば、主語は天皇であるので、「服」は服セシム、服（したが）ハシムとなり、使役の句法「令」は使われない。同様に『養老令』にある「服紀（忌）」の語も、「服」

に従うという意味が認められるが、「令」「使」は表記されない。

「肥」を採用した場合、「うとんずる」の意でとることはできないか。『列子』黄帝第二に「目所二偏視一、晉國爵レ之、口所二偏肥一、晉國黜レ之」とあり、「彼（子華）が攻撃の鋒先を向けたとなると、晋の国ではその者をやめさせる……」と訳され、「肥」を「そしられる（そしる）」ととる。列子の注に「音鄙肥薄也」とある。ただし『佩文韻府』には「肥薄」「薄肥」はとられていない。しかし用法としては、景行記の当該箇所に適合すると思われる。「天皇は（礼を重んじない）大碓命をそしり、また（大碓命に言いくるめられていた）他女と婚することもなく、大碓命を苦しめた」と解釈する。兄比売と弟比売を横取りして替玉を差し出し、そ知らぬふりをしている大碓命にお灸を据え、大碓命と距離をおく意である。儒教思想を念頭におけば、他女を攻撃するよりも、大碓命をその行為によって疎んじ、大碓命を苦しめる、ととる方が景行天皇の訓戒的な行動は示されよう。本文に「肥」をとった場合、文脈上は適合するが、「肥」を「うとんずる」意でとる例は記紀には見られない。本文に「肥」を採用し、解釈の可能性を提示し、景行天皇は大碓命の行為に対して訓戒を与えているとみたい。

二　「建く荒き情を惶れ」と「言向け」

横取り事件の後には、「故、其の大碓命、兄比売を娶りて、生みし子は、押黒之兄日子王〈此は、三野の宇泥須和気が祖ぞ〉。亦、弟比売を娶りて、生みし子は、押黒弟日子王〈此は、牟宜都君等が祖ぞ〉。」と婚姻による系譜が示される。「娶」は正式な婚姻に用いられるとされるが、古事記の婚姻関係を示す語をみると、「奸」は軽の同母兄妹の婚姻のみに用いられる。「喚上」「娶」「婚」は天皇の婚姻に用いられる。また、「御合」、「逢ふ」、「嫁ふ」、「みとあたはす」、「目合」、「相婚ふ」は、系譜部ではなく、神話や物語中に用いられる。万葉集では「娶」とあっても中臣宅守と狭野弟上娘子のように宅守の罪によって引き裂かれた例がある。巻四・五三四・五三五の左注には、安貴王と因幡の八上采女の関係は「娶きて」とあるが、「勅して不敬の罪」「本郷に退去らしむ」とある。大碓命の婚姻も系譜部においては始祖伝承として扱われるので、「娶」以外の表記は用いられないと思われる。上巻の神話も系譜部は「娶」であり、当芸志美々命と伊須気余理比売の婚姻も「娶」が用いられている。

　大碓命の系譜の後には、景行天皇の事績が記される。

　　此の御世に、田部を定め、又、東の淡の水門を定め、又、膳の大伴部を定め、又、倭の屯家を定め、又、坂手池を作りて、即ち竹を其の堤に植ゑき。

西條勉氏は、大碓命の横取り事件と、天皇が小碓命に朝夕の会食に出てこない兄を「ねぎし教え覚せ」と命じる西征の発端となる話の間に事績の記事が置かれることについて、「文脈上の不整合さを犯してまでB（筆者注　景行天皇の事績）がこの場所に置かれているのだとしたら、その不連続は何かの意味をもたされていると考えるべきだろう」とし、「Bの記事は、主人公を別にする両者の表面的なつながりを一度切り離し、それによって、新たにヲウスの物語が書き出される形になっている[13]」と指摘する。谷口雅博氏は西條説を受け、ここで大碓の話は終わり、テキストは事績の池を作った話を置くことで、文脈は途切れ、小碓命の兄殺しの対象はもう一人の兄である櫛角別命とする、という新たな読みを提示する[14]。確かに古事記をみると、事績を天皇の宝算、御陵の記事の前に置くあり方が一般的であるが、仁徳記は系譜の次に事績を置いており、景行記のみが異質とはいえない。大碓命に反省を促して距離を置き、池の記事を挟んで事件から時間の経過があることを示し、大碓命の改心を確認するために、大碓のところに小碓を遣り、景行天皇と針間の伊那毘能大郎女所生の四皇子のうち、大碓と小碓の対になる兄弟の話として展開しているとみるのが自然ではないか。景行記は倭建命の一代記の形をとり事績の記事を小碓登場の前に置くが、そのことは大碓事件と小碓事件の分断にまでには至らないと思われる。

天皇は大碓命に出仕を促す意図で小碓命を差し向ける。しかし「ねぐ」の言葉の意を天皇の意図と異なって解釈した小碓命の「建く荒き情を惶り」て、天皇は大碓命を殺害した小碓命に西征を命ずる。

> 天皇、小碓命に詔はく、「何とかも汝が兄の朝夕の大御食に参ゐ出で来ぬ。専ら汝、ねぎし教へ覚せ」と、如此詔ひてより以後、五日に至るまで、猶参ゐ出でず。爾くして、天皇、小碓命を問ひ賜はく、「何とかも汝が兄の久しく参ゐ出でぬ。若し未だ誨へず有りや」ととひたまふに、答へて白ししく、「既にねぎ為つ」とまをしき。又、詔はく、「如何にかねぎしつる」とのりたまふに、答へて白ししく、「朝署に厠に入りし時に、待ち捕へ、搤り批きて、其の枝を引き闕きて、薦に裹みて投げ棄てつ」とまをしき。

厠の殺人は履中記に水歯別命に大臣の位と引き換えに裏切りをもちかけられた曾婆訶理が、「窃かに己が王の厠に入るを伺ひて、矛を以て刺して殺しき」と、仕えていた墨江中王を殺す例がある。これと比較すれば小碓命の点線部の行為は特異である。「搤り批きて」は、建御雷神が建御名方神に「手を取らむと欲ひて、乞ひ帰せて取れば、若葦を取るが如く搤り批きて投げ離てば」とある描写に等しい。小碓命の行為は建御雷神の「言向け」に通じる点と逸脱した点を併せ持つのである。天皇の大碓命に対する戒めは功を奏さず、状況を打開しようと「ねんごろに教えさとしなさい」と小碓命に告げたつもりが、「ねぐ」が殺人に展開する。松田浩氏は、「言向」の発端となる西征は、小碓命が父・景行天皇の発するネグという「言」を小碓命が「意味を取り違えて兄を殺害したことに、天皇が「建く荒き情」を見出したことに始まる。「建」は「言向」を成し遂げる神・人に共通する能力であるが、「荒」は「言向」される側たる荒ぶる神」の情である」、そこに景行天皇が惶れたとみるべきではないかと指摘する。[15]「建く荒き情を惶れ」とある「建」は、古事記において神名や人名に多出する。「建」が名前の頭にくるか、途中に位置して後を修飾するかは、名の解釈には影響を与えないと思われる。以下に用例をあげる。

建依別　建日向日豊久士比泥別　建日方別　建御雷之男神　亦の名　建布都神　建御雷神　建速須佐之男命

建比良鳥命　建御名方神　天津日高日子波限建鵜葺草葺不合命　尾生ひたる土雲の八十建　建沼河耳命　若日子建吉備津日子命（若建吉備津日子命）　少名日子建猪心命　建波邇夜須毘古命　建沼河別命　建内宿禰　建豊波豆羅和気王　春日建国勝戸売　建甕槌命（建波邇安王）　倭建命　熊曾建　弟建　建く強き人　建き男（倭建御子）　出雲建　御鉏友耳建日子　若建王　吉備臣建日子　大吉備建比売　建部君　建貝児王　建忍山垂根　難波根子建振熊命（建振熊命）　建伊那陀宿禰　広国押建金日命　建小広国押楯命

（　　）は先掲人物との表記の相違

この中には建御名方神、土雲八十建、建波邇夜須毘古命、熊曾建、出雲建のように、天皇家に敵対した者も含まれるが、国名に付された神名や「建く強き人」とあるように、勇武を示す者や、系譜上の要所に位置する者の名に「建」が用いられている。建御雷神のように葦原中国を平定して「言向け」を成し遂げたり、倭建命の東征に従う吉備の御鉏友耳建日子にも用いられる。神武天皇の父天津日高日子波限建鵜葺草葺不合命や、当芸志美々を討ち綏靖天皇として即位する神沼河耳命の「御名を称へて、建沼河耳命と謂ふ」とあるように、天皇家の勇猛な人物の称詞にも用いられる。「建内」ととるべきだが、建内宿禰のように新羅親征や「世の長人」と称される人物にも用いられる。倭建の「建」は熊曾建という「伏はず礼無き人等」から奉られた名ではあるが、「建く強き」男の性質は倭建に継承され、神沼河命と同様に「御名を称へて、倭建命と謂ふ」とあるので、「建」には否定的な意味はないようである。「言向け」の語は、小碓命が倭建命となってから表れる。では、次に「荒」の用例をみる。

・此の葦原中国は、我が御子の知らさむ国と、言依して賜へる国ぞ。故、此の国に道速振る荒振る国つ神等が多た在るを以為ふに、是、何れの神を使はしてか言趣けむ
・汝を葦原中国に使はせる所以は、其の国の荒振る神等を言趣け和せとぞ。何とかも八年に至るまで復奏さぬ

・其の熊野の山の荒ぶる神、自ら皆切り仆さえき。
・天つ神御子、此より奥つ方に便ち入り幸すこと莫れ。荒ぶる神、甚多し。
・如此荒ぶる神等を言向け平げ和し、伏はぬ人等を退け撥ひて、畝火の白檮原宮に坐して、天の下を治めき。
・小碓命は、東西の荒ぶる神と伏はぬ人等とを平げき。
・東の方の十二の道の荒ぶる神とまつろはぬ人等とを言向け和し平げよ
・東の国に幸して、悉く山河の荒ぶる神と伏はぬ人等とを言向け和し平げき。
・其より入り幸し、悉く荒ぶる蝦夷等を言向け、亦、山河の荒ぶる神等を平げ和して、還り上り幸しし時に、
・墨江大神の荒御魂を以て、国守の神と為て、祭り鎮めて、還り渡りき

「荒」は「荒振る神」が八例、「荒振る国つ神」が一例、「荒振る蝦夷」が一例、「荒御魂」が　例である。「荒ぶる」は出雲国造神賀詞には、「晝は五月蝿なす水沸き、夜は火瓮なす光く神あり、石ね・木立・青水沫も事問ひて荒ぶる國なり」とある。夜の暗闇の中に光る神がいる不気味な様、ものを言うはずのないものがものを言う荒れすさんだ状態を「荒ぶる」とする。小碓命の行動は神々の荒れすさぶ意「荒振る」の「荒」に通じる面があろう。

次に「惶」は当該例を含め、「還惶二其情一」(履中記)、「天皇、於レ是、惶畏而白」(雄略記)の三箇所にみられる。「惶」は説文解字に「恐也」、玉篇に「憂也恐也」、廣韻に「懼也恐也遽也」、篆隷万象名義に「恐・遽・」とある。雄略記の例は一言主大神に対する「惶畏」、神への恐れである。履中記は、水歯別命が、主君の墨江中王を切った隼人曾婆訶理に対して、「既に其の信を行はば、還りて其の情に惶りむ」とあり、忠義のない粗暴な性情をおそれるのである。景行天皇は「ねぐ」の解釈と行動をめぐり、小碓命の荒ぶる神に通じる性情を恐れたことになろう。そこには、小碓命の性情に動揺し憂う意が含まれていよう。「荒」の用例をみると、「荒振る神」は二重傍線を付したように「言向け」の対象となり、「切り仆さ」れ、「平げ」「和さ」れる対象であり、「荒振る神」の居る

ところは、四例目にあるように天つ神御子が近づいてはならぬところであった。また、神霊の動的で勇猛な「荒御魂」は平定したところに強力に働くものとして祭り鎮められるものであった。小碓命（倭建命）の、天皇になり代わる西征東征への派遣は、土雲八十建（神武記）と呼ばれる異類性を有する存在や、熊曾建・出雲建などの異域性を有する「建」との接点によって、また小碓命の性情に内在する「荒」の性質をもって「荒振る神」に対し、「建」き情をもって平定にあたることであった。「言向け」を命じそれを成し遂げる天皇と小碓命は、父と子、天皇と太子でありながら、「ねぐ」「建く荒き情を惶り」の語によって、相容れぬ存在に設定されている。倭建命は「言」によって秩序化された倭を動かない天皇に代わって、天皇が入ることが出来ない領域に踏み入り、「荒振る神」を「言向け」る役割を負うことになる。他の条とは異なり、景行天皇は自らは倭において西征東征の指令を下すのみであり、その命を遂行する倭建命の言向けの過程が描写される。

古事記における「言向け」は十一例あり、うち五例が景行記に集中している。以下に例をあげる。

上巻

・此の葦原中国は、我が御子の知らさむ国と、言依して賜へる国ぞ。故、此の国に道速振る荒振る国つ神等が多た在るを以為ふに、是、何れの神を使はしてか言趣けむ

・汝を葦原中国に使はせる所以は、其の国の荒振る神等を言趣け和せとぞ。何とかも八年に至るまで復奏さぬ

・建御雷神、返り参ゐ上り、葦原中国を言向け和し平げつる状を復奏しき。

神武記

・葦原中国は、いたくさやぎてありなり。我が御子等、平らかならず坐すらし。其の葦原中国は、専ら汝が言向けたる国ぞ。故、汝建御雷神、降るべし

・如此荒ぶる神等を言向け平げ和し、伏はぬ人等を退け撥ひて、畝火の白檮原宮に坐して、天の下を治めき。

孝霊記

・大吉備津日子命と若建吉備津日子命との二柱は、相副ひて、針間の氷河之前に忌瓮を居ゑて、針間を道の口と為て、吉備国を言向け和しき。

景行記

・還り上る時に、山の神・河の神と穴戸神とを皆言向け和して、参ゐ上りき。
・東の方の十二の道の荒ぶる神とまつろはぬ人等とを言向け和し平げよ
・東の国に幸して、悉く山河の荒ぶる神と伏はぬ人等とを言向け和し平げき。
・荒ぶる蝦夷等を言向け、亦、山河の荒ぶる神等を平げ和して、還り上り幸しし時
・科野国に越えて、科野之坂神を言向けて、尾張国に還り来て、先の日に期れる美夜受比売の許に入り坐しき。

「言向け」の解釈は大きく二説に分かれる。一つは石坂正蔵氏の「言によって向ける[16]（平定する）」という説、二つ目は「言」が服従する側にあるとみて「服属を誓う「言」をこちらに向けるようにさせる[17]」ととる説である。後者の説は神野志隆光氏に代表される。西宮一民氏は、宣長の「言」は「事」の借辞説は誤りで、「牟気は牟加世にて、（中略）此方へ令レ向意の言なり」という宣長説[18]、「その本義は「言霊の威力によつて荒振る神を説伏して、その荒振る心を和める」といふことにあつた」とする倉野説[19]、神野志説を検討し、「コト＝ムケのコトは、「言を向ける」のではなく、「言によって、～を向ける」すなはち「言葉によって、相手をこちらに向ける」といふやうに、コトがムケへの副詞的修飾と考へるべきものとなるのである[20]」と指摘する。

言向の意味について近年松田浩氏は用例の詳細な検討によって、「言」によって「向クル[21]（平定する）」の意とした。筆者もこの立場をとる。松田浩氏は、「建」は武に関する強さを意味し、「荒」は天皇の「言」の秩序から逸脱する性質を示し、「それを併せ持つヤマトタケルは、山、川などの人の秩序の及ばぬ自然世界を取り込み、

人語の通じぬ荒ぶる世界を「言」の世界へと秩序化してゆく、これこそが「言向」の内実であり、「いたくさやぎてある」世界が言向の対象となる[22]」と指摘する。上巻と中巻に「いたくさやぎてありなり」と記されるのは、高天原の秩序とは異なる葦原中国である。須永哲矢氏によれば上代語には「言問ふ」、「言寿ぐ」など「言〇〇」という複合語が多くみられ、三九語中十語が上代特有であり、古事記にみられる「言立て」、「言依せ」とあわせて、倭建伝承にみられる「言挙げ」「言向け」は、立てる、寄せる、挙げる、向けるなどの方向性をもち、根源的な言葉の持つ力の発動と直結する可能性を示唆する[23]。神代記において天照大御神の「言向け」の司令が高天原から葦原中国へ及び、神武記において、高天原から葦原中国へ、日向から倭へ、孝霊記では倭から海山の政の象徴の吉備へ、景行記では倭から海・山・坂・渡りなど異界や境界の神、熊曾、蝦夷、出雲など礼が及ばない、平定が完了していない地域へ、垂直的にも水平的にも「言」の力が及んで行く過程が描かれる。倭から伊勢を経て言によって〇〇を向ける言向けの完了と倭建命の薨去によって、景行記は締めくくられる。境界や辺境でのせめぎあいの末に、荒ぶる神や蝦夷たちはそれをしのぐ倭建の「建く荒き情」によって平定され、服属の後は仲哀記の新羅遠征の記事の「墨江大神の荒御魂を以て、国守の神と為て祭り鎮め」る占有儀礼がなされるのである。

三　言向けから大御葬歌へ

倭建命は、景行天皇が「吾を既に死ねと思ほし看すぞ」と自身の死を望んでいることを知り、運命を甘受しながら東征に出発する。景行天皇の「言」の秩序から逸脱した倭建が、「言向け」を成し遂げ、草那芸剣を携えずに出かけた伊服岐能山の神への「言挙げ」によって、敗北を喫する。「言」が倭建の生涯を左右するのである。

古事記の倭建には天皇級の敬語が用いられ、美夜受比売から「高光る　日の御子　やすみしし　我が大君」（第二八番）と称えられるなど、天皇と皇子の二面性が存する。「貴種流離譚[24]」の話形で語られる東征には、一四首の歌謡が配され、倭建の道行とともに一連の悲劇的な世界を構築しながら、終極の大御葬歌へと向かって行く。以下に倭建の心情が表出される場面を中心に薨去までをたどる。

東征の「言向け」は、伊勢の大御神の宮を拝むことからはじまる。皇祖神天照は、高天原にいます「言依す」神であり、神代から神武記まで、葦原中国を「言向け和平す」司令神である。姨倭比売命に父帝の御心への疑惑を吐露し、東国平定の捨て石となる運命を自覚しつつ東征に出発する倭建命に、

倭比売命、草名芸剣を賜ひ、亦、御嚢を賜ひて、詔ひしく、「若し急かなる事有らば、茲の嚢の口を解け」とのりたまひき。

倭比売命は、「豊葦原千秋長五百秋瑞穂国は、いたくさやぎて有りなり」とある世界を言向け和平した後に、天照から邇々芸命の降臨の際に伊須受能宮に天降された「草名芸剣」を授ける。倭建は焼遺でその嚢の中の火打ちで難を逃れ、相武国造を滅ぼす。走水では后弟橘比売が犠牲となる。

「妾、御子に易りて、海の中に入らむ。御子は、遣さえし政を遂げ、覆奏すべし」とまをしき。

東征を遂行させようと、弟橘比売が倭建命の身代わりになり渡りの神に身を捧げたことで「其の暴浪、自ら伏ぎて」神は弟橘比売を受け入れる。命は苦難の果てに東国の境界である足柄の坂までたどりつき、国の境を画定する。

故、其の坂に登り立ちて、三たび歎きて、詔ひて云ひしく、「あづまはや」といひき。故、其の国を号けて阿豆麻と謂ふ。

ここには愛する者を喪った悲哀と、東の国名の由来が語られる。東海道と東山道の二つの要道が通う甲斐国酒折宮での御火焼の老人の東国造任命は、この足柄坂での「あづま」の命名と関わる行為であろう。倭建は足柄の坂

の神や科野の坂の神を言向けて版図の画定をなす。多田一臣氏は「言向」を「わけのわからぬ言葉を話す文字通りの野蛮人（バルバロイ）（ギリシアの異民族に対する呼称）を王権の言葉によって秩序化すること」[25]と指摘する。

尾張国に戻った倭建命は美夜受比売との婚姻の約束を果す。草那芸剣を美夜受比売の許に置き、伊服岐能山の神を取りに出かける。神が化した白猪に「神の使者ぞ。今殺さずとも、還らむ時に殺さむ」と言挙げをしたために、散々に打ち惑わされる。剣を身から離した倭建は伊服岐能山で西征出立時の本来の「建く荒き情」にかえったかのようである。

是に、大氷雨を零して、倭建命を打ち或はしき。〈此の白き猪と化れるは、其の神の使者に非ずして、其の神の正身に当たれり。言挙せしに因りて惑はさえしぞ〉。

とある。この後玉倉部の清泉で「御心、稍く寤めき」とある。「惑ふ」は心が迷い、乱れて前後不覚に陥ることで、神武記には、熊野の村に着いた時に次のように記される。

大き熊、髣かに出で入りて、即ち失せき。爾くして、神倭伊波礼毘古命、倏忽にをえ為、及、御軍、皆をえして伏しき。

この時、熊野の高倉下が一ふりの横刀を献る。

天つ神御子、即ち寤め起きて、詔ひしく、「長く寝ねつるかも」とのりたまひき。故、其の横刀を受け取りし時に、其の熊野の山の荒ぶる神、自ら皆切り仆さえき。爾くして、其の惑ひ伏せる御軍、悉く寤め起きき。

とある。二つの記事において神の毒気に当たり「惑ふ」という意識が混乱する語が用いられまた正気に戻る点は共通するが、かたや天照・高木神の加護を得て葦原中国平定を成し遂げた横刀に救われ、かたや草那芸剣を身から離して放浪に向かい、明暗が別れる。倭建は「言挙げ」によって天照大御神の言の霊能の放射を受けられなくなったようである。

当芸野では、「吾が心、恒に虚より翔り行かむと念ふ。然れども、今吾が足歩むこと得ずして、たぎたぎしくなりぬ」と過去を顧みて自身の衰弱を嘆く。虚(ソラ)は「虚空津日高」の「虚空(ソラ)」と関わる天の卜と地上の空間領域を表し、倭建が平定を果した領域と、倭建命が死後、八尋白智鳥と化し天翔る場面に連関する。

尾津では次の歌謡が詠まれる。

尾張に　直に向へる　尾津崎なる　一つ松　吾兄を　一つ松　人にありせば　大刀佩けましを　衣着せましを　一つ松　吾兄を（第二九番）

尾津は渡りの地であり、尾張国への最短距離を示す。この歌謡は、病み衰えた状態で東征の船立ちの地であった尾津まで戻り、そこに置き忘れた大刀を宿した一つ松に対して感懐を表出している。同じく松が詠まれる有間皇子の自傷歌には、後人の追和歌が載せられる。

有間皇子自ら傷みて松が枝を結ぶ歌二首

岩代の　浜松が枝を　引き結び　ま幸くあらば　またかへり見む（巻2・一四一）

長忌寸奥麻呂、結び松を見て哀咽する歌二首

岩代の　崖の松が枝　結びけむ　人はかへりて　また見けむかも（巻2・一四三）

山上臣憶良の追和する歌一首

翼なす　あり通ひつつ　見らめども　人こそ知らね　松は知るらむ（巻2・一四五）

一四三・一四五番の二首には、結び松に有間皇子の魂が宿り、皇子の魂がそれを見に戻ってくると詠まれる。倭建命が置き忘れた大刀、命の魂の分身でもある大刀が、旅立ちの時と変わらずにあった。一つ松が大刀を守ってくれたおかげで何とか尾津崎に戻って来られたのだ。その一つ松に対するねぎらいの心情が、「大刀佩けましを衣着せましを」ではないかと思われる。

能煩野に至った倭建は、故郷の倭を思い、最期に草那芸剣に思いを馳せる。

倭は　国の真秀ろば　たたなづく　青垣　山籠れる　倭し麗し（第三〇番）

嬢子の　床の辺に　我が置きし　剣の大刀　その大刀はや（第三三番）

三〇番では、「倭は　国の真秀ろば」と、平定した国々に対する倭の超越性が示される。覆奏は叶わなかったが、ヤマト王権の勢力が及ぶ版図を画定した後の、「大八島国」の中心である倭への讃美は、実感がこもっている。三三番には東征を共にした草那芸大刀への思いが「その大刀はや」に示される。仁科明氏は、上代の終助詞「はや」は対象に対する喪失感（もはや取り返しがつかない感じ）あるいは懐旧の念が表されていると指摘する。[26]東征では「あづまはや」「その大刀はや」と、二度にわたる強い喪失感の表出がみられるのが特徴である。能煩野は倭建の魂が「天」に昇っていくところでもある。この世の桎梏のために二度と倭に戻れない運命を自覚し、共に東征を果した自らの分身の草那芸剣に思いを馳せて倭建は亡くなる。

四　大御葬歌

是に、倭に坐しし后等と御子等と、諸下り到りて、御陵を作りて、即ち其地のなづき田を匍匐ひ廻りて哭き、歌為て曰はく、

34なづきの田の　稲幹に　稲幹に　這ひ廻ろふ　野老蔓

是に、八尋白智鳥と化り、天に翔りて、浜に向ひて飛び行きき。爾くして、其の后と御子等と、其の小竹の刈杙に、足を跳り破れども、其の痛みを忘れて、哭き追ひき。此の時に、歌ひて曰はく、

35浅小竹原　腰泥む　空は行かず　足よ行くな

又、其の海塩に入りて、なづみ行きし時に、歌ひて曰はく、

36海処行けば　腰泥む　大河原の　植ゑ草　海処は　いさよふ

又、飛びて其の礒に居し時に、歌ひて曰はく、

37浜つ千鳥　浜よは行かず　礒伝ふ

是の四つの歌は、皆其の御葬に歌ひき。故、今に至るまで、其の歌は、天皇の大御葬に歌ふぞ。

大御葬歌の「葬」について多田一臣氏は、「「葬」＝放る、死者をこの世からあの世に放ち遣る、放擲する」意で、「送り手は死者の霊の道行きの、この世の去り難さを繰り返す(27)」と指摘する。だが八尋白智鳥に化生してなづき田から天翔る倭建命を、身体を傷つけながら必死に追いかける后や御子たちの姿からは、「葬」という言葉の意を超えて、哀惜の情が浮かび上がる。

薨去の場面には、八尋白智鳥と化した倭建命の霊魂の道行と、それを難渋しながら追いかける后等、御子等の道行が語られる。両者の距離が次第に開き、死者と生者との越えがたい隔たりを認識させつつ、命の魂は天高く飛び去る。平定に生涯を捧げ、二度と都に戻れず、即位しなかった皇子の葬送に天皇の大御葬歌の起源が結びつけられる。『日本書紀』には日本武尊への天皇の哀惜の念が描かれ、大御葬歌は載せられない。古事記本文の地の文と歌謡は緊密に関わり、「なづき田」「浅小竹原」「海処」「礒」の場が詠み込まれる。第三四～三六番には、「なづき」「なづむ」の語が、第三五から三七番には「行く」の語があり、四首は連続性を有する配列がされている。

古事記と日本書紀には「なづ」〔那豆〕を語幹にもつ「なづき」「なづむ」「なづさふ」に次の例があり、大御葬歌の箇所の五例は特徴的である。

古事記

・堅庭は、向股に蹈みなづみ〔那豆美〕

・那豆岐田
・なづき〔那豆岐〕の田の　（第三四番）
・浅小竹原　腰泥む〔那豆牟〕　（第三五番）
・海塩に入りて　那豆美行きし時
・海処行けば　腰泥む〔那豆牟〕　（第三六番）
・なづ〔那豆〕の木の　さやさや　（第七四番）
・浮きし脂　落ちなづさひ〔那豆佐比〕　（第九九番）

日本書紀

・なづ〔那豆〕の木の　さやさや　（第四一番）
・難波人　鈴船取らせ　腰なづみ〔那豆瀰〕　其の船取らせ　大御船取れ　（第五一番）

次に万葉集の例をあげる。「なづむ」「なづさふ」の語は部立に関わらず用いられる。

万葉集

「なづむ」

・石根さくみて　なづみ来し　（巻2・二一〇）　挽歌
・石根さくみて　なづみ来し　（巻2・二一三）　挽歌
・雪消する　山道すらを　なづみぞ我が来る　（巻3・三八二）　雑歌
・雪消の道を　なづみ来るかも　（巻3・三八三）　雑歌
・道の間を　なづみ参ゐ来て　（巻4・七〇〇）　相聞歌
・わが黒髪に　降りなづむ　天の露霜　（巻7・一一一六）　雑歌

・山川に　我が馬なづむ　家恋ふらしも　（巻7・一一九二）　雑歌

・汝が故に　天の川道を　なづみてぞ来し　（巻10・二〇〇一）　雑歌

・秋萩の　恋のみにやも　なづみてありなむ　（巻10・二一二二）　雑歌

・石橋踏み　なづみぞ我が来し　恋ひてすべなみ　（巻13・三二五七）　相聞歌

・夏草を　腰になづみ　（巻13・三二九五）　相聞歌

・夏野の草を　なづみ来るかも　（巻13・三二九六）　相聞歌

・君が徒歩より　なづみ行く見れば　（巻13・三三一六）　問答

・降る雪を　腰になづみて　参り来し　（巻19・四二三〇）

「なづさふ」

・黒髪は　吉野の川の　沖になづさふ　（巻3・四三〇）　挽歌

・にほ鳥の　なづさひ来むと　（巻3・四四三）　挽歌

・鳥じもの　なづさひ行けば　（巻4・五〇九）　相聞歌

・海原の　遠き渡を　みやびをの　遊ぶを見むと　なづさひぞ来し　（巻6・一〇一六）　雑歌

・暇あらば　なづさひ渡り　向つ峰の　（巻9・一七五〇）　雑歌

・にほ鳥の　なづさひ来しを　（巻11・二四九二）　寄物陳思

・にほ鳥の　なづさひ来しを　（巻12・二九四七　左注）　寄物陳思

・沖になづさふ　鴨すらも　（巻15・三六二五）　挽歌

・波の上ゆ　なづさひ来にて　（巻15・三六九一）　挽歌

・島つ鳥　鵜養が伴は　行く川の　清き瀬ごとに　篝さし　なづさひ上る　（巻17・四〇一一）

・叔羅川　なづさひ上り。（巻19・四一八九）

万葉集では「なづむ」の十四例中九例が「来」と共に用いられる。「来」を伴わない場合も移動の表現、往来と関係し、「行く」（三三一六）と共に用いられ、対象に対する強い思慕の念を表す。同系列の語と思われる「なづさふ」も十一例中五例が「来」と関わり、「行く」（五〇九）が一例、「渡る」（一七五〇）が一例、「上る」（四〇一一・四一八九）が二例、というように移動と関わるのは同様の傾向である。須永哲矢氏によれば、平安時代になると、人が思慕を伴い困難な移動を表現する上代の用法は失われる。「八日。なほ、川上りになづみて、鳥飼の御牧といふほとりに泊まる。」（『土佐日記』）、「みちのくの安達の駒はなづめどもけふ逢坂の関までは来ぬ」（『後拾遺和歌集』巻第四　秋上　二七九）のように、船や馬などが難渋しながら進む意となる。(28) 大御葬歌では「なづむ」の語は「行く」と関わる。

難渋しながら移動する「なづむ」の語は、対象に対する限りない思慕の情を表し、大御葬歌は地の文の記述と響き合い、后や御子たちが死者の魂を追いかける点で挽歌的発想を有する。

万葉集巻二・二〇七～二一六の泣血哀慟歌には次のようにある。

柿本朝臣人麻呂、妻が死にし後に、泣血哀慟して作る歌二首　并せて短歌

……止まず行かば　人目を多み　まねく行かば　人知りぬべみ……沖つ藻の　なびきし妹は　もみち葉の過ぎて去にきと　玉梓の　使ひの言へば……我妹子が　止まず出で見し　軽の市に　我が立ち聞けば……玉桙の　道行き人も　ひとりだに　似てし行かねば　すべをなみ　妹が名呼びて　袖そ振りつる（巻2・二〇七）

玉梓の使いに突然妻の死を告げられ、受け入れることができずに、生前のゆかりの場所「軽の市」に妻の姿を確認しに行く。そこに妻の姿を求め得なかった男は、さらに山に分け入る。

短歌

秋山の　黄葉を繁み　惑ひぬる　妹を求めむ　山道知らずも　（巻2・二〇八）

第二長歌（二一〇）と二一三番（或本歌）では「なづむ」と「来」の語があわせて用いられる。二一三番の或本の歌では「灰にていませば」とあり、妻は茶毘にふされたようであるが、ある人にあなたの妻は大鳥の羽易の山にいると告げられて、妻を求めて山に分け入るのである。

……大鳥の　羽易の山に　我が恋ふる　妹はいますと　人の言へば　岩根さくみて　なづみ来し　良けくもそなき　うつせみと　思ひし妹が　玉かぎる　ほのかにだにも　見えなく思へば　（巻2・二一〇）

衾道を　引手の山に　妹を置きて　山道を行けば　生けりともなし　（巻2・二一二）

泣血哀慟歌では難渋しながら、男は死者を追い求める。妻の姿が見えなくとも、たとえ灰となった妻を確認しても亡き人を追い求める心情には諦観はない。死者をなお、この世に生きるもののごとく追い求めるのは、大御葬歌の「なづむ」「行く」の行動に通じる。「なづむ」は葬歌の性格を規定する語である。

通常ならば「行く」には次のように目的地があってそこに向かい、帰ってくることが期待される。

天雲の　行き帰りなむ　ものゆゑに　思ひそ我がする　別れ悲しみ　（巻19・四二四二）

住吉に　斎く祝が　神言と　行くとも来とも　船は早けむ　（巻19・四二四三）

唐国に　行き足らはして　帰り来む　ますら健男に　御酒奉る　（巻19・四二六二）

泣血哀慟歌では死が鳥の朝立ちや日の入りに喩えられ、或本の長歌では「行く」が用いられる。

……鳥じもの　朝立ちいまして　入日なす　隠りにしかば……　（巻2・二一〇）

……鳥じもの　朝立ちい行きて　入日なす　隠りにしかば……　（巻2・二一三）

さらに「行く」が死者の行動として記されると、次のようにひたすら「行く」様が歌われる。

足柄の坂を過るに、死人を見て作る歌一首

小垣内の　麻を引き干し　妹なねが　作り着せけむ　白たへの　紐をも解かず　一重結ふ　帯を三重結ひ
苦しきに　仕へ奉りて　今だにも　国に罷りて　父母も　妻をも見むと　思ひつつ　行きけむ君は……ます
らをの　行きのまにまに　ここに臥やせる　（巻9・一八〇〇）
……行く道の　たづきを知らに……　（巻13・三三二四）
玉桙の　道行き人は　あしひきの　山行き野行き　にはたづみ　川行き渡り　いさなとり　海道に出でて
恐きや　神の渡りは　吹く風も　和には吹かず　立つ波も　凡には立たず　とゐ波の　ささふる道を　誰が
心　いたはしとかも　直渡りけむ　直渡りけむ　（巻13・三三三五）
或本の歌
あしひきの　山道は行かむ　風吹けば　波のささふる　海道は行かじ　（巻13・三三三八）
備後国の神島の浜にして、調使首、屍を見て作る歌一首　并せて短歌
玉桙の　道に出で立ち　あしひきの　野行き山行き　にはたづみ　川行き渡り　いさなとり　海道に出でて
吹く風も　おぼには吹かず　立つ波も　和には立たぬ　恐きや　神の渡りの……誰が言を　いたはしとかも
とゐ波の　恐き海を　直渡りけむ　（巻13・三三三九）
秋間俊夫氏は三三三五番を死者が海坂を渡ってヨミの国へ行くことを歌う「死者の歌」とし、「倭建の霊もまず
は「浅小竹原」をさまよ」い、「浜に向きて飛び」、「海処行けば」、「浜つ千鳥」と海が持ち出されるのは、「霊魂
の旅路が元来海にかかわりがあったことを意味すると思われる」(29)と指摘する。次の歌は、死者の気持ちに成り代
わって歌い、もの言わぬ死者の鎮魂をする。
わたつみの　恐き道を　安けくも　なく悩み来て　今だにも　喪なく行かむと　壱岐の海人の　ほつての卜
部を　かた焼きて　行かむとするに　夢のごと　道の空路に　別れする君　（巻15・三六九四）

「行く」は挽歌の中で不可逆的時間と方向を表す。次は挽歌でなくとも、海や山を行く様が歌われる。

陸奥国に金を出だす詔書を賀く歌一首　幷せて短歌

……海行かば　水漬く屍　山行かば　草生す屍　大君の　辺にこそ死なめ　顧みは　せじと言立て……

（巻18・四〇九四）

家持の歌の我が身を省みず、死を覚悟し、大君に忠誠を尽くす言立は死者の道行に等しく表現される。

居駒永幸氏は、「なづむ」は「行く」あるいは「来」に関わる行為として歌われ、「なづむ」が境界を越えて異境に行く行為であり、死者は他界に去ることを歌い手によって確認され、鎮魂されるという構造をもち、行き難さの表現は死者を追い行くことをうたう葬歌のあり方を示す(30)と指摘する。また遠藤耕太郎氏は、「境界の場所で「なづむ」という表現は、近親者の立場に立っての悲しみの表現でもあり、呪的職能者の立場に立っての別れの口実でもあり、死者の立場に立っての別れの言葉でもあり、という多義的な表現である(31)」と指摘する。后や御子たちは大御葬歌で辛苦や行き難さ、死者の道行きを歌う。「這ひ廻ろふ」「腰なづむ」「いさよふ」の動詞を用い、地を這いまわる、難渋する、定まりがない様を表す。また、「なづき田」・「浅小竹原」・「海処」を読み込み、水に浸った田から山的な世界を経て、八尋白智鳥が海をめざし、この世とあの世の境界である「礒」を経て「空」を横切り「天」を目指して届かぬものとなっていく様を歌う。対する后や御子たちは、「野老蔓」のように這うもの、尋めいくものに喩えられ、「浅小竹原」では進行を妨げられつつも、足で八尋白智鳥の軌跡をたどるしかなく、「大河原の植ゑ草」のようにいさよい、海を難渋しながら進むと表現される。これらは生前の倭建命の「虚をかける」、飛び去って行く八尋白智鳥とは対極の意をもつ語である。三七番の「浜」は、伊耶佐の小浜や多芸志の小浜の例にあるように異界の者との出会いの場であり、阿比泥の浜は男女の逢会の場でもあった。次の歌では「浜」は共に行ける、歩ける所として表現される。

草枕　旅行く君を　愛しみ　たぐひてそ来し　志賀の浜辺を（巻4・五六六）

八百日行く　浜の沙も　我が恋に　あにまさらじか　沖つ島守（巻4・五九六）

浜つ千鳥の歌謡は「礒に居し時」とあり、「礒」は浜ではないので、もはや后や御子たちは追いかけて行くことは出来ない、目で八尋白智鳥の姿（魂）を確認しうるところまで行き、あの世に旅立ったことを認識する。「浜」と「礒」が対置され、礒を伝う倭建命のこの世からの飛び去りがたさをも表している。后や御子たちは倭建の死に至る道行をなぞり、思慕の情を表出しながら命の苦しみをたどるのである。

五　天へ——哀惜と畏怖と——

倭建の霊魂は八尋白智鳥の形をとって「天」に翔る。文武四年（七〇〇）成立の明日香皇女殯宮挽歌には、皇女を失った夫君の悲しみが「夕星の　か行きかく行き　大船の　たゆたふ」ようにさまよいを伴って詠まれる。

うつそみと　思ひし時に……思ほしし　君と時どき　出でまして　遊びたまひし　御食向ふ　城上の宮を　常宮と　定めたまひて　あぢさはふ　目言も絶えぬ　然れかも　あやに哀しみ　ぬえ鳥の　片恋づま　朝鳥の　通はす君が　夏草の　思ひしなえて　夕星の　か行きかく行き　大船の　たゆたふ見れば……天地の　いや遠長く　偲ひ行かむ……（巻2・一九六）

長歌の末尾では御名の明日香川を形見として、皇女への永遠の偲びが表明される。

持統十年（六九六）に詠まれた高市皇子尊殯宮挽歌の反歌には、即位をしなかった皇子であっても、魂の行方は「天」に帰結し、その薨去は「天を知らす」と詠まれる。

ひさかたの　天知らしぬる　君故に　日月も知らず　恋ひ渡るかも（巻2・二〇〇）

魂の行方は『礼記』郊特牲　第十一によれば、「魂氣歸二于天一、形魄歸二于地一。故祭求二諸陰陽一之義也。」とあり、（人が死ぬと、）魂の気、精神機能の本質は天に帰り、形魄、肉体機能の本質は地に帰るとされる。祭るということは陰と陽（地と天）に向かって神霊を求めることになる。倭建命の魂が天（高天原）を目指したのは、彼の居場所が「天」に与えられ、祭られる存在となったことを示す。神を祭る方法は次のように記される。

『礼記』祭法　第二十三

燔二柴於泰壇一、祭レ天也、瘞二埋於泰折一、祭レ地也。用二騂犢一。埋二少牢於泰昭一、祭レ時也、相二近於坎壇一、祭二寒暑一也、王宮、祭レ日也、夜明、祭レ月也、幽禜、祭レ星也、雩禜、祭二水旱一也、四坎壇、祭二四方一也。山林川谷丘陵、能出レ雲爲二風雨一見二怪物一皆曰レ神。有二天下一者祭二百神一。

天およびもろもろの神祭によって危機を回避するのである。倭建命は「天」に上り祭られる者となっていく。ヤマト王権の版図画定の歴史は『宋書』巻九七　夷蛮伝・倭国　倭王武の上表文に次のように記される。

順帝昇明二年、遣使上表。曰、封國偏遠、作藩于外。自昔祖禰躬擐甲冑、跋渉山川、不遑寧處。東征毛人五十五國、西服衆夷六十六國、渡平海北九十五國。……

倭建命の事績と重なる描写である。「言向け」を成し遂げながらも、取り返しのつかない後悔の念を抱きながらあの世に旅立って行った倭建は大御葬歌によって鎮魂され、高天原を目指したと記される。『続日本紀』巻第二文武天皇　大宝二年（七〇二）八月の条には次のようにあり、祭りがなされる。

癸卯（八日）、倭建命の墓に震す（落雷）。使を遣して祭らしむ。

『日本書紀』のあとを承けて平安初期に成立した『続日本紀』には、ここのところは「日本武尊墓」とあるべきものである。『延喜式』諸陵寮（巻二十一）には「能褒野墓　日本武尊。在二伊勢國鈴鹿郡一。」とあり、朝廷の見解としては、ヤマトタケルが葬られているのは「墓」である。大宝二年は、国号が「倭」から「日本」に変わる頃である。『続日本紀』編纂に際して、編纂に用いた原史料の表記が『続日本紀』に残ったのかと思われる。「ヤマトタケル」の「ヤマト」は本来、奈良県を中心とするあたりのことであったのが、『日本書紀』では日本国の意味で「日本武尊」と表記している。『古事記』の「ヤマト」には、奈良県と日本国との間、ヤマト王権の勢力の及ぶ範囲、という意味合いもあろう。倭建命の死は武力平定と「言」の秩序の確立、「礼」による古代国家の完成と重層している。倭建の葬送に際して歌われたとある大御葬歌は、養老四（七二〇）年に撰上された『日本書紀』には記載されない。『日本書紀』にも『続日本紀』にも、天皇の御大葬において大御葬歌が歌われた記録はない。しかしながら四頁で触れたように、『古事記』の文章や歌謡が天武朝にある程度の原形をなしていたとすれば、「今に至るまで、其の歌は、天皇の大御葬歌に歌ふぞ」の記述は、少なくとも天武朝から『古事記』が撰上された元明朝の頃までは、宮廷社会に受け入れられる素地があったのではないか。飛鳥池遺跡からは、「丁丑年」（天武六・六七七）と記された木簡と同じ地層から「天皇」号木簡が出土している。(32) 孝徳紀大化元（六四五）年七月条には、「明神御宇日本天皇詔旨」と記される。大宝令古記・養老令「公式令詔書式」には、「明神御宇日本天皇詔旨」と記され、大宝以後正式に「日本」の国号が用いられた。天武朝以降、国家体制が整えられていく過程と、倭建によって版図が画定され、「令」にみられる「駅」の制度が記される景行朝は時代的に通うものがあるように描かれる。国家の組織や機構が法制化された『古事記』編纂の時代に、大御葬歌に意義が付され、その起源が倭建命に結びつけられたのであろう。そのことは天武大葬に象徴されるような葬礼の荘厳化に寄与した可能性がある。「日本」の「天皇」、それは倭建命の如く常人ではない存在であることを説いたのであろう。

　景行天皇とは相容れない、体制から逸脱する「建く荒き情」をもつ故に、自らを犠牲にして「言向け」を成し遂げ、この世から「荒振る神」を祓う異端の英雄像は、悲壮かつ悲劇的に形象される。人々のため様々な負を背負って死んでいった超越的存在に対する鎮魂がなされる。

苦難の末に果された東征でありながら、覆奏も出来ず、ねぎらわれることもなく、行路死人のように異郷の地で傷つき病み衰えて死んでいく、その報われなかった英雄の生涯を締めくくるのが大御葬歌である。これによって倭建命は、古事記において仲哀天皇を経て応神天皇につながる、その後の全ての天皇の祖として位置づけられていく。

おわりに

万葉集の挽歌の成立は、孝徳紀の造媛の死に際して野中川原史満が奉った挽歌や、斉明紀の建王の死に際して、天皇が秦大蔵造万里に歌を後世に伝えるよう詔した帰化人たちが直接的に影響しているとされる[33]。西郷信綱氏が、人麿が出てくるまでの挽歌の作者がほとんど女であるのは、原始的涕泣の伝統を受けついだ万葉集における女の挽歌の問題[34]があることを指摘したが、大御葬歌は、挽歌成立の源流にはならないとされる[35]。しかしながら、大御葬歌は三首の歌謡に読み込まれた「なづき」「なづむ」の語や、「はひもとほろふ」「行く」「伝ふ」の語によって、障がいに妨げられ難渋しながらも、どこまでも八尋白智鳥と化した倭建命を追いかけていく、限りない思慕の情を表出している。「なづむ」の語を歌謡中に有する故に、泣血哀慟歌二一〇番、二一三番における「いはねさくみて　なづみ来し」の抒情に通じるものを有すると思われる。残された遺族が、愛する者の死を諦めきれず、どこまでも追い求めていく、大御葬歌と泣血哀慟歌の長歌（二〇七・二一〇・二一三番）は、そうした意味で、表現の類似性を有し、葬歌としての一つの様式をもつと思われるのである。

注

（1）本居宣長『古事記傳』二十六之巻『本居宣長全集』第十一巻　一九六九年三月　筑摩書房
（2）本居宣長『訂正古訓古事記』中　一九八一年一二月　勉誠社
（3）『新編荷田春満全集』第一巻　書入本『古事記』二〇〇三年六月　おうふう
（4）沖森卓也・佐藤信・矢嶋泉編『新校　古事記』二〇一五年一一月　おうふう
（5）山口佳紀・神野志隆光校注・訳『古事記』（新編日本古典文学全集）一九九七年六月　小学館
（6）松本直樹「景行記の一文「天皇知其他女恒令経長眼（暇）亦勿婚而惚也」の訓みと解釈――古事記景行天皇条の構想に及ぶ――」『早稲田大学教育学部　学術研究（国語・国文学編）』第五十五号　二〇〇七年二月
（7）中村啓信訳注『新版古事記　現代語訳付き』二〇〇九年九月　角川学芸出版
（8）谷口雅博「大碓命は小碓命に殺害されたのか」『上代文学研究論集』第六号　二〇二二年三月
（9）前掲書（7）
（10）尾崎知光編『全注古事記』一九七二年五月　おうふう
（11）武田祐吉訳注・中村啓信補訂・解説『新訂古事記』（角川ソフィア文庫）一九七七年八月　角川書店
（12）倉野憲司　武田祐吉校注『古事記　祝詞』（日本古典文学大系）一九五八年六月　岩波書店
（13）西條勉「ヤマトタケルの暴力」『古代の読み方　神話と声／文字』二〇〇三年五月　笠間書院
（14）前掲書（8）
（15）松田浩「神への「言向」――『古事記』における倭建命の「建荒之情」と「言向」の関連をめぐって――」二〇二三年八月五日　昭和女子大学近代文化研究所「ヤマトタケル――敗者の形象――」シンポジウム報告
（16）石坂正蔵「言向考」『国語と国文学』第二十巻第七号　一九四三年七月
（17）神野志隆光「ことむけ」『古事記の達成』一九八三年九月　東京大学出版会
（18）本居宣長『古事記傳』十三之巻『本居宣長全集』第十巻　一九六八年一一月　筑摩書房
（19）倉野憲司『古事記全註釈』第四巻上巻篇下一九七七年二月　三省堂

(20) 西宮一民「上代語コトムケ・ソガヒニ攷」『古事記の研究』一九九三年一〇月　おうふう

(21) 松田浩「『古事記』における「言向」の論理と思想」『上代文学』第一二三号　二〇一九年一一月

(22) 松田浩「ヤマトタケル——敗者の形象——」シンポジウム報告要旨『近代文化研究所紀要』第一九号　二〇二四年二月

(23) 須永哲矢「ヤマトタケル——敗者の形象——」シンポジウム総括要旨『近代文化研究所紀要』第一九号　二〇二四年二月

(24) 折口信夫「叙事詩の撒布（上）——日本文學の發生その四」『日光』第一巻第七号　一九二四年一〇月　に「貴種流離譚」の語がみられる。「國文學の發生（第二稿）」『折口信夫全集』第一巻古代研究（國文学篇）一九七五年九月　中央公論社

(25) 多田一臣「古代の「言」と「音」」『古事記年報』第五三号　二〇一一年一月

(26) 仁科明「人と物と流れる時と——喚体的名詞——語文をめぐって——」『ことばのダイナズム』くろしお出版　二〇〇八年九月

(27) 多田一臣『古事記私解』Ⅱ　二〇二〇年一月　花鳥社

(28) 須永哲矢「ヤマトタケル——敗者の形象——」シンポジウム総括要旨『近代文化研究所紀要』第一九号　二〇二四年二月

(29) 秋間俊夫「死者の歌——斉明天皇の歌謡と遊部——」『文学』第四十巻第三号　一九七二年三月

(30) 居駒永幸「ヤマトタケル葬歌の表現——境界の場所の様式」『古代の歌と叙事文芸史』二〇〇三年三月　笠間書院

(31) 遠藤耕太郎「大御葬歌の抒情の起源」『歌掛けのアジア——雲南省リス族の歌掛けと日本古代文学』二〇二三年二月　ゆまに書房

(32) 『飛鳥池遺跡発掘調査報告〔Ⅰ〕——生産工房関係遺物——奈良文化財研究所学報』第七一冊　二〇二一年一二月　奈良文化財研究所

(33) 青木生子「挽歌の源流」『万葉挽歌論』一九八四年三月　塙書房

(34) 西郷信綱「柿本人麿ノート」『文学史と文学理論1　詩の発生』（西郷信綱著作集　第6巻）二〇一一年一〇月　平凡社

(35) 影山尚之「倭建命薨去後悲歌と「挽歌の源流」」『歌のおこない——萬葉集と古代の韻文——』二〇一七年八月　和泉書院

＊真福寺本古事記では「惣」、兼永筆本古事記・鼇頭古事記は「揔」・「摠」、古事記傳・訂正古訓古事記では「憁」と表記する。小野田光雄校注『神道大系　古典編一　古事記』（一九七七年一二月　神道大系編纂会）には、「惣」、「揔」、「憁」について以下の記述がある。「惣」が原型で「「惣」と「揔」の通用の知識をもっていたことは推定できる」。「惣」字は「惱」の義に用いられる。西大寺本〔金光明最勝王經〕には、苦惱・憂惱・煩惱等「惱」字が一二例あるが三例の「煩憁」の例外がある。これらの例は「後の「惱」に古くは「憁」を用いていたことを示す」とある。また、古くは「憁」と「惣」は共用されたとある。

新編日本古典文学全集『古事記』の表記に従い、本章では「憁」の表記を用いる。

＊『詩経』・『荘子』・『管子』・『列子』・『礼記』の本文及び解釈の引用は、新釈漢文大系　明治書院による。

・石川忠久『詩経』上　一九九七年九月

・市川安司・遠藤哲夫『荘子』下　一九六七年三月

・遠藤哲夫『管子』下　一九九二年五月

・小林信明『列子』一九六七年五月

・竹内照夫『礼記』中　一九七七年八月

＊列子注は、上海古籍出版社刊『二十二子』所収『列子』張湛注、『大漢和辞典』には「肥薄」「薄肥」の熟語はとられていない。

＊『宋書』は石原道博編訳『新訂魏志倭人伝・後漢書倭伝・宋書倭国伝・隋書倭国伝――中国正史日本伝（1）――』一九八五年五月　岩波書店による。

＊本章執筆にあたり、松田稔氏、田熊信之氏、茅場康雄氏、須永哲矢氏のご教示を賜った。記して御礼申し上げる。

＊本章第三・四・五節は、二〇二三年八月五日に開催された昭和女子大学近代文化研究所シンポジウム「ヤマトタケル――敗者の形象――」の報告をもとにしている。

第六章　宇遅能和紀郎子伝承の考察

——第四二番歌謡・第五一番歌謡を中心に——

はじめに

応神記には系譜の最後に、「此の天皇の御子達は、并せて廿六の王ぞ〈男王は十一、女王は十五〉。此の中に、大雀命は、天の下を治めき。」（以下、傍線は筆者による。）と仁徳天皇即位のことが記される。けれども応神天皇が皇位継承者と定めたのは、「又、丸邇の比布礼能意富美が女、名は宮主矢河枝比売を娶りて、生みし御子は、宇遅能和紀郎子。次に、妹八田若郎女。次に、女鳥王〈三柱〉。」と記される丸邇氏出身の女性を母とする宇遅能和紀郎子であった。この皇子の二柱の兄は、「此の天皇、品它真若王の女、三柱の女王を娶りき。一はしらの名は、高木之入日売命。次に、中日売命。次に、弟日売命〈此の女王等の父、品它真若王は、五百木之入日子命の、尾張連が祖、建伊那陀宿禰が女、志理都紀斗売を娶りて、生みし子ぞ〉。故、高木之入日売の子は、額田大中日子命。次に、大山守命。次に、伊奢之真若命。次に、妹大原郎女。次に、高目郎女〈五柱〉。中日売命の御子は、木之荒田郎女。次に、大雀命。次に、根鳥命〈三柱〉。」とあるように、その母は景行天皇の太子五百木之入日子命の子である品它真若王を父とする。血統の尊貴性からいえば大山守命と大雀命が宇遅能和紀郎子よりも優位に立つ。命の称をもつ者よりも下位にある、母の出自が王族ではない年少者の宇遅能和紀郎子が日継御子と定められるのは、系譜に続いて応神記の冒頭に記される応神天皇の寵愛によるものであった。そこには上巻や神武記に記される末子相続譚とも異なる論理が提示されている。三皇子の分掌は次のように記される。

是に、天皇、大山守命と大雀命とを問ひて詔ひしく、「汝等は、兄の子と弟の子と孰れか愛しぶる」とのりたまひき〈天皇の是の問を発しし所以は、宇遅能和紀郎子に天の下を治めしめむ心有るぞ〉。爾くして、大山守命の白ししく、「兄の子を愛しぶ」とまをしき。次に、大雀命、天皇の問ひ賜へる大御情を知りて、白ししく、「兄の子は、既に人と成りぬれば、是悒きこと無し。弟の子は、未だ人と成らねば〈未成レ人〉、是愛し」とまをしき。爾くして、天皇の詔はく、「佐耶岐、あぎの言、我が思ふ所の如し」とのりたまひて、即ち詔り別きしく、「大山守命は、山海の政を為よ。大雀命は、食国の政を執りて白し賜へ。宇遅能和紀郎子は、天津日継を知らせ」とのりわきき。故、大雀命は、天皇の命に違ふこと勿し。

この段は上巻の三貴子の分治の段を思いおこさせるが、三皇子の分掌は不分明な部分があり上巻の分治そのものが引き継がれる訳ではない。「天津日継」は天照大御神の高天原にあたり、「日の御子としての血統を受け継ぐこと」、「天につながることによって保証される天皇の正統性を受け継ぐこと」(1)と思われる。また「食国の政」は月読命の「夜の食国」にあたるが、「食（をす）」は「天皇がその産物を食べることによってその国の所有を確認する儀礼的行為」(2)であろう。西郷信綱氏は、「「御食つ国」を政治的に拡大して「食国」天の下と称するに至ったのではなかろうか。」(3)と述べる。「食す」行為によって天皇は、大八島国を統治する霊力を身に着けると考えられたので、天皇の実質的な祭政をさすのであろう。宣命には「食国天下之政」「食国天下之業」の語が出てくる。この「食国」と「天下」をほぼ同格にみなし、「食国之政」を「海・山以外の所、平地における稲作を中心とした農耕を掌るもの」[4]とする立場がある。一方には「食国之政」と「山海之政」をそれぞれ独自の領域とし、「食国」は国造・県主を通じて掌握された世界であり、その産物を食べることによってその所有を確認すること、「山海」は天皇に直属する世界で、大贄は天皇に直接貢上されるものであり、両者を並列の関係として「大津日継を知らす・天の下治む・聞こし看す」の下に位置づける見方[5]もある。三貴子分治の段では、伊耶那岐大神は三柱の御子に対してすべて「知らせ（所レ知）」を用いている。三貴子の関係は、成り出でた部位と統治を命じられた世界によって位置づけられる。ところが当該条では、大山守命に対しては「為よ」、大雀命には「白し賜へ」、宇遅能和紀郎子には「知らせ（所レ知）」が用いられる。「白し」によって大雀命の立場を落とし、間接的に宇遅能和紀郎子を立てつつも、大雀命は「賜へ」と父帝から敬意を表される存在として描かれる。「まをしたまへ」は、「やすみししわご大君の　天の下　申し給へば」（万葉集2・一九九）、「万代に坐し給ひて天の下申し給はね朝廷去らずて」（同5・八七九）、「御世御世に当りて天下奏し賜ひ」（続日本紀宣命一三詔）、「祖父大臣の明く浄き心を以て御世累ねて天下申し給ひ」（同二六詔）とあり、「天下」のことを天皇に申し上げる、奏上する例として出てくる。「天津日継」は天照の祭祀と関わる最上位の重い位であり、「執二食国之政一」は「天下」の祭政に重なる行為とみられる。また書紀では大鷦鷯尊の職掌を「太子の輔」としており、これは菟道稚郎子の職掌と重なりをもつだろう。大雀命は天皇の統治する地上世界の祭政を執り行う重要な役割を与えられたと思われる。上巻では海と山は地上を二つに分けた世界を表し、天照大御神の子孫が統治すべき世界として描かれる。山幸彦は海神の助力を得て海幸彦を屈服させ、天につながる山の支配権に海の支配権を加えて天つ神の御子としての資格を完成させるが、応神記では逆に山を名に冠する大山守命は敗れ去り、宇治川で果てる。その後天下相譲が行われ、「天津日継」の継承者である宇遅能和紀郎子と「食国之政」を執る大雀命のどちらに大贄を貢上すべきなのか、海人が泣かされる状態になる。国造や県主の上位に位置し、海と関わる農耕に不可欠な水や田が作られる山の支配権を「食す」という祭政行為によって掌握する大雀命は、大山守命の山海の政の上に立つ存在のようにみえ、天の継承者である宇遅能和紀郎子に比肩する存在のように描かれていよう。「白し賜へ」の敬語表現は、仁徳天皇即位の経緯を説く応神記において、大雀命を大きく位置づけている。古事記には応神天皇の御代に『論語』が伝えられたと記される。河村秀根(6)、津田左右吉氏(7)や小島憲之氏(8)が指摘したように、応神記の展開には儒教思想や史書が影響を与えていると思われる。三皇子の分治の詔別と、第四二番歌謡を含んで語られる宇遅能和紀郎子の誕生、大山守命の反逆の鎮圧後に詠まれる第五一番歌謡から、宇遅能和紀郎子の描写を押さえ、仁徳天皇即位の経緯をみていく。

一 「未成人」「厳餝」第四二番歌謡

父帝の問いかけの真意を察した大雀命は、「弟の子は、未だ人と成らねば（未成レ人）、是愛し」と答える。「未成人」は、「人之少也愚、其長也智。」（『呂氏春秋』巻一　孟春紀　貴公）とする通念とは異なる、「愛」を尺度にする揺れ動き易い基準である。『呂氏春秋』には、「未成人」について次のような話が載せられる。

夏后氏孔甲、田二于東陽萯山一。天大風晦盲。孔甲迷惑、入二于民室一、主人方乳。或曰、后來是良日也、之子是必大吉。或曰、不レ勝也、之子是必有レ殃。后乃取二其子一以歸、曰、以爲二余子一、誰敢殃レ之。子長成レ人。[幕動]坼レ橑、斧斫二斬其足一。遂爲二守門者一。孔甲曰、嗚呼、有レ疾、命矣夫。乃作二爲破斧之歌一。

（巻六　季夏紀　音初）

孔甲の子とされ大吉の運命をもっていると思われた子は、「必ず殃ひ有り」との予言が的中し、成人して斧で足を斬り、守門者にしかなれず、孔甲は「嗚呼、疾有るは、命なるかな」と嘆き、破斧の歌を作ったとある。古事記においても安康天皇が七歳の目弱王に抱いた危惧は的中する。「成レ人之時、知三吾殺二其父王一者、還為レ有二邪心㆒乎」。天皇はこの言葉を聞き取った目弱王に殺される。「未成人」の行動や将来は予測出来ないのである。応神天皇の治世に先立ち、「未成人」であり、行く末が不分明な宇遅能和紀郎子を日継御子と定める天皇の詔り別けが語られた後、時間を溯って和紀郎子の誕生が語られる。

一時に、天皇、近淡海国に越え幸しし時に、宇遅野の上に御立して、葛野を望みて、歌ひて曰はく、

41千葉の　葛野を見れば　百千足る　家庭も見ゆ　国の秀も見ゆ

故、木幡村に到り坐しし時に、麗美しき嬢子、其の道衢に遇ひき。爾くして、天皇、其の嬢子を問ひて曰ひしく、「汝は、誰が子ぞ」といひき。答へて白ししく、「丸邇の比布礼能意富美が女、名は、宮主矢河枝比売」とまをしき。天皇、即ち其の嬢子に詔ひしく、「吾、明日還り幸さむ時に、汝が家に入り坐さむ」とのりたまひき。故、矢河枝比売、委曲かに其の父に語りき。是に、父が答へて曰はく、「是は、天皇に坐すなり。恐し。我が子、仕へ奉れ」と、云ひて、其の家を厳餝りて（厳㆓餝其家㆒）、候ひ待てば、明くる日に入り坐しき。故、大御饗を献りし時に、其の女矢河枝比売命に大御酒盞を取らしめて、献りき。是に、天皇、其の大御酒盞を取らしめ任ら、御歌に曰はく、

42この蟹や　何処の蟹　百伝ふ　角鹿の蟹　横去らふ　何処に至る　伊知遅島　美島に著き　鳰鳥の　潜き息づき　しなだゆふ　ささなみ道を　すくすくと　我がいませばや　木幡の道に　遇はしし嬢子　後姿は　小楯ろかも　歯並は　椎菱如す　櫟井の　丸邇坂の土を　端つ土は　肌赤らけみ　下土は　丹黒き故　三つ栗の　その中つ土を　かぶつく　真火には当てず　眉画き　此に画き垂れ　遇はしし女　斯もがと　我が見し子ら　斯くもがと　我が見し子に　転た盞に　向ひ居るかも　い添ひ居るかも

如此御合して、生みし御子は、宇遅能和紀郎子ぞ。

まず、天皇の巡幸と国見が記され、宮主矢河枝比売との出会いが語られる。この婚姻は聖なる祭政の一環とし

て位置づけられているようである。二人の出会いは、「麗美しき嬢子、其の道衢に遇ひき。」のように相手を主にした表現がとられる。森朝男氏は、「相手を主語に立てる〈人間ならぬもの〉、魔的・霊的なものとの出逢いは、人間の側から意図してかなうものではなく、全く偶然に、不意に、しかし避けがたく実現してしまう。（中略）見知らぬ人との偶然の出逢いが何がしか神秘なものとして了解されていた[9]」とし、中川ゆかり氏は、「古事記の中で相手がアフという言い方で語られるその相手は、神か神に準ずる女性である場合が多い。古事記にとっては、神的な存在との出会いこそが、驚きをもってその不思議を語るに足ることがらであったということになる。[10]」と指摘する。異郷に通じる道の交点である「道衢」は、異郷の霊威が立ち現れる所と考えられた。宇遅能和紀郎子の母である矢河枝比売が神秘的な存在として描かれる。二人の婚姻は「明日還り幸さむ時に、汝が家に入り坐さむ」とあり、翌日に持ち越される。この婚姻には八千矛神と沼名河比売、倭建命と美夜受比売の「御合」と同様に神を迎える性格を有する女性との婚姻によって、支配領域の拡大と安定を図る意図がうかがわれる。丸邇の比布礼能意富美は求婚の相手が天皇であることを察し、「其の家を厳餝りて」待つ。「厳餝」の語は宇遅能和紀郎子に関わり当該条に二箇所用いられる、中川ゆかり氏はこの「厳餝」を、絁垣や帷幕のりっぱさ、王子にふさわしい船来の「呉床」が設けられていることを指し、「立座の床を想定した方がよいだろう。[11]」と指摘する。「厳餝」の語は、漢訳仏典に散見され、次のような用例がある。

『漢書』　巻九　元帝紀第九

詔罷黄門乘輿狗馬、水衡禁囿、宜春下苑、嚴籞池田假與貧民。

『漢書』　巻二十七上　五行志第七上

二十四年、「大水」。董仲舒以爲夫人哀姜淫亂不婦、陰氣盛也。劉向以爲哀姜初入、公使大夫宗婦見、用幣、又淫於二叔、公弗能禁。臣下賤之、故是歲、明年仍大水。劉歆以爲先是嚴飾宗廟、刻桷丹楹、以夸夫人、簡

宗廟之罰也。（宗廟祭祀）

『舊唐書』　巻十八上　本紀第十八上　武宗

十月乙亥、中書奏、「汜水縣武牢關是太宗擒王世充、竇建徳之地、關城東峯有二聖塑容、在一堂之内。伏以山河如舊、城壘猶存、威靈皆盛於軒臺、風雲疑還於豊沛。誠宜百代嚴奉、萬邦式瞻。西漢故事、祖宗嘗行幸處、皆令邦國立廟。今緣定覺寺例合毀拆。望取寺中大殿材木、於東峯以造一殿、四面置宮牆、伏望名爲昭武廟、以昭聖祖武功之盛。委懷孟節度使差判官一人勾當。緣聖像年代已久、望令李石於東都揀好畫手、就增嚴飾。初興功日、望令東都差分司官一員薦告。」従之。（廟の壁画）

結婚の場面では天皇をお迎えする家を厳かに飾るとある。『漢書』の一例目は、「嚴」の注に「蘇林曰「嚴飾池上之屋及其地也。」」とある。「嚴飾」の意として、池の上の屋及びその地を飾ることと記されている。当該条では、二例目の柱を丹に塗り、桷に彫刻する形容と三例目の『舊唐書』の、廟の壁画を立派に描く、宗廟祭祀に関わる例が近いと思われる。二人の婚姻は、「厳餝」の語から宗廟祭祀のように描かれているようである。木幡で嬢子と出会って以降の応神天皇の道行は語られておらず、次に第四二番歌謡が置かれることによって、応神天皇は角鹿から上り来る蟹と重なるように描かれる。蟹は、「脱皮によって永生するといふ観念信仰」をもち、「蟹の甲羅を脱いで生命を更新するとした信仰[12]」を有した。歌謡に蟹が歌われるのは、天皇の食膳に蟹が供されていたという発想からであろうが、応神天皇は海との関わりが深い。息長帯比売命の胎中にありながら新羅遠征を果し、筑紫国の「宇美」で誕生する。忍熊王の反乱に際しては「喪船」に乗り、乱の平定の後には高志の角鹿で禊をし、伊奢沙和気大神と易名をする。忌み隠りと再生を繰り返し、角鹿で成人儀礼を果した応神天皇の比喩として「角鹿の蟹」は相応しいものと考えられたのであろう。応神天皇の禊と易名、巡幸と聖婚が仲哀記と応神記に分けて語られる。神楽歌の「篠波」によれば、蟹が豊穣の信仰や婚姻と無関係ではなかったことがうかがえる。及川智早氏はこの歌謡の伝承者として和邇氏を想定し、蟹の登場は、ワニの嬢子との神婚により、ワニ氏の祖となる貴子が誕生したとする原歌謡が改変されて現在の古事記に掲載された[13]と考察する。

この歌謡について、田辺行雄氏は歌謡の背後に古代の演劇的なものを想見し、美女スターが最初うしろ向きに観客に背を向けて登場する観客への期待のさせ方に特徴があり、管理者として乞食者を想定する[14]。深沢忠孝氏も、蟹男と美女との二人舞の芸能を想定し、蟹男は神であり、饗宴の主賓たる天皇と重なり合うとみる。また歌謡中の人称転換について、角鹿―伊知遅島・美島―佐佐那美路―木幡、という北からの道は蟹の道であり、山辺の道の一角から櫟井・丸邇坂、宇遅野、木幡、と「我」がたどった南からの道があって、「蟹」と「我」の双方が木幡で合している[15]、とする。居駒永幸氏も、南北と北上の二つの方向性を合流させるような文脈になっており、人称が変わるところで蟹の位置に応神が立ち、これまでの道行き表現は応神の道行き表現となって序（景の提示）の働きをし、応神が主体になってくるという、二つの主体の行動が交差し合流する文脈[16]とする。守屋俊彦氏は、この歌謡は、神である蟹と巫女である嬢子との聖婚を根幹とし、蟹の素性についての問答は、神の名を問うて出現を促すのに対し、神が自らの素性を名告り出現するという形式であった[17]と推定する。居駒永幸氏は、「角鹿の蟹」は始源的には神そのものとする三浦佑之氏の指摘[18]を支持し、問答風に叙事が進行するのは、自ら素性を名告る「自叙の様式」であって、「百伝ふ」の枕詞は神名の称辞にあたる部分であり、蟹神の出現にはじまり、一人称叙事が展開する、神名をうたう叙事歌の様式になっている[19]と指摘する。日本霊異記中巻第三三縁の冒頭に置かれた歌謡には、「汝をぞ嫁に欲しと誰」という問いかけに対して、「菴知のこむちの万の子」と対象を明らかにする表現がある。問いかけによって「百伝ふ　角鹿の蟹」を規定し、蟹を応神天皇と重ねて叙述を展開していく手法がとられる。「すくすくと　我がいませばや」の表現について古橋信孝氏は、この歌謡を巡行叙事と捉え、「一人称が神のものだとすると、「逢はしし嬢子」とは神に見出された女であり、この女が最高の女であることをうたっている」[20]と指摘する。また、鉄野昌弘氏は、「歌は「角鹿の蟹」のことから歌われ始めるが、途中から天皇自身のことへと転じる。地の文で、応神は「近淡海国に越え幸し」て、宇治の野で葛野を遠望し、ついで木幡村に至って矢河枝比売に出会ったことになっているので、「しなだゆふささなみ道を」以下が天皇の動作と認められる。その転換点を、「我がいませばや」が明示しているのである。（中略）ワレという語を、その後にその人物の感覚なり感情に即する叙述に転ずることを表す標識と見た方がよいのではないか。[21]」という見解を示す。ワレを叙述の転換点と捉えるのは首肯される見方であろう。大浦誠士氏は蟹の道行表現について、「地名が島（伊知遅島・美島）であり「楽浪路」である点に注意をしたい。地理的にいえば、島は障害ではなく、むしろ障害を渡るための中継点としての意味をもつ。（中略）「楽浪路」が都への到達を意識した地名であり、角鹿を起点とし都を終点とする意識が認められる。その「楽浪路」の途中で「嬢子」に出会うことによって道行が中断されるが、（中略）「至り・着き」系の道行きは、地名の列挙に起点・終点の意識が強く、土権に関わる道行は動かない「中心」を持つ[22]」と指摘する。

当該伝承に「御合」と記される婚姻は、古事記では伊耶那岐命と伊耶那美命の国生みをはじめとして四例みられる。岐美二神の場合は、女神先唱による神婚のやり直しである。八千矛神と沼河比売や倭建命と美夜受比売の結婚は、婚姻が翌日もしくは東征を終えた帰路にもち越される。沼河比売は玉の川を神格化した神名、美夜受比売は尾張国造祖とあり、特別な女性である。「御合」は最初の結婚の機会では、実質上結ばれるに至らず、次の機会に婚姻がもち越され、その間に、求婚者の移動が語られる。矢河枝比売の場合も、「明日還り幸さむ時に、汝が家に入り坐さむ」、「明くる日に入り坐しき。」のように、木幡の出逢いから翌日の婚姻の成立までの天皇の道行は記されないものの、この間に天皇の他所への巡幸と時間の経過があることが示唆される。続く歌謡において応神と深い関わりをもつ角鹿を道行の起点とし、木幡を経由する都への道行を想定させるのは、応神天皇の神性とそれを迎える矢河枝比売の聖性を示す物語構成上の意図によるだろう。

嬢子の描写について三浦佑之氏は「この謡の全体は蟹の自叙になっているのだから、ここに歌われている女性は人間の女ではなく、蟹女だとみるべきである。」とし、この歌謡を「宴席などで行われるいささか滑稽味を帯びた所作をともなった芸謡」[23]と捉える。一方でこの嬢子は「神女を表す」とする見解が示される。古橋信孝氏は、「土選びから眉墨作りまでの製作過程を「生産叙事」という「神謡」の表現様式とし、「眉墨の生産過程をうたうのは、この場合も最高にすばらしい眉墨であることの表現であり、そのすばらしい眉墨をつけるに適わしい女〈つまり神女〉の美しさをいうことになっているはずである。」[24]と指摘する。居駒永幸氏も「楯は邪霊を寄せ付けない呪具でもある。後ろ姿が楯だという呪的な女性は、祭祀を執り行う神女であろう。（中略）歯を椎菱に喩える比喩は、考古学で報告される「叉状研歯」（聖なる血統に属することを示すといわれている）に類するものかどうかは不明だが、こうした歯の加工が、選ばれた巫女や神女の特徴を示す容姿の一つであった可能性は高い。（中略）嬢子の描写はもどき的な滑稽さというよりも神女の特異な容姿を強調していると言ってよかろう。眉の描写が「眉引き」という一般的な眉の美しさではなく、「画き垂れ」としているのも神女の異形の容姿に他ならない。」[25]と指摘する。嬢子を神女と捉えるのは首肯される見解と思われる。

歌謡において角鹿の蟹は角鹿から伊知遅島・美島を経て木幡までの道行の途中で「鳰鳥の　潜き息づき」と水に潜って息をするかのように、脱皮をくり返すかのように、道行の障害をくぐり抜けてささなみ道に達して「我」として提示され、木幡の道衢で嬢子に出会うように設定されている。衢で出会う「我」と「嬢子」は、天の八衢でいむかう天宇受売神と猿田毘古神のように、向き合っても相手にひけをとらない霊異を放射する存在として描かれていよう。蟹と蟹の神聖に見合った小楯の後ろ姿、鋭い歯並びの比喩、選ばれた眉墨を用いた特殊な化粧法をした女性は一目で神女だとわかる容姿であったのだろう。[26]蟹と小楯の比喩は衢で出会う存在に相応しく、神のように描かれる天皇を迎えるのが「厳飭」に飾られた家であろう。神に奉仕する宮主の語も神女に相応しいものであり、得難い女性に偶然に出会った喜びが高らかに歌い上げられる。聖婚によって誕生した貴子は応神天皇の意向によって天津日継を知らす存在とされ、物語の舞台は都に向かっていく。

書紀では三皇子の分掌は応神紀四十年正月の条に載せられる。応神紀十六年二月の条に、王仁から諸典籍を習う年齢に達し、二十八年九月の条に高麗王の上表文の記し方を無礼として怒る菟道稚郎子は、もはや「少子（わかきこ）」「未だ其の成（ひととなりならぬ）不をしらず」とはいえないであろうが、父帝の「少子甚だ憐し」というどうしようもないほどいとしく、かわいく思う気持ちが菟道稚郎子を日嗣に就かせようとする。天皇治世の晩年に大勢の皇子たちの中から天皇の意向に沿って決定された皇位継承者が次代の火種になっていくのである。それに対し、古事記では分掌の詔り別けが応神天皇の治政に先立ってなされ、次に角鹿から訪れた神・天皇を宗廟祭祀を行うように迎えて聖婚が語られる。矢河枝比売との結婚と宇遅能和紀郎子の誕生が語られることによって、日継皇子決定が宮主矢河枝比売への寵愛に根ざしており、その所生の幼い鍾愛の御子を、血統が尊貴な年長者を差し置いても皇位に就かせたいと願う応神天皇の御心が反映しているかのように応神記が展開していく。先に『漢書』巻二十七上　五行志第七上に引いた哀姜については、『古列女傳』魯荘哀姜にも記述がある。哀姜は魯の荘公に輿入れするが、二叔（夫の二人の弟）の公子慶父と公子牙とに通じる。夫の後継ぎとして慶父を立てようとし、荘公薨去後に後継ぎの子般を殺し、妹の叔姜の子閔公を立てるが、これを殺めて慶父を立てようとする。王位争奪が女性がらみで推移していく様が描かれる。また、『呂氏春秋』巻十九　離俗覧　上徳　には次のような記事がある。

晉獻公、爲二麗姫一遠二太子一。太子申生居二曲沃一、公子重耳居レ蒲、公子夷吾居レ屈。麗姫謂二太子一曰、往昔君夢見二姜氏一。太子祠而膳二於公一。麗姫易レ之。公將レ嘗レ膳。姫曰、所レ由遠。請使一人嘗一レ之。嘗レ人人死、食レ狗狗死。故誅二太子一。太子不二肯自釋一。曰、君非二麗姫一、居不レ安、食不レ甘。遂以レ劍死。公子夷吾自レ

屈奔レ梁。公子重耳自レ蒲奔レ翟、去レ翟過レ衞。

この記事は『史記』巻三十九　晉世家にも載せられるが、驪姫の獻公への言動によって后斉姜の子申生が廃太子され、驪姫の子奚斉が太子となるが後に殺される。古事記には中国の史書に記されるようなあからさまな女性の関与はみられないが、応神天皇の宮主矢河枝比売と宇遅能和紀郎子への寵愛が語られ、後に大后石之日売の嫉妬による八田若郎女の不遇が端緒となって女鳥王と速総別王の反乱につながるなど、矢河枝比売所生の皇女たちが絡む大雀命の伝承に通うところがあるかと思われる。宇遅能和紀郎子の話を応神記の冒頭に置くことによって、父帝に孝を尽くす仁と徳を備えた大雀命像が印象づけられることになる。応神記には、「故、命を受けて貢上りし人の名は、和邇吉師。即ち論語十巻・千字文一巻、幷せて十一巻を、是の人に付けて即ち貢進りき〈此の和邇吉師は、文首等が祖ぞ〉。」と記される、応神朝に伝わった儒教思想をいち早く体得し、忠恕を実践する際立った存在として大雀命が描かれている。

二　大山守命の反乱と第五一番歌謡

次に大山守命の反乱と第五一番歌謡をみていく。

故、天皇の崩りましし後に、大雀命は、天皇の命に従ひて、天の下を宇遅能和紀郎子に譲りき。是に、大山守命は、天皇の命に違ひて、猶天の下を獲むと欲ひて、其の弟皇子を殺さむ情有りて、窃かに兵を設けて、攻めむとしき。爾くして、大雀命、其の兄の兵を備ふることを聞きて、即ち使者を遣して、宇遅能和紀郎子に告げしめき。故、聞き驚きて、兵を河の辺に伏せき。亦、其の山の上に、絁垣を張り帷幕を立て、詐りて舎人を以て王と為て、露に呉床に坐せ、百官が恭敬ひ往来ふ状、既に王子の坐す所の如くして、更に其の兄王の河を渡らむ時の為に、具へ餝りき。船・檝は、さな葛の根を舂き、其の汁の滑を取りて、其の船の中の簀椅に塗り、蹈むに仆るべく設けて、其の王子は、布の衣・褌を服て、既に賤しき人の形と為りて、檝を執り船に立ちき。

是に、其の兄王、兵士を隠し伏せ、衣の中に鎧を服て、河の辺に到りて、船に乗らむとせし時に、其の厳餝れる処（其厳餝之処）を望みて、弟王其の呉床に坐すと以為ひて、都て檝を執りて船に立てるを知らずして、即ち其の執檝者を問ひて曰ひしく、「茲の山に忿怒れる大き猪有りと伝へ聞きつ。吾、其の猪を取らむと欲ふ。若し其の猪を獲むや」といひき。爾くして、執檝者が答へて曰ひしく、「能はじ」といひき。亦、問ひて曰ひしく、「何の由ぞ」といひき。答へて曰ひしく、「時々、往々に、取らむと為れども、得ず。是を以て、能はじと白しつるぞ」といひき。河中に渡り到りし時に、其の船を傾けしめて、水の中に堕し入れき。爾くして、乃ち浮き出でて、水の随に流れ下りき。即ち流れて、歌ひて曰はく、

50ちはやぶる　宇治の渡に　棹取りに　速けむ人し　我が仲間に来む

是に、河の辺に伏し隠りし兵、彼廂此廂、一時共に興りて、矢刺して流しき。故、訶和羅之前に到りて沈み入りき。故、鉤を以て其の沈みし処を探れば、其の衣の中の甲に繫りて、かわらと鳴りき。故、其地を号けて訶和羅前と謂ふ。爾くして、其の骨を掛け出しし時に、弟王の歌ひて曰はく、

51ちはや人　宇治の渡に　渡り瀬に　立てる　梓弓檀　い伐らむと　心は思へど　い取らむと　心は思へど　本方は　君を思ひ出　末方は　妹を思ひ出　苛けく　其処に思ひ出　愛しけく　此処に思ひ出　い伐らずそ来る　梓弓檀

故、其の大山守命の骨は、那良山に葬りき。是の大山守命は、〈土形君・幣岐君・榛原君等が祖ぞ〉。

是に、大雀命と宇遅能和紀郎子との二柱、各天の下を譲れる間に、海人、大贄を貢りき。爾くして、兄は、

辞びて弟に貢らしめ、弟は、辞びて兄に貢らしめて、相譲れる間に、既に多たの日を経ぬ。如此相譲ること、一二時に非ず。故、海人、既に往還に疲れて泣きき。故、諺に曰はく、「海人なれや、己が物に因りて泣く」といふ。然れども、宇遅能和紀郎子は、早く崩りましき。故、大雀命、天の下を治めき。

応神天皇崩御後、大山守は父帝の取り決めを不服として戦を起こす。大雀命は、天の下を譲るばかりか、宇遅能和紀郎子に反乱を通報する。兄を討つ計略として替え玉を仕立てて山の上の「厳餝」に据えられた施設は、雄略記に天皇の御座と記される「呉床」と相まって、日継御子としての宇遅能和紀郎子の地位を思わせる。この「厳餝」は次の例に近いであろう。

『陳書』巻二十九　列傳第二十三　毛喜

喜至郡、不受俸秩、政弘清静、民吏便之。遇豊州刺史章大寶舉兵反、郡與豊州相接、而素無備禦、喜乃修治城隍、嚴飾器械。又遣所部松陽令周磻領千兵援建安。賊平、授南安内史。

この用例は反乱を収める手立て、兵器・武器・道具の意に用いられている。宇遅能和紀郎子は山にしつらえられた座所を飾り、自分が居ると見せかけて舵取りに身をやつし、船に乗せた大山守を宇治川に落とす。自ら危険に身をさらし、兄に立ち向かい、最小限の犠牲によって反乱を収拾しようとする宇遅能和紀郎子の知略と勇気、行動力が印象づけられる。大山守は宇治川に落ちて流され、川岸から矢をつがえられ川から上がることもままならず水死する。山口佳紀氏は「矢刺す」は相手を殺すための行為ではなく、和紀郎子は大山守命を助けようと降伏するのを待っていた[27]と捉えるが、この見方はすでに馬場小百合[28]・荻原千鶴氏[29]が指摘するように無理があろう。大山守を宇治川の激流に流して死に至らせ、訶和羅之前でその死を見届けたということであろう。歌謡に歌われる梓弓檀を伐る・取る行為は、大山守を殺すことの比喩とされるが、地の文において兄はすでに滅ぼされており、「い伐らずそ来る」「い取らずそ来る」と歌謡で述べるのは、散文とのずれが生じると指摘されてきた。第五一番歌謡の特徴は、歌謡の中に「思ふ」の語が六度繰り返され、宇遅能和紀郎子のやるせない心情を表出するものとなっている点であろう。次々に心の中に湧き起こる思いに耐えかねて木を伐ることが出来なかった、とあるのはこの檀の木が君と妹の思いをつなぐものとして機能しているからであろう。君は大山守、妹は大山守の妃をさす(30)とみられる。「梓弓檀」を契沖の『厚顔抄』のように梓弓真弓ととる説、梓の木と檀の木ととる説(31)もあるが、弓矢をつがえて射る展開から梓弓が示され、同様に弓の素材となる渡り瀬に立つ檀の木が提示されたのであろう。万葉集では「梓弓」は、「梓弓末はし知らずしかれどもまさかは君に寄りにしものを」(12・二九八五)、「梓弓末の中ごろ不通めりし君には逢ひぬ嘆きは息めむ」(12・二九八八)、「梓弓末に玉巻きかく為為そ寝なな成りにし奥を兼ぬ兼ぬ」(14・三四八七)のように「末」にかかる枕詞であり、相手との行く末や将来が見通せない不安定な嘆きに通じていく。「梓弓」を出すことで歌謡の中の「末方は　妹を思ひ出」の「末方」につながっていくのであろう。「檀」は、「南淵の細川山に立つ檀弓束纏くまで人に知らえじ」(7・一三三〇)のように生えている木として詠まれ、弓に展開することで手枕を纏く意に転じていく。また弓の縁語として「い伐らむ」「い取らむ」の接頭語「い」に通じていく(32)。「本」は「橘の本に道履む八衢にものをそ思ふ人に知らえず」(6・一〇二七)、「はしきやし吾家の毛桃本しげみ花のみ咲きてならざらめやも」(7・一三五八)、「春霞立ちにし日より今日までにわが恋止まず本の繁けば」(10・一九一〇)、「橘の本に吾を立て下枝取り成らむや君と問ひし子らはも」(11・二四八九)などの例に示されるように、木の「本」は恋の成就と結びつき、思いの源を表すようである。木を伐る行為は、「鳥総立て足柄山に船木伐り樹に伐り行きつあたら船木を」(3・三九一)、「御幣帛取り神の祝が鎮斎ふ杉原　薪伐り殆しくに手斧取らえぬ」(7・一四〇三)のように、女性を手に入れ結婚する比喩として用いられるようであるが、万葉集の二例は、前者が女が思いもよらぬ男の妻になったことを惜しみ、後者が女に酷い目にあわされそうになったことを歌い、女性と結婚するに至らなかったことを詠んでいる。歌謡の木を伐る行為は君と妹の深い情愛を絶つことにつながっているようである。「本」「末」の表現は、記第四七番歌謡、記第九〇番歌謡や紀第九七番歌謡、万葉集巻十三・三二二二にもみられるが、時空の両面に関与し、神霊の通いや男女の思いの出発点と帰着点を表すようである。檀の木は離れたところにいる君と妹の二人を結びつけるよすがとなるものであろう。「瀬」は『萬葉集辞典』に「川の浅いところ、またはその流れ。多く川を渡るのにここを通ったが、反面流れの激しいところもあり、川の霊威のつよく現れ出る場所と考えられた。そのような瀬は祀りの場ともされ、渡り瀬では通行の無事を祈って幣が手向けられた。[33]」とある。歌謡中には「渡り」「渡り瀬」「其処」「此処」と檀の木が立つ渡り瀬を意味する語が繰り返され、物語の重要な場として、和紀郎子の心が、千千に乱れる場として提示される。渡り瀬は集中の「吾妹子を夢に見え来と大和路の渡瀬ごとに手向そわがする」（12・三一二八）では逢会を願い神に幣を捧げるところである。また瀬は川によって隔てられた男女の通い路でもある。「天の川渡瀬ごとに思ひつつ来しくもしるし逢へらく思へば」（10・二〇七四）のように、「渡り瀬」で「思ふ」ことは相手に心が通じ、効果がはっきりと表れて実際に逢うことが出来ると信じられた。しかしながら「この川ゆ船に行くべくありといへど渡り瀬ごとに守る人はあり」（7・一三〇七）のように通い路の要所に監視人がいて、思うに任せないこともあった。さらには「ちはや人宇治の渡の瀬を早み逢はずこそあれ後もわが妻」（11・二四二八）のように、激流の障碍によって逢会を妨げられた妻に変わらぬ思いを表出する場所であった。宇治川の瀬に重なって寄せる波の様子を「重く」の序として、「宇治川の瀬瀬のしき波しくしくに妹は心に乗りにけるかも」（11・二四二七）のように、瀬は相手の思いが乗り移って妹への思いに頻りに心が占められる場所として表現されている。渡り瀬は物語の地の文によれば遺体が引き上げられた訶和羅之前をさすことになる。そこは死者のこの世への思いが残り、遺族が死者を思い悲しみに打ちひしがれる場所でもあったろう。多田一臣氏は「〈おもひ〉とは、主体の能動的な心のはたらきを示すことばであり、対象に作用してそれを現前させる呪術を意味することばであり、万葉集の恋歌にあらわれる

〈おもひ〉は基本的には相手の魂にはたらきかけ、魂合いをもとめようとする呪術意志の発動」[34]とする。また、内田賢徳氏は「「人を思ふ」とは、相手を自らの内面に所有することを意志すること」[35]と述べる。荻原千鶴氏は、両氏の見解を引きつつ「思ひ出で」は「特定の対象への強い情動を言い、宇遅能和紀郎子を突如として襲った圧倒的な情動作用であり、宇遅能和紀郎子はそれに抗するすべがない。「君・妹」への悲痛な思いから離脱できない心情を「思ヒ出ヅ」という上代においては相聞の歌語としてしか用いられない語に宇遅能和紀郎子の心情を丁寧に記した」[36]と解釈する。居駒永幸氏はこの歌謡は「思ふ」の繰り返しによって、心の高まりに導く構造をもち、檀は君妹の恋を成就させる神樹の観念を有すると[37]指摘する。集中十一例の「思ひ出」の用法のうち、家持の亡妾歌では、「佐保山にたなびく霞見るごとに妹を思ひ出泣かぬ日は無し」(3・四七三)のように、佐保山の霞を妻の火葬の煙と観想し、たなびく霞を見ることによって作者の過去と現在の時空は通じ合い、亡妻への絶ちがたい思いによって作者は情動を突き動かされている。「女郎花咲きたる野辺を行きめぐり君を思ひ出たもとほり来ぬ」(17・三九四四)では、池主が野辺を女郎花を求めてさまよったことが家持への思いにつながっている。家持の防人の情と為りて思を陳べて作れる歌には、「春霞　島廻に立ちて　鶴が音の　悲しく鳴けば　遙々に　家を思ひ出　負征矢の　そよと鳴るまで　嘆きつるかも」(20・四三九八)とあり、家人の消息を尋ねる鶴の鳴き声が故郷の家を思い出させる契機となり、嘆きにつながっている。このように「思ひ出」には対象にゆかりの具体的な景物のもつ喚起力が主体の心を刺激することで、突き上げてくる情動によって主体に自己を失わせてしまう例がある。当該歌謡でも大山守とその妹に関わる檀の木を伐ることが、二人のつながりを絶つものと観想されたのであろう。渡り瀬という男女の思いが通い合う場で、檀の木を伐ろうとしたところ、樹木にゆかりの対象が宇遅能和紀郎子に取り憑き、「いらなけく」「悲しけく」君と妹を思い出させた。そのため自ら手を下した大山守の死によって逢会を閉ざされてしまった男女、大山守とその妻に思いをはせ、二人の心をつなぎ大山守命の霊が宿る檀の木を伐らずに来たのだ、という宇遅能和紀郎子の悲痛な思いが表出されている。黒沢幸三氏は「あの宇治川の河畔に立つ者は古今を問はず激流の中に人の世の悲しみをみる。」とし、「歌との結びつきにより和紀郎子には悩みわずらう人間としての一性格が賦与された[38]」と指摘する。宇治川の渡り瀬に立つ樹も人の世の無常をみるのであろう。檀は皇位継承争いの勝者と敗れ去った者の双方の悲劇を映し出すかのような役割を果している。日本霊異記上巻第十二縁では「奈良山の渓」で人畜に履まれた髑髏を木の上に置いたことによって、十二月晦の夜に死者が霊となって訪れ報恩する話がある。十二月の晦日という死者の魂を祭る特殊な日が設定されているが、奈良山の渓の木への髑髏の安置が死者の御魂を慰め、この世の者との逢会を可能にしている。境界に立つ木は死者の魂が宿るものであったのだろう。身﨑壽氏は倭建東征伝承の歌謡の機能について、「たちどまり、うしろをふりかえりつつ、その事件の過程でありえたろう「人」のモノガタリをつむぎだして、ないあわせていくもうひとつの叙述の線がある。その中心的な役わりをになうのがウタで、このモノガタリでウタがはたしているのはそうした「時間」の操作によるゆたかな創造の機能なのではないだろうか[39]。」と指摘する。この指摘は当該歌謡にも当てはまると思われる。宇遅能和紀郎子が歌を詠むことによって、散文には記されていない大山守の生前の愛情生活が描き出され、大山守の残された妻の悲嘆に思いをはせ、悲痛な情動に心を占められて謀反人の兄をせめても手厚く埋葬しようとする宇遅能和紀郎子の行動につながっていくのだろう。大山守命の骨は奈良山に埋葬されたとある。畠山篤氏はここに「温情溢れる異例な処置をとった宇遅能和紀郎子の賢人像[40]」をみる。また馬場小百合氏は歌謡と異例な埋葬を通して宇遅能和紀郎子が兄大山守命を「反逆者として討伐することができなかった苦悩」を示し、「明らかに天皇たる資質を欠く[41]」ものと捉える。万葉集には「大津皇子の屍を葛城の二上山に移し葬りし時」の大来皇女の歌として、「うつそみの人にあるわれや明日よりは二上山を弟世とわが見む」（2・一六五）がある。謀反人の大津皇子にはおそらく殯も正式な埋葬も許されなかったのだろう。大和と大坂の境界に位置する二上山に墓所を移したのは、「亡魂の祟りが畏怖されるなど特殊な事情によって、改葬が行われた[42]」ためであろう。謀反人である大山守が葬を許されるのは宇遅能和紀郎子の温情であり、鎮魂の意味を担うものであろう。平群臣鮪は殺された後に乃楽のはさまに埋葬されたとされ、万葉集に「寧楽の手向に置く幣は」（3　三〇〇）とあるように、奈良山の峠の拝所では手向が行われた。境界は他界へ霊威が立ち上るところであり、祟りを封じ込める場でもあった。歌謡によって宇遅能和紀郎子は、兄を討たざるをえなかった自己の悲痛な思いをゆかりの木を伐れないで来たと表出し、大山守命の死を悼み、奈良山に埋葬することで兄にこの世への思いを絶たせ、魂をあの世に送り届けようとしたのだろう。

おわりに

古事記の相譲譚には、『史記』（伯夷列伝）の伯夷と叔斉、『史記』（呉太伯世家）の諸樊と季札など、漢籍を典拠とする皇位相譲が指摘されている[43]。荻原千鶴氏は『史記』呉太伯世家の季札との類似性を指摘し[44]、瀬間正之氏は、兄弟相譲譚、日本書紀のストーリーの骨組みは、『雑宝蔵経』をヒントに形作られ、そこに当てはまる文例を『漢書』等の漢籍から検索し、文飾したものとする[45]。大雀命が優れた資質をもつ宇遅能和紀郎子の早逝を受けてやむをえず即位したと語られる伝承は、下巻の「人の世」の始祖となる、儒教思想による仁と徳を第一の規範とする新しい時代の天皇像を提示していよう。宇遅能和紀郎子の言動に儒教思想が読み取れるのは、兄の大雀命に皇位を譲ろうとしたところだけであろう。先に引いた『呂氏春秋』の話の天命に恵まれなかった子の話は、父帝の寵愛を受けて日継御子に定められ、知と情を兼ね備えた人物であり、自ら謀反を鎮め、皇位相譲しようとする和紀郎子が早逝によって天命に恵まれなかったことを暗示しよう。金谷治氏は『書経』では「天命は徳に従って移るものであり」、『論語』における「天命」は「外在的なままならない運命としての意味が強い(46)」とされる。日本書紀には菟道稚郎子の蘇生の際に、「天命なり。」の語がみえる。古事記にはこの語は記されないが、大雀命は資質に恵まれ、応神天皇の御心を見通して忠実に行動し、儒教思想を身に着け、天命にも選ばれた存在であり、最終的には神託によって即位する応神天皇や、宇遅能和紀郎子を乗り越えていく天皇像を形成している。中川ゆかり氏は、「下巻の天皇は、中巻の天皇に求められたような神に通じ、神の教えを聞き取る力よりも、人民を掌握・統治する能力、支配者としての能力が求められたのである。古事記はこのような中巻の論理の終焉を、父に鍾愛され、かつ聖性を持つ御子ウヂノワキイラツコが即位しないことで語ろうとしたのではないか(47)」と指摘する。即位後仁徳天皇は、応神天皇と矢河枝比売の妹袁那弁郎女との所生である宇遅能若郎女や、宇遅能和紀郎子の妹八田若郎女を妃に迎え、実現はしなかったものの女鳥王に求婚をして異母妹の独占を図ることによって、皇統を一つにまとめ安定を図ろうとする。宇遅能和紀郎子の自ら事を処し、そのことによって心の葛藤に苦しみ、謀反人にも優しい温情を示す人柄は人間として魅力的ではあっても、天下の体制を束ねていくことは難しいであろう。

『呂氏春秋』巻十七 審分覧 審分 には次のような記事がある。

故至治之務、在二於正一レ名。名正則人主不二憂労一矣。不二憂労一則不レ傷二其耳目之生一。問而不レ詔、知而不レ為、和而不レ矜、成而不レ處。

君主は君臣の分を把握しなければならず、臣下に問いかけるだけで自らは命令せず、知っていても自ら手を下さず、万事を臣下に委ねるのがよいとしている。宇遅能和紀郎子は自ら計略を実行し、大山守命を倒しており、ここに記された君主のあるべき姿とは異なった行動をとっている。また、『呂氏春秋』巻十九 離俗覧 上徳 には次のようにある。

三苗不レ服、禹請レ攻レ之。舜曰、以レ徳可也。行レ徳三年、而三苗服。孔子聞レ之曰、通二乎徳之情一、則孟門・

太行不レ爲レ險矣。故曰、德之速、疾二乎以レ郵傳一レ命。周明堂、金在二其後一、有以見二先レ德後一レ武也。舜其猶レ此乎。其臧レ武通二於周一矣。

三年に亘る徳による教化で三苗を服し、徳を第一にして武を後回しにする舜の政治が記される。これは炊煙がたたないのを見て国の貧窮を察し、三年の間租税と夫役を免除した仁徳の治世につながるものである。漢籍には次のような「仁徳」の例がある。

『後漢書』巻七十七　酷吏列傳　第六十七　王吉

王吉者、陳留浚儀人、……。（中略）贊曰、大道旣往、刑禮爲薄。斯人散矣、機許萌作。去殺由仁、濟寛非虐。末暴雖勝、崇本或略。

傍線部注に論語曰、「善人爲邦百年、亦可以勝殘去殺。」此言用仁德化人、人知禮節、可以無殺戮也。

『魏書』巻八十四　列傳　儒林　第七十二　張偉

張偉、字仲業、小名翠螭、太原中都人也。高祖敏、晉祕書監。偉學通諸經、講授鄉里、受業者常數百人。……還、遷散騎侍郎。聘劉義隆還、拜給事中、建威將軍、賜爵成皐子。出爲平東將軍、營州刺史、進爵建安公。卒、贈征南將軍、并州刺史、謚曰康。在州郡以仁德爲先、不任刑罰、淸身率下、宰守不敢爲非。

『新唐書』巻一百八十　列傳　第一百五　李德裕

又詔索盤條繚綾千匹、復奏言、「太宗時、使至涼州、見名鷹、諷李大亮獻之、大亮諫止、賜詔嘉歎。玄宗時、使者抵江南捕鵁鶄、翠鳥、汴州刺史倪若水言之、卽見褒納。皇甫詢織半臂、造琵琶捍撥、鏤牙筩於益州、蘇頲不奉詔、帝不加罪。夫鵁鶄、鏤牙、微物也。二三臣尚以勞人損德爲言、豈二祖有臣如此、今獨無之、蓋有位者蔽而不聞、非陛下拒不納也。且立鵝天馬、盤條掬豹、文彩怪麗、惟乘輿當御。今廣用千匹、臣所未諭。昔漢文身衣弋綈、元帝罷輕纖服、故仁德慈儉、至今稱之。願陛下師二祖容納、遠思漢家恭約、裁賜節減、則海隅蒼生畢受賜矣。」優詔爲停。

この三例は、三年の徳治（税の免除）や仁徳、仁慈の意を含み仁徳天皇に通ずると思われる。宇遅能和紀郎子伝承は、二首の歌謡を通して、父帝の愛情に保証された御子、大山守命の反乱に果断に対処しながらも、情に揺れ動く温情溢れる和紀郎子像を形成している。父帝の命に背いても大雀命に位を譲ろうとし、天命に恵まれずに早逝した悲劇の御子、そうした弟王を乗り越え、すぐれた資質によって即位を果す大雀命の正統性を説くものとして宇遅能和紀郎子伝承は機能しているだろう。

注

（1）山口佳紀・神野志隆光 校注・訳 新編日本古典文学全集『古事記』一九九七年六月 小学館 頭注
（2）前掲書（1）頭注
（3）西郷信綱『古事記注釈』第一巻 一九七五年一月 平凡社
（4）布施浩之「応神記・大雀命皇位継承論——古事記中巻から下巻への意識——」『國學院大學日本文学論究』第五十三冊 一九九四年三月
（5）前掲書（1）頭注
（6）河村秀根『書紀集解』巻第十一に「譲位」の出典として『史記』呉太伯世家の諸樊と季札の例をあげる。『書紀集解』三 一九六九年九月 臨川書店
（7）津田左右吉『日本古典の研究』下（著作集2）一九六三年一一月 岩波書店
（8）小島憲之『上代日本文学と中国文学』上 一九六二年九月 塙書房
（9）森朝男「逢ふ」『古代和歌と祝祭』一九八八年五月 有精堂
（10）中川ゆかり「出会いの表現」『上代散文 その表現の試み』二〇〇九年二月 塙書房
（11）中川ゆかり「応神記の「厳飾」——古事記のウヂノワキイラツコ像——」前掲書（10）

(12) 松村武雄『日本神話の研究』第三巻――個分的研究篇（下）―― 一九五五年一一月 培風館

(13) 及川智早「「この蟹や」歌謡試論――ワニ氏始祖発生を語る原歌謡の想定」『古事記年報』第三二号 一九九〇年一月

なお和邇氏の伝承を想定するものには、土橋寛「氏族伝承の形成――「この蟹や何處の蟹」」『萬葉学論集』一九六六年七月 澤瀉博士喜寿記念論文集刊行会 がある。

(14) 田辺行雄「この蟹や いづくの蟹」『古事記大成』2 文学篇 一九五七年四月 平凡社

(15) 深沢忠孝「角鹿の蟹（応神記）」『記紀歌謡』古代の文学Ⅰ 一九七六年四月 早稲田大学出版部

(16) 居駒永幸「「蟹の歌」――応神記・日継物語の方法――」『文学』第一三巻第一号 二〇一二年一月 岩波書店

(17) 守屋俊彦「「この蟹や 何処の蟹」私考」『日本古代の伝承文学』一九九二年一月 和泉書院

(18) 三浦佑之「語りとしてのウタ」『古代叙事伝承の研究』一九九二年一月 勉誠社

(19) 居駒永幸「神名をうたう叙事歌の様式」『古代の歌と叙事文芸史』二〇〇三年三月 笠間書院

(20) 古橋信孝「巡行叙事」『古代和歌の発生 歌の呪性と様式』一九八八年一月 東京大学出版会

(21) 鉄野昌弘「「神語」をめぐって」『萬葉集研究』第二六集 二〇〇四年四月 塙書房

(22) 大浦誠士「「道行」考」『椙山女学園大学研究論集』（人文科学篇）第三二号 二〇〇一年三月

(23) 三浦佑之「語りと伝承者」前掲書（18）

(24) 古橋信孝「生産叙事」前掲書（20）

(25) 前掲書（16） なお叉状研歯については、春成秀爾「叉状研歯」『国立歴史民俗博物館研究報告』第二一集 一九八九年三月に詳しい。

(26) 特殊な歯並び・化粧法とは異なるが、通常とは異なる形状の人工変形頭蓋の例が報告されている。通常とは大きく異なる外形が、一般人との識別になったことがうかがえる。記事名「頭を変形した古代女性 熊本・松坂古墳などで出土 鬼神の祭祀行う巫女か」坂田邦洋 一九九八年八月二七日（木）毎日新聞夕刊には次のようにある。

世界各地の変頭は後頭部の変形を通例とし、その目的は神官になることや美人の条件などであった。変頭の風習が弥生―古墳時代に実在し、王（首長）の墓から出土しているので支配者層の風習であったらしいこと、顔面部を変形したことに特色がある。非日常的な祭祀を執り行う巫女らしい。

(27) 山口佳紀「『古事記』大山守命物語の読み方」『論集上代文学』第二五冊　二〇〇二年一一月　笠間書院
(28) 馬場小百合「『古事記』大山守命の反乱物語と宇遅能和紀郎子」『国語と国文学』第千十八号　二〇〇八年六月
(29) 荻原千鶴「「君を思ひ出　妹を思ひ出」――宇遅能和紀郎子（菟道稚郎子）の造形」『文学』第一三巻一号　二〇一二年一月　岩波書店
(30) 「君」は契沖以来応神天皇をさすとする説があるが、倉野憲司『古事記全註釈』第六巻　一九七九年一一月　三省堂の「君」を大山守命、「妹」を大山守命の妃とする説に従う。
(31) 辰巳正明監修『古事記歌謡注釈　歌謡の論理から読み解く古代歌謡の全貌』二〇一四年三月　新典社
(32) 中村啓信訳注『新版古事記』二〇〇九年九月　角川学芸出版
(33) 尾崎暢殃・森淳司・辰巳正明・多田一臣・烏谷知子編修　一九九三年五月　武蔵野書院　多田一臣氏執筆「瀬」の項
(34) 多田一臣「〈おもひ〉と〈こひ〉と」『万葉歌の表現』一九九一年七月　明治書院
(35) 内田賢徳「「見る・見ゆ」と「思ふ・思ほゆ」――『萬葉集』におけるその相関――」『萬葉』第百十五号　一九八三年一〇月
(36) 前掲書(29)
(37) 居駒永幸「記紀歌謡をどう読むか――大山守命の死と記51歌の叙事を通して――」『日本文学』第四九巻第六号　二〇〇〇年六月
(38) 黒沢幸三「大山守命と宇遅能和紀郎子」『同志社国文学』第十一集　一九七五年二月
(39) 身﨑壽「ウタとともにカタル」『論集上代文学』第三二冊　二〇一〇年六月　笠間書院
(40) 畠山篤「葬りの許し――宇遅和紀郎子の温情――」『沖縄国際大学文学部紀要　国文学篇』第十巻第二号　一九八二年三月
(41) 前掲書(28)
(42) 多田一臣『万葉集全解』I　二〇〇九年三月　筑摩書房

(43) 前掲書(6)(7)(8)

(44) 前掲書(29)

(45) 瀬間正之「日本書紀と漢訳仏典——兄弟皇位相譲譚と火中出産譚を中心に——」『記紀と漢文学』一九九三年九月 汲古書院

(46) 金谷治「中国古代における神観念としての天」『神観念の比較文化論的研究』一九八一年二月 講談社

(47) 前掲書(11)

＊万葉集の歌は、中西進『万葉集 全訳注原文付』講談社文庫による。ただし、二四八九の表記は「下」から「本」に原文によって改めた。

＊呂氏春秋の本文は、楠山春樹 新編漢文選『呂氏春秋』上、中、下 一九九六年七月、一九九七年五月、一九九八年一一月 明治書院による。

＊漢書・舊唐書・陳書の本文は、中華書局版による。

＊本章執筆にあたり、田熊信之氏のご教示をいただいた。記して御礼申し上げる。

＊本章は平成二十八年度上代文学会七月例会の口頭発表の一部に手を加えたものである。席上貴重なご教示を賜ったことを感謝申し上げる。

第七章　天之日矛伝承の考察

はじめに

　応神記の終わりに置かれた天之日矛伝承は、天之日矛がもたらした八種の神宝の分注「此は、伊豆志の八前の大神ぞ。」を介して次の秋山春山の兄弟争いの伝承と結びつく。伝承の始まりは、「又、昔、新羅の国王の子有り。名は、天之日矛と謂ふ。是の人、参ゐ渡り来たり。」と、時間の流れを溯る形で語られる。天之日矛の来朝は、書紀には垂仁紀三年三月条に載せられている。記紀には天之日矛の子孫である多遅摩毛理の非時の香の木実伝承が記されており、古事記においても、垂仁天皇の条に当該伝承を置くことは可能であったと思われる。中巻の終わりの応神記に、人の世が始まる下巻に先立って二つの説話を配したのは、上巻からの歴史や思想を受け継いだ仁徳天皇の新しい時代への布石と考えられる。仁徳天皇は難波高津宮に都を置いた。仁徳天皇の国見歌謡には、

　淡道島に坐して、遥かに望みて、歌ひて曰はく、

53押し照るや　難波の崎よ　出で立ちて　我が国見れば　淡島　淤能碁呂島　檳榔の　島も見ゆ　離つ島

見ゆ

と歌われる。「淡島」、「淤能碁呂島」の創世神話に関わる島々が詠み込まれ、仁徳天皇が「神話的根源を負う世界を所有」し、「世界の始まりからを引き受ける存在」[1]として描かれる。仁徳記冒頭の国見の記事には、課税を免除し穀霊の体現者として民に豊穣をもたらす天皇が描かれ、日女島での鴈の卵の祥瑞の伝承には、「高光る日の御子」と讃えられる日継の継承者としての天皇像が表れている。古事記に伝える応神天皇の宮は、「軽島の明宮」とある。この宮の他に書紀には二十二年三月条に、「天皇、難波に幸し、大隅宮に居します。」と伝えることから、大和だけではなく、難波に宮があったことがわかる。四十一年二月条には、「天皇、明宮に崩ります。」とある。明宮は軽嶋の明宮のことと思われるが、その条の分注には、「一に云はく、大隅宮に崩りますといふ。」とある。書紀には応神天皇と難波との関わりが記される。また応神記には天皇が日向国の諸県君の女、髪長比売を喚し上げた時に、「其の太子大雀命、其の嬢子の難波津に泊てたるを見て、其の姿容の端正しきに感でて」とあり、難波津が舞台となる。応神紀二十二年四月条には、「兄媛、大津より発船して往る。」とあり、大津は「難波の港」と新編日本古典文学全集日本書紀の頭注に記す。[2]応神記には新羅人による技術の渡来や百済の朝貢が記され、論語十巻・千字文一巻が伝えられたとある。先進技術や文化が渡来人によってもたらされ、仁徳天皇の時代の幕明けがそれとなく語られる。難波津は海外への窓口になる。応神天皇の御陵は、「川内の恵賀の裳伏岡」と伝えられ、大阪府羽曳野市誉田の地（新編日本古典文学全集古事記頭注）にある。次代の仁徳天皇に先立ち、河内や難波が注目されてくるのである。

古事記上巻の天孫降臨条において、邇々芸命が「此地は、韓国に向ひ、笠沙の御前を真来通りて、朝日の直刺す国、夕日の日照る国ぞ。故、此地は、甚吉き地」と詔る「韓国」は、新編日本古典文学全集古事記頭注に「古代朝鮮を指す。支配がいずれ朝鮮半島に及ぶことを視野に入れていう。[3]」とある。金井清一氏は、古事記の「韓」

には先進的高文化の響きや匂いがあり、邇々芸命の文言は、古事記の編纂から成立の時代、すなわち七世紀後半から八世紀冒頭にかけての天皇王権（律令政権ではない）が、自らの王権の、この地上世界に発現した地点を、王権にとって本質的に親縁性のある地点として宣言した声明文と意義付ける。[4] 中巻の仲哀記の息長帯比売命の新羅親征によって支配が達成され、「朝鮮半島を含むものとしての天皇の世界＝天下が保障され」、「胎中の皇子が保つこととなる世界」[5]が定められるのである。難波は海外への窓口、宮都への入り口となる。古事記は上巻・中巻・下巻を通して天皇家と朝鮮半島との関係を説くことになる。天之日矛伝承は、古事記上中下巻の理念を貫く結節点であると思われる。福島秋穂氏は古事記編纂と構成の観点から、「海幸彦と山幸彦の話」が上巻の末尾に置かれるのと釣り合いを保つように、中巻の末尾に此れと同じく兄弟の争いを主題とする「秋山之下氷壮夫と春山之霞壮夫の物語」が置かれることになり、其の物語と「天之日矛の我国への渡来事情説明譚」とが既に結合していた関係から、同譚が応神天皇と結び付けられたのではないか[6]と考える。また村上桃子氏は、天之日矛伝承を仁徳天皇を予祝する物語と捉え、「上巻の豊玉毘売が引く海神の血筋が神武の重要な特質のひとつとなったように、息長帯比売命が天之日矛の血筋を引くことを示すことも仁徳の特質を示すためのもの」と述べる。[7] さらに「遠い昔の新羅王家の血と倭王家の血の融合は、倭が異国との関係を結んで統治世界の完成」を果したとみる。しかしながら、応神天皇は母方の系譜では天之日矛の七世の孫、仁徳天皇は八世の孫となり、神武天皇が海神の女玉依毘売を母とするのと比べるとその繋がりは希薄といえよう。天之日矛伝承は、「故、大雀命、天の下を治めき。」の記述の後に配されるので、仁徳天皇の治政と繋がると思われる。天之日矛伝承が語られる目的は、仁徳治政の拠点としての難波と、王権の版図としての新羅をプロットすることであると考えられる。本章では、日光感精と赤玉、比売碁曾社の阿加流比売神、殺牛信仰のモティーフ、新羅との関係から、古事記における天之日矛伝承の意義について考察する。

一　日光感精と赤玉、比売碁曾社の阿加流比売神

天之日矛伝承は次のように記される。

又、昔、新羅の国王の子有り。名は、天之日矛と謂ふ。是の人、参ゐ渡り来たり。参ゐ渡り来たる所以は、新羅国に一つの沼有り。名は、阿具奴摩と謂ふ。此の沼の辺に、一の賤しき女、昼寝せり。是に、日の耀、虹の如く、其の陰上を指しき。亦、一の賤しき夫有り。其の状を異しと思ひて、恒に其の女人が行を伺ひき。

故、是の女人、其の昼寝せし時より、妊身みて、赤き玉を生みき。爾くして、其の伺へる賤しき夫、其の玉を乞ひ取りて、恒に裹みて腰に著けたり。此の人、田を山谷の間に営れり。故、耕人等の飲食を、一つの牛に負せて、山谷の中に入るに、其の国主の子、天之日矛に遇逢ひき。爾くして、其の人を問ひて曰はく、「何ぞ汝が飲食を牛に負せて山谷に入る。汝、必ず是の牛を殺して食まむ」といひて、即ち其の人を捕へ、獄囚に入れむとしき。其の人が答へて曰ひしく、「吾、牛を殺さむとするに非ず。唯に田人の食を送らくのみぞ」といひき。然れども、猶赦さず。爾くして、其の腰の玉を解きて、其の国主の子に幣ひき。

故、其の賤しき夫を赦して、其の玉を将ち来て、床の辺に置くに、即ち美麗しき嬢子と化りき。仍ち婚ひて、嫡妻と為き。爾くして、其の嬢子、常に種々の珍味を設けて、恒に其の夫に食ましめき。故、其の国主の子、心奢りて妻を詈るに、其の女人が言はく、「凡そ、吾は、汝が妻と為るべき女に非ず。吾が祖の国に行かむ」といひて、即ち窃かに小船に乗りて、逃遁げ度り来て、難波に留りき。〈此は、難波の比売碁曾社に坐して、阿加流比売神と謂ふぞ〉。

是に、天之日矛、其の妻の遁げしことを聞きて、乃ち追ひ渡り来て、難波に到らむとせし間に、其の渡の

神、塞ぎて入れず。故、更に還りて、多遅摩国に泊てき。即ち其の国に留りて、多遅摩の俣尾が女、名は前津見を娶りて、生みし子は、多遅摩母呂須玖。此が子は、多遅摩斐泥。此が子は、多遅摩比那良岐。此が子は、多遅麻毛理。次に、多遅摩比多訶。次に、清日子〈三柱〉。此の清日子、当摩の咩斐を娶りて、生みし子は、酢鹿之諸男。次に、妹菅竈由良度美。故、上に云へる多遅摩比多訶、其の姪、由良度美を娶りて、生みし子は、葛城之高額比売命〈此は、息長帯比売命の御祖ぞ〉。故、其の天之日矛の持ち渡り来し物は、玉津宝と云ひて、珠二貫、又、浪振るひれ、浪切るひれ、風振るひれ、風切るひれ、又、奥津鏡、辺津鏡、并せて八種ぞ〈此は、伊豆志の八前の大神ぞ〉。

（傍線は筆者が付した。以下同じ。）

この伝承は、前半部に日光感精型と卵生型の二つの要素を取り込んでいる。『三国史記』の撰進は一一四五年、『三国遺事』の編纂はそれより時代が下るが、『三国遺事』巻第一　紀異第一　高句麗　に記される高句麗の始祖王朱蒙の出生譚の日光感精型と卵生型の複合型や、同書の新羅始祖赫居世王の出生譚、同書の新羅　第四　脱解王に記される卵生型の新羅第四代脱解王の出生譚、同書巻第二　紀異第二　駕洛国記　に記される、六つの黄金の卵から駕洛の始祖王首露と五伽耶の王が誕生したとする、始祖王出生譚との類似性が三品彰英氏によって指摘されてきた(8)。次に記事を記す。

三国遺事　巻第一　紀異第一　高句麗

金蛙異之。幽閉於室中。爲日光所照。引身避之。日影又逐而照之。因而有孕。生一卵。大五升許。王弃之與犬猪。皆不食。又弃之路。牛馬避之。弃之野。鳥獸覆之。王欲剖之。而不能破。乃還其母。母以物裹之。置於暖處。有一兒破殼而出。骨表英奇。……

三国史記　巻第十三　高句麗本紀　第一　始祖　東明聖王条

金蛙嗣位。於是時。得女子於太白山南優渤水。問之曰。我是河伯之女。名柳花。與諸弟出遊。時有一男子。

自言天帝子解慕漱。誘我於熊心山下、鴨渌邊室中私之。即往不返。父母責我無媒而從人。遂謫居優渤水。金蛙異之。幽閉於室中。爲日所炤。引身避之。日影又逐而炤之。因而有孕。生一卵。大如五升許。王棄之與犬豖。皆不食。……

三国遺事　巻第一　紀異第一　新羅始祖　赫居世王

前漢地節元年壬子。三月朔。六部祖……。於是乘高南望。楊山下蘿井傍。異氣如電光垂地。有一白馬跪拜之狀。尋撿之。有一紫卵。馬見人長嘶上天。剖其卵得童男。……

三国遺事　巻第一　紀異第一　第四　脱解王

迺言曰。我本龍城國人……。時我父王含達婆。娉積女國王女爲妃。久無子胤。禱祀求息。七年後産一大卵。於是大王會問群臣。人而生卵。古今未有。殆非吉祥。乃造櫃置我。幷七寶奴婢載於舡中。浮海而祝曰。任到有縁之地。立國成家。便有赤龍・護舡而至此矣。……

三国遺事　巻第二　紀異第二　駕洛国記

唯紫繩自天垂而着地。尋繩之下。乃見紅幅裹金合子。開而視之。有黄金卵六圓如日者。衆人悉皆驚喜。倶伸百拜。尋還裹著。抱持而歸我刀家。寘榻上。其衆各散。過浹辰。翌日平明。衆庶復相聚集開合。而六卵化爲童子。容貌甚偉。……忽有琓夏國含達王之夫人妊娠。彌月生卵・化爲人。名曰脱解。……

『三国遺事』の赫居世王、『三国遺事』『三国史記』の東明王（朱蒙）の出生は、日光感精型と卵生型の複合型である。王朝の始祖の誕生を語るこれらの伝承は、卵から生まれるのが男子であり、王の異常出誕を語ることで王の尊貴性や唯一性の根拠を示すのに対し、天之日矛伝承では日光に感精して生まれるのが卵ではなく赤玉とされ、赤と太陽の関係が図られる。また、日光に感精して赤玉を産む女と赤玉が変じて誕生する子の関係は希薄である。奇異な現象を覗き見して女から譲りうけた農夫の手から、赤玉は天之日矛に渡る。天之日矛は新羅の国王の子と伝えられるが、『播磨国風土記』の四つの記事では、次に引くように葦原志挙乎命と国占めを争う神の名である。

・揖保郡　粒丘。粒丘と号くる所以は、天の日槍の命、韓国より度り来て、宇頭の川底に到りて宿処を葦原の志挙乎の命に乞ひて曰はく、「汝は国主為り。吾が宿る所を得まく欲りす」といふ。志挙、すなはち海中を許す。その時、客神、剣以て海水を攪きて宿る。主の神、すなはち客神の盛りなる行を畏みて、先に国を占めむと欲ひ、巡り上りて粒丘に到りて、湌したまふ。ここに、口より粒落ちき。故れ、粒丘と号く。その丘の小石、皆能く粒に似たり。また、杖以て地を刺す、すなはち杖の処より寒泉涌き出づ。遂に南北に通りき。北は寒く南は温し。白朮生ふ。

・宍禾郡　奪谷。葦原の志許乎の命と天の日槍の命と二はしらの神、この谷を相奪ひたまひき。故れ、奪谷と曰ふ。その相奪ひし由を以ちて、形、曲れる葛の如し。

・伊奈加川。葦原の志許乎の命と天の日槍の命と国占めしたまひし時に、嘶く馬ありて、この川に遇へりき。故れ、伊奈加川と曰ふ。

・御方の里　土は下の上。御形と号くる所以は、葦原の志許乎の命、天の日槍の命と、黒土の志尓嵩に到りまし、各、黒葛三条を以ちて、み足に着けて投げたまひき。尓時、葦原の志許乎の命の黒葛は、一条は但馬の気多の郡に落ち、一条は夜夫の郡に落ち、一条はこの村に落ちき。故れ、三条と曰ふ。天の日槍の命の黒葛は、皆但馬の国に落ちき。故れ、但馬の伊都志の地を占めて在しき。一云へらく、大神、形見と為て、御杖をこの村に植てたまふ。故れ、御形と曰ふ。

また、『播磨国風土記』には、天日槍と伊和大神の伝承が二箇所ある。

・宍禾郡　波加の村。国占めましし時に、天の日槍の命、先に到りし処なり。伊和の大神、後に到りたまふ。ここに、大神、大く恠しとおもひて云りたまひしく、「度らずありて先に到りしかも」とのりたまひき。故れ、波加の村と曰ふ。

・神前郡　粳岡は、伊和の大神と天の日桙の命と二はしらの神、各軍を発して相戦ひましき。尓時、大神の軍、集ひて稲を舂きき。その粳、聚りて丘と為りき。その簸き置ける粳を墓と云ひ、又、城牟礼山と云ふ。一云へらく、城を掘りし処は、品太の天皇の御俗、参度り来し百済人等、その俗の随に城を造りて居りき。その孫等は、川辺の里の三家の人、夜代等なり。

揖保郡の記事は、日槍が海水を掻き回して剣の上に座る。これは伊耶那岐・伊耶那美の二神が、天沼矛で海水を掻き回してオノゴロ島を形成した話や、国譲りの交渉に際して、建御雷神が十握剣を浪の穂に逆様に立ててその上に胡坐をかく話と類似性があり、矛に象徴される神の威力を示す表現であろう。客神の行為を恐れた葦原の志挙乎がとった飯にまつわる国占めの行為は、神前郡粳岡の稲をつく伝承と同様に、農耕儀礼的な宗教的な色彩を有する。また宍禾郡の奪谷の伝承には、両神が奪い合ったために、谷が藤蔓のように曲がりくねってしまったとある。神前郡に「八千軍と云ふ所以は、天の日桙の命の軍、八千在りき。故れ、八千軍野と曰ふ。」とあるのによれば、この記事も日槍の軍事的な性格を表していよう。伊奈加川の伝承には馬が関係している。御方の里の伝承は、国占め争いの結末は闘いではなく「うけひ」による決着であり、神意は外来神に不利な判定を下したため、日槍が但馬国に赴くことになったという。『播磨国風土記』に登場する天日槍には、太陽神的な性格はみられない。土地を奪いに来た神の日槍について、新編日本古典文学全集風土記頭注には、「葦原の志許乎の命と伊和の大神の二神の出現時期が異なっておれば両者は争わず、別々に天の日槍と争うはずであり、天の日槍の命が播磨に勢力を持っていたのは相当長期と考えられ」、「天の日槍の命の勢力が播磨国内で衰えていなかったことを意味しよう。」[9]と述べる。播磨地方には渡来系の人々が多く移住していたことが、播磨国風土記の記事から知られる。三品彰英氏は、ヒボコ（日槍・日矛）は、太陽神の招ぎ代としての呪具・武器であり、矛を神体とする太陽信仰を奉ずる集団が大陸から渡来しており、その信仰の神がアメノヒボコと呼ばれたと説く[10]。風土記と記紀のアメノヒボコ伝承は同列には扱えないが、少なくともアメノヒボコを奉ずる集団が、但馬国に関係していたことは三書に共通している。

天之日矛の名は渡来人らしくないものである。允恭記には、新良の国王の御調の大使の名を「金波鎮漢紀武」とする。古事記の天の沼矛や八千矛神の神名からすると「矛」は国作りの呪具と関わる。「塩こをろこをろに画き鳴して」という淤能碁呂島形成の記述や、万葉集巻六・一〇六五には「八千桙の　神の御代より　百船の　泊つる泊まりと　八島国　百船人の　定めてし　敏馬の浦は」と敏馬浦の泊りが歌われているので、矛は海と関わる。また崇神記の「宇陀の墨坂神に、赤き色の楯・矛を祭りき。又、大坂神に、黒き色の楯・矛を祭りき。」の記事では、矛は国境の祭祀と関わる。日本書紀 巻第一 第七段 一書第一では、天石窟に籠った天照大神を招禱き奉ろうとして、「石凝姥を以ちて冶工とし、天香山の金を採りて日矛に作る。」とあり、日矛は天照大神の象(みかた)とされ、茅纏の矟に相当し、太陽神を招ぐ霊的な矛の性格が付与される。矛には海の水霊を祭る祭器の性格もあるが、古事記は「天」「日矛」という太陽信仰と関わるものを意図的に取り入れたようである。

阿具沼のほとりで女が妊娠するのは、一種の水辺の婚姻譚であり、その描写に「日の耀、虹の如く、其の陰上を指しき。」とある。日の輝きが虹に喩えられた表現であるが、雄略紀三年四月条には次のような記事がある。

三年の夏四月に、阿閉臣国見、更の名は磯特牛。栲幡皇女と湯人の廬城部連武彦とを譖ぢて曰く、「武彦、皇女を汙しまつりて、任身しめたり」といふ。武彦が父枳莒喩、此の流言を聞きて、禍の身に及らむことを恐り、武彦を廬城河に誘へ率て、偽きて使鸕鷀没水捕魚して、因りて其の不意に打ち殺しつ。天皇、聞しめして使者を遣して、皇女を案へ問はしめたまふ。皇女、対へて言さく、「妾は識らず」とまをす。俄にして皇女、神鏡を賫り持ちて、五十鈴河上に詣り、人の行かぬを伺ひ、鏡を埋みて経き死ぬ。天皇、皇女の不在ことを疑ひ、恒に闇夜に東西に求覓めしめたまふ。乃ち河上に虹の見ゆること蛇の如くして、四五丈ばかりのものあり。虹の起てる処を掘りて、神鏡を獲、移行くこと遠からずして、皇女の屍を得たり。割きて観るに、腹中に物有りて水の如く、水中に石有り。枳莒喩、斯に由りて、子の罪を雪むること得たり。還りて子を殺せることを悔い、国見を報ひに殺さむとす。石上神宮に逃げ匿る。

太陽祭祀と関わる神鏡の埋められたところから蛇のような虹が立つ記述は、虹と雨の関わりを想起させる。和名抄には「虹　毛詩注云、螮蝀　帝董二音、螮亦作レ蝃、和名爾之」とある。『詩経』では虹のことを「蝃蝀」（鄘風）と言う。『山海経』海外東経には、「䖵䖵其の北に在り。［音は虹］。各々兩首有り［虹、螮蝀なり］。一に曰く、君子國の北に在りと。」とある。虹は中国では双頭の蛇という観念があった。説文解字には「螮蝀也狀似蟲」とある。説文にいう虫とは、蛇の種類をさすらしい。『淮南子』原道訓には「虹蜺不レ出」とあり、中国では虹の出ることを凶兆とする。『淮南子』天文訓には「虹蜺彗星者天之忌也」とあり、虹や彗星は天忌のあらわれである。万葉集巻十四・三四一四「伊香保ろのやさかのゐでに立つ虹の現はろまでもさ寝をさ寝てば」は、虹が天と地が男女のように交合する時に生まれる常軌を逸した現象として意識されたのであろう。雄略紀の記述は天が皇女の身の潔白を明かし立てる為に示した現象である。「如虹」の例は、『宋書』巻二十七 志第十七 符瑞上に、

帝摯少昊氏、母曰女節、見星如虹、下流華渚、既而夢接意感、生少昊。登帝位、有鳳皇之瑞。

帝顓頊高陽氏、母曰女樞、見瑤光之星、貫月如虹、感己於幽房之宮、生顓頊於若水。首戴干戈、有聖德。生十年而佐少昊氏、二十而登帝位。

とあり、星の光に喩える。日光ではないが、帝の出生にまつわる記述である。

『続日本紀』巻第十四 天平十三年（七四一）二月の条によれば、牛一頭を殺す罪は「蔭贖を問はず、先づ決杖一百、然して後に罪科すべし。」とある。例外なく科せられる罰は非常に重いものである。言掛りとはいえ、そ

の罪と引き換えに神貴なものとして日矛にもたらされた赤玉が化成して嬢子となる。朱蒙の卵の伝承のように赤玉が捨てられることはない。嬢子は日矛の妻となるが、女神の神威の一端を示し、日矛に様々な味わいを供して仕えたのにも拘らず罵られ、夫の仕打ちに耐えかねて出自を明かし、祖国に逃走する。嬢子の正体は、難波の比売碁曾社の阿加流比売神である。ここには比売碁曾社の縁起が語られるが、天皇家と女神の関わりは記されない。天之日矛伝承は、『三国遺事』や『三国史記』に見られるような王朝の始祖の誕生を説く話ではないのである。

赤玉は古事記の、

赤玉は　緒さへ光れど　白玉の　君が装し　貴くありけり　（記第七番）

の歌謡に詠まれる。この神話において赤玉は、天つ神の御子虚空つ日子から誕生した鵜葺草葺不合命を象徴し、白玉は、日子穂々手見命を象徴する。赤玉は新生の霊威に満ちた日の御子の尊貴性を喩えていよう。松前健氏は赤玉のアカは、もと「明玉」の意で、その光輝を表す語とし、ヒメコソの縁起は、韓土の一女子が海を渡って難波に着き、霊石の神として鎮座したという、一種の寄石伝承とみる(11)。寺田恵子氏は生まれるのが赤玉で、それが女子に化成するところに日本的な要素を見る(12)。先に引いた雄略紀の記事には、皇女の「腹中に物有りて水の如く、水中に石有り。」とあり、皇女の潔白を証立てるように、皇女が仕えた天照大神の神意が表れたかのような奇事が語られる。『日本霊異記』下巻第三十一縁には、「女人の石を産生みて、之を以て神とし斎きし縁」がある。未婚の美乃国方県郡の県氏の娘が二つの石を生んだという奇異譚である。その石は隣郡の伊奈婆大神の子であるとの託宣があった。神と女人との一種の神婚譚とみられる。二つの石は「女の家の内に、忌籬を立てて斎けり」とあり、石を御神体とする伊奈婆神社の起源譚である。この話では、「方の丈は五寸、一つは色、青白の斑にして、一つは色、専青し。年毎に増長す。」とある。石は神霊の依代とされ、卵生型説話の変形とみられる。下巻第十九縁の「産み生せる肉団の作れる女子の善を修し人を化せし縁」では、「其の姿卵の如し」「肉団の殻開きて」とあり、一種の卵生型の異常出生譚である。[13]雄略紀の伝承もこれに類するだろう。霊異記説話は日矛伝承と類似した要素を伝えている。

古事記の天之日矛来朝の経緯と似ているのが垂仁紀二年是歳の条に記された、任那と新羅の抗争の由来を説く記事の異伝、意富加羅国の王之子、都怒我阿羅斯等来朝の由来を説く異伝である。

一に云はく、初め都怒我阿羅斯等国に有りし時に、黄牛に田器を負せて田舎に将往く。黄牛忽に失す。則ち迹を尋め覓ぐに、跡一郡家の中に留れり。時に一老夫有りて曰く、「汝の求むる牛は、此の郡家の中に入れり。然るを郡公等曰く、『牛の負せたる物に由りて推るに、必ず殺し食はむと設けたるならむ。若し其主覓ぎ至らば、物を以ちて償はまくのみ』といひて、則ち殺して食らふ。若し『牛の直に何物を得むと欲ふ』と問はば、財物をな望みそ。便ち『郡内に祭る神を得むと欲ふ』と爾云へ」といふ。俄にありて郡公等到りて曰く、「牛の直に何物を得むと欲ふ」といふ。対ふること老父の教の如くす。其の祭れる神は、是白石なり。乃ち白石を以ちて牛の直に授つ。因りて将来て寝中に置く。其の神石、美麗童女に化りぬ。是に阿羅斯等、大きに歓びて合はむと欲ふ。然るに、阿羅斯等他処に去きし間に、童女忽に失せぬ。阿羅斯等大きに驚きて、己が婦に問ひて曰く、「童女、何処にか去にし」といふ。対へて曰く、「東方に向にき」といふ。則ち尋めて追求ぐ。遂に遠く海に浮びて、日本国に入りぬ。求げる童女は難波に詣り、比売語曾社の神と為り、且豊国の国前郡に至り、復比売語曾社の神と為る。並に二処に祭らるといふ。

赤玉や白石からの誕生は、普通の人間と異なる神としての神秘性を呈する。瀧川政次郎氏は、白は太陽の光の色を表すとする。[14]垂仁紀では白石が化した童女との神婚は語られない。栲幡皇女の場合、腹中のものが胎児ではなく、身の潔白を証しだてる石であったところに、霊異記下巻第三十一縁に通じる観想がうかがえ、天照大神に仕える者の神性が見られよう。

『新唐書』巻三十六 志第二十六 五行三には、

大順元年六月、資州兵王全義妻如孕、覺物漸下入股、至足大拇、痛甚、坼而生珠如彈丸、漸長大如杯。

とある。また同書 馬禍 には、

文明初、新豐有馬生駒、二首同項、各有口鼻、生而死。又咸陽牝馬生石、大如升、上微有緑毛。皆馬禍也。

という例はあるが、寺田恵子氏の指摘のように赤玉を生むのは日本的な要素であろう。[15]

『延喜式』巻九神名帳 摂津国東生郡の条には「比賣許曾神社 名神大。月次相嘗新嘗。」とある。松前健氏は、各地にあるヒメコソノ社の祭神の性格は異なるとする。[16] ヒメコソノ神は渡来神とされるが、瀧川政次郎氏は、筑前国怡土郡の高祖神社、豊前国田川郡の香春神社、豊後国国前（国東）郡の比売許曽神社、摂津国東生（東成）郡の比売許曾神社、同国住吉郡の赤留比売神社を西から次々につないでいった線が、近畿の帰化人が博多郡の糸島水道に上陸してから、近畿の各地に移っていった行程を示すものではないか[17]と考える。垂仁記には本牟智和気御子が、出雲に「出で行く時に、到り坐す地毎に、品遅部を定めき。」と、御子の移動に従い品遅部が定められたとある。後世の菅原道真の場合も、祭神になる人が移動していく道々に神社が建てられる。渡来人の経由地に信仰の跡が残された可能性はあると思われる。寺田恵子氏は一云の伝承にある都怒我阿羅斯等来朝の記事の背後にある新羅と任那の抗争関係に、両国の怨恨のもととなった日本から贈られた赤絹があることに着目する。赤絹を太陽を表象する色と捉え、さらにヒメコソの神の性格について『肥前国風土記』基肆の郡 姫社（ヒメコソ）の郷の次の記事を引く。[18]

この郷の中に川あり、名を山道川と曰ふ。その源は郡の北の山より出で、南に流れて御井の大川に会ふ。昔者、この川の西に、荒ぶる神あり、行路く人、多に殺害され、半ばは凌ぎ半ばは殺にき。時に、祟る由をトへ求ぐに兆へて云はく、「筑前の国宗像の郡の人、珂是古をして、吾が社を祭らしめよ。若し願ひに合はば、荒ぶる心を起こさじ」といへば、珂是古を覓ぎて神の社を祭らしめき。珂是古、すなはち幡を捧げて祈禱みて云はく、「誠に吾が祀を欲りするにあらば、この幡、風の順に飛び往きて、吾を願りする神の辺に堕ちよ」といふ。すなはち幡を挙げ、風の順に放ち遣りき。時に、その幡飛び往きて、御原の郡姫社の社に堕ち、更還り飛び来て、この山道川の辺の田村に落ちき。珂是古、自づから神の在ます処を知りき。その夜、夢に臥機と絡垜と儛ひ遊び出で来、珂是古を圧し驚かすと見き。ここに、織女神と知る。すなはち社を立てて祭る。尓より已来、路行く人、殺害されず。因りて姫社と曰ひ、今以ちて郷の名と為す。

これによれば、ヒメコソの神は女神であり、機織女の性格を有する。臥機と絡垜は織機と糸繰り道具であるが、機織女を象徴するのは、手玉・足玉である。仁徳紀四十年二月条の雌鳥皇女の手玉・足玉をはじめ、万葉集巻十・二〇六五の「足玉も手玉もゆらに織る服を」の例、『播磨国風土記』讃容郡　弥加都岐原の伝承では、手玉・足玉が服部弥蘇の連の娘の身分を保証する。仁徳天皇の御代、狭井の連佐夜が伯耆の加具漏・因幡の邑由胡とその一族を搦め捕えて朝廷に参上する際に、何度も水の中に漬けて酷く打ち叩くが、その中に玉を手足に巻いた二人の女性がいた。

中に女二人あり、玉を手足に纏けり。ここに、佐夜、恠しみ問へば、答へて曰く、「吾れはこれ、服部弥蘇の連、因幡の国の造阿良佐加比売に娶ひて生める子、宇奈比売・久波比売なり」といふ。その時、佐夜驚きて云はく、「こはこれ、執政大臣のみ女なり」といふ。すなはち還し送りき。

とある。仁徳記には、機織女女鳥王や「韓人」奴理能美が登場する。奴理能美が営む養蚕・絹織物生産は時の最高権力者仁徳天皇や石之日売の関心を惹きつける。そして蚕は養蚕の統括者石之日売皇后に献上される。崇神記には、「是に、初めて男の弓端の調・女の手末の調を貢らしめき。故、其の御世を称へて、初国を知らす御真木天皇と謂ふぞ。」とある。手先で紡いだ糸や織物を貢納させることが、国の領有・支配につながるのである。阿加流比売神の赤玉は太陽に関わるとともに機織女と関わるのではないかと思われる。また次の記述を見ると、赤

玉は天子の支配と関わるようである。『後漢書』巻三十下 郎凱襄楷列伝第二十下 には、

王者隨天、譬猶自春徂夏、改靑服絳者也。

とあり、この部分の注に、

禮記月令、孟春天子衣靑衣、服倉玉、孟夏則衣朱衣、服赤玉也。

とある。「四庫全書」所収の『月令解』巻四に同文の解として、

朱衣所衣之衣尚赤色也。赤玉謂玉色之赤者、服謂冕旒及笄弁佩玉尚赤色也。相玉經云赤擬鶏冠。

と見え、これは赤玉を身につける、おびる意である。『五禮通考』巻二百には「禮夏則衣赤衣佩赤玉」とあり、

天子居明堂太廟乘朱路、駕赤駵、載赤旂、衣朱衣、服赤玉。

と記されるので、「佩」は「服」字と同義である。『礼記』月令第六には、天子は孟春之月に「衣㆓青衣㆒、服㆓倉玉㆒」、孟夏之月に「衣㆓朱衣㆒、服㆓赤玉㆒」、孟秋之月に「衣㆓白衣㆒、服㆓白玉㆒」、孟冬之月に「衣㆓黒衣㆒、服㆓玄玉㆒」とある。青赤白黒は五行思想に基づく色相である。玉は服飾を完成させるものではあるが、全世界を統御する者としての天子、帝王の祭祀、権威に関わる。同様に、古事記の天照大御神の御頸珠、火遠理命の御頸の璵、記第七番歌謡の赤玉、白玉には、このような統治にまつわる観念が投影されていよう。

太陽神天照大御神の高天原統治の象徴は御頸珠の玉であり、誓約の段では両手に珠を纏きもち、大嘗の際の忌服屋では神御衣を織らせる機織女の性格を有する。こうした機織りの職掌は、観念上は神代から人の世に伝えられたとみていたのであろう。応神天皇の御代には、百済国から「手人韓鍛、名は卓素、亦、呉服の西素の二人を貢上りき。」と記され、これは仁徳記の「韓人」奴理能美の記事にもつながるのだろう。赤玉から化成した妻を追いかけて来朝した天之日矛の話は、そうした渡来人の移住や先進技術の定着と関わりを有するものであったと思われる。

二　殺牛信仰と新羅・日本

古事記では赤玉は殺牛の罪と対価、日本書紀では白石は黄牛と対価となる。天之日矛の、牛を殺して食おうとしているという言葉にはどのような信仰や背景が存在するのであろうか。従来これは殺牛信仰の観点から考察されてきた。牛を殺す記事は『日本書紀』皇極天皇元年（六四二）にある。六月に「是の月に、大きに旱す。」、七月に「客星、月に入れり。」の凶事が記された後に、次の記事が置かれる。

戊寅に、群臣相語りて曰く、「村々の祝部の所教の随に、或いは牛馬を殺して諸社の神を祭ひ、或いは頻に市を移し、或いは河伯に禱るも、既に所効無し」といふ。蘇我大臣報へて曰く、「寺々にして大乗経典を転読しまつるべし。悔過すること、仏の説きたまへるが如くして、敬びて雨を祈はむ」といふ。

庚辰に、大寺の南庭にして、仏・菩薩の像と四天王の像とを厳ひ、衆僧を屈請して、大雲経等を読ましむ。時に、蘇我大臣、手づから香鑪を執り、焼香きて発願す。（中略）

八月の甲申の朔に、天皇、南淵の河上に幸して、跪きて四方を拝み、天を仰ぎて祈りたまふ。即ち雷なりて大雨ふる。遂に雨ふること五日、天下を溥く潤す。

新編日本古典文学全集日本書紀頭注[19]、新日本古典文学大系続日本紀注[20]では殺牛馬は中国の習俗としている。中国には夏殷代より、宗廟での祖霊の祭り、祭天、告天、死者の霊への祭祀、軍事の時に、牛馬羊犬などを犠牲にする例や、殺牛を禁じる法令や王命も見られる。栗原朋信氏は、「大和朝廷は、本來、犠牲禮の習俗を有しなかったもの、大陸風の、とくに北方系の習俗に強く影響されたことは事實であるが、これも、巨視的な角度からすれば、犠牲禮だけは拒否して、奉馬の法によってきたもの[21]」とみる。井上光貞氏は、古代日本に、犠牲の行事がなかったと考えることが誤りであるが、それは一般的なことではなく、令・式の定める公的祭式は「唐の公的祭祀と著しくその色彩を異にしている[22]」と指摘する。それに対して上田正昭氏は、「殺牛馬」の習俗には明らかに渡来の要素はあるが、民間の習俗としてかなりの広がりをもっていたとみる。すなわちこの記事は、「村々の祝部の所教」による「諸社」のまつり＝民間習俗、「大寺」（百済大寺）の南庭で礼仏読経をなし、「蘇我大臣」（蘇我馬子）が発願祈雨＝仏教的礼仏読経、「跪きて四方を拝む」＝儒教風の祭儀とシャーマニズムの三つの要素からなりたっている[23]と指摘する。書紀にある「市を移す」は、『三国史記』巻第四 新羅本紀第四 眞平王の五十年（六二八）条に「夏大旱。移市。畫龍祈雨。」とある。書紀では祈雨に際して牛馬が神に捧げられたことがわかり、こうした信仰が民間には広まっていたようである。天武紀四（六七五）年四月の条には、

　庚寅に、諸国に詔して曰はく、「今より以後、諸の漁猟者を制めて、檻穽を造ること、及機槍等の類を施くこと莫れ。亦、四月朔より以後、九月三十日より以前に、比満沙伎理、梁を置くこと莫れ。且、牛・馬・犬・猿・鶏の宍を食ふこと莫れ。以外は禁例に在らず。若し犯す者有らば罪せむ」とのたまふ。

とあり、牛の肉を食べることを禁ずる詔が出される。持統紀五年（六九一）六月条にも、

　戊子［五月十八日］に、詔して曰はく、「此の夏の陰雨、節に過へり。懼るらくは必ず稼を傷りてむ。夕に惕み朝に迄るまでに憂懼り、厥の愆を思念ふ。其れ、公卿・百寮人等をして、酒・宍を禁断めて、摂心悔過せしめよ。……」

と食肉を禁じ、四月から降り続く長雨の被害を憂いている。これらの記事は、天武・持統朝の頃から浄・不浄の意識が次第に具体化したことを示しており、こうしたことが屠殺・肉食禁止令と関わるようである。『続日本紀』巻第十四 天平十三（七四二）年の条には、

　二月戊午、詔して曰はく、「馬・牛は人に代りて、勤しみ労めて人を養ふ。茲に因りて、先に明き制有り

て屠り殺すことを許さず。今聞かく、「国郡禁め止むること能はずして、百姓猶屠り殺すこと有り」ときく。其れ犯す者有らば、蔭贖を問はず、先づ決杖一百、然して後に罪科すべし。

とある。国郡の百姓が牛馬の屠殺を行っていたことが記され、禁令にも拘らず守られないために罪科を科すことが記される。馬牛が人に代わって勤労する大切な動物であることが強調される。この考えは天武・持統朝の詔にも通じるであろう。上田正昭氏は、馬牛を「軍国の資」、役畜として保護しようとする政治的目的も禁令には介在した[24]と述べる。聖武天皇の御代（神亀元（七二四）～天平感宝元（七四九）年）のこととして、『日本霊異記』には殺牛・食肉にまつわる二つの説話がある。

中巻第五縁の「漢神の祟りに依り牛を殺して祭り、又放生の善を修して、以て現に善悪の報を得し縁」には、次のような話がある。聖武天皇の御代に摂津国東生郡撫凹村の富豪の家長が漢神の祟りにあって毎年一頭ずつ牛を殺し、殺牛が七頭に至り重い病気になる。病が牛を殺した罪業によることがわかったので放生の業を修めたという。この「殺牛」をして祭りをした説話では、漢神の祟りによる殺牛の信仰が摂津にも広がっていたことが知られ、「放生」の信仰が反映されている。佐伯有清氏は、殺牛の信仰を雨乞いに関わるものと、祟りに関わるものとに大別し、特に後者の八～九世紀の殺牛の信仰を祟り神による疫病の流行と結びつける[25]。中巻第二十四縁の「閻羅王の使の鬼の、召さるる人の賂を得て免しし縁」には、次のような話が載せられる。聖武天皇の御代に、平城京左京六条五坊の人楢磐嶋が、大安寺の修多羅分銭三十貫を借りて、越前の都魯鹿の津に赴いて交易をするが、病を得る。閻羅王の使いである鬼が「気に病まむが故に」近づくなと言う条りには、行疫神の信仰が垣間見える。磐嶋は使いの鬼を「我家の斑牛二頭」で「牛宍饗」し、「率川社」の相八卦読の命と引き換えに命を助けられる。楢磐嶋は新羅系の渡来氏族、大楢君の一族か[26]といわれる。磐嶋は越前の敦賀から琵琶湖の西岸を経由して近江国高島郡志賀の唐崎を経て、山城国の宇治橋に至り、平城京に戻る。この話には「牛の宍の味き」を食す

る習俗や、都から日本海を通じて大陸に至る交易ルートが記される。『続日本紀』巻第四十　延暦十（七九一）年九月条には、

甲戌、（中略）伊勢・尾張・近江・美濃・若狭・越前・紀伊等の国の百姓の、牛を殺して漢神を祭るに用ゐることを断つ。

とあり、東海・東山・南海などの諸地域に漢神信仰が波及し、諸国百姓に及んでいたことが知られる。この中に北の海の玄関口となる「越前」が含まれる。牛を殺して漢神を祭る信仰はかなりの広がりをみせていたのであろう。『古語拾遺』では牛宍を食らう次の話が知られる。

一昔在、神代に大地主神、田を営る日、牛宍を以て田人に食はしむ。時に御歳神の子、其の田に至りて饗に唾て還りて以て、状を父に告す。御歳神怒を発して、蝗を以て其の田に放つ。苗葉忽に枯損て篠竹に似れり。是に於て大地主神、片巫〔志止々鳥〕・肱巫〔今俗、竈輪、及び米占也〕をして其の由を占ひ求めしむるに、御歳神祟りを為す。宜しく白猪・白馬・白鶏を献りて、以て其の怒を解くべし。教に依りて謝り奉るに、御歳神答へて曰く、「実に吾が意也。宜しく麻柄を以て挊に作りて之を挊ぎ、乃ち其の葉を以て之を掃ひ、天押草を以て之を押し、烏扇を以て之をあふぐべし。若し此の如くして出去らずは、宜しく牛宍を以て溝の口に置きて、男茎形を作りて以て之に加へ〔是れ其の心を厭ふ所以也〕、薏子〔古語、薏を以て都須といふ也〕・蜀椒・呉桃の葉、及び塩を以て其の畔に班置くべし」。仍て其の教に従ふとき、苗葉復た茂り、年穀豊稔なり。是れ今の神祇官、白猪・白馬・白鶏を以て御歳神を祭る縁也。

この記述について上田正昭氏は、「田作りに牛の肉を食わせたり、牛の肉を溝口において男茎根を作るという伝承は、当時の民俗を反映したものとみられ、御歳神の怒りは、神にまずささぐべき牛の肉を、さきに田人に食わせたところにあり、牛の肉を溝口におき、男茎根を作るという伝えも、溝口まつりの投影といえよう」とし、「朝

鮮半島における牛馬の供犠が、古代日本の殺牛馬の信仰や習俗の直接的なルーツとみても、さしてあやまりではあるまい。[27]」と結論づける。また門田誠一氏は、「鳳坪新羅碑」「冷水新羅碑」の例を挙げ、「新羅では誓いをかわす時には、当事者や立会人が集まって牛を殺して、天を祭っていた」ことが知られ、日本古代の殺牛祭祀について、日本霊異記の斑牛、古語拾遺の牛の肉を溝口に置いて蝗の害を防ぐこと、祈雨のために牛馬を殺して諸社の神を祀る記事は中国古代に発する殺牛信仰の直接の系譜を引くのではなく、新羅の祭儀の要素の一部を受け継ぎながらも、在来の信仰習俗として取り込まれた[28]とする。このような新羅との関係を重視する歴史学の立場からの見解もある。牛が放牧されていたことは『播磨国風土記』宍禾郡に「塩の村。処々に鹹き水出づ。故れ、塩の村と曰ふ。牛・馬等、嗜みて飲めり。」とある記事や、揖保郡に「塩阜。惟の阜の南に鹹水あり。方三丈許り、海と相潤ふこと三十里許りなり。礫以ちて底と為し、草以ちて辺と為す。海の水と同に往来ひ、満つる時に、深さ三寸許りなり。牛・馬・鹿等、嗜みて飲む。故れ、塩阜と号く。」などからうかがえる。『延喜式』巻二十三民部の諸国貢蘇番次では、諸国から蘇が貢上され、「但馬國十一壺（三口各大一升。八口各小一升。）」とある。牛乳も飲まれたことが長屋王家木簡からも知られ、牛の恩恵は人々の生活を支えていたとみられる。『類聚三代格』巻十九 延暦十年九月十六日付太政官符、応禁制殺牛用祭漢神事には、

諸國百姓殺レ牛用レ祭。宜下嚴加二禁制一莫上レ令レ爲レ然。若有二違犯一科二故殺馬牛罪一。

とある。先に引いた天平十三年二月の詔にも、こうした禁令が発せられているのにも拘らず、殺馬牛がなくならないために、蔭によって優遇を受けたり、贖によって、相当額の贖銅を納めて実刑を免除されるような特権を有する者でも、例外なくまず杖一百を科するとある。牛馬殺しには、廐庫律に「凡故殺二官私馬牛一者。徒一年」とあるようなかなりの重い罰が科せられた。新羅と日本は農耕儀礼や殺牛信仰をめぐって相通する習俗を有しており、天之日矛の殺牛の言葉は違和感なく受け入れられる素地があったのであろう。

三　古事記における天之日矛伝承

天之日矛伝承に載せられた系譜は、阪下圭八氏が説くように「征韓」の合理化、息長帯比売命とその子である応神天皇の母方の出自を説くために、応神記の終わりに置かれたと考えられる。[29] しかしながら息長帯比売命は新羅国の王子とされる天之日矛の六世の孫にあたり、律令では五世までを皇親とすることからすれば、王族の血を引くとはいってもこの範囲には入らない。新羅親征が母方の祖国を支配下に置くことであるとの正当性を示しつつも、天之日矛とは出来るだけ世代を離そうとしているかのようである。書紀では天日槍と神功皇后との関係は語られない。記では神功皇后の父方の系譜は開化天皇の五世の孫、書紀では玄孫である。次頁に系譜を記す。

これによれば、仮に息長帯比売命を仲哀天皇の世系と揃えると、母方の系譜でいえば天之日矛の来朝は孝霊天皇の御代、多遅麻毛理を垂仁朝に設定しても日矛の来朝は孝霊天皇の御代となる。孝霊記には、「大吉備津日子命と若建吉備津日子命との二柱は、相副ひて、針間の氷河之前に忌瓮を居ゑて、針間を道の口と為て、吉備国を言向け和しき。」とあり、吉備国の服属が記される。針間を道の口の国として天皇家の支配が吉備にも及んでいく。孝霊紀には、吉備のことは出てこない。応神記には「此の御世に、海部・山部・山守部・伊勢部を定め賜ひき。」とある。吉備の海部直が出てくるのは仁徳記である。ヤマト王権は吉備の陸と海を支配下に置くとともに日本海の航路も支配下に置いていったと考えられる。日本書紀では、新羅の王子天日槍の来朝の記事は垂仁紀三年三月条と八十八年七月の条に見え、日槍がもたらした神宝と清彦誕生の経緯を説き、田道間守の出自（三年三月条）を記す。田道間守を垂仁朝に設定し仮に世系を揃えると、天日槍の来朝は孝霊朝となり、記紀で一致する。古事記は多遅麻毛理を垂仁朝の人物とする。日本書紀でもそれは同様だが、書紀は天日槍以下田道間守までをすべて長命

古事記の系譜

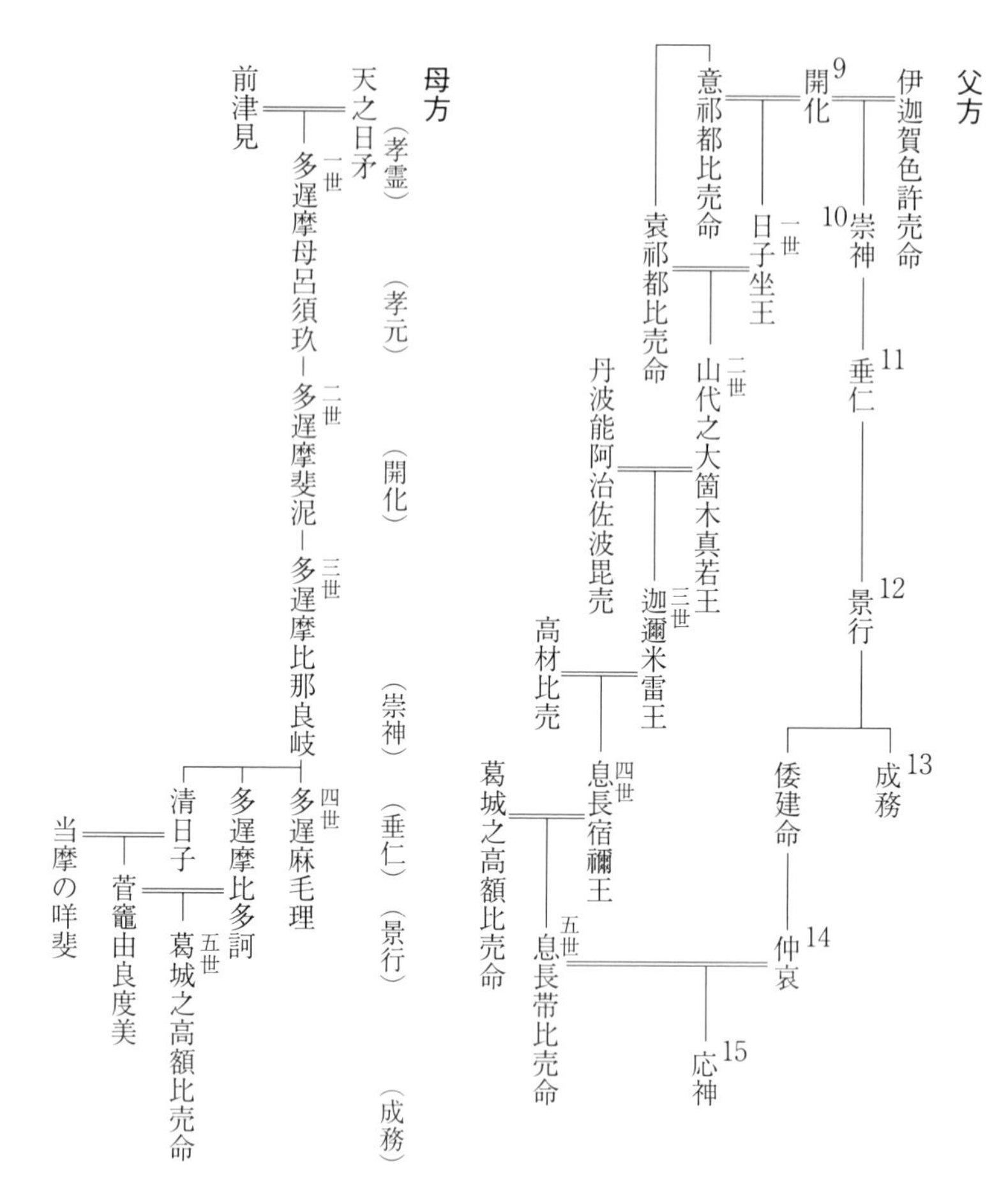

父方
伊迦賀色許売命
9 開化
10 崇神
11 垂仁
12 景行
13 成務
倭建命
14 仲哀
15 応神
意祁都比売命
袁祁都比売命
一世
日子坐王
二世
山代之大筒木真若王
丹波能阿治佐波毘売
三世
迦邇米雷王
高材比売
四世
息長宿禰王
葛城之高額比売命
五世
息長帯比売命
母方
天之日矛
前津見
一世
多遅摩母呂須玖
二世
多遅摩斐泥
三世
多遅摩比那良岐
四世
多遅麻毛理
多遅摩比多訶
清日子
当摩の咩斐
菅竈由良度美
五世
葛城之高額比売命
（孝霊）
（孝元）
（開化）
（崇神）
（垂仁）
（景行）
（成務）

日本書紀の系譜　垂仁紀三年三月

天日槍
‖─但馬諸助（一世）─但馬日楢杵（二世）─清彦（三世）─田道間守（四世）
麻多烏（但馬国の出島の人太耳が女）

垂仁紀八十八年七月　清彦は天日槍の曽孫

天日槍
‖─但馬諸助─○─清彦
麻拕能烏（但馬国の前津耳の女、一云　前津見の女　一云　太耳の女）

の垂仁天皇の御代の人物とする。阪下圭八氏は天日槍の系譜は日本書紀においては、垂仁天皇の命を受けて常世国に赴いた田道間守との関係を説くことに主眼があったとする。[30] それに対して古事記は、天之日矛来朝を「昔」、と記すだけで具体的には述べない。しかしながら、「昔」と語り始めることで捉えられる時間の幅が大きくなり、垂仁記に多遅麻毛理の話を置くことによって日矛の来朝は垂仁朝よりも前の時代が意識されるようになる。古事記は朝鮮半島に存在した国家として新羅と百済を記し、その背後に繋がる大国中国は、応神記に「秦造が祖・漢直が祖」とは出てくるものの直接には記されない。仲哀記において新羅と白済は天照大御神の神意のもとに天皇王権に服属すべき国として描かれる。森田喜久男氏は、垂仁紀二年是歳条の都怒我阿羅斯等来朝記事、仲哀紀二年三月丁卯条〜六月庚寅条の背景に次のような政治情勢を分析する。

仲哀が熊襲征討を企てた時、神功は「角鹿」（＝敦賀）から出航し、「渟田門」を経由して、「豊浦津」で仲哀

> と落ち合っている。（中略）このような伝承が成立するための歴史的条件として、北陸と山陰とを結ぶ「北ッ海」沿岸のルートが古墳時代以降も存続していたことは否定できないと思われる。（中略）水上交通の担い手として重要な役割を果たした存在として、日本海沿岸の津々浦々に存在した海人達が想起される。（中略）水上交通の担い手であった海人達が、「海部」として再編成され（中略）「北ッ海」沿岸に分布している（中略）。「海部」は、越前・若狭・丹後・但馬・因幡・出雲・隠岐などの諸国に広範囲にわたって分布しているのである。（中略）瀬戸内海だけでなく、（中略）ヤマト王権は、「北ッ海」沿岸の海人を「海部」として再編成することで、水上交通のルートの掌握を図った。（中略）「丹波国造海部直等氏之本記」（海部氏勘注系図）によれば、「丹波国造建振熊宿禰」の尻付に、「建振熊宿禰」は神功が新羅を征討したさいに、丹波・但馬・若狭の海人を率いて奉仕したという。（中略）神功の新羅征討という対外関係に関わる伝承と深く関わる形で海部の設置が語られていること自体は重視すべきであろう。[31]

海部によってこのようなルートが確立されていたとすると、天之日矛が難波から瀬戸内海を通り、日本海を経由して但馬に上陸したという伝承は自然なルートとして理解できる。銅矛について岡本健児氏は、祭器としての矛は北九州から大阪湾沿岸地域を通して移入されたとみられ、海の水霊信仰としての祭器の役割を果し、航海者の守護が目的であったとする。[32]

天之日矛がもたらした玉津宝「珠二貫、浪振るひれ、浪切るひれ、風振るひれ、風切るひれ、奥津鏡、辺津鏡」は、航海に関わる呪具の性格が濃い。それに比して垂仁紀三年三月条の天日槍が将来した七物は、「羽太玉一箇・足高玉一箇・鵜鹿鹿赤石玉一箇・出石小刀一口・出石桙一枝・日鏡一面・熊神籬一具」とあり、但馬国に蔵められたとある。この中には赤石玉があり、古事記の赤玉との関係や、出石を冠した神宝と土地との関わりの深さを思わせる。

天之日矛の子孫たちは多遅麻毛理の世代まで名に「多遅摩」が冠せられる。『播磨国風土記』飾磨郡安相里条の地名由来では「但馬国朝来人」が到来したとある。さらに同郡には、「新良訓と号くる所以は、昔、新羅の国の人、来朝ける時に、この村に宿りき。故れ、新羅訓と号く。」と記され、新羅国から日本の朝廷に人が来たことが記される。朝鮮から来た人々が土着の一族と婚姻を繰り返して定住していった事実が先にあり、但馬の豪族と実際に関係があった物語ゆえに、天之日矛が難波から但馬に廻ったという話が語られる合理性が存したのであろう。『播磨国風土記』揖保郡の条には、

麻打山。昔、但馬の国の人、伊頭志の君麻良比、この山に家居しき。二人の女、夜麻を打つに、すなはち麻を己が胸に置きて死にけり。故れ、麻打山と号く。今に、この辺に居める者、夜に至らば麻を打たず。

とある。但馬国出石郡出石郷の人に関わる話である。新編日本古典文学全集風土記の頭注には、この話を「他国からの移住者が能率的な作業をしようとして土地の禁（「夜は仕事を休む」という風習）を破り、土地の神の怒りにふれた話。但馬出石方面からの移住者集団に麻打ちの技術を学びつつも、一方、高い文化をもつ者への警戒と恐怖が、話の背後にひそむ。[33]」と解釈する。天之日矛が婚姻によって定住した出石から技術が動いていることがわかる。天之日矛伝承は、機織に関わる先端的産業の到来の素地が、多遅麻毛理の生きた垂仁朝よりも前にあったことを天之日矛の系譜によって示唆し、かつ天之日矛や阿加流比売神の渡来を語ることによって、新羅と日本が太陽神を奉ずる同じ領域に属していることを言おうとしているのではないか。『三国遺事』巻一 紀異第一 延烏郎 細烏女 の話には、新羅から日本へ渡った太陽と月の精の物語が記される。

第八阿達羅王卽位四年丁酉。東海濱有延烏郎・細烏女・夫婦而居。一日延烏歸海採藻。忽有一巖（一云一魚）。負歸日本。國人見之曰。此非常人也。乃立爲王。
細烏恠夫不來。歸尋之。見夫脫鞋。亦上其巖。巖亦負歸如前。其國人驚訝。奏獻於王。夫婦相會。立爲貴妃。

是時新羅日月無光。日者奏云。日月之精・降在我國。今去日本。故致斯恠。王遣使求二人。延烏曰。我到此國・天使然也。今何歸乎。雖然朕之妃有所織細綃。以此祭天可矣。仍賜其綃。使人來奏。依其言而祭之。然後日月如舊。藏其綃於御庫爲國寶。名其庫爲貴妃庫。祭天所名迎日縣。又都祈野。

天の意志として太陽と月の精の夫婦が新羅から日本に渡来する。二人が不在になると新羅の月日は光を失い、新羅王は日本に使者を派遣して、夫婦を取り戻そうとする。二人の代わりに細烏女が織った絹を天に祭ると、日月の光は戻ったという。天という地上世界をあまねく覆うものが、新羅よりも日本が太陽と月の精の鎮まる国として相応しいと見做す伝承があったことが知られる。天之日矛伝承において、天に輝く日は卑しき女を選び日光を照射するが、そこからすら尊貴な赤玉が生み出される。一夜孕みよりも早い昼寝の時間で妊娠させ、卑しい農夫ののぞき見の間に産み落とされる。本人すら自覚がないような状況での妊娠と出産を経て赤玉は男の手に渡るが、それは男の罪を許す程王子の心を引きつける美しさであったのだろう。赤玉は人から人の手に移って女神となり日本まで渡る。流離の末に祖国まで帰ったとある。

『後漢書』巻八十五 東夷列傳第七十五 挹婁には、

人形似夫餘、而言語各異。有五穀麻布、出赤玉、好貂。

とある。また、同書の夫餘の条にも、

土宜五穀。出名馬、赤玉、貂豽。

とある。さらに『説郛』巻六十一上所収の「廣志」には、

白玉美者可以照面、出交州、青玉出倭國、赤玉出、夫餘。瑜玉、玄玉、水蒼玉皆佩用。

とある。「赤玉」は着物を着た身の上に佩び飾るものであるが、これが夫餘から出すると記される。古事記の新羅国の阿具奴摩の記述と直接関わるわけではないが、「赤玉」は朝鮮半島に産出し、海の彼方から日本に渡って

くる珍宝という認識がこの伝承の背景に存した可能性はあろう。一方天之日矛は阿加流比売神が辿った瀬戸内海から難波に入る航路では難波に上陸出来ず、再び瀬戸内海を経て日本海を経由して但馬に入る。息長帯比売命の新羅親征以前に、日本と朝鮮半島が古くから海を通して繋がりをもつことが記される。垂仁記において多遅麻毛理が常世に渡り、再び戻ってくる話で、上巻に記された太陽神や穀物神少那毘古名神とも関わる他界の常世が、具体像をもった海彼の国として意識される。さらに天之日矛伝承においては日光感精型説話が説かれる。天之日矛も太陽の祭儀を連想させる名前である。皇祖神天照大御神は、日本書紀第五段には大日孁貴と記され、太陽神に仕える巫女の性格を有し、太陽神に昇格していく。天照大御神は伊耶那岐命から高天原統治の象徴として御頸玉を渡され、機織りにも関わりが深い。仲哀記において息長帯比売命は神を帰せて、胎中に日継御子を宿し新羅親征を行う。それは「是は、天照大神の御心ぞ。」として成し遂げられた。日継の継承者である倭建命、仁徳天皇は「日の御子」と讃えられ、大八島国を平定し、朝鮮半島からの高い文化を取り入れながら、王権を拡充していく。新羅で日光を浴びた赤玉から化成した女神は、祖国日本に渡り、日本と新羅は太陽信仰によって一つに包摂されるように描かれる。

おわりに

『続日本紀』巻第四十 延暦九年正月十五日の条の高野新笠薨伝には、

皇太后、姓は和氏、諱は新笠。（中略）后の先は百済の武寧王の子純陀太子より出づ。（中略）その百済の遠祖都慕王は、河伯の女、日精に感でて生める所なり。皇太后は即ちその後なり。

のように、桓武天皇の生母高野新笠の祖先にまつわる日光感精型説話が記される。桓武天皇の父は光仁天皇である。宝亀元（七七〇）年、白壁王は齢六一にして皇統を継ぎ、天武系から天智系への皇統の回帰をもたらす。『続日本紀』巻第三二には、白壁を詠み込んだ光仁天皇即位の徴とされる童謡が載せられ、即位を祝福する。ところが宝亀三（七七二）年、皇后井上内親王、皇太子他戸親王に天皇を呪詛したとの嫌疑がかかり、両者は廃される。代わって皇太子となったのが山部親王であった。親王は生母の高野新笠が百済系であったので、反対する者も多かった。光仁天皇が病気と高齢を理由に譲位したことから、桓武天皇は天応元（七八一）年に四四歳で即位する。光仁・桓武帝は本来は即位する可能性のなかった方である。天皇の即位の必然性や正当性を示すために童謡を配したり、生母にまつわる伝承を記したのであろう。百済は既に白村江の戦いで滅亡している。続紀に記された日光感精型説話は、遠い昔にあった異国の出来事として、百済王の血を引く高野新笠の高貴な神秘性を印象付け、桓武天皇を権威付けるものであろう。続紀の記事は、日の光を介して新羅で誕生した阿加流比売神が日本に渡ったという古事記の伝承を媒介としてはじめて、宮廷貴族たちに受け入れられるものであったろう。古事記は天照大御神信仰を背景において新羅と日本との関係を説こうとしているように思われる。寺田恵子氏は古事記の「たま」の用例を検討し、「たま」には何らかの呪能、霊能を表すものが多く、「玉」には宝玉一般の性格が現れているが、特に女性にまつわる品が多い[34]と指摘する。皇祖神を女神とする日本神話の独自性と赤玉から女神が誕生する事象は、誓約神話において、天照の物実である玉から天照の後継者が誕生する事象と類同性がある。第一節で述べたように、赤玉は統治の観念と関わるが、赤玉から誕生した阿加流比売神は天皇家の血筋とは無関係である。日光感精伝承を通して新羅と日本が太陽が照らし日の光が照射される領域に属し、習俗や文化の土壌を共有し、かつ太陽信仰においては日本の優位性が主張される。それは、「倭王以天爲兄以日爲弟」（『隋書』倭国伝 開皇二十年、推古天皇八年（六〇〇））、「日出處天子」（『隋書』倭国伝 大業三年、推古天皇十五年（六〇七））の文言にも表れている。古事記が撰録された和銅五（七一二）年には、すでに日本は白村江の戦い（天智称制二（六六三）年）で、唐・新羅に大敗を喫し、新羅に対する日本国家の優位性はなくなっていたはずである。にも拘らず、『続日本紀』巻第十八天平勝宝四（七五二）年六月壬辰（十七日）の「新羅使を朝堂に饗す」際の詔には、「新羅国、来りて朝庭に奉ることは、気長足媛皇太后の彼の国を平定げたまひしより始りて、今に至るまで、我が蕃屏と為る。」として神功皇后の平定を持ち出して朝貢の由来を説き、新羅の無礼を責めるのである。『経国集』には、「三韓の朝宗する、日を為すこと久矣。風を占へ貢を輸し、歳時絶ゆること靡し。頃蕞爾たる新羅、漸くに蕃礼を闕き、先祖の要誓を蔑し、後主の迷図に従ふ。多く楼船を発せ、遠く威武を揚げ、奔鯨を鯷壑に斮り、封豕を鶏林に戮さむと思欲ふ。」と新羅に対する感情悪化をあらわにしている。天之日矛伝承には、息長帯比売命の新羅親征の栄光を背負い、『経国集』に見られるような新羅国に対する優位性に固執する姿勢につながる、自国意識が垣間見られるように思われるのである。それは、古事記の仲哀記・応神記以降の天下統治の観念と深く関わるのであろう。

注

（1）山口佳紀・神野志隆光　校注・訳『新編日本古典文学全集　古事記』一九九七年六月　小学館
（2）小島憲之・蔵中進・直木孝次郎・西宮一民・毛利正守　校注・訳『新編日本古典文学全集　日本書紀』一、二、三　一九九四年四月、一九九六年一〇月、一九九八年六月　小学館
（3）前掲書（1）
（4）金井清一「古事記の「高千穂」「笠沙」「韓国」をめぐって、その想定空間の検討」『論集上代文学』第三十六冊　二〇一四年一〇月　笠間書院
（5）前掲書（1）
（6）福島秋穂「『古事記』に載録された天之日矛の話の構造について」『記紀神話伝説の研究』一九八八年六月　六興出版
（7）村上桃子「下巻への神話⑴　天之日矛譚」『古事記の構想と神話論的主題』二〇一三年三月　塙書房

（8）三品彰英「南方系神話要素」「感精型神話」『三品彰英論文集』第三巻　神話と文化史　一九七一年九月　平凡社
（9）植垣節也　校注・訳『新編日本古典文学全集　風土記』一九九七年一〇月　小学館
（10）三品彰英「アメノヒボコの伝説」『三品彰英論文集』第四巻 増補日鮮神話伝説の研究　一九七二年四月　平凡社
（11）松前健「アメノヒボコとヒメコソの神」『松前健著作集』第10巻　日本神話論Ⅱ　一九九八年七月　おうふう
（12）寺田恵子「ツヌガアラシトの伝承をめぐる問題」『菅野雅雄博士古稀記念　古事記・日本書紀論究』二〇〇二年三月　おうふう
（13）多田一臣校注『日本霊異記』下　一九九八年一月　筑摩書房の記述を参考にした。
（14）瀧川政次郎「比賣許曾の神について――日鮮交通史の一考察――」『國學院大學日本文化研究所紀要』第九輯　一九六一年一〇月
（15）前掲書（12）
（16）松前健「記・紀ヒメコソ縁起の成立」『松前健著作集　第3巻　神社とその伝承』一九九七年一二月　おうふう
（17）前掲書（14）
（18）前掲書（12）
（19）前掲書（2）
（20）青木和夫・稲岡耕二・笹山晴生・白藤禮幸校注『新日本古典文学大系　続日本紀』二、三、四、五　一九九〇年九月、一九九二年一一月、一九九五年六月、一九九八年二月　岩波書店
（21）栗原朋信「犠牲禮についての一考察――とくに古代の中國と日本の場合――」『福井博士頌壽記念　東洋文化論集』一九六九年一二月　早稲田大学出版部
（22）井上光貞「神祇令の特質とその成立」『歴史学選書　日本古代の王権と祭祀』一九八四年一一月　東京大学出版会
（23）上田正昭「殺牛馬信仰の考察」『神々の祭祀と伝承　松前健教授古稀記念論文集』一九九三年六月　同朋舎出版
（24）前掲書（23）
（25）佐伯有清「牛の神話と伝説」『日本歴史新書　牛と古代人の生活』一九六七年三月　至文堂

(26) 小泉道『新潮日本古典集成　日本霊異記』一九八四年一二月　新潮社
(27) 前掲書(23)
(28) 門田誠一「東アジアにおける殺牛祭祀の系譜――新羅と日本古代の事例の位置づけ――」『佛教大学　歴史学部論集』創刊号　二〇一一年三月
(29) 阪下圭八「天之日矛の物語(1)」「天之日矛の物語(2)」『日本文学研究資料新集1古事記・王権と語り』一九八六年七月　有精堂
(30) 前掲書(29)
(31) 森田喜久男「「北ッ海」における山野河海支配」『日本古代の王権と山野河海』二〇〇九年二月　吉川弘文館
(32) 岡本健児「四国の銅矛形祭祀と水霊信仰」『國學院雜誌』第七八巻第九号　一九七七年九月
(33) 前掲書(9)
(34) 寺田(小島)恵子「古事記の「たま」――珠・璁・璵・玉について――」『湘南短期大学紀要』第二〇号　二〇〇九年三月

*『経国集』の本文は、小島憲之「經國集詩注　巻二十対策文」『國風暗黒時代の文学　補篇』二〇〇二年二月　塙書房による。
その他の本文の引用は以下による。
*一然　著・金思燁　訳『完訳　三国遺事』一九七六年四月　朝日新聞社
*金富軾　著・金思燁　訳『完訳　三国史記』上　一九八〇年一二月　六興出版
*『倭名類聚抄〔本文篇〕』一九六八年七月　臨川書店
*高田眞治『漢詩選I詩経』(上)一九九六年一〇月　集英社
*楠山春樹『新釈漢文大系　淮南子』(上)一九七九年八月　明治書院
*竹内照夫・三樹彰・田中忠『新釈漢文大系　礼記』(上)一九七一年四月　明治書院
*前野直彬『全釈漢文大系　山海経・列仙伝』一九七五年一〇月　集英社

＊虎尾俊哉『延喜式』上　二〇〇〇年五月　集英社
＊黒板勝美『国史大系　類聚三代格　後編・弘仁格抄』一九八八年四月　吉川弘文館
＊黒板勝美『国史大系　律』一九八八年一二月　吉川弘文館
＊黒板勝美「廐庫律逸文」『新訂増補国史大系　政治要略』一九三三年八月　吉川弘文館
＊本章執筆にあたり、田熊信之氏にご教示を賜った。記して感謝申し上げる。

第八章　記紀の雄略天皇の狩猟記事について

はじめに

江田船山古墳出土の鉄刀銘文や、稲荷山古墳出土の鉄剣銘文に彫られた「辛亥年」（四七一年）「獲加多支鹵大王」の解読は、雄略天皇を中心とするヤマト王権の勢力が、九州から東国にまで及んでいたことを示した。江田船山の鉄刀銘文の冒頭には「治天下」とあり、五世紀後半の雄略天皇の頃から、「治天下」と称され「大王」の号が用いられたことが明らかになり、『宋書』倭国伝の倭王武の上表文に記された雄略天皇像を裏付けることになった。なお雄略天皇の宮跡とされる脇本遺跡が発見されたことによって、泊瀬朝倉宮に都をおき、実在した雄略天皇の事蹟が次第に明らかにされてきた。雄略天皇条は記において重要な、紀の中でも屈指の大さな巻であり、物語性に富んだ婚姻伝承やエピソード、政治・対外関係記事など多岐にわたる内容を含む。伝雄略天皇御製は万葉集巻一の巻頭を飾っており、八世紀の人々に古代の代表的な天皇として、深く印象づけられていた。記紀の雄略天皇の記事を読んで心づくのは狩猟を舞台に設定した記事が多いことである。これには編纂者の何らかの意図が存在したと思われる。本章では上代文学に表れた狩猟記事と、記紀の雄略天皇条の狩猟記事をもとに、その独自性や意義について考察したい。

一　雄略記紀の狩猟記事

雄略天皇に関わる狩猟記事、それに関わる記事には次のものがある。

1 a 安康記

淡海の佐々紀山君が祖、名は韓袋が白ししく、「淡海の久多綿の蚊屋野は、多た猪鹿在り。其の立てる足は、荻原の如し、指し挙げたる角は、枯松の如し」とまをしき。此の時に、市辺之忍歯王を相率て、淡海に幸行して、其の野に到れば、各異に仮宮を作りて宿りき。

爾くして、明くる旦に、未だ日も出でぬ時に、忍歯王、平らけき心を以て、御馬に乗り随ら、大長谷王の仮宮の傍に到り立ちて、其の大長谷王の御伴人に詔はく、「未だ寤めず坐す。早く白すべし。夜は、既に曙け訖りぬ。獦庭に幸すべし」とのりたまひて、乃ち馬を進めて出で行きき。爾くして、其の大長谷王の御所に侍る人等が白さく、「うたて物云ふ王子ぞ。故、慎むべし。亦、御身を堅むべし」とまをすに、即ち衣の中に甲を服、弓矢を取り佩きて、馬に乗りて出で行きて、倏忽の間に馬より往き双びて、矢を抜き其の忍歯王を射落して、乃ち亦、其の身を切り、馬槽に入れて、土と等しく埋みき。

b 雄略天皇即位前紀

冬十月の癸未の朔に、天皇、穴穂天皇の曾て市辺押磐皇子を以ちて、国を伝へて遥に後事を付嘱ねむと欲ししを恨みて、乃ち人を市辺押磐皇子に使して、陽りて校猟せむと期り、郊野に遊ばむと勧めて日はく、「近江の狭狭城山君韓帒の言さく、『今し近江の来田綿の蚊屋野に、猪・鹿多に有り。其の戴ける角、枯樹の末に類へり。其の聚へる脚、弱木の林の如し。呼吸く気息、朝霧に似れり』とまをす。願はくは、皇子と、孟冬陰を作せる月、寒風粛然たる晨に、郊野に逍遥びて、聊に情を娯しびしめ騁せ射む」とのたまふ。市辺押磐皇子、乃ち随ひて馳せ猟す。是に大泊瀬天皇、弓を彎ひ馬を驟せて、陽り呼ばひて、「猪有り」と曰ひ、即ち市辺押磐皇子を射殺したまふ。

2c 雄略紀二年十月条（古事記に対応記事なし）

冬十月の辛未の朔にして癸酉に、吉野宮に幸す。

丙子に、御馬瀬に幸し、虞人に命せて縦猟したまふ。重巘に凌り、長莽に赴き、未だ移影くに及らざるに、什が七八を獮す。猟する毎に大きに獲て、鳥獣尽きむとす。遂に旋りて、林泉に憩ひ、藪沢に相羊し、行夫を息め、車馬を展ふ。群臣に問ひて曰はく、「猟場の楽は、膳夫をして鮮を割らしむ、自ら割らむに何与ぞ」とのたまふ。群臣、忽に対へまつること能はず。是に天皇、大きに怒り、刀を抜きて、御者大津馬飼を斬りたまふ。是の日に、車駕、吉野宮より至りたまふ。国内の居民、咸皆振ひ怖づ。是に由りて、皇太后と皇后と聞しめして大きに懼みたまひ、倭の采女日媛をして、酒を挙げて迎へ進らしめたまふ。天皇、采女の面貌端麗しく、形容温雅なるを見して、乃ち和顔悦色びたまひて曰はく、「朕、豈汝が妍咲を覩まく欲せじや」とのたまひ、乃ち手を相携りて、後宮に入りたまふ。皇太后に語りて曰はく、「今日の遊猟に、大きに禽獣を獲たり。群臣と鮮を割りて野饗せむと欲ひ、群臣に歴問ふに、能く対へまをすひと有ること莫し。故、朕嗔りつ」とのたまふ。皇太后、斯の詔の情を知らして、天皇を慰め奉らむとして曰したまはく、「群臣、陛下の遊猟場に因りて、宍人部を置きたまはむとして、群臣に降問ひたまふを悟らず。群臣、嘿然しはべりけむこと、理なり。且対へまをすこと難かりけむ。今し貢るとも晩からじ。我を以ちて初めとし、膳臣長野、能く宍膾を作る。願はくは、此を以ちて貢らむ」とまをしたまふ。天皇、跪礼ひて受けたまひて曰はく、「善きかも、鄙人の所云『心を相知るを貴ぶ』といふは、此の謂か」とのたまふ。皇太后、天皇の悦びたまふを視して、歓喜き懐に盈ちます。更、人を貢りたまはむとして曰はく、「我が厨人、菟田御戸部・真鋒田高天、此の二人を以ちて、加へ貢りて宍人部とせむと請ひまつる」とのたまふ。兹より以後に、大倭国造吾子籠宿禰、狭穂子鳥別を貢りて宍人部とす。臣・連・伴造・国造、又随ひ続ぎて貢る。

是の月に、史戸・河上舎人部を置く。天皇、心を以ちて師とし、誤りて人を殺したまふこと衆し。天下、誹謗りて言さく、「大だ悪しくましします天皇なり」とまをす。

3d雄略紀四年二月条（古事記の対応記事は葛城の狩猟記事の次に置かれる）

四年の春二月に、天皇、葛城山に射猟したまふ。忽に長人を見る。来りて丹谷に望めり。面貌容儀、天皇に相似れり。天皇、是神なりと知ろしめせども、猶し故に問ひて曰はく、「何処の公ぞ」とのたまふ。長人、対へて曰はく、「現人之神なり。先づ王の諱を称れ。然る後に噵はむ」とのたまふ。天皇、答へて曰はく、「朕は是幼武尊なり」とのたまふ。長人、次に称りて曰はく、「僕は是一事主神なり」とのたまふ。遂に与に遊田を盤しびて、一鹿を駈遂ひて箭発つことを相辞り、轡を並べて馳騁せたまふ。言詞恭しく恪みて、仙に逢ふ若きことに有します。是に、日晩れて田罷む。神、天皇を侍送りまつりて、来目水に至りたまふ。是の時に、百姓咸言さく、「徳有します天皇なり」とまをす。

4e古事記

天皇、吉野宮に幸行しし時に、吉野川の浜に、童女有り。其の形姿、美麗し。故、是の童女に婚ひて、宮に還り坐しき。

後に、更に亦、吉野に幸行しし時に、其の童女が其処に遇へるを留めて、大御呉床を立てて、其の御呉床

に坐して、御琴を弾きて、其の嬢子に儛を為しめき。爾くして、其の嬢子が好く儛ひしに因りて、御歌を作りき。其の歌に曰はく、

95呉床居の　神の御手もち　弾く琴に　儛する女　常世にもがも

即ち、阿岐豆野に幸して、御獦せし時に、天皇、御呉床に坐しき。爾くして、蜹、御腕を咋ひしに、即ち蜻蛉、来て、其の蜹を咋ひて飛びき。是に、御歌を作りき。其の歌に曰はく、

96み吉野の　小室が岳に　猪鹿伏すと　誰そ　大前に奏す　やすみしし　我が大君の　猪鹿待つと　呉床に坐し　白栲の　袖着そなふ　手腓に　蜹掻き着き　其の蜹を　蜻蛉早咋ひ　斯くの如　名に負はむと　そらみつ　倭の国を　蜻蛉島とふ

故、其の時より、其の野を号けて阿岐豆野と謂ふ。

f雄略紀四年八月条（3dの四年二月条の次に置かれる）

秋八月の辛卯の朔にして戊申に、吉野宮に幸行す。

庚戌に、河上の小野に幸す。虞人に命せて、獣を駈らしめ、躬ら射むと欲して待ちたまふに、虻、疾く飛び来て、天皇の臂を嗜ふ。是に蜻蛉、忽然に飛び来て、虻を囓ひて将ち去ぬ。天皇、厥の心有ることを嘉したまひ、群臣に詔して曰はく、「朕が為に、蜻蛉を讃めて歌賦せよ」とのたまふ。群臣、能く敢へて賦者莫し。天皇、乃ち口号して曰はく、

75倭の　鳴武羅の岳に　鹿猪伏すと　誰かこの事　大前に奏す　一本に、「大前に奏す」を以ちて「大君に奏す」に易ふ。大君は　そこを聞かして　玉纏の　胡床に立たし　一本に、「立たし」を以ちて「坐し」に易ふ。倭文纏の　胡床に立たし　鹿猪待つと　我がいませば　さ猪待つと　我が立たせば　手腓に　虻かきつきつ　その虻を　蜻蛉はや囓ひ　昆虫も　大君にまつらふ　汝が形は置かむ　蜻蛉島倭　一本に、「昆虫も」より

以下を以ちて「かくのごと　名に負はむと　そらみつ　倭国を　蜻蛉島といふ」に易ふ。

とのたまふ。因りて蜻蛉を讃めて、此の地を名けて蜻蛉野とす。

5g古事記

又、一時に、天皇、葛城之山の上に登り幸しき。爾くして、大き猪、出でき。即ち天皇の鳴鏑を以て其の猪を射し時に、其の猪、怒りて、うたき依り来たり。故、天皇、其のうたきを畏みて、榛の上に登り坐しき。爾くして、歌ひて曰はく、

97やすみしし　我が大君の　遊ばしし　猪の　病み猪の　うたき畏み　我が逃げ登りし　在り丘の　榛の木の枝

h雄略紀五年二月条（4fの四年八月条の次に置かれる）

五年の春二月に、天皇、葛城山に校猟したまふ。霊しき鳥、忽に来る。其の大きさ雀の如し。尾長く地に曳き、且鳴きつつ曰く、「努力、努力」といふ。俄にして、逐はれたる嗔猪、草の中より暴に出でて人を逐ふ。獵徒、樹に縁りて大きに懼る。天皇、舎人に詔して曰はく、「猛獣も人に逢ひては止む。逆射て且刺せ」とのたまふ。舎人、性懦弱くして、樹に縁りて色を失ひ、五情無主なり。嗔猪、直に来りて天皇を噬ひまつらむとす。天皇、弓を用ちて刺し止め、脚を挙げて踏み殺したまふ。是に田罷みて、舎人を斬らむとしたまふ。舎人、刑に臨みて、作歌して白さく、

76やすみしし　我が大君の　遊ばしし　猪の唸声畏み　我が逃げ縁りし　在丘の上の　榛が枝　吾兄をとまをす。皇后、聞しめして悲しび、感を興して止めたまふ。詔して曰はく、「皇后、天皇に与したまはずして、舎人を顧みたまふ」とのたまふ。対へて曰したまはく、「国人、皆陛下を謂して、『安野したまひて獣を好みたまふ』とまをさむ。無乃可からざるか。今し陛下、嗔猪の故を以ちて、舎人を斬りたまふ。陛下、

譬へば豺狼に異なること無し」とまをしたまふ。天皇、乃ち皇后と車に上りて帰りたまふ。「万歳」と呼ひつつ曰はく、「楽しきかも。人、皆禽獣を猟り、朕、善言を猟り得て帰る」とのたまふ。

6・i雄略紀六年二月条（古事記に対応記事なし）

六年の春二月の壬子の朔にして乙卯に、天皇、泊瀬の小野に遊でます。山野の体勢を観して、慨然きて感を興したまひ、歌して曰はく、

77こもりくの　泊瀬の山は　出で立ちの　よろしき山　走り出の　よろしき山の　こもりくの　泊瀬の山は　あやにうら麗し　あやにうら麗し

とのたまふ。是に小野を号けて道小野と曰ふ。

7・j雄略紀十一年十月条（古事記に対応記事なし）

冬十月に、鳥官の禽、菟田の人の狗が為に嚙はれて死ぬ。天皇、瞋りたまひ、面を黥みて鳥養部としたまふ。是に信濃国の直丁と武蔵国の直丁と、侍宿して相謂ひて曰く、「嗟乎、我が国に積める鳥の高さ、小墓に同じ。旦暮に食へども、尚し其の余有り。今し天皇、一鳥の故に由りて、人面を黥みたまふ。太だ道理無し。悪行まします主なり」といふ。天皇、聞しめして、聚め積ましめたまふ。直丁等、忽に備ふること能はず。仍りて詔して鳥養部としたまふ。

8k雄略記（3d雄略紀四年二月条に対応。5gの次に置かれる）

又、一時に、天皇の葛城山に登り幸しし時に、百官の人等、悉く紅の紐を著けたる青摺の衣を給りて服たり。彼の時に、其の、向へる山の尾より、山の上に登る人有り。既に天皇の鹵簿に等しく、亦、其の束装の状と人衆と、相似て傾かず。爾くして、天皇、望みて、問はしめて曰はく、「茲の倭国に、吾を除きて亦、王は無きに、今誰人ぞ如此て行く」といふに、即ち答へ曰ふ状も、亦、天皇の命の如し。是に、天皇、大きに

忿りて矢刺し、百官の人等、悉く矢刺しき。爾くして、其の人等も、亦、皆矢刺しき。故、天皇、亦、問ひて曰ひしく、「其の名を告れ。爾くして、各名を告りて矢を弾たむ」といひき。是に、答へて曰ひしく、「吾、先づ問はえつ。故、吾、先づ名告を為む。吾は、悪しき事なりとも一言、善き事なりとも一言、言ひ離つ神、葛城之一言主之大神ぞ」といひき。天皇、是に、惶り畏みて白さく、「恐し、我が大神。うつしおみに有れば、覚らず」と、白して、大御刀と弓矢とを始めて、百官の人等が服たる衣服を脱かしめて、拝み献りき。爾くして、其の一言主大神、手打ちて其の奉り物を受けき。故、天皇の還り幸す時に、其の大神、山の末を満てて、長谷の山口に送り奉りき。故、是の一言主之大神は、彼の時に顕れたるぞ。

これらの狩猟伝承のうち、1aとb、8kと3d、4eの阿岐豆野の記事とf、5gとhの記事は、記紀に相違はあるものの、内容的にそれぞれ対応しており、共通の資料によって形成された伝承と思われる。[1] 2cと6iと7jは書紀独自の記事である。日下・三輪・吉野・葛城・春日を舞台とする婚姻と巡幸・遊猟伝承は古事記の特徴であり、書紀の狩猟伝承は雄略紀二年から五年にまとめられている。また狩猟の舞台は1abの即位前と6iの国見、7jの鳥養部の記事を除き、葛城と吉野とに限られている。さらに書紀では雄略天皇の二面性や性格の振幅の大きさを示す、2c「大悪天皇」、5h「豺狼に異なること無し」、7j「悪行まします主」、3d「有徳天皇」の評価が、狩猟の出来事に付託して記される。雄略紀の狩猟記事は、漢籍の影響——主として『文選』の西京賦——が指摘されている。[2] しかし、これら三つの点から、雄略記紀の狩猟伝承が記載された背景には、編纂者の物語構想上の意図と何らかの儀式的背景とが存在したことを思わせる。以下記事を検討していく。

二　皇位継承争いにみる狩猟

１ａとｂは、紀によればこの狩猟の時期は冬十月とある。十月は古代人にとって十一月の収穫祭に先立つ物忌の時節とされ[3]、冬は人間の霊魂の最も衰弱する季節と観想されていた[4]。その衰えた魂を、捕獲した動物の外来魂を付与して更新させるのが、冬の狩猟の原義だったらしい[5]。雄略記紀ではこの狩猟の場は、大長谷王と市辺忍歯王子という有力な皇位継承者の会合の場面として設定されている。応神記には宇遅能和紀郎子の皇位継承を不服とする大山守命が弟王が檝執りに身をやつしているとは知らずに呉床に坐すと思い、船の中で問いかける場面がある。

「玆の山に忿怒れる大き猪有りと伝へ聞きつ。吾、其の猪を取らむと欲ふ。若し其の猪を獲むや」といひき。答へて曰ひしく、「時々、往々に、取らむと為れども、得ず。」是を以て、能はじと白しつるぞ」といひき。答爾くして、執檝者が答へて曰ひしく、「能はじ」といひき。亦、問ひて曰ひしく、「何の由ぞ」といひき。

「忿怒れる大き猪」を獲ること、その目的を果すことは出来ないとして、弟王は兄を水の中に堕とし入れる。皇位をめぐる争いの最中に、単なる世間話として大猪のことを語ったとは思われない。伝承心意の上ではこの忿怒れる大猪を討ち取ることが、皇位有資格者の試金石と考えられたのではないか。猪を捕まえる苦難が主人公の成長や命運に関わる話がある。大穴牟遅神は八十神に火で焼いた大石を赤き猪と偽られ、それをつかまえるよう伯岐国の手間の山本に呼び出され、焼き殺される。この神話の背景には、古代の若者が通過儀礼を経て一人前の男性として集団社会の中で認められていく成年式の風習が揺曳し、かつ神話全体から見れば、一旦は苦難に遇って死に至るものの、復活して成長を遂げ英雄となっていくという、死は復活の前提であるとする上代の思想に支えられて構成されている。狩猟の場が王者としての資格を試す試練の場となっているのである。倭建命は伊服岐能山の神の正身である牛のような大きさの白猪に誤った言挙をしたために、打ち惑わされる。山の神に対する不用意な行動が死を招くのである。

万葉集巻一・四五〜四九番の軽皇子の安騎野遊猟歌には、軽の父日並皇子が生前に遊猟した地に、「神ながら神さびせすと……真木立つ　荒き山道を　岩が根　禁樹押しなべ……み雪降る　安騎の大野に……草枕　旅宿りせす　古思ひて」（四五）、険しい山道を越えて、雪の降る安騎の大野に、日並皇子がここに来られたことを偲んで旅寝をなさる、と歌われる。短歌には、「ま草刈る荒野にはあれどもみち葉の過ぎにし君の形見とそ来し」（四七）とあり、安騎野は形見の地で、軽皇子は父のかつての行動をなぞっている。皇太子であった日並皇子の「いにしへ」の姿と、成長した軽皇子の現実の姿が、従う人々の目に時の流れを超えて二重写しになっている。「日並の皇子の尊の馬並めてみ狩立たしし時は来向かふ」（四九）には、軽皇子が日並皇子を追って皇太子となり、やがて皇位を継ぐことが予想されている。冬の安騎野の狩猟は、群臣たちにそうした共同幻想を共有させる儀礼の場でもあった。森朝男氏は、「軽皇子の登場を払暁の時間に定位した人麿の詩の原理は、即位儀礼としての大嘗祭の祭式的時間構造に、深く関わっている」[6]と指摘する。狩猟の行われる冬は、また穀霊神が忌み隠り復活を期する季節と観想された。皇位継承者である軽皇子は、信仰上は穀霊の体現者でもあったから、安騎野の狩の場では、やがて来たる軽皇子の即位と穀霊再生の思想が重層的に暗示されている。軽皇子にとってそこで狩をすることは、亡き父皇子の足跡を体現し、御霊ふりを行って皇太子としての資格を身につける、重要な儀式であったと思われる。狩猟が鎮魂と深く関わっていたことは、神代記に八重言代主神が御大之前で「鳥の遊・取魚」をして、国譲りの交渉に備えたとある話や、仲哀紀八年正月条に、御船が進まないので魚沼・鳥池を作り、残らず魚鳥を集め、「皇后、是の魚鳥の遊ぶを看して、忿の心、稍に解けぬ」とある伝承に示される。

1aとbでは、古事記は日も昇らない暗い内に、「夜がすっかり明けてしまった。早く狩り場へおでましなさい」という忍歯王の言葉を厭味と受けとった従者の進言を聞き入れて、大長谷王が忍歯王を射殺す。書紀の市辺押磐皇子殺害は計画的で欺し討ちである。狩猟の場の欺し討ちは景行紀四十年冬十月の是歳の条に、日本武尊が駿河の焼津で賊の火攻めにあう話にもある。海幸山幸神話における兄弟の幸易えと海山の支配権を巡る争いや、常陸国風土記多珂郡の飽田村の倭武天皇と橘皇后の山と海に分かれての幸争い伝承など、後者に見られる狩りのト占的性格も併せて考えれば、履中系と允恭系の王位継承資格者の二柱の王が登場し、大長谷王が一方の皇位継承資格者を殺害し、即位に至る経緯を説くのに「狩猟」という非日常の場はふさわしい。仲哀記の香坂王・忍熊王のうけひ獦の場面では、「香坂王、歴木に騰り坐して見るに、大き怒猪、出でて、其の歴木を掘りて、即ち其の香坂王を咋ひ食みき」とある、誓約の凶兆を恐れずに、息長帯日売命に戦いを挑んだ忍熊王は敗れ去る。紀の神功皇后摂政元年二月条には「祈狩（于気比餓利）」とあり、「若し事を成す有らば、必ず良き獣を獲む」とある。偶発的な要素に左右される狩猟は神意を問う場でもあった。bで事件の起きた季節を冬十月のこととしたのは、綏靖即位前紀冬十一月の条にあるように、神渟名川耳尊が諒闇の際に、「片丘の大窨の中に有り、独り大牀に臥せ」る手研耳命を弓矢で射殺す話がある。十一月仲冬は「十一月の卅日より以前に納れ畢れ」（田令第九　第二条）と記される農事暦の最終期であり、新嘗祭が行われる季節でもあった。日本書紀では歴代大皇の埋葬を冬と記す例が二一例（このうち十月は二一例、神功皇后を含む）あり、次の天皇は春正月即位がほとんどである。思想的には穀霊神の死と再生は一連のものとして捉えられ、冬は皇位継承者が祭政を行う時期という考えがあった。雄略天皇の場合も、兄安康天皇が殺害された時、皇位の行方は流動的であった。皇位継承者を決定する場として、狩猟の場は物語の展開上最も相応しいと考えられたのであろう。記紀の編纂者はこうした伝統にのっとり大長谷王子の即位前の記事を形成したと思われる。

三　吉野の狩猟

2cは書紀独自の記事である。cには雄略紀の特徴である采女伝承（雄略紀に九例）が付随しており、天皇と倭采女日媛との結婚が語られる。古事記にも伊勢の三重の婇が新嘗の豊明の際に槻の葉が盃に浮かんでいるのを知らずに大御酒を献上し、天皇に斬られそうになる話がある。采女は孝徳紀大化二年正月一日の改新の詔に、「采女は、郡の少領より以上の姉妹と子女の形容端正しき者を貢れ」とあり、制度として整えられた。雄略記紀にはヤマト王権の重要拠点の倭・伊勢・吉備国等の采女伝承が記される。采女の起こりは五世紀後半の大王と豪族との支配と隷属の展開過程にあるとされる。[7]采女の貢上は、豪族の服属を確認し、大王の支配体制を確立するものであった。遊猟で多くの鳥獣を獲た天皇は、宍膾を作り群臣と野宴を楽しもうとするが、群臣はそれに答えず、怒った天皇は馬飼を斬る。皇后と皇太后は日媛を天皇に奉る。その後天皇の怒りの理由を知った皇太后は、宍人部を置くことを勧め、膳臣長野らを貢上し、天皇はこれを喜ぶ。群臣たちもこれに倣う。この事件で、国内の人民は皆震え、人を処刑する天皇を誹謗して天下の人々は「大悪天皇」と評した。群臣と野宴を楽しむ願望が汲み取られず、舎人に刑を執行する天皇が記される。7jの十一年十月では、鳥官の禽が狗に食い殺され、怒った天皇は、顔に入墨をして鳥飼部とした。信濃国と武蔵国の直丁がこの行為を非難して「道理無く悪行の主」と噂をした。天皇はこれを聞き、信濃と武蔵の鳥を積み上げると小さな墓ほどになるかを試し、二人の言う高さにならなかったので、鳥養部とした。天皇は「心を以ちて師とし、誤りて人を殺したまふこと衆し」と評されるが、天皇には自らの判断の基準がある。怒りによって刑を執行する天皇には迷いがない。2cの狩猟伝承は、宍人部の設置・采女との結婚による感情の鎮静・皇太后の善言による雄略天皇の怒りの鎮静という三つの要素から成立している。日本書紀第九段正文の天稚彦の殯には、一云として「烏を以ちて宍人者とし」とある。鳥獣の肉を調理して死者に捧げたとみられる。『令集解』巻卌 喪葬令 遊部事には「及二長谷天皇崩時一。而依レ罄二比自支和氣一。七日七夜不レ奉二御食一。依レ此阿良備多麻比岐」とある。宍人は膾を作り、狩猟で獲た獣の死体処理にも当たり、死者の鎮魂をする職掌に従事したのだろう。皇太后と5hの皇后の善言については、持統紀三年六月条に記された「撰善言司」との関係が指摘される。(8) 三つの要素は狩猟をきっかけに起きた雄略天皇の怒りを鎮める意図で結びついたと思われる。7jの鳥養部の設置は、仁徳紀四十三年秋九月の条に、倶知（鷹）を連れた天皇が、「百舌鳥野に幸して遊猟したまふ。時に雌雉、多に起つ。乃ち鷹を放ちて捕らしむ。忽に数十の雉を得つ」とあり、鳥養部は遊猟と無関係と思われないので、狩猟の語は記されていないが載せた。

4eとfは阿岐豆野（蜻蛉野）の由来、「蜻蛉島」の国号の起源を説く。eの前半には天皇が吉野川のほとりで童女と神婚し、後日御琴を弾き嬢子を舞わしめる場面がある。九五番歌謡には「呉床居の 神の御手もち」と記され、雄略天皇を呉床に坐す神とする。道教的神仙境の吉野を背景に、雄略天皇は常世・神仙の神と重ねて描かれているとされる。(9) 吉野は後に天武天皇が政権樹立の旗上げをした地であり、再生・化身長生の霊力を付与する聖地であるという仙境観が加わっていく。神武・天武・持統紀に記される王権のゆかりの地で、神婚と狩猟が併せて語られる。

狩猟を行う天皇の腕に虻がかみつき、その虻を蜻蛉が食って飛び去り、蜻蛉までも奉仕する天皇を称えている。蜻蛉は田の虫を食べ、その出現は収穫の季節の秋であり、秋の語原は、飽きるほど食物を食べる飽き（『東雅』天文「飽満(アキミツ)るの義」）と言われる。歌謡は天皇が自ら蜻蛉の行いを褒める。古事記九六番と書紀七五番は、「誰そ 大前に奏す」（記）、「誰かこの事 大前に奏す」（紀）の問いの形で歌い起こされる。祈年祭祝詞に「辭別きて、伊勢に坐す天照らす大御神の大前に白く」や、七世紀末～八世紀初めの藤原宮跡出土木簡にみられる「誰々の前に申す」形式の上申文書[10]の書き出しと形式が類似している。狩に従う者によって追われた獣の状況が呉床に坐す天皇に奏上される形で狩の場の天皇を照射する。続いて記は「やすみしし　我が大君の」と三人称で歌い継がれる。古事記は三人称のまま歌が展開し、敬語を用いながら客観的叙述を行うことで第三者の視点からも天皇の尊貴性を高めながら、天皇が統治する国にふさわしい国号の由来に展開していく。書紀は「大君は　そこを聞かして」と、報告を聞く天皇を対置する。続いて「我がいませば」「我が立たせば」と一人称に転じ、天皇の動作を叙述しながらさらに「大君にまつらふ」蜻蛉を打ち出し、倭の鳴武羅の岳から蜻蛉島倭に空間が拡大していく。最後は我が汝に歌いかける形となり、「我」の提示によって天皇の姿が狩の場に立ち現れ、「蜻蛉島　倭」の支配者像が浮かび上がる。大祓祝詞に「昆ふ虫の災」、大殿祭祝詞には「這ふ虫の禍なく」とあり、昆虫は害虫とされるがここでは「昆虫も　大君にまつらふ」と天皇を讃美する素材となる。蜻蛉野の天皇は怒らず満ち足りた様である。「汝が形は　置かむ」と記念して倭国をアキヅシマとする。収穫の豊かな地域（飽ッ島）の大和の豊作のしるしとして[11]蜻蛉はふさわしい。国号の起源説話は、神武紀にある。

　三十有一年の夏四月の乙酉の朔に、皇輿巡幸す。因りて腋上の嗛間丘に登りまして、国状を廻望みて曰はく、「妍哉、国獲つること。内木綿の真迮国と雖も、猶し蜻蛉の臀呫せるが如もあるかも」とのたまふ。是に由りて、始めて秋津洲の号有り。

号は神武天皇の葛城巡幸の際の国見に由来すると伝えられる。桜井満氏は、蜻蛉は田の神のつかはしめ――豊穣をもたらす穀霊――とみられており、アキヅシマはその臀呫の如しと言って豊穣を予祝した地名であるとする[12]。その国名が雄略天皇の御狩に重ねて伝えられる。狩猟は古代観想において広義の国見と結びついており、播磨国風土記賀古郡の条にも、天皇の巡幸・国見・狩の伝承が記載される。仁徳紀六十二年是歳の条には、

　額田大中彦皇子、闘鶏に猟したまふ。時に皇子、山上より望みて、野中を瞻たまふに、物有り、其の形廬の

如し。伇りて使者を遣して視しめたまふ。

とある。fの雄略紀では、狩猟が秋八月に催されたとあり、稲が実る頃に飛び交う蜻蛉の登場が語られることから、収穫感謝祭的な秋の季節祭式と関わるものと考えられていたらしい。[13] 記紀の歌謡には、芸能的な所作が伴ったとされ、[14] そこには吉野の国栖の大贄貢献のような儀礼もあったとされる。[15] eとfに語られた狩猟は、農業生産に関わる予祝儀礼の意味をもつと思われる。

四　葛城山における狩

5gは大き猪・怒り猪に襲われた天皇が榛の木に登り難を避けるのが古事記であり、hの書紀では怒り猪を恐れて木に登ったのは舎人であり、天皇は猪を踏み殺し、猪に怖じ気付いた舎人を斬ろうとするが、皇后の善言によって思いとどまる。歌謡の歌い手は古事記は天皇、書紀は舎人という相違がある。古事記の記述は簡潔であるが、「鳴鏑」は新潮日本古典集成古事記では、「晴の世界である遊猟に宣戦布告を意味する鳴鏑を用いたことが神への挑戦を意味した結果であり、（中略）天皇が榛の木の上に逃げて救われたのは「有徳」の結果」[16]とする。「大き猪」は鳴鏑を射ることによって「怒り猪」となり、歌謡では「病み猪」に変化し、天皇は「うたき畏み」とある。中村啓信氏は3dの日本書紀の一言主大神と狩猟を楽しむ記事に対し、hはその後に離れて配列され、古事記5gと8kの記事が並べて配列されているのは、「葛城の山の上」で大猪の事件は起こり、「大猪が神の化した姿か、神使のそれかを明らかにしないまま、天皇は激しい抵抗を受けたのであるから、天皇は再度葛城山へ登幸することとなる。（中略）大猪の説話は一言主大神の説話へ連繫して一つの物語に成長する」とし、「葛城一言主大神を随順せしめた、雄略天皇偉大の物語に仕上がっている」[17]と指摘する。長野一雄氏も雄略記の葛城山を二話一連とみる[18]。天皇が怒猪に追われて榛の木に登り難を逃れる描写は、書紀の雄略天皇象とは異なるが、怒猪は葛城山の神の化身と思われ[19]、神を畏敬し賢いやり方で避けたといえよう。香坂王が食い殺されたのとは異なり、歌謡には天皇を守った榛の木の枝が顕彰される。書紀では校猟の際に霊長が現れ、「油断するな」と警告を発したところに嗔猪が現れる。大久保正氏は、「『書紀』の物語には、皇后の諫言を容れて舎人を許すという『芸文類聚』に依拠した文飾でも明らかなように、中国的な聖天子像として雄略天皇像を理想化しようとした作為や意図が著しく看取される[20]」と指摘する。瀬間正之氏は詳細な典拠の検討により、雄略紀五年「葛城山の猟」の条は、『修文殿御覧』あるいは『華林遍略』依拠説と共に、改めて『芸文類聚』復権の余地が残る[21]と述べる。

一言主大神との遭遇の説話も配列だけでなく記紀の内容に相違がある。古事記には狩猟の語はなく、「百官の人等、悉く紅の紐を著けたる青摺の衣を給りて服たり」と威儀を整えた天皇一行の「鹵簿」「束装」に寸分違わぬ行列に出くわす。「茲の倭国に、吾を除きて亦、王は無き」と自負する天皇は怒り、一触即発の危機となる。相手の名のりによって一言主大神の示現が語られる。天皇は「恐し、我が大神。うつしおみに有れば、覚らず」と、隠身の神が出現したことへの驚嘆と、「現し臣」と称する自身と等価の姿で大神を認めたことが記される。天皇は「大御刀と弓矢とを始めて、百官の人等が服たる衣服を脱かしめて」献る。一言主大神は天皇の祭祀を受け入れ、天皇を長谷の山口まで送る。雄略天皇への讃美と天皇の権威を語る構成になっている。書紀では天皇は遭遇した「面貌容儀相似」する相手を神と悟り、天皇と一事主神は互いに名を名のる。終日共に「遊田」を楽しみ仙人に遇った時のように対する。一事主は「現人之神」と名乗るが、天皇が「朕」と言うのに対し、神は「僕」とへりくだる。書紀の編纂者は、天皇を神の上におく叙述をする。神が天皇を送る場所も来目川であり、有徳の天子像を語る。

３ｄ、５ｇｈ、８ｋの葛城山が舞台の記事は、五世紀に葛城一円を根拠地として、天皇家と次々に婚姻関係を結んで勢力を伸ばした有力豪族である葛城氏と、雄略天皇との抗争の歴史を暗示した説話であるとされる[22]。葛城氏には二つの系統があり、円大臣が滅ぼされ（安康記紀）、葛城南部地域を勢力圏としていた玉田宿禰系の葛城氏が滅んでもなお、北部を根拠地とした葦田宿禰系の葛城氏が隠然たる勢力を保持し、雄略大皇も容易に屈服させることができなかったことがこれらの説話に象徴的に語られているとされる[23]。そうであれば８ｋにおいて一言主神が雄略天皇に対して先に名のりをし[24]、葛城氏の奉祭神である一言主神が天皇に見出されるということは[25]、葛城氏の天皇家への屈服、ひいては天皇家に葛城一族の奉祭神が従属し、組み入れられていくことを暗示する。雄略天皇はこの巡狩によって葛城の地を支配下においたとみられる。

葛城の地は葛城氏はもちろん、天皇家にとっても古くから関わりの深い土地であった。まず第一に、アキヅシマの国号の起源は、神武天皇が腋上の嗛間の丘に登って国見をしたことに由来する（神武紀三十一年四月条）。第二に欠史八代の天皇のうち、綏靖天皇が葛城の高岡宮に、孝安天皇が葛城の室の秋津島宮にそれぞれ宮を置いたとされる（記紀）。第三に仁徳天皇の皇后石之日売の故郷が葛城の高宮であり（記紀）、その御名代として葛城部が置かれている（記）。第四に円大臣がその女韓媛に五つ処の屯宅（記、紀は宅七区）を添えて奉ったことにより、葛城の一部が天皇家のものになったことがみえる（記紀）。第五は推古紀三十二年十月条に、蘇我馬子が葛城県が蘇我氏の本拠であることを理由に返却を願い出るが、推古天皇が許さなかったとする記事を伝える。第六に皇極紀元年是歳条に、蘇我大臣蝦夷が己の祖廟を葛城の高宮に建て、八佾の儛をしたと記される。こうした関わりと共に、葛城は赤銅の八十梟や侏儒によく似た手足の長い土蜘蛛が住みついた土地（神武即位前紀）とされ、吉野と共通する性格をもつ。また雄略記紀では、天皇が現人神に出会ったり、危急を予言する霊しい鳥が現れる神秘的な場所として描かれる。これらの伝承によれば、葛城に関係した人々はアキヅを大八洲の中心にある聖地とみていたらしい[26]。葛城はすでに弥生時代から葛城川を中心として農業生産を志し、繁栄してきた土地であった。比較的成立が早いとされる祈年祭祝詞には、「御縣に坐す皇神等」「水分に坐す皇神等」として葛木の御名をあげる。葛城山はこうした農業を司り、繁栄をもたらす神の宿る神聖な山とされていたのだろう。雄略天皇がそこに狩猟の為に登ったとされるのも、そうした宗教的霊威を身に付け[27]、神意をうかがうなどの目的があった為ではないかと推察される。狩猟の場が神の霊威を体現する場であったことは、履中紀五年九月条によって知られる。

秋九月の乙酉の朔にして壬寅に、天皇、淡路島に狩したまふ。是の日に、河内の飼部等、従駕につかへまつり轡を執れり。是より先に、飼部の黥、皆未だ差えず。時に島に居します伊奘諾神、祝に託りて曰はく、「血の臭きに堪へず」とのたまふ。因りて卜ふ。兆に云はく、「飼部等が黥の気を悪む」といふ。故、是より後、頓絶に飼部を黥せずして止む。

癸卯に、風の声の如くに大虚に呼ばふもの有りて曰く、「剣刀太子王や」といふ。亦呼ばひて曰く、「鳥往来ふ羽田の汝妹は、羽狭に葬り立ち往ぬ」といふ。(中略)俄にして、使者忽に来りて曰さく、「皇妃薨りましぬ」とまをす。

冬十月の甲寅の朔にして甲子に、皇妃を葬りまつる。既にして天皇、神の祟を治めたまはずして、皇妃を亡ひしを悔いたまひ、更に其の咎を求めたまふ。

神の祟りを鎮められなかった結果が愛妃の死につながったとする。また、允恭紀十四年九月条には次のようにある。

十四年の秋九月の癸丑の朔にして甲子に、天皇、淡路島に獦したまふ。時に、麋鹿・猿・猪、莫々紛々に山谷に盈ち、焱のごと起ち蠅のごと散く。然れども、終日に一獣をだに獲たまはず。是に、獦止めて更に卜ふ。島の神、祟りて曰く、「獣を得ざるは、是我が心なり。赤石の海底に真珠有り。其の珠を我に祠らば、悉に獣を得べし」といふ。(中略)乃ち島の神を祠りて獦したまひ、多に獣を獲たまふ。

この場合は真珠を神に捧げ、祟りを鎮めて狩の獲物を得ている。この伝承の遊猟の場である淡路島は国生み神話の舞台であり、そこはみけつ国と讃えられ、葛城と同様に天皇家にとって重要な地であった。この二つの記事と応神紀十三年九月の一云の条には淡路島での九月の遊猟が記される。平林章仁氏は、「五世紀頃の大和王権の大王にとって淡路島での九月の狩猟が重要な政治的儀礼ないしは宗教的行事であった[28]」とみる。豊後国風土記国埼郡頸の峯の伝承で知られるように、狩猟には生産方面、特に農事における卜占の意味があった。農事が宮廷の祭政方針と深く関わっており、狩は神意を得る場とされたのである。

3d・5hの葛城の狩猟の記事は、その時期がいずれも春二月とされている。舟ケ崎正孝氏は、「令制下において葛城鴨が御年神として仲春二月の祈年祭の日に特別に祭祀されることと、この地の狩猟とが密接な関係にあったことが伝承に反映している[29]」と指摘する。令集解の仲春 祈年祭には、

百官々人集。別葛木鴨名爲二御年神一祭日。白猪白鶏各一口也。爲レ令二歳稔一祭之。如二大歳祭一也。（巻七 神祇令）

また鴨津波八重事代主命神社の祭神である八重事代主神は、祈年祭に宮中の八神殿に祭られる。事代主神は、記紀の伝承では託宣神と伝えられるが、書紀では初代神武天皇の正妃、第二代綏靖天皇の母媛蹈鞴五十鈴媛命、第三代安寧天皇の母五十鈴依媛命とをそれぞれ事代主神の大女少女としている。また第三代安寧天皇の皇后渟名底仲媛命は第四代懿徳天皇の母であり、事代主神の孫鴨王の女と伝える。ヤマト王権草創の三代にわたり婚姻関係を結んでいることから、事代主神を斎く一族と天皇家は深い関係にあったらしく、事代主神はそうしたことから天皇家の穀霊・祖霊と考えられ、宮中に祭られたものとみられる[30]。事代主神は出雲系の神であるとされ、このことは出雲勢力の天皇家への服従を意味するのであろう。葛城に鎮座する神には記に大国主神の子とされる出雲系阿遅鉏高日子根神をはじめとして穀物に関係した神が多く、そのことは古代観想上の葛城山の性格を暗示している。

祈年祭も令義解巻七の神祇令に、

　仲春　祈年祭　謂。祈猶レ禱也。欲レ令二歳災不一レ作。時令順レ度。即於二神祇官一祭之。故曰二祈年一。

と記され、豊作を祈る儀式であった。日本の正月から田植までの農耕行事は、必ず附近の山と関係して行われ、この時期に山登りの風習があり、特に民間では農神の祭りはすべて二月初旬に行われ、それが祈年祭に波及したと三谷栄一氏は指摘する。[31] 山は穀霊神降下の場であるとともに国見の場でもあった。千葉徳爾氏は、日本の狩猟儀礼には農耕と複合した文化形態の一端があることを指摘する。[32] 雄略紀の葛城山狩猟の二月は、田の神が田へ降りる時季でもあった。[33] 渡瀬昌忠氏は国見行事が二月と密接な関わりがあることを検証している。[34] ６ｉに記した「山野の体勢を観して」とある国見を連想させる泊瀬の山登りが、雄略紀六年二月に行われたと伝えられるのもこのことに関係しているだろう。農業と狩猟が密接な関係にあったことはすでに一言したが、播磨国風土記讃容郡の条に妹妋の神が国占めを競い、妹玉津日売命が五月夜に鹿を生け捕りその生き血を用いて稲の種苗の生育を促す呪術を行い、田植をした記事からも知られる。

　公式の祈年祭の起源は大宝二年二月の「大幣」、慶雲三年二月の「祈年の幣帛」の記事にもとめられるが、天智紀九年三月条に、「三月の甲戌の朔にして壬午に、山御井の傍に、諸神の座を敷きて、幣帛を班つ。中臣金連、祝詞を宣る」と記された記事が、これに先立つ祈年祭としての性格をもつならば、[35] この場合も祈年祭と山の関係がうかがわれる。

　記紀の雄略天皇像は天武天皇をもとに形成されたといわれる。[36] 特に３ｄの「現人之神」、「仙」と４ｅの吉野の神仙的性格は天武天皇と重なる部分があり、[37]「呉床居の　神」にはそれが顕著に表れている。８ｋと３ｄ、５ｇとｈの記事が雄略記紀に収められているのも、大嘗祭や龍田風神・広瀬大忌の祭りなどの国家祭祀が整えられていく天武朝の時代思潮と無関係ではないだろう。天武紀十二年十月条に狩の記事、天武紀四年四月条に「猟者」

がみえる。畢竟、書紀は雄略天皇が祈年の祭に関わる御霊ふりの為に、葛城山に狩猟に赴いたとする上で、違和感のない状況を設定しようとしたのだろう。雄略天皇が葛城山で一言主神に出会った話は、当時の人々に流布していたらしく、続日本紀天平寳字八年十一月庚子の条に「復高鴨神を大和国葛上郡に祠る。高鴨神は、法臣円興・弟中衛将監従五位下賀茂朝臣田守ら言さく、「昔、大泊瀬天皇葛城山に獦したまひし時、老人有りて、毎に天皇と相逐ひて獲を争ふ。天皇怒りて、その人を土左国に流したまふ。先祖の主れる神化して老夫と成り、爰に放逐せらる」とまをす。是に、天皇乃ち田守を遣して、これを迎へて本処に祠らしむ」と記される。しかしこの記事で問題になるのは、一言主神が鴨神と混同されている点である。これは葛城・蘇我一族が滅んだ後、七世紀に葛城一帯を支配した鴨氏が、一言主神の祭祀権を継承した為に鴨の神と混同されたものとみられる。[38] また肥後和男氏は、葛城伝承においては鴨の神と猪の間の関係を指摘する。[39] すなわち神武即位前紀に「膞見の長柄丘岬に猪祝といふ者有り」とあり、これが新撰姓氏録大和国神別の条に、「長柄首、天乃八重事代主神之後也」とあるのに一致し、長柄の地は延喜式巻第九神祇九に記された葛上郡の長柄神社にあたるという。[40] 青木紀元氏は、一言主神を鴨氏の祭る葛城の鴨の勢力とみる。[41] 多田一臣氏はこの見解を支持し、「吉凶を一言で判断するとは、天候、気象そのほか農事にかかわり深い事象を神意として託宣することであり」、賀茂氏の主要神として高鴨神、事代主神、一言主神の三神を指摘する。[42] 鴨氏の祭る神が宮廷祭祀に取り入れられ、託宣神であった事代主神が穀物神の性格を有していくように、一言主神も鴨氏に奉斎されるようになって、その性格に変化が生じたのかとも思われる。『新撰姓氏録』によると葛城氏には二つの系統があり、神別の葛城氏は高魂命の五世の孫にあたる劔根命から出て「直」の姓をもらっている（河内国神別）。もう一つの皇別の葛城氏は「朝臣」の姓をもらう葛城襲津彦命につながる一族である（左京皇別下）。用明天皇即位前紀九月条に、「伊勢神宮に拝して、日神の祀」に三十七年間奉仕した酢香手姫皇女が葛城直から出た（元年正月）と伝えられ、葛城が天皇家にとって聖地であったことが示される。記紀編纂当時、古代の偉大な王と認識され、かつ葛城地方を領導下においた雄略天皇であったからこそ、3dと8k、5gとhの伝承形成が容易であったのだろう。

五　狩の場における怒り

古事記において「怒る」（忿・怒）という表現がなされるのは、神々の行為を除けば石之日売命と雄略天皇が主である。折口信夫は、怒りとは霊魂が肉体から遊離発動した危険な状態であり、この憤怒の素朴に発し鎮静した伝えが雄略天皇に多く、記紀の雄略天皇は直に怒り、善言や歌の徳によって直に和む古代人らしい心の美しい天子として宮廷の理想が込められていると説く。そして、怒りに関することが、代表的に雄略天皇に仮託されて伝承されたと指摘する。[43] 雄略天皇の処罰は古事記の志幾の大県主や三重采女伝承では「のみの御幣物」や天語歌によって回避される。書紀の木工闘鶏御田の伝承では琴の音と歌によって罪を許される。雄略紀の怒りは次の箇所に記される。(1)眉輪王事件「忿怒、弥盛にして」（即位前紀）、(2)百済の池津媛と石河楯の姦通「大きに怒りたまひて」（二年七月条）、(3)吉野宮猟場「大きに怒り」「嗔りつ」（二年十月条）、(4)葛城山校猟「嗔猪」（五年二月条）、(5)鳥官の禽が嚙われ「瞋りたまふ」（十一年十月）、(6)根使主の悪事発覚「大きに怒りたまひて」（十四年四月条）、雄略天皇の五例はいずれも怒りの対象が処罰される。二年十月条の「大悪天皇」と記された評価は正当であろう。一方で「心を相知るを貴ぶ」（二年十月条）面ももちあわせる。

上代伝承における忿・怒の主なものは次の例である。(1)伊耶那岐大御神の須佐之男命への海原分治拒否と根之堅州国希求に対する「大きに忿怒り」（古事記上巻）、(2)天照大神の素戔嗚尊の乱行による天石窟隠り「発慍りて」（書紀第七段正文）、日神の「恚恨み」（第七段一書第二）、(3)大穴牟遅神に対する八十神の「忿りて」（古事記上巻）、(4)天若日子喪屋で阿遅志貴高日子根神が「大きに怒りて」（古事記上巻）・「忿然作色りして」（書紀第九段正文）、「忿りて」（一書第一）、(5)鹿葦津姫が天孫の疑いに対して「忿恨み」（書紀第九段正文）、(6)出雲振根が神宝を奉った弟飯入根に「恨忿を懐き」（崇神紀六十年七月条）、(7)仲哀天皇が神託を信じなかったために神が「大きに忿りて」（仲哀記）、(8)神功皇后が魚鳥の遊びを見て「忿の心」を解く（仲哀紀八年正月条）、(9)香坂王が「大き怒猪」に食い殺される（仲哀記）、(10)大山守命が話題にする「忿怒れる大き猪」の話（応神記）、(11)石之日売が仁徳帝の黒日売への御歌に「大きに忿りて」（仁徳記）、(12)石之日売の行啓中に仁徳帝が八田若郎女と婚したことに対し「大きに恨み怒りて」（仁徳記）、(13)根臣の大日下王に対する讒言「横刀の手上を取りて怒りつるか」（安康記）、(14)安康天皇殺害に対する大長谷王の「慷慨み忿み怒りて」（安康記）、(15)雄略天皇の一言主大神遭遇に際して「大きに忿りて」（雄略記）、(16)袁祁命との歌垣の嬬争いで「志毘臣、愈よ怒りて歌ひて」（清寧記）(17)平群大臣父子の無礼に「赫然りして大きに忿りたまふ」（武烈即位前紀）、(18)箭括の氏麻多智が夜刀神に「大く怒りの情を起こし」（常陸国風土記行方郡）、(19)晡時臥山の蛇の子が別れに際して「怒怨に勝へずて」（常陸国風土記那賀郡茨城の里）、(20)火明命が父神大汝命に置き去りにされ「大く瞋り怨む」（播磨国風土記餝磨郡伊和の里）、(21)女神が男神を祭らなかったことを「怨み怒ります」（播磨国風土記揖保郡枚方の里）、(22)求婚を拒否した安師比売神に対して伊和大神が「大く瞋り」（播磨国風土記宍禾郡穴師の里）、(23)花浪の神の妻である淡海の神が夫を追いかけてこの地に至り「遂に怨み瞋りて」（播磨国風土記賀毛郡腹辟の沼）、などがある。これらによれば怒りはあるべき想定や規範を超えたり、当事者の常識から外れたり希求がかなえられなかったりする時に引き起こされる激烈な感情表現であり、怒りが表明されることによって新たな状況が展開していく。森昌文氏は、古事記の葛城の怒猪、一言主神との遭遇に、雄略の狩猟王から〈言〉をもって和とする王への変質をみる。さらに書紀では、狩猟伝承を背景にしながら狩猟にみる征服論理を捨象し、〈有徳天皇〉と評される、対話する天皇への変化を読みとる。[44] また、荻原千鶴氏は、「雄略は、怒りという『古事記』の天皇の規範を超える行為によってこそ、神と通交することを可能にさせられているのではないか(45)」と指摘する。雄略紀では天皇の怒りはその対象者の処罰に結びつき、狩の場での怒りは「心を以ちて師と」する天皇（二年十月条）を描く雄略紀の特徴ともいえる。そこには、『礼記』曾子問第七に喩えとして記す「天無二二日一、土無二二王一、嘗禘郊社、尊無二二上一。」に通じる天皇の姿がうかがえる。この姿勢は古事記の一言主大神遭遇の場面に「吾を除きて亦王は無き」という言葉にも示される。また、『礼記』王制第五には刑罰について次のようにある。

凡作二刑罰一、輕無レ赦、刑者、侀也、侀者、成也。一成而不レ可レ變、故君子盡レ心焉。

刑罰は一たび決めたら変えることはできない、これは雄略天皇の刑を執行する姿勢に通じる。

古くは怒りによる霊魂の動揺遊離は鎮静されなければならなかった。特に穀霊の体現者である天皇の霊魂は穀霊と混交された。雄略天皇の葛城山の狩猟伝承には歌謡が付随し、天皇の心が鎮められている。また農業祭祀である国見と狩猟が繋がりをもって語られ、祈年祭に繋がる性格を有する。万葉集巻一は、雄略天皇の御歌を巻頭におき、続いて舒明天皇の国見歌と宇智野の遊猟の折の歌を配列する。このことは、農業祭祀である国見と狩猟とが密接な関わりをもつ行事であり、この二つを執り行うことが王者として重要な役割であったことを示していよう。雄略天皇の狩猟記事はこの二つを包含しており、古代祭政のあり方を表現していると思われる。『礼記』王制第五には王者の理想的な狩猟のあり方について次のように記す。

天子諸侯無レ事、則歳三田。一爲二乾豆一、二爲二賓客一、三爲レ充二君之庖一。無レ事而不レ田曰二不敬一。田不レ以レ禮曰レ暴二天物一。天子不二合圍一、諸侯不レ掩レ羣。天子殺則下二大綏一、諸侯殺則不二小綏一、大夫殺則止二佐車一。佐車止則百姓田獵。獺祭レ魚、然後虞人入二澤梁一、豺祭レ獸、然後田獵、鳩化爲レ鷹、然後設二罻羅一、草木零落、然後入二山林一、昆蟲未レ蟄、不二以火田一、不レ麛、不レ卵、不レ殺レ胎、不レ殀レ夭、不レ覆レ巣。

狩の準備はすでに九月から行われ、宗廟の供物祭祀や賓客をもてなしたり、公営の台所に蓄えるために行われる。

大事が起きないのに狩をしないのは不敬であり、狩に礼を守らないのは天物を損傷することになると説く。書紀の一言主神と狩猟を楽しむ天皇は、狩の礼を守る天皇として描かれる。推古紀十九年・二十年・二十二年五月五日には菟田野や羽田で薬猟が行われる。天智紀八年五月五日に山科野で縦猟がなされる。こうした鹿茸や薬草を採る薬狩に対して、天武紀十二年十月には「倉梯に狩したまふ」とあり、冬の狩猟が行われる。王権の存続には、王の恒久的な支配権を保証し、確立していく制度が必要になる。雄略記紀の狩猟伝承は、古代祭政と天皇のあり方や、中国の狩猟制度をもとり入れ、天武朝以降に体系化されていく天皇の祭式のあり方が反映されている。

おわりに

日本書紀編修は、巻十四の雄略紀以降と巻十三の允恭・安康紀以前の間には、文字や語法の点で明確な相違が見られ、森博達氏は、書紀区分論の立場から、書紀歌謡の仮名と訓注がα群（中国原音（唐代北方音）によって表記され、文章も正格の漢文で書かれた中国人の手になる巻一四〜一九、二四〜二七）とβ群（歌謡と訓注の仮名が複数の字音体系に基づくものが混在し、倭音に基づいた仮名も少なからず用いられる、日本人によって書かれた巻一〜一三・二二〜二三・二八〜二九）に分かれると指摘する。[46]また、編纂はα群からβ群という順で進められ、持統朝に続守言が巻十四「雄略紀」からを担当し、藤弘恪が巻二十四「皇極紀」からを担当し、β群は文武朝になって山田史御方が撰述したとする。[47]日本書紀はまず巻十四の雄略紀から述作された可能性が大きく、古代人が雄略天皇の時代を歴史の出発点と位置づけていたことになろう。

雄略記紀の狩猟伝承は、古代の狩猟に対する概念や信仰を集約しながらも、天武朝以降に体系化されていく祭式を取り入れて構想され、形成された伝承と考えられるのである。

注

(1) 中村啓信「雄略記の定着」『國學院雜誌』第六三巻第九号　一九六二年九月

(2) 谷川士清『日本書紀通證』巻十九に「割鮮野饗（ナマスツクリアヘセム）」の出典としてあげられている。「西京賦」の孟冬の天子の狩猟の記述は、2cに引用した雄略紀二年十月条の記事と類似性がみられる。日本古典文学大系・新編日本古典文学全集『日本書紀』頭注には、雄略紀の狩猟記事の「西京賦」の影響があげられる。『日本書紀通證』二　一九七八年一一月　臨川書店

(3) 折口信夫「ほうとする話」『折口信夫全集』第二巻　古代研究（民俗學篇1）一九七五年一〇月　中央公論社　同「み雪ふる秋――「まつり」と「こと」と――」『折口信夫全集』第二十巻　神道宗教篇　一九七六年八月　中央公論社

(4) 前掲書（3）「ほうとする話」

(5) 折口信夫「即位前記」『折口信夫全集』第二十巻　神道宗教篇　一九七六年八月　中央公論社

(6) 森朝男「柿本人麿の時間と祭式――阿騎野遊猟歌をめぐって――」『鑑賞　日本古典文学』（第3巻　万葉集）一九七六年一〇月　角川書店

(7) 門脇禎二「采女の起り」『采女』一九六五年七月　中央公論社

(8) 中西進「古事記抄――安康記・雄略記――」『論集上代文学』第六冊　一九七六年三月　笠間書院

(9) 上田正昭「古代信仰と道教」『道教と古代の天皇制――日本古代史・新考』一九七八年五月　徳間書房

(10) 犬飼隆「木簡から万葉集へ――日本語を書くために――」『古代日本の文字世界』二〇〇〇年四月　大修館書店

(11) 中西進『万葉集　全訳注原文付』(一)　一九七八年八月　講談社

(12) 桜井満「巻頭歌の意義――儀礼と神話の間――」『萬葉集研究』第十集　一九八一年六月　塙書房

(13) 本田義寿「アキヅノの伝承（記紀・雄略）の芸能的側面」『立命館文学』第四〇三・四〇四・四〇五号　一九七九年三月

(14) 山路平四郎『記紀歌謡評釈』一九七八年九月　東京堂出版

(15) 前掲書（13）

(16) 西宮一民『古事記』（新潮日本古典集成）一九七九年六月　新潮社

(17) 中村啓信「雄略天皇と葛城の神」『神田秀夫先生喜寿記念　古事記・日本書紀論集』一九八九年一二月　続群書類従完成

会
(18) 長野一雄「雄略記の葛城山」『古事記説話の表現と構想の研究』一九九八年五月　おうふう
(19) 前掲書(17)
(20) 大久保正『日本書紀歌謡』一九八一年八月　講談社。『藝文類聚』巻第六十六　産業部下　田獵　に載せる「晏子曰」「荘子曰」の記事が類似する。
(21) 瀬間正之「日本書紀の類書利用——雄略紀五年「葛城山の猪」を中心に——」『記紀の表記と文字表現』二〇一五年二月　おうふう
(22) 井上光貞「帝紀からみた葛城氏」『古事記大成』第四巻　歴史考古篇　一九五一年一月　平凡社
(23) 塚口義信「葛城の一言主大神と雄略天皇」『堺女子短期大学紀要』第二十号　一九八五年一〇月
(24) 阿部寛子「葛城の大神の敗北——古事記における「名のり」から——」『上代文学』第五十号　一九八三年四月　阿部氏は先の名のりを敗北とみる。
(25) 前掲書(16)
(26) 上野理「阿岐豆野の歌(雄略記)」『記紀歌謡』(古代の文学)1　一九七六年四月　早稲田大学出版部
(27) 守屋俊彦「一言主大神出現の物語」『国語と国文学』第五六巻第一一号　一九八〇年一一月
(28) 平林章仁「食された鹿」『鹿と鳥の文化史——古代日本の儀礼と呪術——』一九九二年九月　白水社
(29) 舟ケ崎正孝「一言主伝承からみた雄略天皇の王権的属性」『日本歴史』第一七三号　一九六二年十月
(30) 倉林正次「祭りの本質と形態」『饗宴の研究　祭祀編』一九八七年六月　桜楓社
(31) 三谷栄一「国見と文学成立の基盤」『日本文学の民俗学的研究』一九八七年七月　有精堂出版
(32) 千葉徳爾「狩の儀式」『狩猟伝承』(ものと人間の文化史14)一九七五年二月　法政大学出版局
(33) 前掲書(3)「み雪ふる秋——「まつり」と「こと」と——」
(34) 渡瀬昌忠「国見歌と正月・二月——季節感成立史上の持統朝——」『古代文学』第九号　一九六九年一二月
(35) 飯田武郷『日本書紀通釋』巻之六十二に中臣金連が祝詞を宣聞したのは、神祇令の祈年祭に記された中臣の職掌による

ものとする。『日本書紀通釋』第五冊　一九三〇年五月　内外書籍株式会社

（36）三谷栄一「磐姫皇后と雄略天皇――巻一・巻二の巻頭歌の位相――」『萬葉集講座』第五巻（作家と作品1）一九七二年一二月　有精堂出版

（37）菅野雅雄「雄略天皇の神性素描」『上代文学』第三十八号　一九七六年一一月

（38）前掲書（23）

（39）肥後和男「賀茂伝説考」『日本神話研究』一九三八年四月　河出書房

（40）前掲書（29）

（41）青木紀元「日本神話の形成」『日本神話の基礎的研究』一九七〇年三月　風間書房

（42）多田一臣「氏族伝承の変貌」『古代国家の文学　日本霊異記とその周辺』一九八八年一月　三弥井書店

（43）折口信夫「日本文学の発生　怒りと鎮魂と」『折口信夫全集』第七巻　国文学篇1　一九七六年三月　中央公論社

（44）森昌文「雄略天皇論――狩猟伝承の中の大王像――」『古事記の天皇』（古事記研究大系6）一九九四年八月　高科書店

（45）荻原千鶴「『古事記』の雄略天皇像――『日本書紀』を対照に――」『日本古代の神話と文学』一九九八年一月　塙書房

（46）森博達『古代の音韻と日本書紀の成立』一九九一年七月　大修館書店

（47）森博達「日本書紀成立論小結――併せて万葉仮名のアクセント優先例を論ず――」『国語学』第五四巻第三号　二〇〇三年七月　『日本書紀の謎を解く』一九九九年一〇月　中央公論新社

＊『礼記』の引用は　竹内照夫『礼記』上（新釈漢文大系）一九七一年四月　明治書院による。

第九章　泣血哀慟歌

はじめに

最愛の妻を突然奪われた男の悲嘆と喪失の苦しみを余すところなく描いた「泣血哀慟歌」は、一三〇〇年以上の時を経てもなお作品を享受する者の心を揺り動かし、作中の男の心情や行動を、読み手がなぞるように追体験する迫力を有する。当該歌は、代匠記初稿本に、「潘安仁か悼亡詩三篇は、これらの哥に心わたれる所おほし」とあり、初稿本、精撰本に「寡婦賦」の類縁関係を示し、潘岳の影響を指摘する。その作品形成の過程において、中国詩文の発想や語句の摂取がなされ、人麻呂の挽歌的表現が深化したことが認められる。題詞の「泣血哀慟」も漢籍に学んだものとみられる。『詩経』小雅「雨無正」に「鼠思泣血」とあり、「泣血」は「涙尽きて之に継ぐに血を以てす」(1)の意である。以下に作品を引用する。(傍線・傍点は筆者による。以下同じ。)

柿本朝臣人麻呂、妻が死にし後に、泣血哀慟して作る歌二首　并せて短歌

天飛ぶや　軽の道は　我妹子が　里にしあれば　ねもころに　見まく欲しけど　止まず行かば　人目を多み

まねく行かば　人知りぬべみ　さね葛　後も逢はむと　大船の　思ひ頼みて　玉かぎる　磐垣淵の　隠りのみ　恋ひつつあるに　渡る日の　暮れぬるがごと　照る月の　雲隠るごと　沖つ藻の　なびきし妹は　もみち葉の　過ぎて去にきと　玉梓の　使ひの言へば　梓弓　音に聞きて〈一に云ふ、「音のみ聞きて」〉言はむすべせむすべ知らに　音のみを　聞きてあり得ねば　我が恋ふる　千重の一重も　慰もる　心もありやと　我妹子が　止まず出で見し　軽の市に　我が立ち聞けば　玉だすき　畝傍の山に　鳴く鳥の　声も聞こえず　玉桙の　道行き人も　ひとりだに　似てし行かねば　すべをなみ　妹が名呼びて　袖そ振りつる〈或本には、「名のみを　聞きてあり得ねば」といふ句あり〉（巻2・二〇七）

短歌二首

秋山の　黄葉を繁み　惑ひぬる　妹を求めむ　山道知らずも〈一に云ふ、「路知らずして」〉（巻2・二〇八）

もみち葉の　散り行くなへに　玉梓の　使ひを見れば　逢ひし日思ほゆ（巻2・二〇九）

うつせみと　思ひし時に〈一に云ふ、「うつそみと　思ひし」〉取り持ちて　我が二人見し　走り出の　堤に立てる　槻の木の　こちごちの枝の　春の葉の　繁きがごとく　思へりし　妹にはあれど、頼めりし　児らにはあれど、世の中を　背きし得ねば　かぎろひの　もゆる荒野に　白たへの　天領巾隠り　鳥じもの　朝立ちいまして　入日なす　隠りにしかば　我妹子が　形見に置ける　みどり子の　乞ひ泣くごとに　取り与ふる　物しなければ　男じもの　わき挟み持ち　我妹子と　二人我が寝し　枕づく　つま屋の内に　昼はも　うらさび暮らし　夜はも　息づき明かし　嘆けども、せむすべ知らに　恋ふれども、逢ふよしをなみ　大鳥の　羽易の山に　我が恋ふる　妹はいますと　人の言へば　岩根さくみて　なづみ来し　良けくもそなき　うつ

せみと　思ひし妹が　玉かぎる　ほのかにだにも　見えなく思へば　（巻2・二一〇）

短歌二首

去年見てし　秋の月夜は　照らせども　相見し妹は　いや年離る　（巻2・二一一）

衾道を　引手の山に　妹を置きて　山道を行けば　生けりともなし　（巻2・二一二）

或本の歌に曰く

うつそみと　思ひし時に　携はり　我が二人見し　出で立ちの　百足る槻の木　こちごちに　枝させるごと
春の葉の　繁きがごとく　思へりし　妹にはあれど　頼めりし　妹にはあれど　世の中を　背きし得ねば
かぎるひの　もゆる荒野に　白たへの　天領巾隠り　鳥じもの　朝立ちい行きて　入日なす　隠りにしかば
我妹子が　形見に置ける　みどり子の　乞ひ泣くごとに　取り委す　物しなければ　男じもの　わき挟み持
ち　我妹子と　二人我が寝し　枕づく　つま屋の内に　昼は　うらさび暮らし　夜は　息づき明かし　嘆け
ども　せむすべ知らに　恋ふれども　逢ふよしをなみ　大鳥の　羽易の山に　汝が恋ふる　妹はいますと
人の言へば　岩根さくみて　なづみ来し　良けくもぞなき　うつそみと　思ひし妹が　灰にていませば　（巻2・二一三）

短歌三首

去年見てし　秋の月夜は　渡れども　相見し妹は　いや年離る　（巻2・二一四）

衾道を　引出の山に　妹を置きて　山道思ふに　生けるともなし　（巻2・二一五）

家に来て　我が屋を見れば　玉床の　外に向きけり　妹が木枕　（巻2・二一六）

論の展開にあたり、歌群の提示に先行研究に用いられる、A群（二〇七～二〇九番）、B群（二一〇～二一二番）、C

群（二一三〜二一六番）を使用する。作品の配列は、A群二〇七番が藤原京西南にあった軽市を舞台とし、B群二一〇番において軽市から阿部・山田道を経て山辺の道へ、さらに三輪・巻向・龍王山へと向かう。三輪山の麓には海石榴市があった。渡瀬昌忠氏は、人麻呂の泣血哀慟歌は、万葉時代の道と市とによって構想された作品であると指摘する(2)。本章では、題詞、長歌と短歌の内容を押さえながら、A群二〇七番の軽にまつわる隠り妻の主題が作品にどのように作用しているか。B群の長歌とC群或本の歌の、「恋ふれども」の表記の問題、或本歌の「灰にていませば」を取り上げ、泣血哀慟歌の二、三の表現の問題について考察したい。

一　題詞の問題

題詞にある「泣血」の語例は、中国古代の伝統である孝忠思想に裏付けられる三年の喪などを含意することが多い。

『礼記』檀弓上

高子皐之執二親之喪一也、泣血三年、未二嘗見レ齒、君子以爲レ難。

『高僧傳』巻第七　義解篇四　釋僧鏡二十六

釋僧鏡。姓焦。本隴西人。遷居二呉地一。至孝過レ人、輕レ財好レ施。家貧母亡。太守賜二錢五千一。苦辭不レ受。洒身自負レ土、種二植松栢一。廬二于墓所一、泣血三年。服畢出家。住二呉縣華山一。

『礼記』の「泣血」は鄭玄注に「言泣无声如血出」とある。また次の例にあるように悲傷の感懐や悲嘆の実景を表述することもある。

『晉書』巻九　帝紀第九　簡文帝

咸和元年、所生鄭夫人薨。帝時年七歳、號慕泣血、固請服重。成帝哀而許之、

『晉書』 **巻三十一　列傳第一　后妃上　武悼楊皇后　左貴嬪傳**

惟屈原之哀感兮、嗟悲傷于離別。彼城闕之作詩兮、亦以曰而喩月。況骨肉之相於兮、永緬邈而兩絶。長含哀而抱戚兮、仰蒼天而泣血。

『宋書』 **巻四十三　列傳第三　徐羨之傳**

毎念人生實難、情事未展、何嘗不顧影慟心、伏枕泣血。

『新唐書』 **巻一百八十三　列傳第一百八　韓偓**

宰相韋貽範母喪、詔還位、偓當草制、上言「貽範處喪未數月、遽使視事、傷孝子心。……何必使出衮冠廟堂、入泣血柩側、毀瘠則廢務、勤恪則忘哀、此非人情可處也」

一方「哀慟」にも次のような例がある。

『北史』 **巻二十五　列傳第十三　盧魯元傳**

眞君三年、駕幸陰山、魯元以疾不從。侍臣問疾、醫藥傳驛、相屬於路。及薨、帝甚悼惜之、還臨其喪、哭之哀慟。

『後漢書』 **巻二十　銚期王覇祭遵列傳第十　祭遵傳**

詔遣百官先會喪所、車駕素服臨之、望哭哀慟。還幸城門、過其車騎、涕泣不能已。

『世説新語』 **規箴第十**

陳元方遭父喪、哭泣哀慟、軀體骨立。

『續高僧傳』 **巻第十六　習禅初　正傳二十三　周京師大追遠寺釋僧實傳十六**

釋僧實。俗姓程氏。咸陽靈武人也。……卒二於大追遠寺一。春秋八十有八。朝野驚嗟人天變色。帝哀慟泣之。

「慟」は玉篇に「哀極也」とある。このように「泣血」「哀慟」の熟語は、中国文献にそれぞれ用例がみられる。
一方、題詞に記される「泣血哀慟」の四字熟語は『梁書』『南史』にしか例がみられない。

『梁書』巻三十　列傳第二十四　裴子野傳

裴子野字幾原、河東聞喜人、晉太子左率康八世孫。……子野生而偏孤、爲祖母所養、年九歳、祖母亡、泣血哀慟、家人異之。

『南史』巻三十三　列傳第二十三　裴松之　曾孫子野傳

子野字幾原、生而母魏氏亡、爲祖母殷氏所養。……年九歳、殷氏亡、泣血哀慟、家人異之。

『南史』は『梁書』の文が元になっている。同種のものは後代の宋の鄭樵撰編の『通志』等にみられる。『梁書』は人麻呂の時代には成立しているものの、この泣血哀慟の四字熟語は当時の漢籍の用例からは例をみない。

養老令巻第四「学令」第十一第二条に、大学の生には「若し八位以上の子、情に願はば聴せ」とあり、「国学の生には、郡司の子弟を取りて為よ」とある。大学や国学で習うのは、養老令「学令」第十一第五条に、「凡そ経は、周易、尚書、周礼、儀礼、礼記、毛詩、春秋左氏伝をば、各一経と為よ。孝経、論語は、学者兼ねて習へ」とあり、巻第五「選叙令」第十二第二九条には、「文選爾雅」が上げられている。人麻呂がどこで漢籍を学んだのか。大学や国学で学ぶ機会があったとしても、先に「泣血」「哀慟」の語が出てくる例としてあげた漢籍の中で、『毛詩』『礼記』以外は「学令」には記されない。万葉集の歌によれば、人麻呂は天武・持統朝に作歌を行い、天皇や皇子に扈従する機会があったようであるが、渡来系でもなく、留学経験も無かったであろう人麻呂が、簡単に舶載、抄伝の書物を閲読できる環境にあったとは思われない。芸文類聚には「泣血」の語があるので、類書で学んだ可能性はあるが、人麻呂が題詞の「泣血哀慟」の語が出てくる「梁書」や「南史」を見ていたとは思われない。泣血哀慟歌の現表記を人麻呂による営為とするのは、一考を要するのではないか。

阿蘇瑞枝氏は「巻二所収の人麻呂作歌は、用字の面からみて、人麻呂歌集と関係が深く、同巻の他の歌々の用字とは関連性を見出し難」く、資料面における特殊さを指摘する。[3] 稲岡耕二氏は、万葉集に載せられた柿本人麻呂作歌が、人麻呂が書いた当初からの書式を残しているとされる。[4] 泣血哀慟歌は石見相聞歌に比して異伝は少ない。異伝や或本歌は「未定稿」であり、人麻呂の初案と言われ、本文歌は定稿とされ、異伝から本文への変更が作者の推敲の過程を表し、[5] 泣血哀慟歌の或本歌は、第二長歌の初案のかたちを示し、或本歌から二一〇番に推敲されたとする見解が定着している。[6] 現代ならば、作家の推敲の過程を見ることも可能であるし、異伝よりも本文の表現が優れているならば、現代人の感覚からすれば、併記はせずに定稿は残し、未定稿は捨て去るのが作家としての心情かと思われる。本文と異伝の詞句を対比したり、本文と異伝との詩的形象の変容を比較する方法をとる推敲説に対して、高野正美氏は本文と異伝との関係を表現に即して、ほぼ伝誦による変容とみた。[7] 尾崎暢殃氏は、「異伝の併記は作者の推敲を示すというよりも（本文が定稿であるならば、歌集の編成に当って推敲過程を示すことなど、不要である）、その作品の伝来と資料価値との相関に多少の疑いがもたれたためであることが察せられる」と述べ、編者が本文と異伝を併載し、或本歌も記して後世に伝える態度をとったとみる。[8] 日本書紀のα群とβ群の表記に区分があることを思えば、中国人や渡来人と史系や学識のある日本人とでは、七・八世紀の時点では、発音の知識や表記力にはまだ差があったと思われる。題詞や本文の文字表記や異伝句の表現・表記が七〜八世紀に生きた人麻呂自身によるものとするには慎重な姿勢が必要であろう。

二　二〇七番と二一〇番・二一三番の主題と構成

二〇七番の舞台となる軽市は、現在の橿原市大軽のあたり、藤原京西南の地で、藤原京の西の京極であった下つ道と、同じく南の京極となった阿部・山田道の延長との交差点付近であり、その西北に畝傍山がある。推古紀二十年（六一二）二月条には「軽街」として、

　二月の辛亥の朔にして庚午に、皇太夫人堅塩媛を檜隈大陵に改め葬る。是の日に、軽の街に誄たてまつる。

とある。天武紀十年（六八一）十月の広瀬野の記事には、

　親王より以下と群卿のみ、皆軽市に居りて、装束せる鞍馬を検校ふ。小錦より以上の大夫、皆樹下に列坐り、……

とあり、樹木が植えられていた。軽は当時の政治や文化の威風に触れる生活の中心であり、亡くなった妻は軽の里の住人で、軽市に必ず姿をみせる女性であった。養老令巻第四「戸令」第八には、

　凡そ戸は、五十戸を以て里と為よ。里毎に長一人置け。掌らむこと、戸口を検校し、農桑を課せ植ゑしめむこと、非違を禁め察む、賦役を催し駈はむこと。若し山谷阻り険しくして、地遠く人稀らならむ処には、便に随ひて量りて置け。（第一条）

とあり、「五十戸長」と記して里長（さとをさ）と訓む例（万葉集　巻16・三八四七）がある。一里は五十戸からなる行政区画で、浄御原令（日本書紀持統四年九月条）にすでに「戸令」、戸籍は存在していた。秘められた関係の妻を訪ねれば、里の住人に知られるであろう。市は巻第十「関市令」第廿七に次のようにある。

　凡そ市は、恒に午の時を以て集れ。日入らむ前に、鼓三度撃ちて散れよ。度毎に各九下。（第十一条）

　凡そ市は、肆毎に標立てて行名題せ。市の司貨物の時の価に准へて、三等に為れ。十日に一簿為れ。市に在りて案記せよ。季別に各本司に申せ。（第十二条）

　凡そ市に在りて興販せば、男女は坐別にせよ。（第十八条）

万葉時代の官庁は早朝から午前中の勤務であり、午後の日中は市に人の集まる時間であった。市は正午に集まり、

日没前に終わる。延喜式巻第四十二　左右京職　東西市司には、

凡そ毎月十五日以前は東市に集え。十六日以後は西市に集え。（第十二条）

凡そ絹・雑の染・土の器は、通わし売らんことを聴せ。（第十三条）

とある。東絁、羅、糸、錦、紵、木綿、針沓、薬、大刀、弓、箭、鞍、鐙、染草、米、麦、塩、醤、菓子、干魚、筆、墨など、人々は市で日用品や装飾品、食料、牛馬に至るまで手にいれた。二〇七番に「我妹子が　止まず出で見し　軽の市に」とあり、妻は日々の食材や日用品を得る傍ら、色糸、布、衣、染色などの服飾に興味をもっていたのか市を訪れ、男が公務を終えた後、人目に紛れて軽の市で待ち合わせたものかとも思われる。二〇七番に描かれる妻は軽の市の空間に息づいていたのである。万葉集の次の歌によると市の街路樹は槻の木であったかもしれない。(9)

泊瀬の　弓月が下に【弓槻下】我が隠せる妻　あかねさし　照れる月夜に　人見てむかも（巻11・二三五三）

天飛ぶや　軽の社の　斎ひ槻　幾代まであらむ　隠り妻そも（巻11・二六五六）

隠り妻と重なる槻の木の記憶は、二一〇番・二一三番の冒頭の妻との回想に続いていく。橋本達雄氏は、二六五六番には軽と隠り妻（忍び妻）とが歌われ、伊藤博氏の人麿の私的な体験を詠みながら、歌俳優として聴衆を意識し、二〇七番冒頭と軽太子の兄妹相姦伝承と「天田振」の類似性に着目したとする説、(10)「仮構の枠の中に自己の心情を託し」第一歌群がその枠を軽太子伝承に求めているとする金井清一氏、(11)A群からB群へ歌い継いだとする渡辺護氏(12)の見解を検討しつつ、『古事記』允恭天皇条の軽太子と軽大郎女の忍び妻の物語を一つの枠組みとして、人麻呂歌集非略体歌中の挽歌（9・一七九六〜一七九九）にみられる自己の体験に基づきながら脚色したとする。(13)

長歌冒頭の「天飛ぶや　軽の道は」の歌い出しは、作品の性格を決定づける。「天飛ぶ鳥」、「天飛ぶ雁」のように、軽を飛び立ってしまった鳥、妻の魂の象徴でもある鳥の声は、最早聴くことが出来ず、二一〇番の「鳥じもの

朝立ちいまして」の死の比喩表現や、「大鳥の　羽易の山」の愛と別離の主題に結びついていく。橋本氏は、長歌に続く二〇九番のみ詠まれた時点が異なっており、二一〇番の「うつせみと　思ひし時に」ではじまる生前の回想は、第二反歌の「逢ひし日思ほゆ」を受けて歌い起こされ、歌い継ぎの手法がとられていると指摘する。[14]

二〇七番は「なびきし」「去にき」「出で見し」の箇所以外は現在形で語られる。突然の訃報がもたらされた男の心情と行動に焦点をあて、聞き手は男の激情とやむにやまれぬ行動に引き込まれながら視点を進めて行く。傍点を付したように、接続助詞「ば」を七つ用いて流れゆくしらべを構成し、逆接の助詞「ど」は一度しか用いられない。[15]「玉梓の使ひ」が告げた、傍線部「渡る日の　暮れぬるがごと　照る月の　雲隠るごと　沖つ藻の　なびきし妹は　もみち葉の　過ぎて去にき」という死の形象の言葉を男は受け入れられない。「言はむすべ　せむすべ知らに」が男の動転を語る。嘘に違いない、何かの間違いであって欲しい、軽の市に行けば妻の姿があるに違いないと一縷の望みを託して出かけていく。市における行為は、「我が恋ふる」「我が立ち聞けば」と「我」が提示される。しかし、畝傍山に鳴く鳥のようには妻の声は聞こえず、妻に似た姿の人さえも認められず、男は「すべをなみ」、衢にある市で名を呼び、袖振りをして去って行った妻の魂に訴えかける。男の行為の甲斐もなく、妻が見えない現実を突きつけられていくことで、妻の死が次第に確実さを増して行く。村田右富実氏は、A群長歌が接続助詞「ば」によって文を連続させ、叙述が現在形で展開していくことについて、「話者が時間軸上に乗り、話者自身の現在が事実説明の判断を契機として、時間軸上を前進してゆくことによって、時間そのものが流れてゆくこうした表現はこれまでの歌表現とは明らかに一線を画するものであろう[16]」と述べる。

二〇八番では妻の面影を求めて、さらに妻の魂が迷い込んだ黄葉の山に分け入り探し求めるものの、妻がたどっていった冥界への道がわからないと嘆く。二〇九番では、逝ってしまった妻は「黄葉の散りゆく」秋の凋落と重ねられ、長歌で妻の死をもたらした玉梓の使い（それは妻との思い出を共有できる妻の家人であろう[17]）を見かけた男は、妻との回想にふけるのである。大浦誠士氏は「二〇九番歌の「なへに」語法の背後には、第一歌群に底流する、「黄葉―妻の死」という重ね合わせが存在」し、「「玉梓の使」を偶然見かけたと結ばれることで、「逢ひし日思ほゆ」という亡き妻と過ごした生前の日々への回想」を必然として受け取れると指摘する。さらに氏は「二〇九番歌は、第一歌群と第二歌群との結節点としての役割を担っている歌[18]」とする。A群は、追い求める妹を見る事の出来なかった男が「玉梓の使」を見ることによって、妻との「逢ひし日」を思う男の「すべなし」の情によって構成される。

B群二一〇番は、明日香皇女殯宮挽歌（2・一九六）の中程にある皇女と夫君の仲睦まじい生前を回想する、「うつそみと　思ひし時に」の「うつせみと」から歌い起こされる。妻がこの世の人としてあることを疑わなかった在りし日を過去形で語る。その後逆接の助詞「ど」を用いて、「思へりし　妹にはあれど　頼めりし　児らにはあれど」と流れを停滞させ、幸せだった生活を思いもよらなかった事態に展開させていく。長歌は「世の中を背きし得ねば」の、人間は必ず死ぬのだという理によって進んでいく。中西進氏は、「第一首の冒頭の段階は回想によって、現時点から戻る形で始められる。そこにすでに、第一首が自然な時間の経過に従う叙述であるのに、大きく対立して、時間的屈曲」があるとし、第二首では「ど」「ども」が四つも用いられ（「ば」は五つ）、逆接の詩であり混沌を特質とすると[19]、二首の長歌の相違を指摘する。妻の死の表現、「かぎろひの　もゆる荒野に　白たへの　天領巾隠り　鳥じもの　朝立ちいまして　入日なす　隠りにしかば」は、A群の死の形象に比してて具体的である。この箇所は代匠記精撰本に、「カケロフノモユルアラ野トハ、」「陽炎ハ遠キ所ニ見ユル物ナレハ、カクツヽクルニヤ」とし、また或本歌によれば「野ニテ火葬シテ遺骨ヲ羽易ノ山ニハ納タルカ」と記し、或本歌の「灰シテマセハ、火葬シテ灰トナリテイマセハナリ」とする。萬葉拾穂抄は「燎ゆる荒野」を「火葬せん野也」とする。万葉集管見も、「妻なくなれるを、火葬にしてよめるうたなれは也」とする。「天領巾」には多くの解釈があり、葬送の旗（玉の小琴）、柩の前後左右を蔽う歩障（古義）など、葬送の状況を詠むとする。萬葉集古義は、「天領巾とは、天人の天路を往來ふ領巾のよしなればこゝは葬を天に上ると見なし」たとする。萬葉集攷證も「天女にとりなして、天つ領巾にかくるよしいへる」とする。この箇所の解釈は冒頭の「うつせみ」と関わる。「うつせ（そ）み」は、「現し臣」が原義とされ、人の世界にあっては神の世界に属する存在が顕現する場合に用いられる[20]。森朝男氏は、「思ふ」は「神的、霊的存在がこの世に顕現させられている常態」であり、「死者をもともと幽界の人であったのに、一時的にこの顕界に現身を表したものとする歌い方」であり、「当時一般に、生きている人がこの世にあることは、そのように観念されていた[21]」と述べる。「かぎろひの　もゆる荒野」以下を葬送の場面とすれば、妻は天女のように天領巾に隠れ、鳥のように朝飛び立ち、夕日が隠れるように戻ってこなかったのである。村田右富実氏は、「相聞歌的な情調を濃厚に湛えたA群の死の形象に対し、B群においては、テキストそのものの力によって妻の死を天に昇る天女として表象されていた。このように見て来ると、「泣血哀慟歌」にあっては、妻の死の表現よりも、その死の意匠に表現の重点が置かれているといってよかろう[22]」とし、抒情挽歌において死そのものを歌う当該歌の手法に注目する。

野辺の送りから家に戻ると、形見の嬰児は母の死もわからず、本能的な希求によって泣く。その我が子に男は途方に暮れる。妻との幸せな日々は確かに存在したのに、愛の象徴であった妻屋は、今や孤独をいや増す空間でしかない。「嘆けども　せむすべ知らに」は二〇七番の表現と共通し、「恋ふれども　逢ふよしをなみ」の状態の男は、ある人から「大鳥の　羽易の山に　我が恋ふる　妹はいます」と告げられ出かけていく。高松寿夫氏は、接続助詞「ば」の連続による叙述は、B歌群にも一部みえるが、A群長歌とは大きな懸隔があり、「非常に論理的に前後が関係付けられた文章構成となっており、かつ「なづみ来し」の「し」（終止形「き」）によって、そこまでの叙述一切を過去に定位し、語りの「現在」をこの長歌末尾の一点に固定する働きも有している[23]」と指摘する。

以下には彷徨の結末が語られる。

Ａ群長歌では、玉梓の使いの言葉に間接話法が用いられるが、Ｂ群長歌ではある人の言葉に使用される。「汝が恋ふる　妹はいます」の言葉は、男を羽易の山に駆り立てる。岩根を踏み分けながら難渋してやって来たのに、妻の姿はほのかにも見えないのである。犬飼公之氏は、ここには「逢ふよし」のない死の現実と「ほのかにだにも見えな」い死の現実という、二つの死の現実があり、妹の魂の姿すなわち「影」に見えないことまでも知ってしまったことで、越えがたい別離が自覚され、そこに激しい哀慟があったと述べる[24]。また居駒永幸氏は犬飼説を引用しつつ、死者と逢いその消息を告げる歌は、逢えないことをうたうところにこのうたの主眼があり、死者の魂が確実に他界へ行ったことを確認する表現であり、完全に隔絶されたことをうたう点に意味があったと指摘する[25]。「うつせみと　思ひし妹」は冒頭の「うつせみと　思ひし時に」に対応する。「なづむ」は「来」と共に用いられ、妹に対する限りない思慕の情を表す。大浜厳比古氏は翼を広げた形から、「大鳥の羽易の山」は飛鳥方面から見た三輪山と巻向・龍王山との姿を人麻呂が呼んだもの[26]とした。尾崎暢殃氏は、「「大鳥の　羽がひの山」（２・二一〇、二一三）、「春日なる羽がひの山」（10・一八二七）の称でも、鳥と鳥とのつばさをかわす様子が男女交親のおもかげまでも内容にもたせるのだろう」とし、「人麿は妻との嘗ての愛交の象徴をこの山の山容に見、「大鳥の」の語をさえ冠して提示したのではなかったか、（中略）当該歌が文芸的昇華をとげる上では、作者の内面にその妻の墓所はハガヒの山になければならぬ必然性があったろう[27]」と述べる。二〇七・二〇八番、二一〇番に共通するのは「秋山の黄葉を繁み迷ひぬる」妹、「大鳥の　羽易の山に」いる妹をどこまでも追い求める男の限りない思慕の情である。阿蘇瑞枝氏は「死をこの世に生きている者の免れることのできぬものと観念する後代の亡妻挽歌に共通する思想が認められるが、ここにはそれにつながる諦観はなく、妻を求める積極的な姿勢をあくまでもくずしていない」、「この亡き妻に対する作者の行為も死者をなおこの世に生きている人のごとくに追い求めている点で第一長歌と等しい[28]」と指摘する。羽易の山は、「羽ぐくもる君」(15・三五七八)、「(妹を)羽ぐくみ持ちて」(15・三五七九)の表現に見られるように、雄鳥が羽でかばうように雌鳥を守る夫婦愛を象徴する様を名に持つのに、そこには妻の影さえ見えないのである。B群の長歌は「我」の行為を「我が二人見し」「二人我が寝し」と妻との充足を打ち出し、妻の死後は「わき挟み持ち」「うらさび暮らし」「息づき明かし」「嘆けども」「恋ふれども」「岩根さくみて」「なづみ来し」と動詞を連ねて、悲嘆と慟哭を描く。彷徨の果てに妻をみつけられなかったのに対して、二一三番は「灰」になった妻を確認するとあり、妻の変容を見る衝撃、見えない事よりも見たことによって、二一〇番よりさらに過酷な状況が示される。

二一一番は盈虚を繰り返す普遍の象徴ともいえる月を描き、月が刻む時の流れと共に妻の喪失を実感する。二一二番は大鳥の羽易の山に続く道を行く男の心情が詠まれる。二一六番は大鳥の羽易の山から家に戻り、妻屋の妻の木枕があらぬ向きにあるのを見て、妻の魂が去ってしまったことを実感する。

「なづむ」の語によって対象への限りない思慕を打ち出し、魂が赴く先を見届ける大御葬歌に対して、泣血哀慟歌は、「なづみ来し」甲斐も無く、「良けくもそなき」とほのかにも妻を見る事がなかった男の傷心と悲嘆に焦点が当てられる。それが時を経ても尚続いていることが二一一・二一二番に描かれる。愛する者を失った普遍的心情が表出され、誰もが自己の心情や記憶に照らし、死の冷酷さを追体験する構成になっている。

二〇七番の軽の市の人々のおとないや雑沓・華やぎ、かつてそこにあった妻の姿、二一〇番の妻との愛の記憶が濃厚に宿る妻屋、一つの空間が幸福な満たされた過去の時間と喪失の現在をあぶり出すのである。玉梓の使いとみどり子も生前の妻との結びつきと死後の断絶を浮かび上がらせる。二人の愛の拠り所であった使いは永遠の別れをもたらし、愛の証が残されているのに対する妻はいない。諦めきれず追い求めても「良けくもそなき」と喪失を思い知らされる。「玉桙の　道行き人も　ひとりだに　似てし行かねば」、「ほのかにだにも　見え」ないことを歌う。

君が目の　恋しきからに　泊てて居て　かくや恋ひむも　君が目を欲り　（紀一二三）

君が目の　見まく欲しけく　この二夜　千年のごとも　我は恋ふるかも　（11・二三八一）

とあるように、見ることは愛を実感し関係を持続することである。持統五年（六九一）九月に薨じた川島皇子に関わる挽歌には、「そこ故に　慰めかねて　けだしくも　逢ふやと思ひて〈一に云ふ、「君も逢ふやと」〉玉垂の　越智の大野の　朝露に　玉裳はひづち　夕霧に　衣は濡れて　草枕　旅寝かもする　逢はぬ君故」（2・一九四）とあり、逢いたさに旅寝をしても逢えないことを歌う点は泣血哀慟歌に通じる。「うつせみ」の人と思っていたのに、今は姿を見ることも出来ない、愛の実相が写し出される。二一一・二一四番で「相見し妹は　いや年離る」が、それでも二一二番で「衾道を　引手の山に　妹を置きて」と、「衾を引く」「手を引く」と妻との交歓を重ねて、妹は山のどこかに生きているのだという思いを抱いている。時を経てもなお繰り返される心の揺れが表現されている。

二〇七番の成立の背景には、先行研究の指摘のように軽の地の隠り妻伝承や古事記の軽太子の悲恋伝承があると思われる。二〇七番には「さね葛　後も逢はむと　大船の　思ひ頼みて　玉かぎる　磐垣淵の　隠りのみ　恋ひつつあるに」と記され、二人はいつかは一緒になろうねと誓い合っていた。軽太子と軽大郎女の忍び妻、悲恋物語では、軽大郎女が配流された軽太子を伊予に追いかけて行く。再会した二人はもうこの世に留まる必要はない。同母兄妹の相姦という法と恋愛の対立、二人はこの世の制度に敗北するが、この世で叶うことのない愛は、心中によって至上の永遠のものとなり完結する。しかし二〇七番は隠り妻のまま、一緒になる願いが叶わなかった妻との死による断絶を描く。二一〇・二一三番では幸せな生活が突然奪い去られ、見る事によって突きつけられる現実を描く。逝ってしまった妻と残された男の相反する世界が描き出され、この世の思うにまかせぬ苦しみのみならず、「世の中を　背きし得ねば」の理によって貫かれている。「相見し妹は　いや年離る」（二一一・二一四）という死の冷酷さが映し出される。長歌の妻の死による絶望は、短歌においては、「泣血三年」といわれる月日の経過によっても癒やされることのない悲哀となって示される。

三　「恋」と「眷」

二一三番の或本歌には「恋ふれども」の「戀」に、類聚古集、金沢本、広瀬本が「戀」ではなく「眷」を用いている。新編全集は「眷」とする。

求めても得られない亡き妻に対する思いは「恋ふ」であり、「現し身」の妻に逢うことを希求して、軽の市に赴き、羽易の山に分け入っている。三首の長歌の「恋」は次のように為される。

二〇七　我が恋ふる【吾戀】　千重の一重も　慰もる　心もありやと

二一〇　恋ふれども【戀友】　逢ふよしをなみ　大鳥の　羽易の山に　我が恋ふる【吾戀流】　妹者伊座等

二一三　恋ふれども【雖眷】　逢ふよしをなみ　大鳥の　羽易の山に　汝が恋ふる【汝戀】　妹座等

二一三番の「雖眷」は、金沢本、類聚古集、広瀬本による。西本願寺本は「戀」である。原表記は「眷」か「戀」かは不明だが、金沢本、類聚古集は書写過程で「眷」字が選ばれている。

説文解字第四上目部の「眷」には「顧也、从目𢍏聲、詩曰、乃眷西顧」とある。篆隷万象名義巻第廿七心部に「戀　刀泉反　係・病」巻第十二目部に「眷　古媛反　顧・戀・向」とある。

隋の『切韻』を抄記した『一切経音義』には次のようにある。

玄應音義　巻第七　一切経音義　巻第七　阿差末経　第五巻

眷戀　居院反。眷、顧視也。

慧琳音義　巻第五　一切経音義　巻第五　大般若波羅密多経　第四百五十一巻

顧戀　光戸反。鄭玄箋毛詩云迴首曰顧。又云、顧、視也、念也。蒼頡篇云、顧、旋也。廣雅、顧、向也、或作頋、俗也。説文云、還視也。従頁、音頡。雇音故聲也。下力眷反。考聲云、戀、思也。史記云、戀、慕念也。従心䜌音攣聲也。

慧琳音義　巻第十九　一切経音義　巻第十九　阿差末経　第五巻

眷戀　居院反、下力眷反。眷戀、猶顧視也。

傍点部に、現在では佚書の唐・張戩の『考聲切韻』が引かれ、「戀　思也」と記される。
『廣韻』の去聲　巻第四　線韻に「戀　慕也　力巻切」とある。
金沢本と類聚古集は平安後期の書写である。万葉集で「眷」字は次の歌に用いられる。

風をいたみ沖つ白波高からし海人の釣船浜に帰りぬ【浜眷奴】　（3・二九四）角麻呂
春山の友うぐひすの鳴き別れ帰ります間も思ほせ我を【眷益間】　（10・一八九〇）柿本人麻呂歌集
大野らにたどきも知らず標結ひてありかつましじ我が恋ふらくは【吾眷】　（11・二四八一）柿本人麻呂歌集
里遠み恋ひうらぶれぬまそ鏡床の辺去らず夢に見えこそ【眷浦経】　（11・二五〇一）柿本人麻呂歌集
紅の衣にほはし辟田川絶ゆることなく我かへり見む【吾等眷牟】　（19・四一五七）大伴家持

内田賢徳氏は一八九〇番で「人麻呂が「眷」を用いたのは、単に借訓としてではない。「友鶯」に寓される相聞の情を、カヘリという音連鎖の外で、この漢字の表象に託して表現することを試みたとすべきである」[29]と指摘する。内田氏の説を受け、奥田俊博氏は、「単にかえりみる動作のみでなく、かえりみる対象への心引かれる心情を内含する例も少なくない」とし、一八九〇番は、「「眷」は、対象に思いを向けるという点で、結句の「思御」

と類の関係にあると理解される。さらに「眷」の表す意味は、第三・第四句「鳴き別れ帰ります間も」と内容的に関連し、「かえりゆく間、絶えず思いを込めてかえりみをするような別れ」（内田賢徳「漢字表現の応用と内化」）という解釈を導く。「眷」は、訓字「思御」との間で類の関係を成しつつ、その関係において表す意味が第三・第四句の内容に具体的な状況を付与していると把捉される。同じ借訓字である（巻三・二九四）の「眷」と異なり、「眷」が表意性を有する仮名として認識されるのは、第三・第四句の内容との関連とともに、「思御」との意味的な対応の与るところが大きいと考えられる。」とし、注にて「謝霊運の詩の「眷」は李善注に「眷、猶レ恋也」とあり、嘱目する対象への愛しみの心情に重点が置かれている。この「眷」も対象を視覚によって焦点化する行為と対象に引かれる心情とをともに表して」いると指摘する。[30] 奥田氏が引かれたのは、

『文選』巻二十二　詩乙　遊覧　謝霊運「於二南山一往二北山一經二湖中一瞻眺」詩

撫レ化心無レ厭、覽レ物眷彌重。（善曰、眷猶戀也）。

である。漢籍では次のように「眷」「眷戀」「眷顧」が用いられる。

『晉書』巻七十三　列傳第四十三　庾亮傳

臣凡鄙小人、……臣知其不可、而不敢逃命、實以田夫之交猶有寄託、況君臣之義、道貫自然、哀悲眷戀、不敢違距。

『文選』巻九　畋獵　下　楊子運「長楊賦」

於レ是、上帝眷二顧高祖一、高祖奉レ命、順二斗極一、運二天關一。

『文選』巻十九　詩甲　補亡　束廣微「補亡詩」

眷二戀庭闈一、心不レ遑レ安。（庭闈、親之所居。眷戀、思慕也。言我思歸供養、心不暇安。）……眷二戀庭闈一、心不レ遑レ留。

『文選』巻二十　詩甲　公讌　應吉甫「晉武帝華村園集詩」

於レ時上帝　乃顧惟眷　眷西顧此惟與宅。

『文選』巻二十六　詩丁　行旅　上　潘安仁「在二懷縣一作」第一首

徒懐二越鳥志一、眷戀想南枝。

これらの「眷」・「戀」・「顧」は、それぞれ関係を有しており、上代人もそのように文字を享受したのだろう。

『一切経音義』に引く阿差末経には、「眷、顧視也」、「眷戀、猶顧視也」とあり、この意は或本歌の主旨に通う。

金沢本・類聚古集は、二一三番の或本歌の書写の際に、歌に「眷」の意を汲み取り、「戀」の字を用いなかったのであろう。稲岡耕二氏は、表記史の広い視野から、人麻呂の名を冠する表記歌群の先後を、略体歌（〜天武九年）↓非略体歌（〜持統三年）↓人麻呂作歌の順に表記がなされたと想定し、人麻呂の書いたものが、そのまま写され伝えられている可能性が強い(31)と指摘する。先に引いたように「眷」は人麻呂歌集に三例出てくる。稲岡氏の万葉集の表記システムの発達が、表現への目覚めや深化と連動するという方向性は理解できるが、一方で影山尚之氏が次のように指摘する疑問は拭えない。影山氏は、「稲岡の観察はきわめて精確であり、残された資料の範囲では揺るぎない論理が構築されているのだけれども、書記行為に関するわれわれの日常経験や表記意識との懸隔があまりに大きいために、実感として受け入れることを拒むのである(32)」と述べる。また犬飼隆氏が、「稲岡説は、今私たちがみる『万葉集』に書かれた和歌たちの表記の様態が、七世紀当時に人麻呂らが書いたそのままであることを前提にしないと成り立たない。しかし、今残っている『万葉集』の写本は平安時代後期をさかのぼらない。上代文学の代表的作品と言いながら、書かれている当時の姿が写本にそのまま伝えられている保証はない。もし転写の途中で書き換えられていたとしてもそれを確かめる手段はほとんどない(33)。」と指摘する通りであろう。

　人麻呂の時代に言葉が文字と出会い、日本語としての音を、記憶にとどめようとした歌を、文字で写すという営為は当然人麻呂にもあったであろう。文字を見て記憶を呼び起こし、文字を通して表現に工夫を凝らすこともあったであろう。一方で宮廷社会に生きた人麻呂が、要請に応えて歌を発表するのは文字言語を通してのみではなかったであろう。近江荒都歌や殯宮挽歌などは、口頭での発表の段階があったであろうし、伊藤博氏の提唱した「歌俳優」の性格を人麻呂にみるならば、何よりも歌は声に出し、音声を伴ってはじめて機能するものではなかったか。詠誦の場で音声を耳にし享受する言葉やフレーズの受け取りは、聞く人によって異なるし、享受者自らが記憶したものが変わっていくことは当然ありえただろう。文字で固めたものは生きた和歌ではない。人麻呂が収集したと思われる人麻呂歌集の多様な歌も、記憶によって伝えられ、書き継がれた過程も想定すべきであろう。

屋名池誠氏は、「人麻呂歌集の表記システムは、言語を稠密表記することができない不完全なシステムなどではなく、どんな文法要素も「文字列だけ与えられていればそれだけで読める」、精密な稠密表記として書くことができるものなのである。（中略）しかし、当時の文法要素すべてが書けたにもかかわらず、それらをすべて文字で表記して稠密表記とした例は人麻呂歌集には（いわゆる「非略体歌」も含め）存在しない。稠密表記にせず希疎表記にとどめ、現代では読めないものになっているのは、システムが未熟・不備だったからではなく、システムをあえて「読めるように書けるのに書かない」ように運用したからであると考える必要がある」とする。さらに氏は、「文字は音声とは異なり、その場で消えてしまうものではないので、書いた後もいくらでも手を入れられる」のにそうしていないのは、「人麻呂歌集が万葉集でもその特異な表記法を保っている以上、万葉集の最終段階の編纂責任者も、人麻呂歌集の表記はそのままで万葉集の読者には問題なく読めると考えていた[34]」と指摘する。この指摘は柿本人麻呂作とされる歌にも、或本歌にも当てはまることだと思う。屋名池氏は「文節を基本単位として日本語を表記しようとした際、たまたま中国語にそれに適した表記の型があったために、その「令～」「所～」「不～」「可～」「将～」という型全体をもってきて表記したもの」であり、「令」「不」「可」「応」「雖」は必ず文字表記されどの歌でも逆順表記となる[35]とする。二一三番の或本歌は、トモ・ド・ドモと訓まれる「雖」を用い、逆順表記になっているが、二一〇番の該当箇所は「戀友」であり、この表記をとっていない。A・B・C群には、日本語を中国語の表記にあてはめて表すことができる「不」「将」「雖」の逆順表記になる文字を用いており、これらは人麻呂歌集にも用いられている。二一三番の表記はA・B歌群に比して異例とはいえず、助詞および用言の活用語尾の省略が多くても、意味はとれ、読めたのであろう。

観音寺遺跡出土の「難波津の歌」木簡は、第一、二句が一字一音で表記され、「己丑年（持統三年）と記す木簡より下層から出土したので、天武朝（六七三―八六年）あるいはそれ以前に遡るもの[36]」とされる。宮町遺跡出土の歌木簡には「なにはづ」の歌と「あさかやま」の歌が表裏に書かれ、天平十六（七四四）年末から天平十七（七四五）年初の間のものとされる。万葉集巻十六・三八〇七に載る歌と同じ歌句をもつ歌「安積香山　影副所見　山井之浅心乎　吾念莫国」の一部が、万葉集編纂より前に仮名書きで表れたのである。古今和歌集仮名序に「この二歌は、歌の父母のやうにてぞ手習ふ人の初めにもしける」とされる二首の組み合わせが、八世紀まで遡る可能性が出て来たのである[37]。人麻呂歌集が編纂当時読めないものになっていたならば、巻十七～二十や出土木簡に見られる一字一音表記で書き換えることも可能であったはずであるのにそれはなされていない。そこには一字一句違わずに写すという表記姿勢や、厳格な校訂本を伝えていく姿勢とは異なるものがあったのだろう。また犬飼隆氏が説くように観音寺木簡は、「柿本人麻呂が活動していたそのときに、日本語の韻文が一字一音式に書かれた物的証拠になる[38]」だろう。一字一音の音を重んじる表記には、元来和歌が有していた呪的な機能（たとえば予祝）の発動の期待が基底にあろう。

竹尾利夫氏は或本歌から二一〇番へ推敲によって「眷」→「戀」、「哭」→「泣」などの文字表記が改められたとし、「泣血哀慟歌の或本歌は、第二長歌の初案のかたちを示すもの」と考えられ、「「或本」とは、人麻呂歌集以後、いわゆる人麻呂歌集とは別に、人麻呂によって筆録された草稿をまとめたものであった可能性が高い。そして、人麻呂作歌に見られる異伝のいくつかは、それをもとにした注記であると考えられよう[39]」とされるが、或本歌と本文歌が人麻呂自身の文字遣いを示すものとまでは言えず、書写者によって「沓」字の表現上の効果は考慮されていただろうし、「哭」も「泣」も先にあげた『北史』や『後漢書』、『世説新語』や『続高僧傳』の例にみられるように「哀慟」に伴った表記と思われる。二一〇・二一三番が人麻呂自身による表記がそのまま残されているのかどうかは断定はできない。小谷博泰氏は、「本文歌の表記や用字の改変は、或本歌と本文歌を集め並べて記載した、恐らく巻二の編集者、もしくは『万葉集』の編集者によるもの」とみる[40]。

歌を「記憶言語[41]」(屋名池誠氏の用語)にとどめようとする過程を経て、文字に記され、書き継がれてきた、万葉集編纂当時著名であり流動していた人麻呂の歌は、推敲であれ、伝誦であれ、転写であれ、書写の段階で異伝を胎む契機は存在した。また、編纂の過程で文字表記も整えられたのだろう。A群・B群を記した本文の他に、C群の或本歌を伝えた一本が存在したことは考えられるが、二一三番が二一〇番の初案であるとまでは言えないと思われる。茂野智大氏は、或本歌群(C群)は、「各段階の状況それ自体を効果的に示す」「即境的な有効性に特化した表現・構成をもつ」、対して第二歌群(B群)は「恒久的な有効性に特化した表現・構成をもつ」、「両歌群は根本的に構成原理を異にするのであり、「より目の高い人々に提供するためになされた」(筆者注 伊藤博氏「人麻呂の推敲――泣血哀慟歌をめぐって――」『萬葉集の表現と方法』下の引用)推敲と見做すことには慎重にならねばならない[42]」と述べる。B群とC群は「泣血哀慟」の主題をどのように表現するかという点において、長歌の結末と短歌の配列に相違がある。A・B・C群は、一方が死に片方が生き残るという如何ともし難い別離の結構に、それぞれの趣向を凝らした作品である。

四　「灰而座者」

萬葉代匠記精撰本は或本歌を「火葬シテ灰トナリテイマセハナリ」とし、萬葉拾穂抄は或本の灰を「火葬せし灰」とする。萬葉集管見は「灰に成てましませは也」とし、火葬とする。これに対し、萬葉集古義には或本歌の「灰而座者」を「解難し、誤字脱字などあるべし」とし、「後に火葬のことを思ひて、仄を灰に誤れるより亂レたるものか」とし、萬葉集略解も「灰は仄(ホノカ)」の誤りとする。吉野和子氏は、「『文選』に載る陸士衡の挽歌や『玉台新詠』『芸文類聚』『韓非子』『論衡』などでは死体が火葬によらず土の中で変化した果ての物質を「灰」という字で表わしている」とし、『高僧伝』『続高僧伝』には火葬の記事がみられ、「焼かれた後に残る物質を表現するのに「骨」「余燼」「余骸」「骸骨」「餘灰」など多様のことばが使われており「灰」一字であらわしているものはない」とする。ゆえに「人麻呂は仏典の中からではなく、仏典以外の前掲の漢籍の中から「灰」という文字を獲得した可能性が高いと思われ」、「この字によって人麻呂が表わそうとした概念は、火葬の灰ではなく、土葬された妹の状態であり」、「灰而座者」によって妹の死という「厳然たる事実を実感した表現として用いられているように思われる」[43]と指摘する。氏の人麻呂歌の或本歌表記の「灰」は火葬を意味せず、遺体の腐朽の後の土灰とみることは、同時代の用語例から蓋然性があるようにみられるが、一方で人麻呂歌の詠作当時、遺体の火化がなかったとすることは次の歌からも困難である。

土形娘子を泊瀬の山に火葬りし時に、柿本朝臣人麻呂が作る歌一首

こもりくの　泊瀬の山の　山の際に　いさよふ雲は　妹にかもあらむ　（巻3・四二八）

溺れ死にし出雲娘子を吉野に火葬りし時に、柿本朝臣人麻呂が作る歌二首

山の際ゆ　出雲の児らは　霧なれや　吉野の山の　嶺にたなびく　（巻3・四二九）

人麻呂は火葬の煙を霧や雲に喩えて歌っている。吉野氏は「焼かれた後に残る物質を表現するのに『高僧傳』『續高僧傳』の中に「灰」一字であらわしているものはない」と説くが、次の例からは「灰」一文字でもそれを示すことは否定できない。

『成實論』巻第十　邪見品第一百三十二

無レ祠、無レ燒亦如レ是。若火燒レ物爲レ灰。……又思惟言。是衆生爲二是身一耶。爲レ非レ身耶。若是身者、眼見此身。埋則爲レ土燒則成レ灰。虫食爲レ糞故無レ受レ生。

『梁書』巻五十四　列傳第四十八　諸夷　海南諸國　扶南國

死者有四葬、水葬則投之江流、火葬則焚爲灰燼、土葬則瘞埋之、鳥葬則棄之中野。

『新唐書』巻二百二十一上　列傳第一百四十六　西域上　天竺國條

死者燔骸取灰、建窣堵、

『高僧傳』巻第十二　亡身第六　釋曇弘十一

釋曇弘、黄龍人。……於レ是益レ薪進レ火、明日乃盡。爾日村居民、咸見下弘身黄金色乘二一金鹿一西行上。甚急、不レ暇二暄涼一。道俗方悟二其神異一、共收二灰骨一、以起レ塔焉。

吉野氏は、土の中で変化した物質に「灰」字を用い、「土」字を用いなかったのはなぜかという点には言及されていない。『論衡』論死第六十二には、「人死血脉竭、竭而精氣滅、滅而形體朽、朽而成二灰土一」とある。『續日本紀』文武四年（七〇〇）三月条には、元興寺の僧道照の「天下の火葬此より始まれり」とし、持統天皇の大宝三年（七〇三）の火葬、文武、元明、元正天皇の火葬、太安万侶や威奈大村等の火葬が知られる。二一〇番と二一三番は、「打蟬等　念之時尓」（一云、宇都曾臣等　念之）と「宇都曾臣等　念之時」の表記をもつ。文武四年（七〇〇）四月に薨じた「明日香皇女の城上の殯宮の時に、柿本朝臣人麻呂が作る歌一首并せて短歌」（2・一九六）には、「宇都曾臣跡　念之時」とみられる。鉄野昌弘氏は「宇都曽臣」には、槻の木や玉藻などに喩えられる寿歌的に生命力を誇張された「妹」が重ねられるのに対し、二一〇番は人間の生死に対する認識を背景に持つ作品として、意識的に「打蟬」が選ばれた[44]とされる。霊魂観や死生観に劇的な変化をもたらす火葬が一般にも受け入れられる頃に成立した作品とみて、二一三番の「灰」は火葬の灰と解釈したい。見えないことによって魂逢いの拒絶を示される二一〇番に対して、二一三番は「うつそみと　思ひし妹が　灰にてませば」と歌い、もはや逢うすべのない絶望が歌われる。道照の「和上の骨を取りて斂めむと欲るに、飄風忽に起りて、灰骨を吹き颺げて、終にその処を知らず」の伝えにみられるように、二一三番の長歌の状況は埋葬ではなく散骨かと思われる。

　挽歌に分類される、

　玉梓の　妹は玉かも　あしひきの　清き山辺に　撒けば散りぬる　（巻7・一四一五）

　　或本の歌に曰く

　玉梓の　妹は花かも　あしひきの　この山陰に　撒けば失せぬる　（巻7・一四一六）

にも散骨の様が記される。

　平舘英子氏は、泣血哀慟歌は或本歌群の「妹の火葬に直面し、「死」は無であることを把握した衝撃と、時間の流れの中で、有が無に帰す現実を凝視した、その深い悲哀を歌うことに始まったのではないか[45]」とされる。二一三番は愛するものの劇的な肉体の変容を見た衝撃、さらに二一六番の配置によって妻との断絶が明確に示される。多田一臣氏は「外に向きけり妹が木枕」について、「枕」は、魂の依り代であり、相手の魂が宿る枕があらぬ方向を向いているのは、「死者との絶縁を示す表現[46]」とする。阿蘇瑞枝氏は推敲前の「二一六を切り捨てたのも、三首目の反歌は、形式的にも内容的にも文芸作品としては、蛇足であることを考えてのことだろう[47]」とする。C

群における二一三番の生者の絶望と、二一六番の死者との絶縁は、火葬が一般に受け入れられる時代を背景に、荒涼たる情景を歌い、泣血哀慟の主題を完結させている。道照は帰国後飛鳥の元興寺の東南の隅に禅院を建て（三代実録元慶元年十二月十六日条）、粟原で火葬された。飛鳥寺の所在地は、奈良県高市郡明日香村飛鳥のあたりであり、粟原は『大和志』には、十市郡粟原村、粟原廃寺があるとする。飛鳥寺から桜井市大字粟原あたりまで、直線距離で約六・五〜七キロメートルである。墓誌に記された平城京四条四坊の太安万侶の居処から此瀬町の墓までは直線距離で約八・五キロメートルである。二一〇・二一三番で軽（大軽町）を仮に居住地とすれば、ここから衾田陵（天理市）、龍王山（天理市）までは直線距離で十一〜十二キロメートルである。移動は可能であるが、前者二例に比して遺骸の葬送はかなりの距離となる。羽易の地名には文学的仮構が存している可能性があるが、死者をどこまでも希求する生者の「岩根さくみて　なづみ来し」を、この距離は実感として表し得ており、それだけに二一三番の結末は鮮烈である。

おわりに

泣血哀慟歌は、当時の生活圏の要所を詠み、妻を失った作中人物が空間を移動し、最愛の妻への思いをたどることによってリアルに心情や行動を浮かび上がらせ、愛する者を喪失した人間の普遍的な情動を描き、享受者の心奥を揺さぶる。短歌は亡き人への冷めやらぬ哀惜の念を浮かび上がらせる。長歌の泣血哀慟から、短歌へ「喪に服することやむときもなし」という心情の推移がうかがえる。A群は軽の市に妻を求め、B群・C群は大鳥の羽易山にある人の言葉を確認しに行くことで、最早魂逢いも叶わぬ事を悟る。二〇九・二一一・二一四番の配置によって月日の経過と共に、自己の心情を静思する。動と静の対置によって泣血哀慟の主題が活かされる。A・

B・C群は愛する者の死に対した人間のそれぞれの局面を描く

A群とB群、C群或本歌の作歌の前後関係や、それぞれ別々に作られ後にまとめられたのか、連作なのか、A群からB群へ、或いはB群からA群への読み継ぎ[48]なのか、C群からB群へと推敲がなされたのかは決めがたい。泣血哀慟歌はそれぞれの歌群が有機的に関わりつつ、題詞の「泣血哀慟」の主題に添いながら愛する者を追い求めていく、挽歌の世界を構築していよう。配列の順序で読むと、軽から大鳥の羽易山へそれぞれ悲恋や夫婦愛を想起させる地名を配し、作中の「我」の移動に従い、連関性をもって、作品の世界が構想されている。二〇七番の天飛ぶ鳥から、二一〇番の天領巾に隠れて鳥のように飛び立って行った妻、羽易の山というように、各歌群の表現の連関もうかがえる。天人女房譚において、羽衣を着けた天女はこの世に留まる意志を失い天界に戻るように、妻も天に上って行く。「枕付く　つま屋の内に」の表現は、二一〇番にも二一三番にも見られ、二一六番の「家に来て我が屋を見れば玉床の外に向きけり妹が木枕」と構想上謹密な繋がりがうかがえる。二一三番に「灰にていませば」と火葬を歌い、二一六番を配置して、生者と死者の断絶、もはや魂さえも呼び戻すことが出来ないことを歌う。二〇七番のこの世で叶えられることなく終わってしまった愛と等しく、二一〇・二一三番も無常の表出によって完結していよう。

注

（1）高田眞治『詩経』下　漢詩選2　一九九六年一一月　集英社

（2）渡瀬昌忠「万葉時代の道と市」『万葉地理の世界』一九七八年七月　笠間書院

（3）阿蘇瑞枝「人麻呂の歌」『柿本人麻呂論考』一九七二年一一月　桜楓社

（4）稲岡耕二「人麻呂歌集の論・補遺」『萬葉表記論』一九七六年一一月　塙書房

（5）曽倉岑「万葉集巻一・巻二における人麻呂歌の異伝――詩句の比較を通して――」『萬葉記紀精論』二〇二〇年七月　花鳥社
（6）伊藤博「人麻呂の推敲」『萬葉集の表現と方法』下　一九七六年一〇月　塙書房
（7）高野正美「人麿の歌と異伝」『人麿を考える』（万葉夏季大学　第十三集）一九八六年六月　笠間書院
（8）尾崎暢殃「人麿作歌の異伝」『萬葉歌の発想』一九九一年二月　明治書院
（9）前掲書（2）二〇〇〇年六月三十日「京都新聞」夕刊に、飛鳥寺西方遺跡の石敷き欠落部分が、皇極紀三年正月条「法興寺の槻樹の下に打毬」を行った記事にある「槻の木」跡かと記される。飛鳥寺西方遺跡には「槻の木の広場」があったとされる。
（10）伊藤博「歌俳優の哀感」『萬葉集の歌人と作品』上　一九七五年四月　塙書房（初出『上代文学』第十九号　一九六六年一二月）
（11）金井清一「「軽の妻」存疑」『論集上代文学』第一冊　一九七〇年一一月　笠間書院
（12）渡辺護「泣血哀慟歌二首」『萬葉』第七七号　一九七一年九月
（13）橋本達雄「柿本人麻呂泣血哀慟歌」『万葉集を学ぶ』第二集　一九七七年一二月　有斐閣
（14）前掲書（13）
（15）中西進「別離」『柿本人麻呂』（講談社学術文庫）一九九一年一二月　講談社
（16）村田右富実「泣血哀慟歌」『柿本人麻呂と和歌史』二〇〇四年一月　和泉書院
（17）新編全集はこの使いを「妹が人麻呂の所に連絡役としてよく遣わした使用人」とし、多田一臣『万葉集全解』1は、「妻の死を知らせる使者。生前は恋の連絡役」とする。「玉梓の使ひ」の実体は不明であり、「沖つ藻の　なびきし妹」という二人の関係に言及する表現から、妻の訃報をもたらした家人ととっておく。
（18）大浦誠士「万葉集「なへに」の表現性――人麻呂「泣血哀慟歌」に触れて――」『萬葉集研究』第三十八集　二〇一八年一二月　塙書房
（19）前掲書（15）

(20) 奥村紀一「「うつせみ」の原義」『國語國文』第五一巻第十一号　一九八三年一一月
(21) 森朝男「うつせみと思ひし時——泣血哀慟歌の〈時〉」『古代文学と時間』一九八九年九月　新典社
(22) 前掲書(16)
(23) 高松寿夫「柿本人麻呂「泣血哀慟歌」A群の語りの方法」『万葉集の今を考える』二〇〇九年七月　新典社
(24) 犬飼公之「〈影〉の論——古代の文学と文学史のための試論——」『宮城学院女子大学基督教文化研究所研究年報』第十二号　一九八〇年五月
(25) 居駒永幸「死者との出逢い——万葉集巻十三・三三〇三の挽歌的表現構造」『明治大学教養論集』第二三二号　一九九〇年三月
(26) 大浜厳比古「大鳥の羽易山」『萬葉』第四六号　一九六三年一月
(27) 尾崎暢殃「鴨の羽交」『萬葉歌の発想』一九九一年二月　明治書院
(28) 阿蘇瑞枝「人麻呂と挽歌」『人麿を考える』一九八六年六月　笠間書院
(29) 内田賢徳「『萬葉集』の表現と訓詁」『上代日本語表現と訓詁』二〇〇五年九月　塙書房　ただし稿者は内田氏の指摘のように、人麻呂の表記が残されているとは考えない。
(30) 奥田俊博「『万葉集』における表意性を有する仮名」『古代日本における文字表現の展開』二〇一六年二月　塙書房
(31) 前掲書(4)　稲岡氏は後に略体歌、非略体歌の語を、古体歌、新体歌としている。稲岡耕二『人麻呂の表現世界——古体歌から新体歌へ——』一九九一年七月　岩波書店
(32) 影山尚之「柿本人麻呂歌集の位置——略体歌を中心に——」『万葉史を問う』一九九九年一二月　新典社
(33) 犬飼隆「観音寺遺跡から出土した「難波津の歌」木簡の価値」『木簡から探る和歌の起源「難波津の歌」がうたわれ書かれた時代』二〇〇八年九月　笠間書院
(34) 屋名池誠「人麻呂歌集の表記機構」『藝文研究』第百九号　第一分冊　二〇一五年一二月
(35) 前掲書(34)
(36) 藤川智之・和田萃「一九九八年出土の木簡　徳島・観音寺遺跡」『木簡研究』第二一号　一九九九年一一月　木簡学会

(37)『宮町遺跡出土木簡概報2』二〇〇三年三月　信楽町教育委員会発行　に、「奈迩波ツ尓……□□夜古」木簡は、遺跡西部にある南北方向の大溝SD二二一三から、第二二次調査（一九九七年）で出土した厚さ一ミリメートルの削屑として報告されている。ここから出土した木簡に記された年号から天平十六年（七四四）末から十七年初め（七五五）に埋め立てられ、出土木簡もこの頃までに棄てられたものとみられている。

二〇〇七年一二月に栄原永遠男氏の調査により、裏面にも「阿佐可夜……」の文字が書かれていることが判明した。二〇〇八年三月に本文は「阿佐可夜……流夜真……」と釈読された。栄原永遠男「木簡として見た歌木簡」『美夫君志』第七十五号　二〇〇七年一一月　に「歌木簡」の一類型が提唱される。栄原永遠男『万葉歌木簡を追う』二〇一一年一月　和泉書院

犬飼隆「紫香楽宮跡から出土した「両面歌木簡」」『木簡から探る和歌の起源　「難波津の歌」がうたわれ書かれた時代』二〇〇八年九月　笠間書院　を参考にした。

乾善彦「仮名の位相差――宮町遺跡出土木簡をめぐって――」『万葉集の今を考える』二〇〇九年七月　新典社　を参考にした。

(38) 前掲書（33）

(39) 竹尾利夫「泣血哀慟歌或本歌の資料性」『美夫君志』第二十七号　一九八三年八月、「人麻呂異伝歌の表記位相――人麻呂作歌の或本歌をめぐって――」『古典和歌論叢』一九八八年四月　明治書院

(40) 小谷博泰「柿本人麻呂作歌の同語異表記について」『上代文学と木簡の研究』一九九九年一月　和泉書院

(41) 屋名池誠「「記憶言語」と人麻呂歌集の読解機構（上）」『藝文研究』第百十号　二〇一六年六月　この中で複雑な言語と膨大なレパートリーを有する瞽女や盲僧琵琶の演奏の根幹や骨格が、文字が使用出来なくても変わらないことが指摘されている。

(42) 茂野智大「「泣血哀慟歌」第二歌群・或本歌群の構成」『萬葉』第二二三号　二〇一七年三月

(43) 吉野和子「人麻呂「泣血哀慟歌」の或本歌における「灰」を考える」『成蹊国文』第二十五号　一九九二年三月

「灰」についての言及は前掲書（42）にも記される。

大谷雅夫氏「『万葉集』の訓詁三題――「灰にていませば」（二一二三）・「ある愚人」（三八七八左注）・「大島の嶺に家もあらましを」（九一）――」『美夫君志』第百一号　二〇二〇年一〇月　も火葬の灰とされている。

(44) 鉄野昌弘「人麻呂「泣血哀慟歌」の異伝と本文――「宇都曽臣」と「打蝉」――」『萬葉』第一四一号　一九九二年一月

(45) 平舘英子「泣血哀慟歌第二歌群」『萬葉歌の主題と意匠』一九九八年二月　塙書房

(46) 多田一臣『万葉集全解』1　二〇〇九年三月　筑摩書房

(47) 阿蘇瑞枝『萬葉集全歌講義』第1巻　二〇〇六年三月　笠間書院

(48) 身﨑壽「柿本人麻呂泣血哀慟歌試論」（一、二、三）『国語国文研究』第七二、七四、七五号　一九八四年八月、一九八五年九月、一九八六年三月

＊萬葉代匠記は『契沖全集』第一巻　岩波書店、萬葉拾穂抄は新典社、萬葉集管見、萬葉集攷證は『萬葉集叢書』臨川書店、萬葉集古義は国書刊行会　による。

＊漢書・後漢書・晉書・梁書・旧唐書・新唐書・北史・南史は中華書局版　による。

＊礼記・世説新語・文選・論衡は新釈漢文大系による。二五〇頁の『文選』の分注は、『宋本胡刻文選』上海鴻文書局　による。

＊高僧傳・續高僧傳・成實論は大正新脩大蔵経による。

＊一切經音義は、一切經音義三種校合刊（全三冊）上海古籍出版社　による。

＊説文解字は四部叢刊、廣韻は四部叢刊、玉篇は四部叢刊大廣益會玉篇　による。

＊篆隷万象名義は『弘法大師　空海全集』第七巻　一九八四年八月　筑摩書房　による。

＊『大和志』は『大和志・大和志料』――大和志――　一九八七年二月　臨川書店　による。

＊本章執筆にあたり、田熊信之氏、屋名池誠氏にご教示を賜った。記して感謝申し上げる。

第十章　東歌・防人歌にみる武蔵

はじめに

古代の世田谷（現在の東京都世田谷区）に関する資料は限られ、『新修世田谷区史』上巻[1]や、『万葉の歌―人と風土―』13　関東南部[2]にすでに記し尽くされていると言っても過言ではない。筆者はそれらの中からまず現在の世田谷に関係する可能性のある資料にあたり、第一節を記述した。第二節では武蔵国の東歌、第三節では武蔵国の防人歌をもとに、万葉人の生活や心情、歌の発想や古代人の思惟について記した。筆者の筆力の及ぶ範囲で武蔵国、古代の世田谷に関わる幾ばくかのことを述べたいと思う。

一　上代文献にみる武蔵・中央と武蔵の関係

世田谷は武蔵国に入る。古代の武蔵は、東京都と埼玉県、神奈川県川崎市、横浜市に及ぶ。万葉の時代には東

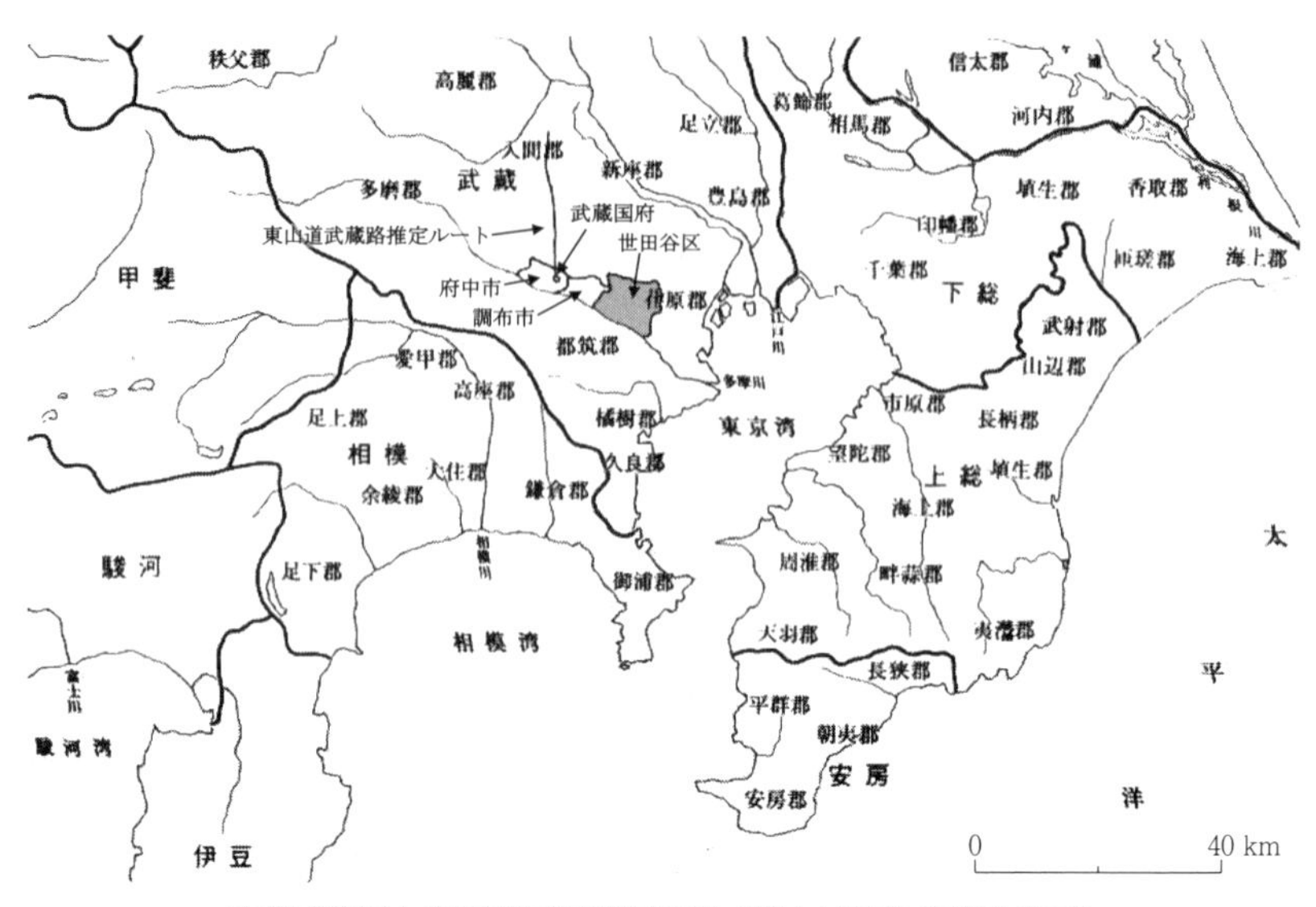

古代武蔵国と世田谷区周辺概略図（網かけ部分が世田谷区）

山道所属の国だった。東歌に二首「牟射志野」という仮名書の例があり（14・三三七六、三三七九）、国名もムザシと訓む。『日本書紀』安閑天皇元年（五三四）閏十二月の条には次のような記事がある。

武蔵国造笠原直使主と同族の小杵と、国造を相争ひて、（使主・小杵は、皆名なり。）年を経て決め難し。小杵、性阻しくして逆ふること有り。心高びて順ふこと無し。密に就きて、援を上毛野君小熊に求めて、使主を殺さむと謀る。使主、覚りて走げ出で、京に詣でて、状を言す。朝庭、臨断めたまひて、使主を以ちて国造として、小杵を誅す。国造使主、悚り憙ぶること、懐に交ちて、黙し已むこと能はず。謹みて国家の為に、横渟・橘花・多氷・倉樔、四処の屯倉を置き奉る。

笠原は『倭名類聚抄』[a]（以下倭名抄とする）に「武藏國埼玉郡笠原」とある。埼玉県鴻巣市笠原付近とされ、行田市の埼玉古墳群を笠原直に関係づける説もある。ヤマト王権の裁断によって武蔵国造の地位を巡る同族の争いに勝利した使主が献上した屯倉、横渟は倭名抄にみえる

大國魂神社前に置かれた国分寺の礎石

国分寺の礎石

「武藏國横見郡」の地（埼玉県比企郡吉見町一帯）かといわれる。橘花は倭名抄にみえる「武藏國橘樹郡」の地、郷名に「御宅（美也介）」がある。神奈川県東部、川崎市と横浜市のそれぞれ一部にあたる。多氷は『書紀集解』[3]に倭名抄の「武藏國久良郡大井（於保井）」郷にあてる説、『日本書紀通證』[4]に、武蔵国多磨郡かとする説がある。通証の多磨郡説を採れば、「多氷」は多磨郡と中野・杉並・世田谷などの区の西側の一部に及ぶ。倉樔は倭名抄に「武藏國久良郡」とあり、「久良」に「久良岐」の訓がある。「樔」を「樹」の誤りとし、倉樔郡を「久良郡」にあてる説がある。久良郡は武蔵国の南部で、横浜市の中部・南部にあたる。安閑紀によれば多摩川流域の地にヤマト王権の直轄地が置かれたことがわかる。

大化の改新後の武蔵国は、その国府を多磨郡小野郷に置く。倭名抄　巻五國郡部には「武藏國（國府在多磨郡）」「多磨（太婆國府）」とある。武蔵国府跡は「府中市の南端を流れる多摩川左岸の立川段丘上から沖積微高地上に立地し、その関連遺跡群も含めた範囲は、東西約三キロメートル、南北最大　・八キロメートルに及ぶ[5]」とされる。現在の府中市にある大國魂神社（府中市宮町）東側一帯の京所（きょうず）地区に国衙が比定されている。国府の北方三キロメートルの地に国分寺もあった。現在の最勝院国分寺は史跡地の北（国分寺市西元町）にある。

『日本霊異記』には多磨郡の説話が三話ある。中巻第三縁は武蔵国多麻郡鴨の里の住人吉志火麻呂が大伴某人に指名されて筑紫の防人に三年赴く話である。中巻第九縁は武蔵国多磨郡の大領大伴赤麻呂が自ら建立した寺の財物を借用し

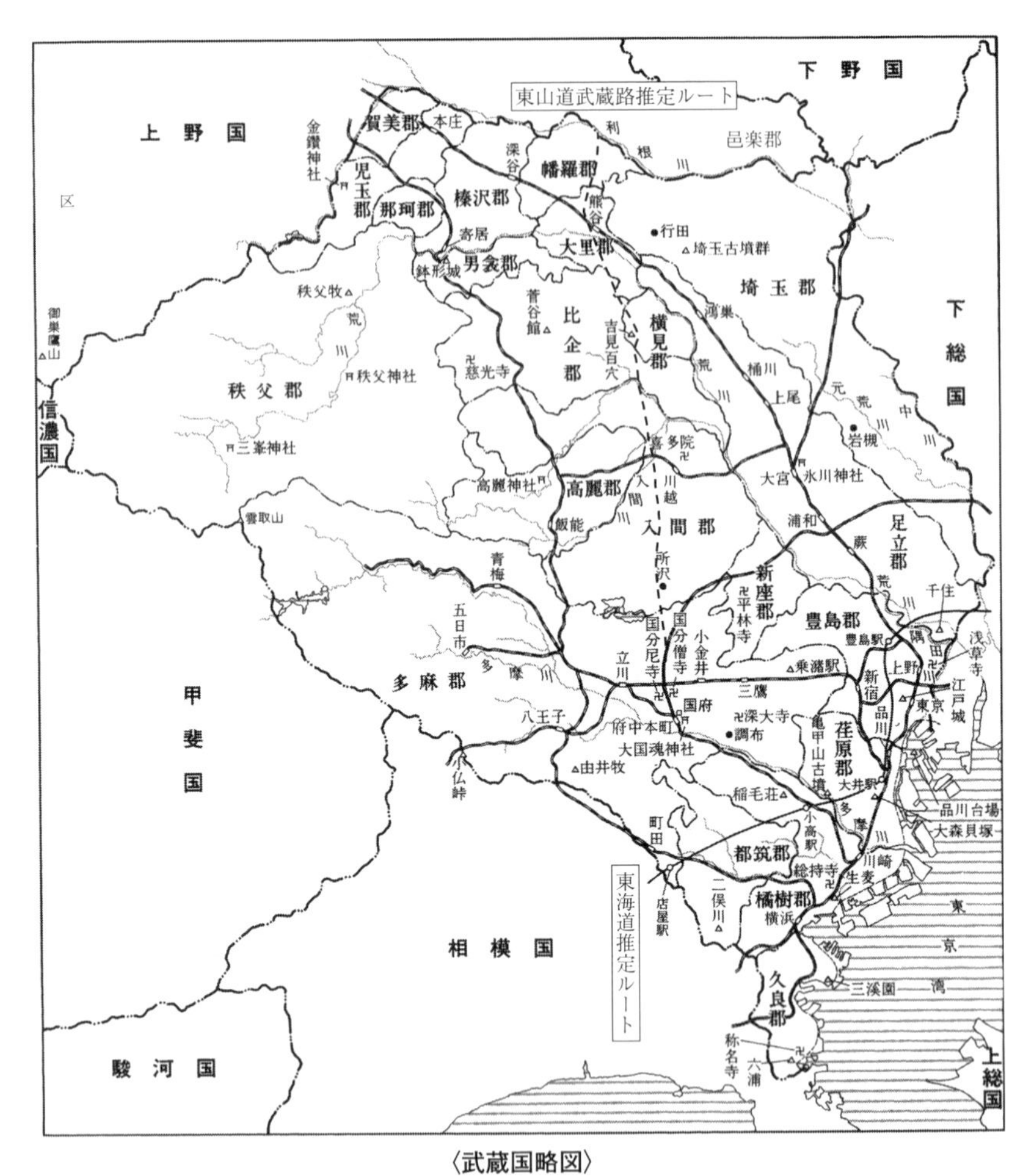

〈武蔵国略図〉

『國史大辞典』第13巻（1992年4月 吉川弘文館 598頁）掲載の地図に加筆した。

武蔵国は、久良・都筑・多磨・橘樹・荏原・豊島・足立・新座・入間・高麗・比企・横見・埼玉・大里・男衾・幡羅・榛沢・那珂・児玉・賀美・秩父の二十一郡を有した大国であった。このうち世田谷地方は、多磨郡（多麻郡）の勢多郷と荏原郡の覚志郷に擬定されている。宝亀二年（七七一）十月己卯条（続日本紀 巻第三十一）の太政官奏では、武蔵国は東山道から東海道に属する国となった。東山道武蔵路は、上野国邑楽郡から南下して武蔵国府へ直接達する経路であった。武蔵国府は府中に置かれた。今の大國魂神社のあたりである。延喜式巻二十八 兵部省には、「武藏國驛馬 店屋。小高。大井。豊嶋各十疋。 傳馬 都筑。橘樹。荏原。豊嶋郡各五疋。」とある。店屋・小高・大井・豊島駅が置かれ、交通が整備された。乗潴（あまぬま）駅（延喜式には記載がない）は、豊島駅と武蔵国府とを結ぶ支路の駅で、杉並区天沼あたりとされる。店屋駅は相模国府に通じていた。

武蔵國　最勝院国分寺

大國魂神社の欅神木

たまま死んで牛に生まれ変わり負債を償う化牛説話で、郡司層の仏教への関わりがうかがわれる。下巻第七縁は、武蔵国多磨郡小河郷の正六位上大真山継が観音の霊験により罪を免れ、多磨郡の少領に任じられる話である。『先代舊事本紀』[b]巻第十「国造本紀」によれば、武蔵国には、无邪志国造・胸刺国造・知々夫国造の三国造が存在していたらしい。无邪志国は埼玉県大宮を中心とした荒川流域を、胸刺国は多摩川流域をさす。それぞれ北武蔵と南武蔵、秩父郡地方に大きな力をもっていたのであろう。

天武紀十三年（六八四）の条には次のようにある。

> 五月の辛亥の朔にして甲子に、化来る百済の僧尼と俗人の男女、幷せて二十三人、皆武蔵国に安置らしむ。
>
> 戊寅に、三輪引田君難波麻呂を大使とし、桑原連人足を小使として、高麗に遣す。

前者は百済の渡来人を武蔵国に置いた記事である。後者は、朝鮮半島の不穏な情勢を示す記事である。新編日本古典文学全集日本書紀の頭注には次のように記される。「新羅王によって封冊された「高句麗王」安勝は神文王三年（六八三）十月に新羅の都に呼び寄せられ、金馬渚への帰国は認められず、新羅は領域内の「高句麗」の消滅をはかっており、翌年十一月には再興高句麗の地は新羅の金馬郡となる。今回の遣高麗使は内乱勃発目前の騒然たる金馬渚訪問となり、新羅軍による高句麗覆滅後の帰国となった」。天武紀十四年（六八五）九月条に、「癸亥に、高麗国に遣せる使人等還れり。」とあり、「庚午に、化来る高麗人等に、禄賜ふこと各差有り。」と記される。六八四年に国を滅ぼされた高句麗人の中には、日本への亡命を試み、遣使に従って来朝した者も存したと思われる。また、持統紀元年（六八七）四月条と四年（六九〇）二月条には次の記事がある。

夏四月の甲午の朔にして癸卯に、筑紫大宰、投化せる新羅の僧尼と百姓男女二十二人を献る。武蔵国に居らしめ、賦田ひ受稟ひ、生業を安からしめたまふ。

壬申に、帰化ける新羅の韓奈末許満等十二人を以ちて、武蔵国に居らしむ。

以下、武蔵国と渡来人の関わりを示す記事には次のようなものがあり、高麗郡・新羅郡の設置が渡来人の居住によってなされている。

『続日本紀』元正天皇霊亀二年（七一六）五月の条

辛卯、駿河・甲斐・相模・上総・下総・常陸・下野の七国の高麗人千七百九十九人を以て、武蔵国に遷し、高麗郡を置く。

『続日本紀』聖武天皇天平五年（七三三）六月の条

六月丁酉、（中略）武蔵国埼玉郡新羅人徳師ら男女五十三人を、請に依りて金の姓とす。

『続日本紀』淳仁天皇天平宝字二年（七五八）八月の条

癸亥、帰化きし新羅の僧卅二人、尼二人、男十九人、女廿一人を武蔵国の閑地に移す。是に始めて新羅郡を置く。

これらの記事から百済や新羅の僧尼や渡来人を武蔵国に居住させ、開発にあたらせていたことは知られるが、世田谷との直接的な関わりは不明である。律令制下の国郡郷を示す倭名抄　武藏國によれば「多磨郡　小川乎加波

川口加波久知　小楊乎也木　小野乎乃　新田介布多　小島乎之萬　海田安萬多　石津伊之都　狛江古乃江　勢多」（平安時代末期写の高山寺本では「狛江古万江」）とあり、多磨郡には十の郷が存した。狛江の地名は現在も残り、狛江郷の由来は渡来系の人々が多数居住したことによるといわれる。高麗人の居所「高麗居」に由来するとする説があり、現狛江市駒井が遺称地とされる。[6] 一九五一年に発掘調査が行われた狛江市亀塚古墳（五世紀末〜六世紀初頭）から出土した金銅製毛彫飾金具三枚には、エキゾチックな人物・ペガサス・竜とそれぞれに唐草文の毛彫りが施されている。その構図や筆致が高句麗古墳の壁画に類似していることから、狛江地域と渡来人との関係が推定されている。[7] 天平十三年（七四一）には国分寺建立の詔が出される。武蔵国国分寺域からは「狛」の逆字を押印した文字瓦が出土しており、「狛」とあるのは狛江のことであろう。国分寺の建立に狛江郷も協力したという証拠である」[8]、「「多」「多麻」「玉」「狛」「狛江」という文字瓦は多磨郡や狛江郷から寄進された瓦であり、非常に貴重である」[9] などの指摘や、「同（狛江）郷に含まれると思われる現調布市入間町城山遺跡で検出された墨書土器銘「高大寺」は高麗大寺の略とみられ、入植した渡来系の人たちが寺院を建立していたことが推知される」[10] という言及などから、世田谷の地と渡来人は関わっていたのだろう。武蔵国と深い繋がりをもつ人物として福信がいる。以下『続日本紀』桓武天皇延暦八年（七八九）十月の記事をあげる。

乙酉、散位従三位高倉朝臣福信薨しぬ。福信は武蔵国高麗郡の人なり。本の姓は肖奈。その祖福徳、唐将李勣、平壌城を抜くに属りて、国家に来帰きて、武蔵の人と為りき。福信は即ち福徳が孫なり。小年くして伯父肖奈行文に随ひて都に入りき。時に同輩と晩頭に石上衢に往きて、相撲を遊戯す。巧にその力を用ゐて能くその敵に勝つ。遂に内裏に聞えて、召して内竪所に侍らしめ、是より名を着す。初め右衛士大志に任し、稍くして遷りて、天平中に外従五位下を授けられ、春宮亮に任せらる。聖武皇帝甚だ恩幸を加へたまふ。勝宝の初、従四位紫微少弼に至る。本の姓を改めて高麗朝臣と賜ひ、信部大輔に遷さる。神護元年、従三位を

聖天院高麗王廟

授けられ、造宮卿を拝し、兼ねて武蔵・近江の守を歴たり。宝亀十年、書を上りて言さく、「臣、聖化に投してより年歳已に深し。但し、新しき姓の栄、朝臣は分に過ぐと雖も、旧俗の号、高麗は未だ除かれず。伏して乞はくは、高麗を改めて高倉とせむことを」とまうせり。詔して、これを許したまひき。天応元年、弾正尹に遷され、武蔵守を兼ねたり。延暦四年、表を上りて身を乞ひ、散位を以て第に帰りき。薨しぬる時、年八十一。

『法隆寺献物帳』（寧楽遺文）c には天平勝寶八歳（七五六）七月八日、『東大寺献物帳』同廿六日の記事に「従四位上行紫微少弼兼武蔵守巨萬朝臣「福信」」の署名がある。高麗郡から出た渡来人が紫微中台という国家の中枢におり、武蔵守になったことがわかる。武蔵國高麗郡には「高麗古萬」郷a が残る。聖天院（埼玉県入間郡日高町）高麗山勝楽寺には高麗王若光の墓が伝わる。高麗神社には若光をまつる。武蔵国には渡来人との関わりが記される。

『続日本紀』淳仁天皇天平宝字二年（七五八）八月の条には、次のようにある。

　癸亥、帰化きし新羅の僧卅二人、尼二人、男十九人、女廿一人を武蔵国の閑地に移す。是に始めて新羅郡を置く。

新羅郡は宝亀十一年（七八〇）五月条を最後にその名がみえなくなる。その後新座郡と改称されたらしい。倭名抄の訓は「爾比久良」、足立郡と入間郡の間に新座郡がのせられる。a 倭名抄には「荏原郡　蒲田加萬太　田本多毛止　満田上音下訓　荏原江波良　覺志加々之　御田　木田木多　櫻田佐久良太　驛家」a とある。この荏原郡覺志郷と多磨郡勢多郷が世田谷区域内に比定される。世田谷は倭名抄多磨郡の勢多郷に由来し、a 瀬田はその遺名とされている。

武蔵国が東海道所属へと改められたことは『続日本紀』光仁天皇宝亀二年（七七一）十月条にみえる。

己卯、太政官奏すらく、「武蔵国は山道に属ると雖も、兼ねて海道を承けたり。公使繁多くして祇供堪へ難し。その東山の駅路は上野国新田駅従り下野国足利駅に達る。此れ便道なり。而るに枉りて上野国邑楽郡従り五箇駅を経て武蔵国に到り、事畢りて去る日に、また同じき道を取りて下野国に向ふ。今東海道は、相模国夷参駅従り下総国に達るまで、その間四駅にして往還便ち近し。而して此を去り彼に就くこと、損害極めて多し。臣ら商量するに、東山道を改めて東海道に属らば、公私所を得て、人馬息ふこと有らむ」とまうす。奏するに可としたまふ。

武蔵国が東海道所属になったことで、東海道は相模国から店屋駅（町田市町谷付近）→小高駅（川崎市高津区末長小高から新作小高付近）→大井駅（品川区大井）→豊島駅（北区御殿前遺跡付近）を経て下総国府に至る経路が考えられている。(11) 万葉集の最終歌は天平宝字三年（七五九）の家持歌であるが、巻十四の「東歌」における武蔵国は、東海道に置かれており、これは天平宝字三年から十二年後の宝亀二年以降の万葉集編纂時の状況を反映しているものと考えられる。巻二十の「防人歌」では武蔵国の防人たちが国府から防人部領使の掾正六位上安曇宿禰三国に伴われて、天平勝寶七歳（七五五）に足柄峠を越えていく様が詠まれる（四四二三・四四二四）ことから、この時点ですでに東海道を用いていたことがうかがわれる。武藏国の防人歌は巻二十の四四一三〜四四二四の十二首である。この中には防人の妻の歌も六首含まれる。左注に防人の出身郡と氏名が記される。四四一三〜四四二二番は歌番号の下に左注のみを記した（引用文に付した傍線・傍点・囲み等は筆者による。以下同じ）。

右の一首、上丁那珂郡の檜前舎人石前が妻の大伴部真足女　（20・四四一三）

右の一首、助丁秩父郡の大伴部小歳　（20・四四一四）

右の一首、主帳荏原郡の物部歳徳　（20・四四一五）

右の一首、妻の椋椅部刀自売　（20・四四一六）

右の一首、豊島郡の上丁椋椅部荒虫が妻の宇遅部黒女　（20・四四一七）

右の一首、荏原郡の上丁物部広足　（20・四四一八）

右の一首、橘樹郡の上丁物部真根　（20・四四一九）

右の一首、妻の椋椅部弟女　（20・四四二〇）

右の一首、都筑郡の上丁服部於由　（20・四四二一）

右の一首、妻の服部呰女　（20・四四二二）

足柄の　み坂に立して　袖振らば　家なる妹は　さやに見もかも　（20・四四二三）

安之我良乃　美佐可尓多志弖　蘇埿布良婆　伊波奈流伊毛波　佐夜尓美毛可母

右の一首、埼玉郡の上丁藤原部等母麻呂

色深く　背なが衣は　染めましを　み坂賜らば　まさやかに見む　（20・四四二四）

伊呂夫可久　世奈我許呂母波　曾米麻之乎　美佐可多婆良婆　麻佐夜可尓美無

右の一首、妻の物部刀自売

二月二十九日に、武蔵国の部領防人使掾正六位上安曇宿禰三国が進る歌の数二十首。ただし、拙劣の歌は取り載せず。

都筑郡・橘樹郡・荏原郡・豊島郡・秩父郡は多磨郡に隣接する郡である。武蔵国は防人の妻の歌を六首載せる他国にはない特徴がある。防人たちは国府に集結し、そこから部領使に引率されたとみられる。廣岡義隆氏は、妻は送別の神事宴席に招かれるのが常態であった蓋然性が高いとし、宴席での応酬とみる。[12] 品田悦一氏は、武蔵国防人部領使安曇三国が立てた独自の方針であり、難波において防人たちが妻の歌を競作したとみる。[13] 防人歌に詠まれた状況は、出立時、難波への途時、難波逗留中を含んでおり、武蔵国だけが妻の歌を含む理由を宴の場に求める見方である。酒が入れば歌が口をついて出る状況が生まれたであろう。しかしそれだけではなく、防人たちは折々に歌を口にすることもあっただろう。武蔵国の歌は、妻との問答は出立の時点で詠まれたと想定される。歌の筆録作業を考えれば、歌が詠み上げられた場を考えるのが自然であるが、それを宴席の場としてよいか、妻の歌が代作されたかどうかは不明である。武蔵国は上野、下野、相模、下総に通じていた。五世紀以降、ヤマト王権の経済的軍事的基盤として東国と大王家の関わりは深まっていくが、東山道に武蔵国が属していた時代には、上野の文化が武蔵国に影響を与えていたことが知られる。東京都世田谷区野毛の野毛大塚古墳（五世紀前半）は、畿内王権との関わりを有するが、出土した滑石製模造品、坩・下駄・刀子等の祭祀道具類は、群馬県藤岡市白石の白石稲荷山古墳（五世紀前半）出土の滑石製模造品との類似が指摘される。また、六世紀の鈴鏡の分布は、上野と下野、武蔵の埼玉（三例）や多摩川流域（四例）にみられる。群馬県邑楽郡大泉町出土の埴輪女子像（左後腰に五鈴鏡を付す。六世紀　国立博物館蔵）や、埼玉県行田市埼玉の埼玉古墳群の稲荷山古墳周堀出土の人物埴輪（鈴鏡を腰にぶら下げる巫女　古墳時代後期　埼玉県立さきたま史跡の博物館蔵）にみられるように、畿内の影響を受けながらも、毛野国と武蔵国はつながる文化圏を有していた[14]。妻の歌が残る那珂郡は離れているが、国府へは東山道武蔵路を用いたのだろう。荏原郡、豊島郡、橘樹郡、都筑郡は国府のあった多磨郡に隣接し、二六八頁や二七三頁で触れたように東海道が通っている。埼玉郡は雄略天皇以降大王家が進出するが、畿内とのつながりや生産性などは、首長連合の中で毛野の方が武蔵より上位にあったとみられ、毛野文化圏に属する。武蔵が東山道に所属していた頃の下野と武蔵を結ぶ古道も通る*。豊嶋は驛馬・傳馬が置かれ、他の郡も傳馬が置かれた交通の整備された地である。妻たちが夫を国府まで見送ることが比較的容易であったことも影響しているのではないかと思われる。多磨郡の防人歌は載せられないが、『日本霊異記』中巻第三縁には武蔵国多麻郡鴨の里の住人吉志火麻呂が大伴某人に指名されて筑紫の防人に三年赴く話がある。多磨郡の兵士も防人として赴いた可能性はあろう。

巻九の高橋連虫麻呂歌集に武蔵国に下った時の歌一首として、

武蔵の小埼の沼の鴨を見て作る歌一首

埼玉の　小埼の沼に　鴨そ翼霧る　己が尾に　降り置ける霜を　払ふとにあらし　（9・一七四四）

都から訪れた官人高橋虫麻呂が詠んだ旋頭歌には埼玉が記されている。養老三年（七一九）七月には常陸国守となり、按察使として安房・上総・下総の三国を管轄した藤原宇合（養老五年正月に正四位上となり離任か）との主従関係から、虫麻呂が国府の官人として常陸に在任したのを養老年間とみる説、また天平年間とみる説もある。右の歌も東山道所属の養老から天平年間に作られたのであろう。冬の沼地の荒涼とした風景が浮かんでくる。東歌（14・三三八〇）にも「埼玉の津」が詠まれている。「小埼の沼」は、行田市埼玉の尾崎沼神社あたりが小埼沼跡と称される（名残として「武蔵小埼沼」の碑が建つ）。江戸時代後期の『新編武蔵風土記稿』巻之二百十六埼玉郡之十八忍領埼玉村の条に、「埼玉沼」「村ノ北ニアリ古ヘ小埼沼或ハ埼玉津ナト云テ萬葉集ニモ歌アリテ當國ノ名所ナリ」とあり、「埼玉沼邊尾崎沼邊之圖」として絵図を載せる。

武蔵国の歌は東歌として相聞の部に九首採録されているが、次の歌は最もよく知られる。

多摩川に　さらす手作り　さらさらに　なにそこの児の　ここだかなしき　（14・三三七三）

多麻河泊尓　左良須弖豆久利　佐良左良尓　奈仁曾許能児乃　己許太可奈之伎

三三七三番の万葉歌碑は狛江市にある。真鶴産小松石を用いた高さ二・七メートル、幅一・四二メートルの巨碑である。揮毫は松平定信（楽翁）。この歌碑の初代碑は、文化二（一八〇五）年に猪方半縄（現在の猪方四丁目辺り）に建てられたが、洪水で流失した。大正時代に玉川史跡猶予会が結成されると、松平定信を敬慕する渋沢栄一らと狛江村の有志らが協力し、大正一三（一九二四）年、旧碑の拓本を模刻して現在の新碑が建てられた。

多摩川万葉歌碑

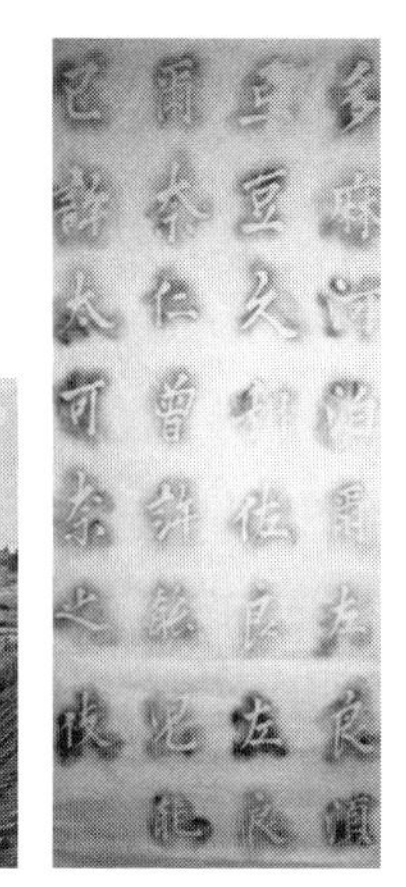

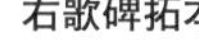

右歌碑拓本

多摩川

　多摩川は「六玉川（むたまがわ）の一つで、水路として活用され東海道の矢口・脇往還の登戸・丸子など渡船場が多くあった。沿岸には調布・布田などの地名が残り、布さらしで知られ、「調」として朝廷に貢献された。「手作り」「晒す」などと共に詠まれることが多い」[15]とある。区内の砧、調布市などの名称は、調布の生産に関わる地名といわれている。

　天武紀五年四月の条には封戸の記事がみえる。大宝令制では封戸の納める租の半額と調・庸の全額が封の所有者の収入となる。

　辛亥に、勅すらく、「諸王・諸臣の給はれる封戸の税は、以西の国を除きて、相易へて以東の国に給へ。（中略）」とのたまふ。

西国の封戸が東国に移されたようである。封戸は『延喜式』巻第二十二　民部省上に、

　凡諸家封戸、各爲二三分一、一分充二輸レ絁國一、二分輸レ布國、但伊賀、伊勢、參河、近江、美濃、越中、石見、備前、周防、長門、紀伊、阿波等國不レ得レ充レ封、

とあり、絁・布に重点を置いて設定されていた。武蔵国の特徴は封戸が多いことである。『新抄格勅符抄』[e]第十巻抄　大同元年牒によれば、武蔵国には次のような寺領があった。

　東大寺　四百五十戸

西大寺　二百五十戸
法花寺　五十戸
薬師寺　百戸
山階寺　百戸
飛鳥寺　四百十五戸
川原寺　百五十戸
大安寺　百戸

武蔵国は封戸が関東八国の中でも特に多い。薬師寺は讃岐国二百戸と比べると少ないが、それでも百戸である。
絁・布の貢進が非常に多かったことがわかる。『延喜式』巻第二十三　民部省下には

武藏國　筆一百管、膠五十斤、麻黄五斤*、麻子六斗、　*五十斤の異本もある。
武藏國　絁五十疋、布一千五百端、商布一萬一千一百段、豉六石五斗。龍鬚席卅枚、細貫席卅枚、席五百枚、
履料牛皮二枚、鞦廿具、鹿革六十張、鹿皮十五張、紫草三千二百斤、木綿四百七十斤、櫑子四合、

『延喜式』巻第二十四　主計寮上には、武蔵国から貢上した調が次のように規定されている。

武藏國（行程、上廿九日、下十五日、）
調、緋帛六十疋、紺帛六十疋、黄帛一百疋、橡帛廿五疋、紺布九十端、縹布五十端、黄布卌端、自餘輸二絁、布一、

こうした機織りに武蔵国に移り住んだ渡来人の技術が活かされたことは、『万葉集』巻十・二〇九〇番の七夕歌や巻十二・二九七五番の寄物陳思、巻十四・三四六五番の東歌の中の「高麗錦」の語に示唆される。六六八年に国が滅亡しても、その文化は古代日本の文化の形成に大きな影響を与え、「高麗」の名はその様式を受け継いだ高級工芸品に対して用いられた。なお、『新編武藏風土記稿』巻之九十三多磨郡之五　上布田宿の布多天神社の

条には、「桓武天皇延暦十八年木綿ノ實始メテ渡リシナレト人イマタ布ニ製スルコトヲシラス其時多磨川邊ニ菅家ノ所縁ニテ近國ニ名ヲ顯ハセシ廣福長者トイヘルモノアリ天神ノ社ヘ七晝夜參籠シテ不思議ニ神ノ告ヲ蒙リ布ヲ製スルノ術ヲ得テ多磨川ニサラシテコレヲト、ノヘテ奉リヌ是乃本朝木綿ノ初ナリトカヤ帝御感淺カラス即チ其布ヲ調布トノタマヘリソレヨリ此邊武州調布ノ里トイヘリ」という木綿の生成と調布の地名起源が伝えられる。『日本後紀』巻第八桓武天皇延暦十八年（七九九）七月是月条には、一人の天竺人が参河国に漂着し、綿種をもたらしたと記される。

次に、東歌に詠まれたうけらについて記す。『万葉集』にはうけらの花は三首（或本歌を含めれば四首）に詠まれいずれも東歌であり、三首のうち二首は武蔵野の歌である。

恋しけば　袖も振らむを　武蔵野の　うけらが花の　色に出なゆめ

（14・三三七六）

古非思家波　素弖毛布良武乎　牟射志野乃　宇家良我波奈乃　伊呂尓豆奈由米

或本の歌に曰く、「いかにして　恋ひばか妹に　武蔵野の　うけらが花の　色に出ずあらむ」

或本歌曰、伊可尓思弖　古非波可伊毛尓　武蔵野乃　宇家良我波奈乃　伊呂尓低受安良牟

我が背子を　あどかも言はむ　武蔵野の　うけらが花の　時なきものを

（14・三三七九）

和我世故乎　安杼可母伊波武　牟射志野乃　宇家良我波奈乃　登吉奈伎

うけらの花

母能乎

右の二首が武蔵国の歌で、未勘国歌に一首載せられている。

安斉可潟　潮干のゆたに　思へらば　うけらが花の　色に出めやも　（14・三五〇三）

安斉可我多　志保悲乃由多尓　於毛敝良婆　宇家良我波奈乃　伊呂尓弖米也母

これらにはすべて花が詠まれ、うけらの花が「色」や「時」を起こす序となっている。「色に出づ」は、秘めていた恋の思いを表に出す意である。巻十一・二七二五の「黄土」、二七八四の「韓藍の花」、巻十二・二九七六の「紫」では、「色に出」すの「色」は赤系統といわれる。うけらの花は秋に白または淡紅色の花を開き、目立たないように顔色にお出しなさいますなという形容に用いられる。これについては、第二節に記す。『増訂萬葉集全註釋』[16]十では「ウケラの花は、夏期にかけて長いあいだ咲くので、時無シを引き起している」とする。うけら、をけらは『播磨国風土記』や『出雲国風土記』に、「白朮」と記され、その茎根が薬とされた。

天武紀十四年九月の条には天武天皇の御病気のことが記される。

丁卯に、天皇、体不予（みやまひ）したまふが為に、三日、大官大寺・川原寺・飛鳥寺に誦経せしむ。因りて稲を以ちて三寺に納めたまふ。各差有り。

この記事と直接関わるのかは不明だが、同十四年十月庚辰、十一月丙寅の記事に次のようにある。

庚辰に、百済の僧法蔵・優婆塞益田直金鐘を美濃に遣して、白朮を煎しむ。因りて絁・綿・布を賜ふ。

丙寅に、法蔵法師・金鐘、白朮の煎たるを献る。是の日に、天皇の為に招魂（みたまふり）しき。

「白朮」はキク科の多年草で山野に自生し、若芽は食用に根茎は薬となる。『本草綱目啓蒙』[g]には「朮」には蒼朮と白朮があり、各自異種とする。天武紀では白朮の煎薬を献じたところから天武天皇の病や、招魂の儀式と関わるのかもしれない。

倭名抄には、「朮　尒雅注云、朮儲律反、乎介良、（中略）　本草陶注云、朮乃有二兩種一、白朮、葉大有レ毛而作レ椏、根甜而少レ膏、赤朮、葉細無レ椏、根小苦而多レ膏」[a]とあり、白朮、赤朮の別がある。江戸時代中期の『和漢三才圖會』[h]巻第九十二之本　山草類上巻には白朮の効用として、①中を暖める、②脾・胃の中の湿を取り去る、③胃中の熱を除く、④脾・胃を強くし飲食を進める、⑤胃を和め津液を生じさせる、⑥肌熱を止める、⑦四肢が疲れ、だるくて臥寝がちで、目は開けられず、飲食の欲のないものに効がある、⑧渇きを止める、⑨胎を安定させる、の九つを挙げる。

平安時代の『医心方』[i]には薬の調合法として、「『范汪方』ニ云ウ（ママ）、朮、芍薬ハ、皮ヲ刮キテ去レ」とある。こうした朮の効能は古代から受け継がれてきたとみられる。『延喜式』巻三十七典薬寮の「草藥八十種」の中に「白朮」が見え、「諸國進年料雜藥」の中にある。これによれば「白朮」は畿内では山城国・人和国・摂津国、東海道では尾張国・参河国・駿河国・安房国・下総国・常陸国、東山道では近江国・美濃国・飛騨国・信濃国の諸国から貢上されたが、武蔵国は含まれていない。東歌をみると多くの朮が生育していたと思われるのだが、白朮の質が他国に比してよくなかったのであろうか。万葉集には押さえきれぬ恋情表現の対比として目立たないうけらの花が詠まれるのみである。

以上のように、現代の世田谷の地名は万葉の時代から連綿と受け継がれているのである。辺境であっても、税に関わる布や身近な植物を素材に万葉集には当時の武蔵を彷彿させる歌が残されている。

二　東歌にみる武蔵

武蔵国の歌は東歌として相聞の部に九首採録されている。

多摩川に　さらす手作り　さらさらに　なにそこの児の　ここだかなしき　（14・三三七三）

多麻河泊尓　左良須弖豆久利　佐良左良尓　奈仁曾許能児乃　己許太可奈之伎
武蔵野に　卜部かた焼き　まさでにも　告らぬ君が名　占に出にけり　（14・三三七四）
武蔵野尓　宇良敝可多也伎　麻左弖尓毛　乃良奴伎美我名　宇良尓低尓家里
武蔵野の　をぐきが雉　立ち別れ　去にし夕より　背ろに逢はなふよ　（14・三三七五）
武蔵野乃　乎具奇我吉芸志　多知和可礼　伊尓之与比欲利　世呂尓安波奈布与
恋しけば　袖も振らむを　武蔵野の　うけらが花の　色に出なゆめ　（14・三三七六）
古非思家波　素弖毛布良武乎　牟射志野乃　宇家良我波奈乃　伊呂尓豆奈由米
或本の歌に曰く、「いかにして　恋ひばか妹に　武蔵野の　うけらが花の　色に出ずあらむ」
或本歌曰、伊可尓思弖　古非波可伊毛尓　武蔵野乃　宇家良我波奈乃　伊呂尓低受安良牟
武蔵野の　草はもろ向き　かもかくも　君がまにまに　我は寄りにしを　（14・三三七七）
武蔵野乃　久佐波母呂武吉　可毛可久母　伎美我麻尓末尓　吾者余利尓思乎
入間道の　大屋が原の　いはゐつら　引かばぬるぬる　我にな絶えそね　（14・三三七八）
伊利麻治能　於保屋我波良能　伊波為都良　比可婆奴流ゝゝ　和尓奈多要曾祢
我が背子を　あどかも言はむ　武蔵野の　うけらが花の　時なきものを　（14・三三七九）
和我世故乎　安杼可母伊波武　牟射志野乃　宇家良我波奈乃　登吉奈伎母能乎
埼玉の　津に居る舟の　風を疾み　綱は絶ゆとも　言な絶えそね　（14・三三八〇）
佐吉多万能　津尓乎流布祢乃　可是乎伊多美　都奈波多由登毛　許登奈多延曾祢
夏麻引く　宇奈比をさして　飛ぶ鳥の　至らむとぞよ　我が下延へし　（14・三三八一）
奈都蘇妣久　宇奈比乎左之弖　等夫登利乃　伊多良武等曾与　阿我之多波倍思

右の九首、武蔵国の歌

東歌二三七首のうち、百首あまりに序詞が用いられ、恋情を表出する。武蔵国の歌も物の特徴に寄せて心情が歌われる。以下の歌の引用には、序に傍線を付し、序に導かれる語は囲った。

多摩川に　さらす手作り　さらさらに　なにそこの児の　ここだかなしき　（14・三三七三）

「手作り」は、細かい麻糸を織り上げた布を白くするために、水に晒し、日に曝す。阿蘇瑞枝氏が『萬葉集全歌講義』[17]第七巻で指摘するように、サが上代でツァだったとすれば、現代人のサ行音の清音の繰り返しとは異なる。上二句は序で、「晒す」と同音で、川の流れも思わせる。水に「さらす」布の揺らめきが川の水の流れや川音に重ねられ、「さらさらに」と清らかな水が絶え間なく流れるように、さらにさらにと「このこ」への思いが募っていき、言いようも無い愛しさが「ここだ」に強調され、「かなし」に集約されていく。前半のサ行音の繰り返しは情景を呼び起こしながら歌い手の切迫した感情に繋がり、後半のカ行音の繰り返しに結びついて歌にリズムと変化をもたらしている。

武蔵御嶽神社太占斎場

武蔵国の歌に用例はみられないが、東歌の中に男女の直接的な性愛を歌う「寝」の語が多く用いられることは、柴生田稔氏[18]・西郷信綱氏によって指摘されている。同様に、「かなし」も東歌に特徴的に用いられる語であると西郷氏が言及している。三三七三の東歌に「かなし」、四四一三の防人歌に「まかなしき」の語が用いられる。「かなし」の語について西郷信綱氏は、「巻十一・十二で壓倒的につかはれてゐる「戀し」といふやうな表現よりは、もつと肉感にそくし、直接的愛撫とつながり、それを下地にもつた表現であるやうにおもはれる[19]」と指摘する。「かなし」は巻十四の東歌では三三五一、三

平成三十年

武藏御嶽神社太占祭一月三日

早稲	八卜
おくて	五卜
あは	五卜
きび	十卜
ひえ	十卜
じゃがいも	六卜
大麦	十卜
小麦	八卜
そむ	十卜
大豆	七卜
小豆	十卜
をかぼ	五卜
にんじん	十卜
ごぼう	五卜
さつま	十卜
大こん	十卜
いも	十卜
ねぎ	五卜
ふす	六卜
うり	五卜
あさ	十卜
かひこ	七卜
くは	十卜
茶	十卜
たばこ	七卜

御祭日

祭	日
元旦祭	一月一日
太占祭	一月三日
節分祭	二月三日
春季大祭	三月八日
日の出祭（例祭）	五月七日（宵宮）五月八日（本祭）
大祓	六月三十日
流鏑馬祭	九月二十九日
秋季大祭	十一月八日
月次祭	（毎月八日）
日供祭	（毎朝早朝）

太占祭結果

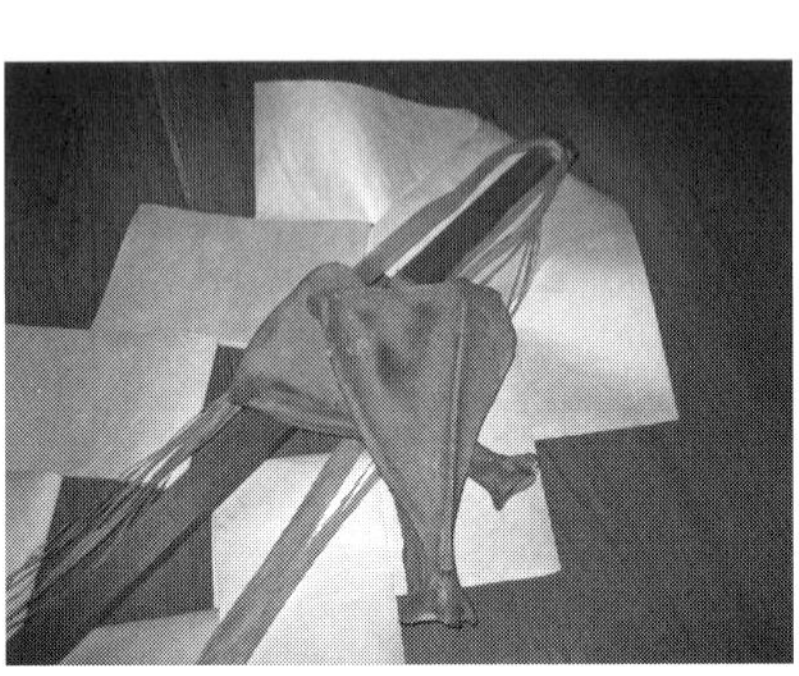

鹿卜写真

※上段の太占祭結果と下段の鹿卜の骨のひび割れは関連しない。

三五八の或本歌、三三六六、三三七二、三三七三、三三八六、三四〇三、三四〇八、三四一二、三四五一、三四六二、三四六五、三四六六、三四八六、三五〇〇、三五三三、三五三七、三五三七の或本歌、三五四八、三五四九、三五五一、三五五六、三五六四、防人歌では三五六七、譬喩歌では三五七六、挽歌では三五七七にみられる。

　武蔵野に　卜部かた焼き　まさでにも　告らぬ
　君が名　占に出にけり　（14・三三七四）

「かた焼き」は三四八八番にも詠まれ、いずれも秘められた「告らぬ」恋人の名が占いの象に現れ出たことを歌う。現在も東京都青梅市の武蔵御嶽神社では、正月三日に太占祭が行われており、雄鹿の右肩甲骨を忌み火で妬いた時に出来るひび割れの如何によって、農作物の吉凶を占う。

当該歌ではすでに噂になっていた恋を占いによってあきらかにしようとしたのか、幾人か候補者を挙げて実否を占ったのか、「作者（女）の親などが相手の名を知ろうと努めた[20]」のか、それが「母[21]」なのかは不明である。歌では個人の恋愛も露わにされたことがうかがえ、「まさ」は現実、真実にも、卜占に自分の恋人の名が表れた驚きや、神意に顕れたことによってかえって恋を宿命的なものと受け止める女の気持ちが詠まれる。

武蔵野の　をぐきが雉　立ち別れ　去にし夕より　背ろに逢はなふよ　（14・三三七五）

「武蔵野のをぐきが雉」が「立ち別れ」を導く序で、男が女のもとから立ち去った状況が、雉が飛び立つように慌ただしかったことを示す。「をぐき」は深い山間で、「去にし」の主語は「背ろ」である。「ろ」は親愛の接尾辞で、男は何かの職務のために旅立ったのであろう。「夕」は男女の逢会の時間であり、実際は夜を共に過ごしたのかもしれないがヨヒの語によってその時間が十分ではなかったことが示され、二・三句と響き合う。男の出立から隔てられた日々の長さを振り返るように、逢えないつらさが「逢はなふよ」に表出する。「なふ」は東国方言、打消の助動詞の終止形で、「よ」は詠嘆の意を表す。

恋しけば　袖も振らむを　武蔵野の　うけらが花の　色に出なゆめ　（14・三三七六）

袖振りは、招魂・求愛を示す。恋の思いがあふれ苦しくてならない時に袖を振るのは心を確かめ合った恋人同士の間で取り交わされる愛情表現である。「武蔵野のうけらが花の」が「色に出づ」の序になっている。うけらの花が目立たない花であることから、そのようにという趣で、第五句にかかるとする説『注釋』[22]に従う。或本歌は男性の歌で、激しい恋をしていればその思いが外に出るのは当然であり、どのような恋をしたならその思いをうけらの花のように外に出さずにすむのかと訴える。内藤茂氏はうけらは「目立たない花だが、忍ぶ恋をこの花に託した万葉人の自然を見る目の鋭さに驚く。[23]」と述べる。忍ぶ恋を強いられた男は、どのような恋なら武蔵野のうけらの花のように恋心を表に出さずにすむのかと、激しい恋心を内に秘める困難さを詠う。両歌は、いずれも切ない恋の局面を詠う。

武蔵野の　草はもろ向き　かもかくも　君がまにまに　我は寄りにしを　（14・三三七七）

「もろ向き」は、一斉に向くという説とあちらこちらに向くという説（「草葉（クリハ）諸向（モロムキ）なり、此方へも、彼方へも、依向ふを云り」『古義』[24]・『全集』[25]・『注釋』[26]）がある。前者は『萬葉集私注』七に、「は」を助詞として、「モロはモロトモニで、モロテ、モロハの類の語も、両方一緒に、両方皆共にの意である。……ここのモロムキも諸共に一方に向く意で、ヨリニシヲにかかると見るべきである」[27]とし、『古典文学大系』[28]、『萬葉集全歌講義』第七巻、[29]『岩波古語辞典』[30]もこの立場をとる。後者は『萬葉代匠記』初稿本が「もろむきはこなたへもかなたへも風にまかせてむかふをいへり」[31]と指摘した説である。上二句が序で、「かもかくも」はもろ向きの状態を受ける。「を」は逆説的表現で、武蔵野の草が風になびいて一斉に向くととれば、男の強い気持ちに押されてすっかり靡き寄ってしまったものを、と草の様子と男の行動、女の心情は一致する。武蔵野の草が風のまにまにあちらこちらに向くととれば、草の様に喩えた男の心を信じた女は男に翻弄されたことになる。前者の意で取れば女の強く寄せる男への思いが表れ、後者の意で取れば男の心に左右される女の心情が表れる。

入間道の　大屋が原の　いはゐつら　引かばぬるぬる　我にな絶えそね　（14・三三七八）

「大家が原」は倭名抄に「武藏國入間郡大家於保也介」[a]とある。「いはゐつら」は蔓性植物らしいが未詳、スベリヒユ説、ジュンサイ説がある。上三句が「引かばぬるぬる」を導く序である。ヌルはほどける意で、水島義治氏の『萬葉集全注』巻第十四は「「ぬるぬる」の語感からすれば沼や池などに生える植物がふさわしいのではないか。」[32]とする。「引く」は男が女を誘う意、「ぬるぬる」は「何の抵抗もなく滑(なめ)らかなさま。物にも心にもいう。「寝(ぬ)る」の意を懸ける」（『古典集成』[33]）。「我にな絶えそね」は私との仲を絶やさないでおくれの意で、「な……そ」は禁止、「ね」は相手に対してその行為の実現を誂え望む意の終助詞である。東歌には「寝を先立たね」（三三五三）、「紐結ばさね」（三四二六）その他全部で八例みえる。「そね」の形もこの例のほかに「言な絶えそね」（三三八〇・三三九八）、「雷な鳴りそね」（三四二一）など、八例が東歌にみえる。上代だけに見られるものであり、〜しないでほしいの意で穏やかな禁止を表す。類歌では、

上野　可保夜が沼の　いはゐつら　引かばぬれつつ　我をな絶えそね　（上野国）（14・三四一六）

安波をろの　をろ田に生はる　たはみづら　引かばぬるぬる　我を言な絶え（未勘国歌）（14・三五〇一）

のように地名や植物が変わり、語句の小異があるが、発想は類似している。

我が背子を　あどかも言はむ　武蔵野の　うけらが花の　時なきものを（14・三三七九）

「あどかも言はむ」は、「あど」は「など」の訛りで疑問の副詞、この私の思いを何と言い表したらよいのだろうか。「武蔵野のうけらが花の」の三・四句は「時なき」を起こす。うけらは花が開いても蕾のままの形であると受け止められていたようで、『和歌童蒙抄』には次のように記される。

うけらとは香薬也。とこなつに花あり。つぼみたるやうにて笑也。集注爾雅曰、朮は花ありといへど、ひらけざるごとしと云へり。されば時なきものをとよめり。

花が咲いても開かないのと同じ状態なので「時なきものを」と解釈している。[34] 水島義治氏は、「うけらの花は花期が長く、夏からずっと秋の間、長期間咲いていることから「時無き」にかかるものと思われる」[35] と指摘する。「時」だけにかかるとみる説（『略解』[36]・『古義』[37]・『新考』[38]・『全釋』[39]・『注釋』[40] など）もある。「時なき」はいつも時を定めず常にの意で、わが夫を恋しく思う気持の絶え間ないことをいう。類歌には、

伊香保風　吹く日吹かぬ日　ありといへど　我が恋のみし　時なかりけり（14・三四二二）

印南野の　赤ら柏は　時はあれど　君を我が思ふ　時はさねなし（20・四三〇一）

の二首があり、いずれも恋や敬慕の思いが絶え間ないことを歌う。

埼玉の　津に居る舟の　風を疾み　綱は絶ゆとも　言な絶えそね（14・三三八〇）

「埼玉の津」は行田市あたりの利根川の旧水路にあった船着き場、渡し場である。風が烈しいので、船を繋ぎとめている舫い綱が切れることがあっても、二人の仲を絶やさずに続けてほしい、という愛情関係が絶えないことを願う。類歌は、

人皆の　言は絶ゆとも　埴科の　石井の手児が　言な絶えそね　（14・三三九八）（信濃国）

と、言が絶えないことを希求する。

夏麻引く　宇奈比をさして　飛ぶ鳥の　至らむとそよ　我が下延へし　（14・三三八一）

「夏麻引く」は、夏、麻の皮をこいで績む意、夏麻を引く畝の意で、「宇名比」や「海上」の枕詞になる。「宇奈比」は地名とされるが不明である。『萬葉集私注』七の「東京都内の宇奈根が、その遺名であらうといふ說もあるが確かではない。」[41]という記述をうけて『萬葉集注釋』巻第十四に多摩川北岸の世田谷区宇奈根と、川を挟んで南の川崎市高津区宇奈根の地名があり、「ウナネはウナヒの轉じたものでないか」[42]と指摘する。そうであれば、三三七三の多摩川に晒す麻布の歌と関係性をもつ。現在地は未詳であるが、「葦屋の菟名日」（9・一八〇一）のように海辺の地であったともいわれる。宇奈比をさして飛ぶ鳥のように、と上三句を序にして、思う相手のいる宇奈比に至らむと、心の中でずっと思っていたのだ、と密かな思いを抱いていたことを詠む。『増訂萬葉集全註釋』十には、「ウナヒがわが思う人の住處で、作者はそこから離れて旅に出ているのであろう」[43]と述べる。「夏麻引く」は夏期、麻を根引きする意で、労働の苛酷さから転じて、相手を一途に思う心を飛ぶ鳥に喩えることで内面を表出している。

三三七四～三三七七番は武蔵野の占術、うけらの花や草に寄せて切ない恋の様々な局面を見事に歌い上げる。武蔵国東歌は序詞の割合が非常に大きい。遠藤宏氏は武蔵国東歌の序詞について次のように述べる。「多摩川にさらす手作り　さらさらに」（三三七三）では「序詞部分の「さらす（曝）」と心情表出の部分の「さらさらに」とは同音の関係にある。（中略）この同音関係にある語を繋ぎとして結合され一首をなしている（後略）」。「武蔵野のをぐきが雉　立ち別れ」（三三七五）は「序詞部が「立ち別れ」という一語に譬喩的関係といってよい関係で続いている。「武蔵野のうけらが花の」（三三七六・三三七九）は一首の途中に序詞が置かれる。「武蔵野の　草はもろ

向き　かもかくも」（三三七七）は、「上二句は（中略）「かもかくも」ということばを起こすのではなく、草の諸向きの状態が「かもかくも」という内面を喚起している」。「入間道の　大屋が原の　いはゐつら」（三三七八）も「序詞部全体と心情表出部全体が結ばれており、景から心情への転換が行われている」[44]。遠藤氏の指摘のように序詞部は当事者の置かれた状況や強い心情の表出と関わっている。序詞「埼玉の　津に居る舟の　風を疾み」（三三八〇）は「綱は絶ゆとも」の状態を引き出し、逆説的に願望を述べる。九首中八首にみられるこれらの序詞は地名から始まっており、その土地の風物や情景と歌の発想が強い結びつきをもっていることを示す。東歌は訛っては いないが言葉の意味が難解な歌が多い。

武蔵歌の九首は相模国と上総国の間に入れられ、武蔵国が東海道に属するものとする配列で、宝亀二年（七七一）以降の観念が表れている。屋名池誠氏は、「東歌に反映した一部の東国方言では／・子音終わり語幹（四段活用）の動詞・動詞型接尾辞・助動詞の已然形／・母音終わり語幹（二段活用）の動詞・動詞型接尾辞の語幹末／で、それぞれエ列乙類が甲類に変わるという形態変化が進行中であった」と指摘し、「東歌に反映した音韻状況は、防人歌に反映した音韻状況に先立つもの」とする。また、「東歌は（少なくともその一部は）現地方言の話者によって音韻レベルで筆録され、方言色（の少なくとも一定部分）は理解不能のためやむをえず残されたものにすぎない」[45]とする。それ故に当時の東国の言語の様を彷彿とさせるものがある。三三七五番の否定辞ナフは陸奥（三四二六）・常陸（三三九四）・上野（三四一九）・下野（四三七八）・武蔵国など足柄坂以東の上代日本語の東国方言に用いられ、現代の否定辞ナイの前身とされる。屋名池氏は、音韻・文法面から東国の国別け表示は信頼できるものとし、「ナフ」は武蔵以北の地域に連続して分布していたもの[46]と考察する。小泉保氏は、「八世紀における古代日本語では、大和地方を中心とする西部古代日本語に対して、関東・東北に基盤をおく東部古代日本語の方言的差異が認められているが、その代表が否定形の「ぬ」と「なふ」であり、これが現代では「ン」と「ナイ」に投影している。」[47]

と述べる。現代方言の東西の相違はすでに奈良朝には芽生えていたのである。

三　防人歌にみる武蔵

防人制度は天智紀三年（六六四）条に「是の歳に、対馬島・壱岐島・筑紫国等に、防と烽とを置く。」とそのはじまりが記される。『続日本紀』天平宝字元年（七五七）閏八月条には、「壬申、勅して曰はく、「大宰府の防人に、頃年、坂東の諸国の兵士を差して発遣せり。是に由りて、路次の国、皆、供給に苦みて、防人の産業も亦、弁済し難し。今より已後は、西海道の七国の兵士合せて一千人を差して、防人司に充て、式に依りて鎮戍らしむべし。（後略）」」と記され、東国からの防人派遣を廃止したとある。天平十年（七三八）度の周防國正税帳には、「向京防人參般供給穎稲壹仟捌伯陸拾漆束」とある。「向京防人」の集団は三般に分かれて周防国を通過する。正税帳が断簡であるため、上般の人数は記されないが、「中般防人玖伯伍拾參人」「後般防人壹伯貳拾肆人」とあり、二般併せて一〇七七人が京に向かったことがわかる。岸俊男氏は前後の関係から上般を八〇〇人と推量し、これに天平十年度の筑後国正税帳に記される備前国児島に向かった者を加え、約二三〇〇人が防人として動員される総数とみる。天平十年度の駿河國正税帳には、「舊防人伊豆國貳拾貳人　甲斐國參拾玖人、相模國貳伯參拾人　安房國參拾參人　上總國貳伯貳拾參人　下總國貳伯漆拾人　常陸國貳伯陸拾伍人　合壹阡捌拾貳人」とある。東海道に所属する国の中でも遠江・駿河は載せられておらず、東山道に属する信濃国、上野国、下野国、武蔵国は含まれていない。岸氏は「これら六国の防人があと半分の約一〇〇〇人を占めていたと推定する」[48]。仮に一国の動員割当てが同じとすれば、一国あたり一六六名となる。武蔵国から赴いた防人は約一六六名あまりとなる。防人の任期は三年、天平神護二年（七六六）四月壬辰の条では、「東人を差点して三千に塡てむ。」とあり、防人の定数を三〇〇〇人とする。武蔵国の防人歌は次の十二首である。

枕大刀　腰に取り佩き　まかなしき　背ろがまき来む　月の知らなく　（20・四四一三）
麻久良多之・己志尓等里波伎　麻可奈之伎　西呂我馬伎己無　都久乃之良奈久
　右の一首、上丁那珂郡の檜前舎人石前が妻の大伴部真足女

大君の　命恐み　愛しけ　真子が手離り　島伝ひ行く　（20・四四一四）
於保伎美乃　美己等可之古美　宇都久之気　麻古我弖波奈利　之末豆多比由久
　右の一首、助丁秩父郡の大伴部小歳

白玉を　手に取り持して　見るのすも　家なる妹を　また見てももや　（20・四四一五）
志良多麻乎　弖尓刀里母之弖・美流乃須母　伊弊奈流伊母乎　麻多美弖毛母也
　右の一首、主張荏原郡の物部歳徳

草枕　旅行く背なが　丸寝せば　家なる我は　紐解かず寝む　（20・四四一六）
久佐麻久良　多比由苦世奈我　麻流祢世婆　伊波奈流和礼波　比毛等加受祢牟
　右の一首、妻の椋椅部刀自売

赤駒を　山野にはがし　捕りかにて　多摩の横山　徒歩ゆか遣らむ　（20・四四一七）
阿加胡麻乎　夜麻努尓波賀志・刀里加尓弖　多麻能余許夜麻　加志由加也良牟
　右の一首、豊島郡の上丁椋椅部荒虫が妻の宇遅部黒女

我が門の　片山椿　まこと汝　我が手触れなな　地に落ちもかも　（20・四四一八）
和我可度乃　可多夜麻都婆伎　麻己等奈礼　和我弖布礼奈ゝ　都知尓於知母加毛
　右の一首、荏原郡の上丁物部広足

家ろには　葦火焚けども　住み良けを　筑紫に至りて　恋しけ思はも　（20・四四一九）
伊波呂尓波　安之布多気騰母　須美与気乎　都久之尓伊多里弖　古布志気毛波母
右の一首、橘樹郡の上丁物部真根
草枕　旅の丸寝の　紐絶えば　我が手と付けろ　これの針持し　（20・四四二〇）
久佐麻久良　多妣乃麻流祢乃　比毛多要婆　安我弖等都気呂　許礼乃波流母志
右の一首、妻の椋椅部弟女
我が行きの　息づくしかば　足柄の　峰這ほ雲を　見とと偲はね　（20・四四二一）
和我由伎乃　伊伎都久之可婆　安之我良乃　美祢波保久毛乎　美等登志努波祢
右の一首、都筑郡の上丁服部於由
我が背なを　筑紫へ遣りて　愛しみ　帯は解かなな　あやにかも寝も　（20・四四二二）
和我世奈乎　都久之倍夜里弖　宇都久之美　於妣波等可奈々　阿也尓加母祢毛
右の一首、妻の服部呰女
足柄の　み坂に立して　袖振らば　家なる妹は　さやに見もかも　（20・四四二三）
安之我良乃　美佐可尓多志弖　蘇泥布良婆　伊波奈流伊毛波　佐夜尓美毛可母
右の一首、埼玉郡の上丁藤原部等母麻呂
色深く　背なが衣は　染めましを　み坂賜らば　まさやかに見む　（20・四四二四）
伊呂夫可久　世奈我許呂母波　曾米麻之乎　美佐可多婆良婆　麻佐夜可尓美無
右の一首、妻の物部刀自売
二月二十九日に、武蔵国の部領防人使掾正六位上安曇宿禰三国が進る歌の数二十首。ただし、拙劣の歌は取り載せず。

四四二四番の左注によれば残されているのは、天平勝寶七歳（七五五）二月の交替の東国防人の歌である。三月一日を交替の日とし、難波に集結した東国十カ国の防人たちの歌八十四首のうち、武蔵国は十二首を載せるがそのうち六首が妻の歌であるのが特徴である。

妻が歌ったうち四首が夫の歌と並べて載せられる。語句の響き合いがうかがわれるのは四四一五と四四一六番、四四二三と四四二四番であるが、相手の句をとり入れて詠む都人の唱和のあり方とは異なる。

すでに岸俊男氏が指摘しているが、防人歌の配列順序が一定の基準に基づいているものとみて、武蔵では上丁（妻）(1)―助丁(1)―主帳(1)―上丁(5)の歌が残されているが、各国の防人集団には国造丁（国造）―助丁―主帳丁（帳丁・主帳）―（火長）―上丁（防人）の関係が成立していたと推察する。丁は軍防令に兵士は「同戸之内毎三丁取一丁」（兵士簡点条）にある丁に通じるとみる。(49) 東国の防人集団は最も多くて三〇〇人以下、少ない場合は二〇―三〇人のこともあり、国造丁は一名、助丁・主帳もそれぞれ一名もしくは二名ずつ、人数の少ない場合にはその中のあるものを欠くこともあったと思われる。彼らの下に一般の防人兵士（上丁）があり、その十人ごと一組の長として火長が任ぜられていたらしい。岸氏の見解に対して東城敏毅氏は、上丁には「―郡＋上丁」―「郡防人集団の長」、「上丁＋―郡」―「一国防人集団の長」の二種類の記述が存在し、地方においては上層階級の者であると捉えていた上丁の身分を、具体的に「郡司子弟層」に絞り込むことが可能で、四四一三～四四一六は「国単位表記」の者の歌、四四一七～四四二四は「郡単位表記」の者の歌であり、その身分と歌の内容とが配列的にも結びついていると指摘する。(50) 武蔵国では、国造丁にあたる者の歌は載せられず、上丁（那珂郡）檜前舎人石前、助丁（秩父郡）大伴部小歳―主帳（荏原郡）物部歳徳・（豊島郡）上丁椋椅部荒虫・（荏原郡）上丁物部広足・（橘樹郡）上丁物部真根・（都筑郡）上丁服部於由・（埼玉郡）上丁藤原部等母麻呂の名がみられる。武蔵国の防人は大伴部、物部などの者が任じられている。防人歌は一字一音の万葉仮名で表記されているので、当時の東国方言の訛音を伝えている。迫野虔徳氏は「武蔵国には、訛形の場合を除いて、特殊仮名遣いの関係音節は六十余例あるが、そのうち誤りと思われるものは、わずかに「都久之倍夜里弖」（筑紫へ、四四二二）の一例だけである。[51]」と指摘する。武蔵国では、上代特殊仮名遣が正確に書き留められている。

麻久良多之　己志尓等里波伎　麻可奈之伎　西呂我馬伎己無　都久乃之良奈久　（20・四四一三）

「枕大刀」「まかなしき」「背ろがまき来む」のようにマ音が重ねられ、引き離されるように旅立った夫が再び戻ってくる日がわからないと歌う妻の哀切さが漂う。「枕大刀」のタシはタチの訛り、寝るときに枕元に置くことからこのように称したかといわれる。カナシは愛憐の意で三三五一番にも用いられる。背ろの「ろ」は親愛の接尾辞、東国方言で三三七五番にもみえる。「まき来む」は原文「馬伎己無」。マキは難解で、メキと訓む説（『古典文学大系』[52]・『注釋』[53]・『新古典文学大系』[54]等）もある。諸説があり、『萬葉代匠記』初稿本は「めきこんは、まきこんなり。まきは罷の字にて、まかり歸こんの心なり[55]」とする。『萬葉集全歌講義』第十巻にあるように「マカリコム（罷り来む）」の意[56]、とみられる。「ツク」は「ツキ」の訛り、「知らなく」は、「知らず」のク語法である。檜前舎人は檜前舎人部の略で、檜前廬入宮を宮とした宣化天皇の名代部とみられる。大伴部真足女はその妻であるが、武蔵国は妻の歌六首を採録し、他の国に比して異例である。この夫の歌は載せられない。四四二四番の左注に記されるように、拙劣歌ゆえに除かれたか、と考えられる。出立の場で夫婦が詠み交わした歌であろうか。

於保伎美乃　美己等可之古美　宇都久之気　麻古我弖波奈利　之末豆多比由久　（20・四四一四）

この歌には、海路の不安を詠む。防人の中に「大君の命恐み」と詠めるほどの思想的統制がとれる階層が存したことが知られる。多田一臣氏はこのことばに「王権の権威を奉ずることの自負とその絶対性に対するあきらめにも似た服従の気持ち」の二重性をみる。[57]

「大君の　命かしこみ」の語は、四三二八〈丈部造〉（相模国）、四三五八〈物部〉（上総国）、四三九四〈大伴部〉（下総国）、四四〇三〈小長谷部〉（信濃国）、三四八〇（東歌の相聞歌）にも詠まれる。この語の使用は、作者が天皇の名を冠した部であったり、大伴・物部の配下の集団であることと関わるのかと思われるが、後に続く歌句は、いずれも故郷に残る父母、子、妻を思い、故郷を後にするやるせない行為と対照されている。鉄野昌弘氏は、「大君の命かしこみ」の表現が異なる国でみられるのは、このような発想が模範として防人たちの前に提示され、防人たちはその範例に従って詠んだ(58)可能性を示唆する。しかしながら防人たちにも伝承された歌の記憶を保持している者も存したであろう。防人に任じられた時に、心にふれた歌の記憶の蓄積をもとに、五音と七音の語句を組み合わせ歌を詠んだと思われる。範例に従って詠まれたかどうかは、不明である。「真子」は愛すべき若い娘の意で、異郷を旅行く不安を和らげてくれるのが、家に居て案じてくれる愛する妻との紐帯であった。「真子」には「古ゆ　語り継ぎつる　うぐひすの　現し真子かも」（19・四一六六）のようにほととぎすがうぐいすの愛を受けて育った子という例がある。「はなり」は「はなれ」の訛りである。

志良多麻乎　弖尓刀里母之弖　美流乃須母　伊弊奈流伊母乎　麻多美弖毛母也　（20・四四一五）

「白玉を手に取り持して」の「持して」は「持ちて」の訛り、中央方言の「〜如す」に相当する「〜ノス」が出てくる。夫は「イヘなる妹」と言うが、妻は「イハなる我」と返す。夫は中央語形によったと思われる。実際は手に入れることは出来ない「白玉」を手に取り持って愛おしむように、家に再び戻って来て妻を見たいという心情が歌われている。「また見てももや」のテモはテムの訛り、モヤは詠嘆の終助詞であろうが、類例がない。

久佐麻久良　多比由苦世奈我　麻流祢世婆　伊波奈流和礼波　比毛等加受祢牟　（20・四四一六）

旅中の夫の旅の丸寝に対して、「紐解かず寝む」と、夫の苦労を偲びつつ、変わらぬ愛情を誓う。旅行く君が丸寝をするならば、家にいる私は紐を解かずに寝よう、と労苦を分かち合い、少しでも夫の苦しい旅に近づこうとしている心情がうかがわれる。この夫婦は夫は「イヘ」と発音し、妻は他の武蔵国防人歌にみられるように「イハ」と発音している。微細な例ではあるが、夫が難波で妻の歌をも詠んだのであれば、このような違いは表記されないであろう。四三四三番の駿河国の玉作部広目の歌には「家（いひ）【已比】にして」とある。語の表記から音を聞き分け、書き分ける方針がとられたことがうかがえる。

阿加胡麻乎　夜麻努尓波賀志　刀里加尓弖　多麻能余許夜麻　加志由加也良牟　（20・四四一七）

「赤駒」（栗毛の馬）が詠まれる。それを山野に放し捕まえることが出来ず、夫を徒歩で旅立たせる辛さを詠う。軍防令には「凡そ防人防に向はむ、若し家人、奴婢及び牛馬、将て行かむと欲ふこと有らば、聴せ。」とある。「山野にはがし」のハガシはハガチの訛り。ハガツはハナツと同義とされている。厩牧令には「皆十一月上旬より起りて乾たるを飼へ。四月上旬よりは青きを給へ。」とある。この歌が詠まれた正月下旬か二月初めは放牧期ではない。『萬葉集全注』巻第二十は「夫を徒歩で旅立たせる辛さの余りに、殊更に季節を無視して詠んだとも考えられ、又馬など飼っていなかったかも知れ」[59]ないと指摘する。捕りかにてのカニテはカネテの訛りで、逃げた馬は捕らえにくくなす術がない。「多摩の横山」について『全釋』は、「それは今の八王子市の西南に接し、多摩御陵に近い地點にある横山のことであらう。併しこれらの武藏國の防人等が、當時の國府卽ち今の府中に集合して、相模路を取つて東海道を進むとすると（中略）、直ちに多摩川を渡つて南進する筈で（中略）横山も多摩川の南岸の丘陵でなければならぬ[60]」とする。『萬葉集全注』巻第二十は「東京都府中市の南、南多摩郡多摩町の丘陵地帯」で、「この地は、作者らの住む豊島郡から二〇キロメートルばかり西南に当たる[61]」とする。多摩の横山は西国と東国を結ぶ交通の要衝に位置し、稲城、相模原まで続く。鎌倉街道を抜けると横に広がってみえた。実感を伴った表現である。徒歩のカシはカチの訛りで、ユは手段・方法を表す。カ…ムは詠嘆的疑問を示し、「からまる君をはかれか行かむ」（20・四三五二　上総国）、「弓のみたさ寝か渡らむ」（20・四三九四　下総国）の例がある。

和我可度乃　可多夜麻都婆伎　麻己等奈礼　和我弖布礼奈々　都知尓於知母加毛（20・四四一八）

わが門の「片山椿」は、家に残していく妻、相手の女性を喩える。「我が手触れなな」のナナは～しないでの意の東国語法である。上のナは打消しを表すが、下のナは語義未詳とされる。「なな」は、打消の助動詞「な」に願望の助詞「な」が接したもの（『古典集成』[62]）とする説、「ナナ」は「ナニ」の訛り。「な」は打消。「に」は接続助詞で、…しないのに、…しないで、の意」（『万葉集全解』7[63]）かともされる。「新田山嶺には付かなな」（14・三四〇八　上野国）、「うらがれせなな常葉にもがも」（14・三四三六　上野国）、「かくすすそ寝ななりにし」（14・三四八七）、「忘れはせなないや思ひ増すに」（14・三五五七）、「帯は解かななあやにかも寝も」（20・四四二二　武蔵国）、「結（叡比）は解かななあやにかも寝む」（20・四四二八）などの例がある。「ナナ」は防人歌で武蔵に二例現れている。解釈不定の三四〇八「ネニハツカナナ」もこの例だとすると、「ナナ」の分布は「ナフ」の分布域に含まれる。「ナフ」「ナナ」ともに動詞の否定を表しているものと考えられるが、用例があまりに僅少であり、これらの語形変化のあり方はわからない。特に「ナナ」の後側のナの意味・機能やその文法的性格は不明である。「地に落ちもかも」の落チモは落チムの訛り、地に落つは空しくなる意を含む。モ（ム）カモは、未来を詠嘆的に推量する語法で、自分の留守中に女が他の男のものになるのではないかと不安を表している。片山が山の傾斜地をさすのならば、そこに生える椿は女の置かれた危うげな状況を示唆していよう。椿が地に落ちるという形容は椿の花が花の形を留めたまま地面に落ちる風情を捉えており、男の危惧がよく表れている。

伊波呂尓波　安之布多気騰母　須美与気乎　都久之尓伊多里弖　古布志気毛波母（20・四四一九）

イハはイへの訛り、アシフはアシヒの訛りである。武蔵の沼沢付近では、屋内で干した葦を焚きとても住みよいとは言えない状況であっても、たとえ煤けてはいても、この男には我家は住みよいのである。良ケは良キの訛り、筑紫に着いてから恋しく思うだろうな、と思いめぐらしている。「恋しけ思はも」コフシケモハモは、「恋しく思はむ」コヒシクモハムの東国形か（『古典集成』[64]）、とされる。家では篝火を焚いてはいるが住みよいものを、筑紫に着いてから恋しく思うだろうなあ、と誰もが抱く普遍的な感情を表出している。

久佐麻久良　多妣乃麻流祢乃　比毛多要婆　安我弖等都気呂　許礼乃波流母志（20・四四二〇）

旅の丸寝の紐を縫い付けた糸が切れたら、「我が手と付けろ」は我が手と思って、「これの針持し」これの針をもって付けなさい、と妻は針に思いを託す。ハルモシはハリモチの訛りである。夫婦は別れに際して、互いに相手の紐を結び、それぞれの魂を結い込め無事を願った。旅先で糸が切れても、自分が縫い付けてやることは出来ない。せめてもの思いで、夫に貴重な針を手渡したのであろう。

和我由伎乃　伊伎都久之可婆　安之我良乃　美祢波保久毛乎　美等登志努波祢（20・四四二一）

「我が行き」は私の筑紫への旅、イキヅクシカバはイキヅカシカバの訛りで、「息づかし」は溜息をつくほど苦しい意の形容詞である。ハホはハフの訛りで、峰に這うようにかかる雲を見て遠くのものを偲ばせる意である。防人たちは東海道を経由して足柄峠を越えていった。見トトは見ツツの訛り、「偲はね」は偲んでおくれ、の意で私の旅立ちで離れて逢えないことがため息が出るくらい苦しかったなら、足柄の峰にかかっている雲を見ながら私を偲んでおくれ、と妻に希求している。

和我世奈乎　都久之倍夜里弖　宇都久之美　於妣波等可奈々　阿也尓加母祢毛（20・四四二二）

「背な」のナは親愛の情を示す接尾辞である。私の夫を筑紫へ「遣りて」には、防人に強制的に徴発されて、行かせたくないのに行かせる意がこもる。「愛しみ」は「愛し」のミ語法で、夫に対する妻の切ない思いが伝わる。「帯は解かなな」のナナは四四一八番でも触れたが、アヤニカモの理屈を越えた夫への愛情と響き合い、「寝も」に続く。「寝も」は「寝む」の訛りで、家にいながら帯も解かずに丸寝をする我が心の不思議さを歌う。

この歌は、武蔵国防人歌の後に「昔年の防人が歌」（四四二五～四四三二）として抄写された八首のうちの一首、

和我世奈乎　都久志波夜利弖　宇都久之美　叡比波登加奈〻　阿夜尓可毛祢牟　（20・四四二八）

と酷似する。東城敏毅氏は、巻十四に防人歌（三五六七～三五七一）の部立があり、三五六七と三五六八は「問答」と記載されることから、「従来防人歌とは男歌と女歌との唱和が一つの形式として想定されていた」とし、武蔵国防人歌全体が、「昔年防人歌」と同じような形式を持つ歌群を基に作成された可能性をみる。(65) 巻十四の防人歌は詠まれた国がわからず東国方言がみられない。一組残された問答歌を根拠に武蔵国の防人歌のあり方をみるのは想定の域を出ない。他国の防人歌や昔年防人歌との間に類歌的な表現や類似発想が詠まれているにしろ、武蔵国防人歌は巻十四の防人歌や「昔年防人歌」とは同列には扱かえず、巻二十の防人歌は国毎に音声レベルの表記に重点が置かれている。東歌とは異なり、防人歌は訛ってはいるが意味がわからない歌は入っていない。家持作の「為㆓防人情㆒陳㆑思作歌一首并短歌」（四三九八～四四〇〇）、「陳㆓防人悲別之情㆒歌一首并短歌」（四四〇八～四四一二）を配して構成されるが、収集や載録方針は、都の貴族たちが見ても理解できる歌を選び、短歌形式の中に表れる東国方言や表現の異域性に興味を置いていているようである。

安之我良乃　美佐可尓多志弖　蘇涅布良婆　伊波奈流伊毛波　佐夜尓美毛可母　（20・四四二三）

伊呂夫可久　世奈我許呂母波　曾米麻之乎　美佐可多婆良婆　麻佐夜可尓美無　（20・四四二四）

四四二三番と四四二四番は、旅の途中にある夫と家なる妻の魂の通いを歌う。四四二三番では「足柄のみ坂」と東海道の難所足柄峠を越える際の「袖振り」を歌う。「立して」は「立ちて」の訛り、「袖振らば」は袖を振ったならば、の意である。「坂」はこの世と他界との境界であり、神霊が支配する危険な場所とされ、旅人は生命を奪われる恐れがあった。そこで「袖振り」をして、妻の魂との交流をはかり、その加護を祈る。上野国の歌「日の暮れに碓氷の山を越ゆる日は背なのが袖もさやに振らしつ」（14・三四〇二）にも袖振りによる夫と妻の魂の交流が詠まれる。イハはイへの訛り、サヤは視覚にはっきりと意識されること、「見もかも」は「見むかも」の訛りで、カモは詠嘆的疑問を表す。埼玉郡から足柄峠までは実際には見えないが、「み坂」での袖振りは旅に出た夫と、家にある妻の魂との連帯を図ることができると信じられていたのだろう。「家にいる妻ははっきりと見ることだろうか」という夫の心を汲み取ったように、妻は四四二四番で、色濃く夫の衣は染めればよかったものを、と歌う。「まし」は反実仮想なので実際には染めなかったのである。中西進氏は「「紅の濃染」なる語あり。その種の濃い色をいうか」（『万葉集全訳注原文付』[66]）と述べる。また、木下正俊氏は、「無位の防人たちは、皂染（くりぞめ）即ち櫟（くぬぎ）の実で染め鉄媒染で黒く発色させた、いわゆる橡（つるばみ）染めを着ていたのであろう。ここは鉄分が不足して色が淡かったのでいうか。」[67]と記す。「深き染め」ならば、木下氏の見解になろう。「み坂賜らば」のタバルはタマハルの約で、通行を足柄峠の神に許されたならば、「さやかに」はっきりと見えるでしょうに、と歌っている。あなたが袖を振ると知っておりましたら、濃き色に染めましたものをと、馴染んだ夫婦の情の通いがうかがわれる。

　武蔵国の防人歌には傍点を施したように、本来「知」類の仮名で書かれるべきところを「斯」類の仮名で写した例がみられる。「麻久良多之」（枕刀　四四一三）、「刀里母之弖」（取り持ちて　四四一五）、「波賀志」（放ち　四四一七）、「加志」（徒歩　四四一七）、「母志」（持ち　四四二〇）、「多志弖」（立ちて　四四二三）である。有坂秀世氏はこの現象について「ち」（ti）の破裂音が東国ではやく破擦音化して、斯類の仮名で写された右の方音が、tʃi　tsi のような音になっていた可能性を指摘する。[68]また、迫野虔徳氏は、防人歌には「月」を「ツク」（都久　四四一三）、「葦火」を「アシフ」（安之布　四四一九）、「針」を「ハル」（波流　四四二〇）のようにイ段音をウ段音にした表記例が常陸・下野・下総・武蔵にみられ、この例は「チ」を「シ」にする表記例を持つ国に限られており、中央出身の筆録者によって記録されたものと結論付ける。[69]訛音を正確に書き留めようとする意識がうかがえる。

　屋名池誠氏は「防人歌は中央方言の耳をもった話者が音声レベルで筆録したもの」であり、「東国方言は、イ列・エ列の甲類・乙類が中央方言に先立って合流しつつあった可能性が高かったことをのぞけば、音韻レベルでは中央方言とさほど異なるところがなかった」が、「武蔵方言・下野方言ではイ列はやや中舌的な音色を有し、子音の口蓋化がないと、ウ列にかなり近く聞こえたものであろう。」と指摘する。さらに、「防人歌の上進された国を、東山道の信濃から隣接する東海道の遠江へ、さらに東海道諸国を東へと並べ、もとは東山道所属で宝亀二（七七一）年（防人歌採録の天平勝宝七（七五五）年の一六年後）東海道に編入された武蔵を介して、その後ろにのこりの東山道諸国を東から西へと並べてみると、隣接する国どうしで同じ方言的特徴がきれいに連続してゆき、一定の広がりを示していることが見て取れ」、「古来の人的交流のありかたを反映している」という。武蔵国荏原郡において夫の歌はイヘ、妻の歌はイハである。夫婦の間に相違を見せる「家」について、「《家》にあたる語がイヘであるか、イハであるかの境界は武蔵国の中を走っているらしい。現在の二十三区西南部にあたる荏原郡のような武蔵東部は、下総国と連なるイヘの使用域であり、埼玉郡や現在の川崎周辺にあたる橘樹郡のような武蔵北部・西部は上野・下野両国に連なるイハの使用域であったようだ。」と武蔵国の音声の特徴を記す。また筆録に際して「事前に「聞いた通りに記せ」という明示的な指示が統一的に与えられていた」とみる。氏は、「「但拙劣歌不取載之」という注記は、防人歌編集者が文学的価値の評価だけではなく、あまりに方言色濃厚で一読理解しがたい歌は排除するという次元でも選別を行ったことを示しているのであろう[70]」と指摘する。「ナフ」と語源的なつながりがあると考えられる「ナナ」、「チ」を「シ」にする表記例やイ段音をウ段音にする表記例、四四一五番の「ノス」、四四一五番にみられるイヘと四四一六番にみられるイハは、微細な例であるが、武蔵国の防人の音声を今に伝えている。

おわりに

武蔵国の東歌と防人歌から奈良時代の人々の生活や心情表現をみてきた。世田谷が関わるのは、ほんのわずかである。けれどもこれら二十一首から古代の世田谷の暮らしを想像することは出来るだろう。ヤマトや上野・下野の影響を受けながらも多摩丘陵や多摩川を生活の拠り所とし、遠くに富士の嶺を仰ぎながら、彼方に寺院の塔を望む。山野を切り開き、田畑を耕しながら平凡な恋をし、草木や花に心を寄せて人間の営為として心情を表出する。防人歌は夫の言葉を受けて妻が歌うという夫婦唱和の体に至らないものもあるが、武蔵国防人歌は、四四一三「背ろがまき来む」(妻)、四四一四「真子が手離り」(夫)、四四一五「家(いへ)なる妹」(夫)・四四一六「旅行く背な・家(いは)なる我」(妻)、四四一七「徒歩(かし)ゆか遣らむ」(妻)、四四一八「我が門の片山椿・汝・我が手」(夫)、四四一九「家(いは)ろ・筑紫に至りて」(夫)・四四二〇「我が手」(妻)、四四二一「我が行き」(夫)・四四二二「我が背な・筑紫へ遣りて」(妻)、四四二三「家(いは)なる妹」・四四二四「背な」のように、「旅行く夫」と「家なる妻」の対比によって構成されている。残される妻を心のよりどころとし、夫を思いやりその苦労を分かち合おうとする夫婦の紐帯がうかがわれる。武蔵国の歌には人間の哀切さがにじみ出ている。そしてことばの異域性や地名は奈良時代から現代まで連綿と受け継がれているのである。

注

(1)『新修世田谷区史』上巻　一九六二年一〇月　世田谷区発行

(2)桜井満『万葉の歌―人と風土―』13　関東南部　中西進企画　一九八六年一一月　保育社

(3) 河村秀根・益根編『書紀集解』三　小島憲之本文補注　一九六九年九月　臨川書店
(4) 谷川士清『日本書紀通證』三　小島憲之解題　一九七八年一一月　臨川書店
(5) 武蔵国の項　江口桂執筆『日本古代道路事典』古代交通研究会編　二〇一三年一二月　八木書店
(6) 「武蔵国」『日本歴史地名大系』第十三巻　東京都の地名　二〇〇二年七月　平凡社
(7) 大場磐雄「多摩古代文化と歸化人」『西郊文化』第六輯　一九五三年一二月、『狛江市史』第二編　原始・古代　第五章　亀塚古墳　小出義治執筆　一九八五年三月　狛江市発行　亀塚古墳出土金銅製毛彫飾金具は東京国立博物館に所蔵されている。
(8) 桜井清彦・菊池徹夫「古代のむさし」『せたがやの歴史』一九七六年九月　東京都世田谷区発行
(9) 前掲書(7)『狛江市史』第二編　第七章　律令時代　十菱駿武執筆
(10) 前掲書(6)
(11) 坂本太郎「乗瀦駅の所在について」『古代の駅と道』坂本太郎著作集第八巻　一九八九年五月　吉川弘文館
(12) 廣岡義隆「防人とその家族」『萬葉形成通論』二〇二〇年二月　和泉書院
(13) 品田悦一「防人の歌は誰がどこで作ったか」『上代文学』第一二七号　二〇二一年一一月
(14) 黛弘道「東国とは何か」『万葉の東国』(万葉夏季大学 第十五集)一九九〇年五月　笠間書院
(15) 『日本文学地名大辞典』——詩歌篇(下巻)大岡信監修　一九九九年八月　遊子館
(16) 武田祐吉『増訂萬葉集全註釋』十　一九五七年三月　角川書店
(17) 阿蘇瑞枝『萬葉集全歌講義』第七巻　二〇一一年八月　笠間書院
(18) 柴生田稔「東歌及防人の歌」『萬葉集大成』10　作家研究篇下　一九五四年五月　平凡社
(19) 西郷信綱「萬葉の相聞」『萬葉集大成』5　歴史社會篇　一九八六年六月　平凡社
(20) 『萬葉集』三(日本古典文学全集4)小島憲之　木下正俊　佐竹昭広校注・訳　一九七三年一二月　小学館
(21) 『萬葉集』四(新潮日本古典集成)青木生子　井出至　伊藤博　清水克彦　橋本四郎校注　一九八二年一一月　新潮社
(22) 澤瀉久孝『萬葉集注釋』巻第十四　一九六五年三月　中央公論社

(23) 内藤茂『植物で見る「万葉の世界」』二〇〇四年九月　國學院大學「萬葉の花の会」
(24) 鹿持雅澄『萬葉集古義』第六　一八九八年七月　國書刊行會
(25) 前掲書(20)
(26) 前掲書(22)
(27) 土屋文明『萬葉集私注』七　一九八二年一一月　筑摩書房
(28) 『萬葉集』三（日本古典文学大系6）高木市之助　五味智英　大野晋校注　一九六〇年一〇月　岩波書店
(29) 前掲書(17)
(30) 『岩波古語辞典補訂版』大野晋　佐竹昭広　前田金五郎　一九九〇年二月　岩波書店
(31) 『萬葉代匠記』六（契沖全集　第六巻）一九七五年四月　岩波書店
(32) 水島義治『萬葉集全注』巻第十四　一九八六年九月　有斐閣
(33) 前掲書(21)
(34) 藤原範兼『和歌童蒙抄』『日本歌学大系』別巻一　一九五九年六月　風間書房
(35) 前掲書(32)
(36) 橘千蔭『萬葉集略解』第四輯　一八九九年九月　東京修學堂
(37) 前掲書(24)
(38) 井上通泰『萬葉集新考』第五　一九二八年八月　國民圖書
(39) 鴻巣盛廣『萬葉集全釋』第四冊　一九三三年一〇月　廣文堂書店
(40) 前掲書(22)
(41) 前掲書(27)
(42) 前掲書(22)
(43) 前掲書(16)
(44) 遠藤宏「万葉集東歌における序詞の様相（下）」『論集上代文学』第十九冊　一九九一年一二月　笠間書院

(45) 屋名池誠「上代東国方言の形態変化と東歌の筆録者」『藝文研究』第一〇〇号　二〇一一年六月

(46) 前掲書(45)

(47) 小泉保「上代日本語の東と西――上古における否定辞ヌとナフの分布」『万葉古代学――万葉びとは何を思い、どう生きたか』中西進他著　二〇〇三年五月　大和書房

(48) 岸俊男「防人考――東国と西国――」『日本古代政治史研究』一九六六年五月　塙書房

(49) 前掲書(48)

(50) 東城敏毅「防人歌作者名表記の方法」「防人歌作者層の検討」「武蔵国防人歌歌群の構成――「昔年防人歌」との比較――」『万葉集防人歌群の構造』二〇一六年一一月　和泉書院

(51) 迫野虔徳「防人歌と上代特殊仮名遣い」『文献方言史研究』一九九八年二月　清文堂出版

(52) 『萬葉集』四（日本古典文学大系7）高木市之助　五味智英　大野晋校注　一九六二年五月　岩波書店

(53) 澤瀉久孝『萬葉集注釋』巻第廿　一九六八年一〇月　中央公論社

(54) 『萬葉集』四（新日本古典文学大系4）佐竹昭広　山田英雄　工藤力男　大谷雅夫　山崎福之校注　二〇〇三年一〇月　岩波書店

(55) 『萬葉代匠記』七（契沖全集　第七巻）一九七四年八月　岩波書店

(56) 阿蘇瑞枝『萬葉集全歌講義』第十巻　二〇一五年五月　笠間書院

(57) 多田一臣「「大君の命かしこみ」について」『古代文学表現史論』一九九八年一二月　東京大学出版会

(58) 鉄野昌弘「防人歌再考――「公」と「私」――」『萬葉集研究』第三十三集　二〇一二年一〇月　塙書房

(59) 木下正俊『萬葉集全注』巻第二十　一九八八年一月　有斐閣

(60) 鴻巣盛廣『萬葉集全釋』第六冊　一九三五年一二月　廣文堂書店

(61) 前掲書(59)

(62) 『萬葉集』五（新潮日本古典集成）青木生子　井出至　伊藤博　清水克彦　橋本四郎校注　一九八四年九月　新潮社

(63) 多田一臣『万葉集全解』7　二〇一〇年三月　筑摩書房

(64) 前掲書(62)
(65) 東城敏毅「武蔵国防人歌群の構成――「昔年防人歌」との比較――」前掲書(50)
(66) 中西進『万葉集全訳注原文付』(四) 一九八三年一〇月　講談社
(67) 前掲書(59)
(68) 有坂秀世「奈良時代東國方言のチ・ツについて」『國語音韻史の研究増補新版』一九五七年一〇月　三省堂
(69) 前掲書(51)
(70) 屋名池誠「奈良時代東国方言の音韻体系と防人歌の筆録者」『古典語研究の焦点』二〇一〇年一月　武蔵野書院

○本文の引用は以下による。なお、引用中のルビはパラルビとした。
a 『諸本集成　倭名類聚抄〔本文篇〕』一九六八年七月　臨川書店
b 『先代舊事本紀』鎌田純一著　一九六〇年三月　吉川弘文館
c 「法隆寺獻物帳」「東大寺獻物帳」『寧樂遺文』中巻　竹内理三編　一九六二年一〇月　東京堂出版
d 『新編武藏風土記稿』国立国会図書館デジタルコレクション
e 「新抄格勅符抄」『新訂増補國史大系』第二十七巻　黒板勝美編輯　一九三三年五月　吉川弘文館
f 『日本後紀』(國史大系)　黒板勝美編輯　一九八九年一〇月　吉川弘文館
g 『本草綱目啓蒙』巻之八　山草部　草之一　国立国会図書館デジタルコレクション
h 『和漢三才圖會』〔下〕　寺島良安編　一九七〇年三月　東京美術
i 『医心方』巻1A医学概論篇　丹波康頼撰　槇佐知子著　二〇一一年一一月　筑摩書房
j 天平十年「周防國正税帳」「筑後國正税帳」「駿河國正税帳」『寧樂遺文』上巻　竹内理三編　一九六二年九月　東京堂出版

○地図・古代の道の記述・写真について
•二六六頁の地図は、佐々木恵介「関東古代国郡図」(財団法人角川文化振興財団編『古代地名大辞典　索引・資料編』一九九

九年　角川書店　所収）をベースにして、「武蔵国諸郡」（東京都世田谷区編『新修世田谷区史』上巻　一九六二年　世田谷区　所収）、江口桂「武蔵国」（古代交通研究会編『日本古代道路事典』二〇〇四年　八木書店　所収）などを参考に作成した。

•二六八頁の武蔵国略図は『國史大辭典』第13巻　一九九二年四月　五九八頁の略図をもとに『日本古代道路事典』の記述を参考に記した。略図の下に記した説明は、『新修世田谷区史』上巻、『日本古代道路事典』の記述をまとめて記した。東山道武蔵路推定ルートは、『日本古代道路事典』の記述を参考に書き入れた。埼玉県所沢市久米の東の上遺跡において、武蔵国府が置かれていた東京都府中市から上野国を指してほぼ直線で北上する古代道路が発掘調査されている。この道路の利根川を渡る地点は、埼玉県熊谷市妻沼あたりとなる。二七三頁引用の『続日本紀』宝亀二年十月条の「五箇駅」は固有名詞ではなく、五駅とする説に従う。書き入れたルートはあくまで目安である。

•二七五頁に＊を付した下野と武蔵を結ぶ古道について、藤岡謙二郎編『日本古代の交通路』I　一九七八年三月　大明堂　秋山元秀氏執筆　第二章　東海道　第十二節　武蔵国　一七六頁に載せられた第5図には「武蔵と下野を結ぶルート」として、地図中に「武蔵が東山道に所属していた頃の東海道と東山道を結ぶルート」として下野の佐野、武蔵の大宮、坂下、久米を結ぶルートが記され、「図中の道は鎌倉街道と称される古道（阿部正道による）。」と説明がある。

•鹿卜写真は武蔵御嶽神社のご提供をうけ、太占斎場（二〇一八年二月撮影）・太占祭結果は許諾を得て掲載した。

•鹿卜写真以外はすべて筆者が撮影した。

•高麗若光の墓（二〇一六年一一月撮影）は聖天院の許諾を得て掲載した。

•多摩川歌碑（二〇〇三年九月撮影）・拓本（一九八四年一一月）は伊豆美神社の許諾を得て掲載した。
＊本章執筆にあたり、北川和秀氏・屋名池誠氏のご教示をいただいた。記して御礼申し上げる。
＊雄鹿の右肩甲骨を忌み火で炻いた時に出来るひび割れの如何によって、農作物の吉凶を占うことを、二〇二〇年十二月三十日に武蔵御嶽神社の天野様より御教示いただいた。

終章　結びにかえて

――『古事記』その深遠なるもの――

『古事記』撰録の発端、天武天皇の崩御によって未完の作業が、元明朝に成立に至る過程は序文に次のように記される。

是に、天皇の詔ひしく、「朕聞く、諸の家の賷てる帝紀と本辞と、既に正実に違ひ、多く虚偽を加へたり。今の時に当りて其の失を改めずは、幾ばくの年も経ずして其の旨滅びなむと欲。斯れ乃ち、邦家の経緯にして、王化の鴻基なり。故惟みれば、帝紀を撰ひ録し、旧辞を討ね竅め、偽を削り実を定めて、後葉に流へむと欲ふ」とのりたまひき。……即ち、阿礼に勅語して、帝皇日継と先代旧辞とを誦み習はしめたまひき。然れども、運移り世異りて、未だ其の事を行ひたまはず。

焉に、旧辞の誤り忤へるを惜しみ、先紀の謬り錯へるを正さむとして、和銅四年九月十八日を以て、臣安万侶に詔はく、「稗田阿礼が誦める勅語の旧辞を撰ひ録して献上れ」とのりたまへば、謹みて詔旨の随に、子細に採り摭ひつ。

周知の記事ではあるが、これまで論議が繰り返されてきた。「諸家」は「諸氏に属する家々の意[1]」と従来解釈されてきた。瀬間正之氏は「諸家とは諸史家と考えるのがもっとも妥当ではあるまいか。即ち大和政権で言えば、フミヒトということになる[2]と指摘する。上代文献の用法に従ったこの見方は妥当であろう。「齎」は西條勉氏が解釈したように、『説文解字』（第六下）の「齎」（「賷」は異体字）の「持遺也」により、「〈持参する・持ち込む〉の意」[3]であろう。これに続く文脈について谷口雅博氏は、序文の「諸家の賷る「帝紀」と「本辞」」、「「帝紀」を撰録し、「舊辞」を討覈して」、「「帝皇の日継」と「先代の舊辞」」の三箇所に見られる各資料の名称の相違を検討し、「天武朝では「帝紀」を「撰録」するという意図が強くあったとすれば、元明朝に残る作業は「先代舊辞」の「撰録」であ」り、「『古事記』の持つ物語志向はその点と深く関与しているのではなかろうか」[4]と指摘し、古事記の有する文学性に言及する。それぞれの名称の示すものとその内容は、異なるもののようであり、『古事記』の筆録された意義を見出さねばならない。

天武天皇が稗田阿礼にさせた「帝皇の日継」と「先代の舊辞」の「誦習」について亀井孝氏は、「文字による記録、つまり文献であったらう」、日本語に「還元した、その表現、それをばまさにそれとして忘れないやうにそらんじ、いつでもその文献をこゑに出してよみうべき用意のこと」[5]とする。「誦習」の語は、『万葉集』巻十六・三八四八番の左注に、「忌部首黒麻呂夢裏作二此恋歌一贈レ友。覚而令二誦習一如レ前」、『続日本紀』天平宝字元（七五七）年四月条に、「宜レ令下天下家蔵二孝経一本一、精勤誦習、倍加中教授上」とあり、後者は家毎に蔵した孝経を復唱させたのであろう。飛鳥池遺跡からは、「庚午年」（天智九・六七〇）、「丙子年」（天武五・六七六）、「丁丑年」（天武六・六七七）、「丁亥年」（持統元・六八七）の年紀が記された天智朝から持統朝にかけての木簡が出土している[6]。「丁丑年」（天武六・六七七）の年紀のある木簡が出土した遺構（南北溝ＳＤ一一一〇）からは「止求止佐田目手□□」「□久於母閉皮」と記した歌木簡が出土している[7]。天武朝以前に日本語を書写する行為は行われており、阿礼は「目を度れば口に誦み」とあるので、文字資料を見ていたと思われ、「誦習」に漢字テキストは存在したであろう。『古事記』の序文には漢字を用いて日本語を書記する困難さを記し、表記の選択肢を示している。漢語漢文の訓読を通して創出された上代日本語の書記語について毛利正守氏は、「古事記本文は、訓字表記や萬葉仮名表記の日本語語順方式と、倒置方式との書式を備えた倭文体であると認められる」とし、「古事記の在りようが、音訓交用表記あり訓字表記ありと一定していない」が、それは「古事記なりにとった選択的な結果による文体」であり、「日本語文を目指している以上、それはその時点における倭文体なのだということを見届ける必要がある」[8]と指摘する。小谷博泰氏は「『古事記』の文章の元になったのは、『日本書紀』式の漢文ではなく、おおむね口答言語に忠実な和文式文章か、あるいは口頭言語としての「古事」そのものであったろうことが推測される」[9]とし、「『古事記』本文は天武朝に書き得た」。「たとえば『古事記』の「天の石屋」の条のような、極端に和文的傾向の強い部分や、「沙本毘売」の条のような極端に漢文的傾向の強い部分が、原資料として天武朝ころには書かれていたであろう[10]」と述べる。

一方『古事記』の物語叙述を特徴づける歌謡は、歌木簡にみられるように一字一音で表記され、当事者詠として登場人物を際立たせる。亀井孝氏は『古事記』が歌を一字一音表記で統一したのは「仏典の陀羅尼の形式にのっとったもの」で、平俗な仮名や借訓など多様に書かれていた歌謡資料を安万侶が整理して書き変えたとする[11]。天武紀四（六七五）年二月条・天武紀十（六八一）年三月条と『古事記』撰録の関係は明確ではないが、歌謡を文字で表すのは修史事業に始まり、その営為は天武朝に遡るとみられる。瀬間正之氏は八千矛神の歌謡を例に、文字記載される契機と時期を天武朝に想定し、漢籍を踏まえた歌謡詞章の推敲がなされ、記二〇・二一・五七番においても、漢籍の教養を踏まえて歌謡詞章が更新されたことを指摘する[12]。さらに瀬間氏は、『古事記』全巻に亘る二八八例の接続語「尓」（しかくして）、三九六例用いられる「故」（かれ）の用例を徴証とし、「『経律異相』による潤色を施したのも、多くの歌謡を記載したのも、神名を統一的に表記したのも、一人の手であると言ってよい[13]」と結論づける。小谷博泰氏はさらに踏み込んで、「序文と本文の筆録者が同一だとすると、安万侶は補修作業だけではなく、もっと深く『古事記』の成立にかかわっていたであろう。すなわち、「原古事記」とも言える資料集の中で、いく通りかの表記法がなされていたものを、整えて不揃いながらも、全体を統一し、一書として読み通せるようにしたのは、元明朝における安万侶であった[14]」と太安万侶の果した役割を記す。

倭語を漢字で表記するには、漢文と和文の構文の相違や母語の意味内容を忠実に表せない制約と苦難が伴ったが、同時に表記の深化と漢語漢籍による表現世界の広がりをもたらしたであろう。歌謡は背後に多様な世界を有するが、八千矛神の「庭つ鳥　鶏は鳴く　心痛くも　鳴くなる鳥か　此の鳥も　打ち止めこせね」（第二番）は中国文学の読曲歌の詞章の影響を受けているとされてきた[15]。けれども、読曲歌の夜が永遠に続くことを願う趣は八千矛神の歌謡にはない。歌謡表現には神の状況を浮かび上がらせる独自の手法が構築されている。来目歌も漢籍の世界を取り込み、歌謡の表現や配列によって記紀の主題に添って展開されている。同様に崇神紀の「姫遊びすも」（第一八番）も『漢書』成帝紀の世界を取り入れながら、『日本書紀』の主題に添った歌謡表現がされる。典拠の存在を匂わせながら、独自性を示すあり方が取られるのは、和語表記の深化であろう。

『古事記』は異伝を記さず、神話、系譜、物語を一本化して説いている。神話で説かれたことを基本に、天皇の御世が記される。それによって「言向け」の語は神代と人の世の天照大御神を奉じた天皇家の平定の歴史を表す語として機能する。天照大御神から天津日高日子へ、天神御子へと、その直系の子孫が天下を統治する根拠が語られる。大物主神の祭りも、上巻の国作りを受けて、国家平定の為される崇神朝にその祭祀が完結する。初国知らす天皇の天つ神、国つ神の祭祀が行われ国家が発展していく契機となる。出雲世界の信仰的な祭祀も垂仁朝に至るまで持ち越され、倭建命の出雲建討伐によって平定が果される。上・中・下巻を繋ぐ構成は本書でみたように、八千矛神の神語、仁徳記の物語と歌謡、雄略記の天語歌を繋いでなされる。そこには大国主神に代表される出雲世界をも取り込んで歴史を叙述しようとする姿勢が見られる。金井清一氏が説くように「天神諸命以」

なされる「言依」による「修理固成」は、「天孫降臨以後、歴代天皇の治世によって果たされる」[16]のであろう。また金井氏は、『古事記』の編者が、「物語と歌を古事記に記す際に、如何に天皇統治の正統性を表現すべく考慮を重ねているか」その一端が、天語歌の「纏向の日代宮」と「高光る　日の御子」の語句に表れている[17]と指摘する。このように『古事記』は神や天皇を描くのであるが、天照大御神や仁徳天皇、雄略天皇など最高とされる存在も神話や物語の中で変化し成長していく。皇位継承の歴史は、王権の側からのみ説かれるのではない。『古事記』は王権に反旗を翻し、規範や制度を乗り越えようとする女鳥王と速総別王、軽太子や軽大郎女の相思相愛の男女の滅びの場面を描く。国譲りをする大国主神も歌謡によって賛美し、後の世の規範を為した神として描く。倭建命は王権の側にありながら、その「言」の秩序に収まらないゆえに疎外され、境界に追いやられた存在である。西征東征を成し遂げながらも悲劇的な死を遂げる。その最期は八尋白智鳥と化し、大御葬歌によって鎮魂され美しく彩られる。天つ日継知らす存在でも、宇遅能和紀郎子は皇位を継ぐことなく亡くなる。敗者や滅び去る者の悲哀や苦悩、孤独や愛を当事者詠として表現するのが歌謡である。居駒永幸氏は散文は歌から生成してくる側面があり、「〈歌と散文〉の関係をとらえていくためには、散文に既存の歌をはめこんだという立場ではなく、〈歌と散文〉が創り出す表現空間という視点が必要になる」とし、歌そのものが物語を担ってきたとする立場を示す[18]。『古事記』には当事者が詠む歌謡が多い。散文と歌謡を一体化させ、そこに至る経緯を叙述しながら、感情を表出し、人間の心を描くのである。そうした歌謡の効果は十分に計算し尽くされたもののように思われる。『古事記』は異端の存在によっても正統を語る、そうした敗者に向けるまなざしの深さが特徴である。『古事記』は統一された編纂意識と構想を有し、変体漢文体を採用し、和語を活かした文字表記に腐心し、上巻・中巻・下巻の記述を通して、「古事（フルコト）」が「稽古照今」の思想を達成し、「邦家之経緯、王化之鴻基」となる書を作り上げたのである。

屋名池誠氏は「古事記の「毛」仮名が形態素に複数現れる例は、他の文献、他のオ列甲類の音節の共起状況に反している。これはモの甲乙の別がないことを示す積極的な証拠と言える」とし、「古事記のモの甲乙の別は認めることができない」[19]とされた。今後も『古事記』研究の新しい知見は示されていくであろう。

後世紫式部が『源氏物語』の少女の巻で、源氏の言葉を借りて夕霧の学問がいかにあるべきかを述べる。「なほ、才をもととしてこそ、大和魂の世に用ゐらるる方も強うはべらめ」。新編全集頭注には、「才」は「漢学で得た基本的諸原理」であり、それを「わが国の実情に合うよう、臨機に応用する知恵才覚を「大和魂」という」[20]とある。日本人の教養や判断力が漢学をベースにして、大和魂が世の中に作用していく有様がますます強くなると明言している。紫式部の見識の深さを思わせるこの言葉は、『古事記』において既に日本人のアイデンティティーとして主張されているのではないか。『古事記』は序文に記された表記の難渋による、音訓交えての表記、その表記の過程で倭文体を選択し、漢字や漢籍による表記や表現世界を取り込みながら、叙述方法を獲得していく。『日本書紀』では表し得なかった物語世界が確かに存在する。現在の秩序を根拠づける天皇の権威の根本を説く政治的思想的な目的があったことは否めないが、天皇家に繰り広げられる物語を通して、人間の真実を語りかけてくるのである。

注

(1) 倉野憲司『古事記全註釈』第一巻　序文篇　一九七三年一二月　三省堂
(2) 瀬間正之「古事記難語試解――〈百済＝倭〉漢字文化圏の観点から――」『國學院雑誌』第一一二巻第十一号　二〇一一年一一月
(3) 西條勉「阿礼誦習本の系統」『古事記の文字法』一九九八年六月　笠間書院
(4) 谷口雅博「古事記の成立を考える」『國學院大學創立一三〇周年記念事業　文学部企画　学術講演会・シンポジウム報告

書』二〇一三年三月　國學院大學

（5）亀井孝「誦習の背景」『日本語のすがたとこころ』（二）訓詁と語彙（亀井孝論文集4）一九八五年一〇月　吉川弘文館

（6）寺崎保広「奈良・飛鳥池遺跡」『木簡研究』第二一号　一九九九年一一月

（7）『飛鳥池遺跡発掘調査報告〔I〕――生産工房関係遺物――奈良文化財研究所学報』第七一冊　二〇二一年一二月　奈良文化財研究所

（8）毛利正守「和文体以前の「倭文体」をめぐって」『萬葉』第百八十五号　二〇〇三年九月

（9）小谷博泰「古事記の表記と表現」『上代文学と木簡の研究』一九九九年一月　和泉書院

（10）小谷博泰「古事記の筆録と和風表記」『木簡・金石文と記紀の研究』二〇〇六年五月　和泉書院

（11）亀井孝「古事記はよめるか――散文の部分における字訓およびいはゆる訓読の問題――」『日本語のすがたとこころ』（二）訓詁と語彙（亀井孝論文集4）一九八五年一〇月　吉川弘文館

（12）瀬間正之「記載文学としての八千矛神歌謡」「古事記に於ける歌謡詞章の更新」『記紀の表記と文字表現』二〇一五年二月　おうふう

（13）瀬間正之「古事記は和銅五年に成ったか」『記紀の表記と文字表現』二〇一五年二月　おうふう

（14）小谷博泰「古事記序文と本文の筆録」『萬葉語文研究』第八集　二〇一二年九月　和泉書院

（15）孫久富「日本古代の歌垣と歌謡の変貌」『日本上代の恋愛と中国古典』一九九六年七月　新典社

（16）金井清一「「修理固成」の及ぶところ」『古事記編纂の論』二〇二二年一二月　花鳥社

（17）金井清一「古事記、「纏向の日代宮」と「高光る　日の御子」」『國學院雑誌』第一二六巻第一号　二〇二五年一月

（18）居駒永幸「『古事記』の〈歌と散文〉――歌の叙事の視点から――」『古事記』の成立〈歌と散文〉の表現史」』二〇二四年一〇月　花鳥社

（19）屋名池誠「「上代特殊仮名遣い」とは何であったか」二〇二四年十二月二十一日　國學院大學国語研究会　講演

（20）阿部秋生・秋山虔・今井源衛・鈴木日出男校注・訳『源氏物語』三（新編日本古典文学全集）一九九六年一月　小学館

初出一覧

＊なお初出原稿には加筆・訂正・削除などの修正を加え、本書に収めた。

序章　上代文学の基層表現
　書き下ろし
第一章　神語から天語歌へ
原題　神語から天語歌へ　『学苑』第九五一号　二〇二〇年一月
第二章　来目歌の考察
原題　来目歌の考察　『日本歌謡研究』第六十三号　二〇二三年一二月
第三章　崇神記紀の謀反を告げる歌謡の機能と崇神天皇像
原題　崇神記紀の謀反を告げる歌謡の機能と崇神天皇像　『学苑』第九六三号　二〇二一年一月
第四章　「月立ち」考――倭建命と美夜受比売の唱和歌謡について――
原題　「月立ち」考――倭建命と美夜受比売の唱和歌謡について――　『学苑』第九二七号　二〇一八年一月
第五章　景行記の問題　「長服」「長肥」から大御葬歌へ――倭建命への哀惜と畏怖――
　書き下ろし
第六章　宇遅能和紀郎子伝承の考察――第四二番歌謡・第五一番歌謡を中心に――
原題　宇遅能和紀郎子伝承の考察――第四二番歌謡・第五一番歌謡を中心に――　『学苑』第九一五号　二〇一七年一月
第七章　天之日矛伝承の考察

原題　天之日矛伝承の考察　『学苑』第九三九号　二〇一九年一月
第八章　記紀の雄略天皇の狩猟記事について
原題　記紀の雄略天皇条の狩猟記事について　『学苑』第五九〇号　一九八九年一月
第九章　泣血哀慟歌
書き下ろし
第十章　東歌・防人歌にみる武蔵
原題　東歌・防人歌にみる武蔵　『学苑』第九五九号　二〇二〇年九月
終章　結びにかえて――『古事記』その深遠なるもの――
書き下ろし

あとがき

前著『上代文学の伝承と表現』の出版から、八年が経過した。本書は二〇一七年一月から二〇二三年十二月に発表した論文を中心に構成した。本書の論稿は卒業論文や修士論文で書き切れなかった問題や、大学院の演習で解決の糸口すら見つからずそのままにしていたこと、二〇一九年から昭和女子大学近代文化研究所の所長を兼務し、取り組んだことをまとめた論考であり、論の体系など全くない。解決はつかないものの、ここまでは言えるのではないかということを記した精一杯の成果である。

博士論文の御審査をいただいた谷口雅博先生や、及川智早先生に「論文にするどい切り込みがない」と御批評をいただいたのに、自覚している欠点はその後も全く改まることなく、八年間の進歩がなかったのは我が身の精進の不足である。とは言え二〇一七年に学位をいただいたことは研究の大きな励みとなり支えとなった。卒業生ではないのに審査の機会を与えてくださり、博士論文の主査として御指導をいただいた谷口雅博先生、副査の豊島秀範先生、土佐秀里先生、及川智早先生に心より御礼申し上げる。

卒業論文を書いた当時は、勉学を続ける機会に恵まれるとは想像すらしておらず、あとがきに、「自分が卒業論文で引用した先行研究がこの後どのような研究の流れに位置づけられていくのか、新しい知見は示されているのか、三十年後にみてみたい」と記している。今回学生時代に夢中になって読んだ伊藤博先生や阿蘇瑞枝先生、渡瀬昌忠先生の御論稿、理解が及ばずに、保留していた稲岡耕二先生の御論稿を改めて読み返すと、年月を経ても研究の重みと輝きを放つ先行研究に圧倒され、また近年の研究成果のめざましさに自身との距離を感じるばかりである。上代文学会や古事記学会、日本歌謡学会の諸先生方の仰ぎ見るような研究成果や姿勢を範とし、ご教示やご厚情をいただきながら、細々とでも上代文学に関わってこられたことを大変有り難く思う。

この四十年、学生だった頃と今とでは研究の手法や流れが大きく変わり、新たな発見も取り入れられた。自身の研究方法が確立しているわけでもなく、文体や表現は稚拙であり、学生時代から進歩がない。けれどもこれまで興味を抱いた作品を取り上げて書いてきたので、拙著では学部三年でふれた最も心を揺さぶられた柿本人麻呂の泣血哀慟歌について書こうと決めていた。愛する者を失った情動や、或本の「灰にていませば」の表現が、幼い頃村の共同墓地で荼毘に付された祖父母の葬儀の原体験と重なり、子ども心に残酷に映った経験とは対照的に、長反歌には美しくも哀しい世界が結構されていた。死と向き合い、独自の表現を残した柿本人麻呂の挽歌に強く魅かれた。私が万葉集研究に進むことを望まれていた故尾崎暢殃先生がテーマとされた人麻呂の異伝や表現の問題に向き合い、一つの見方を示したかった。

古代歌謡を研究テーマとしてきたが、土橋寛先生の『古代歌謡全注釈』古事記編・日本書紀編はいつも手元にあるものの、今だに理解が追いつかない。私には研究方法論などない。いつも『古事記』の本文を前にして立ちすくみ、『古事記』が何であるかも示すことができないで終わってしまった。前著から研究に進展があるとすれば、それはひとえに昭和女子大学日本語日本文学科で一緒に仕事をする機会を得た諸先生方の御学恩によるものである。困り果てた時には、異なる分野の専門性を有する先生方が、原典に立ち返るように、語の用法や文意の流れの中で最良の判断をするように示唆を与えてくださった。そうした学問的に貴重な環境に身を置き、常に励ましをいただいたことは大きな幸せであった。松田稔先生、田熊信之先生、屋名池誠先生、須永哲矢先生からいただいた御学恩に深く感謝申し上げる。また、二〇二一年三月三十一日まで『学苑』の編集担当であった、近代文化研究所編集室の田畑伸子氏の励ましと精緻な仕事に助けられた。ここにいちいちお名前をあげることや言葉で言い尽くすことはできないが、これまでご恩恵をいただき支えてくださった全ての皆様に感謝と御礼を申し上げる。

表紙には近代文化研究所所員研究員の早川陽先生の原画を戴くことが出来たことを大変嬉しく思う。

拙稿を何とか本にしてまとめたいと思っていたところ、上代文学会でお世話になった重光徹氏が花鳥社からの出版を御快諾くださった。的確な指示と献身的な協力をいただいた重光徹氏をはじめ花鳥社の皆様に心より御礼を申し上げる。

最後に私事ながら、拙著の上梓を待っていてくれた故郷の両親、これまで支え続けてくれた主人と子どもたちに謝意を表する。

二〇二五年二月十九日　最終講義の日に

烏谷知子　識

引用漢籍索引

引用文献索引

歌謡・和歌索引

【著者紹介】

烏谷 知子（からすだに　ともこ）

1959年12月　富山県に生まれる。
1984年 3 月　昭和女子大学大学院文学研究科日本文学専攻修士課程修了
〔文学修士〕
1984年 4 月　昭和女子大学文学部日本文学科に勤務
現在　昭和女子大学大学院文学研究科文学言語学専攻　教授
昭和女子大学近代文化研究所所長
2017年 5 月　第34回日本歌謡学会志田延義賞受賞
2017年11月　博士（文学）（國學院大學）取得

主な著書
『上代文学の伝承と表現』2016年6月　おうふう
『『古事記』にみる敗者の形象』（ブックレット近代文化研究叢書16）
2022年3月　昭和女子大学近代文化研究所

上代文学の基層表現

二〇二五年三月十五日　初版第一刷発行

著者……烏谷知子

装画……早川陽

装幀……仁井谷伴子

発行者……相川晋

発行所……株式会社花鳥社
https://kachosha.com
〒一〇一-〇〇五一　東京都千代田区神田神保町一-五十八-四〇二
電話　〇三-六三〇三-二五〇五
ファクス　〇三-六二六〇-五〇五〇

ISBN978-4-86803-020-1

組版……ステラ

印刷・製本……モリモト印刷